FANPRO

Achim Mehnert, 1961 in Köln geboren, hat bereits mehrere PERRY RHODAN-Romane und ATLAN-Romane für die größte Science-Fiction-Serie der Welt beigesteuert. Neben seinem Lieblingsautor Philip K. Dick schätzt der langjährige COLONIACON-Mitveranstalter besonders William Voltz, Thomas Ziegler und Iain Banks. Ferner hegt der Autor eine große Leidenschaft für Rockmusik und ist Fußballanhänger – natürlich des 1. FC Köln.

Achim Mehnert

Das Erwachen

Zweiter Band der Höllenwelt-Trilogie

Originalausgabe

FanPro
Band 71023

Titelbild: Arndt Drechsler

Redaktion: Sabine Kropp
Lektorat: Michael Thiesen
Satz und Layout: Ralf Berszuck
Umschlaggestaltung: Ralf Berszuck
Druck und Bindung: CPI Moravia Books s. r. o., Tschechien

Besuchen Sie unsere Website *http://www.fanpro.de*

http://www.atlan.de

Printed in Czech Republic 2009

ISBN 978-389064-198-0

Kleines Who is Who

Atlan – der Lordadmiral der USO riskiert eine gefährliche Scharade und muss Geduld aufbringen

Daniel Pherson, Osmooth Alerin und Varen Thorik – die USO-Spezialisten der Abteilung A912 fungieren als Wächter im Hintergrund und als Widerstandkämpfer

Eins-unter-Vielen – das Schwarmwesen wird zum Helfer des Unbekannten

Elion Tolsom – Rhaen Tolsoms Bruder fliegt in eine Todeszone

Faros – der Pendler wird fürs Vergessen bezahlt

Fellmer Lloyd – der Telepath und Orter geht in den Einsatz

Golan Intz und Padersen Korsh – Rebellen unter Rebellen

Goletta Marl – die Anführerin einer Freiheitsbewegung scheint nicht ihr eigener Herr zu sein

Jiut Fochter – der Vertreter der Anklage verfolgt einen harten Kurs

Jöris – ein junger Mann verliebt sich und lernt die Angst kennen

Klanthor a Tiggre und Lubdang – der Marsianer und der Ara begeistern sich für eine interstellare Lebensform

Maria Vajai – die Bordmedizinerin der QUESTRON trägt eine schwere Verantwortung

Perry Rhodan – der Großadministrator wird von seinem Freund in eine heikle Lage gebracht

Professor Haberlyl – der Wissenschaftler ist stolz auf sein »Kind«

Rhaen Tolsom – die ehemalige SolAb-Agentin existiert mehrmals zugleich

Svante Pekkinen – das Positronikgenie glaubt an den großen Gott NATHAN

Taha Kanli – der Kommandant der QUESTRON und seine Mannschaft sind zum Warten verurteilt

Terian Sadlik – in der Terraforming-Spezialistin 3. Grades steckt mehr, als sie selbst weiß

Thibold Froud – Rhaen Tolsoms Verteidiger hat einen schweren Stand

Tira Midarka – die Funkerin der QUESTRON verbreitet gute Laune

Tonkor – der Springerpatriarch sieht sich zu Unrecht verdächtigt

Vario-0C – ein Prototyp erlebt seine Bewährungsprobe

Kapitel 1

Terian Sadlik

Shasker, 24. April 3113

Durchdringendes Trällern der Vingis erfüllte das sandgefüllte Bassin und schwappte auf den Zuschauersteg über, einen transparenten Glasplastbogen von vier Metern Breite, der sich über die Nachbildung einer Wüstenlandschaft wölbte. Die Zoobesucher, nicht nur die Kinder, sondern auch ihre Eltern, johlten vor Vergnügen bei den Darbietungen der unterarmlangen Geschöpfe von Harganis-III. Die Vingis waren von unermüdlicher Regsamkeit. Sie fanden sich zu Gruppen zusammen, bildeten Pyramiden und zeigten artistische Kunststücke, die man sonst nur in Zirkusraumschiffen wie der legendären BELLE STAR zu sehen bekam. Das Miteinander der Tiere dauerte nur Sekunden an, dann sprangen sie in alle Richtungen davon und suchten sich für die nächste Darbietung neue Partner. Sie waren nicht darauf dressiert, sondern verhielten sich ihrer Natur gemäß, und die Begeisterung der Besucher schien sie in ihrem Treiben zusätzlich anzustacheln.

Drei Vingis wieselten an einem Baumstamm empor, dessen Ausläufer in die Nähe des Steges reichten. Zahlreiche Kinder drängten sich ihnen entgegen. Sie lehnten sich mit ihren Oberkörpern über die Brüstung, so weit es ging, und streckten die Arme aus. Die Nager trällerten ein aufgeregtes, fast heiseres Lied, um ihre Bewunderer zu begeistern – und anzulocken?

Gerüchten zufolge waren Vingis Sirenen vergleichbar, jenen weiblichen Fabelwesen aus der griechischen Mythologie, die mit ihrem betörenden Gesang vorbeifahrende Seeleute angelockt hatten, um sie zu töten, und die lediglich von Orpheus und Odysseus überlistet worden waren. Trotz intensiver Untersuchungen hatten Exobiologen keine Bestätigung für diese Behauptungen gefunden, weshalb kaum ein zoologischer Garten in den neuen terranischen Kolonien auf diese Lebensform von höchstem Unterhaltungswert verzichten wollte. Vingis waren der Renner bei Besuchern jeden Alters.

»Nicht zu weit über die Absperrung lehnen«, mahnte Terian Sadlik ein etwa zehnjähriges Mädchen mit zu Pippi-Langstrumpf-Zöpfen geflochtenen roten Haaren. Die kleine Sommersprossige überhörte die ohnehin überflüssige Warnung. Eine Antigrav-Rückhaltevorrichtung sorgte dafür, dass keins der Kinder zu Schaden kommen konnte.

Terian Sadlik betrachtete die drei Tiere, die Aufsehen erregende Verrenkungen unternahmen. Es gelang ihr beim besten Willen nicht, ein Gesicht zu erkennen. Die winzigen Knopfaugen, der kleine Mund und das Geruchsorgan lagen in dem glänzenden Pelz verborgen. Angeblich waren Vingis auf dem besten Weg, Gucky als Spitzenreiter auf der Beliebtheitsskala terranischer Kinder abzulösen. Sadlik konnte es sich nicht vorstellen. Der Ilt, seit seinem ersten Zusammentreffen mit Menschen nicht von ungefähr als Mausbiber bezeichnet, besaß einen ausgeprägten Kuschelfaktor, war witzig und intelligent, wobei er zuweilen über die Stränge schlug.

So hatte es die Terraforming-Spezialistin 3. Grades vernommen. Aus eigener Erfahrung bestätigen konnte sie das nicht, schließlich war sie Gucky persönlich nie begegnet.

Hörensagen. Davon sollte sie als Wissenschaftlerin sich nicht beeindrucken lassen.

Lächelnd streifte sich die schlanke Frau die langen schwarzen Haare aus dem Gesicht und entfernte sich von der Darbietung der Nager. Sie war vor vier Wochen auf Shasker eingetroffen, und weitere drei blieben ihr bis zum Antritt ihres Dienstes. Sie hatte viel Zeit für Müßiggang und zum Nachdenken, was sie keineswegs bedauerte. Im Gegenteil, sie genoss die Übergangsphase zwischen ihrem letzten Einsatz und der vor ihr liegenden Aufgabe; besonders die Tatsache, sich ohne Schutzanzug bewegen zu können, denn Shasker war in seiner Terraformung um ein Jahrhundert weiter als Sadliks vorige Station Punczik, die dritte Welt eines orangefarbenen Sterns der Hauptreihe, knapp dreitausend Lichtjahre von der Erde entfernt. Obwohl Punczik laut den Untersuchungen einer Expertenkommission beste Voraussetzungen für eine spätere Besiedelung aufwies, darunter eine dichte Atmosphäre und reichhaltige Wasservorkommen an seiner Oberfläche, besaß der Planet noch längst keine für Menschen atembare Luft. Tausende Tonnen Kleinstlebewesen waren ausgesetzt worden, ein Heer von Nanobots war mit der Urbarmachung des Landes beschäftigt, wühlte sich durchs Erdreich und verbreitete Leben tragende Sporen, und doch würden Jahrzehnte vergehen bis zum Aufbruch des ersten Siedlungsschiffes nach Punczik.

Shasker hingegen hielt bereits heute als Beweis für die Möglichkeiten her, die Terraforming-Spezialisten der Menschheit offerierten. Gleichwohl der Planet noch nicht die besten Lebensbedingungen für Siedler bot, entwickelte sich die Hauptstadt Alcerry zu einer Mega-City, die in Ansätzen schon heute an Orbana auf Lepso erinnerte.

Der einzige Wermutstropfen waren störende Gasbeimengungen in der Atmosphäre. Normalerweise war ihre Konzentration gering und erforderte kein Tragen von Atemmasken, doch zuweilen kam es zu Gaszusammenballungen, welche die geltenden Richtwerte überschritten. Gewaltige Atmosphärenreiniger waren rund um Shasker aktiv, um diese Gase aus der Atmosphäre zu filtern. In ein paar Jahren, so die Prognosen der Wissenschaftler, würden die Kolonisten eine Luft atmen, die derjenigen Terras in nichts nachstand. Zumindest für die nächsten zwei Jahre war Terian Sadlik dem auf Shasker tätigen Expertenteam zugeteilt. Sie hoffte, bis dahin ihren Anteil an der endgültigen Erschaffung einer erdähnlichen Welt geleistet zu haben. Shasker war eine rohstoffreiche Kolonie, und die erwarteten Erträge würden den Aufwand mehr als lohnen.

Sadlik legte den Kopf in den Nacken und kniff die Augen zusammen. Vor dem Blau des Himmels entdeckte sie zwischen vereinzelten dünnen Wolkenfahnen kleine schwarze Objekte, Messgeräte eines planetenumspannenden Netzwerks, das die Gasbeimengungen in der Luft kontrollierte und die Atmosphärenreiniger in neuralgische Gebiete dirigierte. Über der Hauptstadt und ein paar weiteren im Aufbau befindlichen Siedlungen waren die Sonden besonders dicht gestaffelt. In den vergangenen Jahren hatte es keinen einzigen gasbedingten Unfall gegeben, was bestätigte, dass das Projekt funktionierte. Die Vorwarnzeit für die Kolonisten war selbst bei einem überraschenden Wetterumschwung groß genug, um eine Atemmaske anzulegen, und über den Tierpark spannte sich bei den ersten Anzeichen einer erhöhten Schadgaskonzentration eine schützende Energiekuppel.

An ihr vorbeidrängelnde Kinder rissen Terian Sadlik aus ihrer Betrachtung. Der Tag war vorangeschritten und die gelbe Sonne vom Sol-Typ über den Zenit hinaus gewandert. Die schwarzhaarige Frau verspürte Hunger. Außer einem synthetischen Kaffee zum Frühstück hatte sie nach dem Aufstehen nichts zu sich genommen. Umso mehr freute sie sich auf ein ausgiebiges Mahl im Außenbereich einer der zahlreichen Garküchen, die sich entlang der Promenade des Korfainen-River reihten, benannt nach Litu Korfainen, dem Kommandanten der EX-6744, die den damals noch namenlosen Planeten vor vierzig Jahren abseits der Handels- und Reiserouten im Dschungel der Sterne entdeckt hatte.

Terian Sadlik verließ den Zuschauersteg in südlicher Richtung und passierte eine Reihe von Gehegen, in denen exotische Tiere aus verschiedenen Welten untergebracht waren. Wie von den Vingis hatte Sadlik von den meisten Arten vor ihrem Eintreffen auf Shasker nie gehört gehabt. Dies war der erste Zoobesuch ihres Lebens, erinnerte sie sich. Der Spaziergang durch die weiträumige Anlage gefiel ihr, und sie wunderte sich, dass sie sich diesem Vergnügen nicht schon früher hingegeben hatte, nicht einmal als Kind.

Wohn- und Geschäftstürme erhoben sich hinter den Destaya-Palmen, die den Tierpark als breiter Grünstreifen umgaben. Sadlik verließ das Parkgelände und folgte ein Stück weit dem Verlauf einer blumengesäumten Passage. Betörender Blütenduft folgte ihr bis auf die Straße hinaus, an deren Rand Schweber aufgereiht standen. Die automatischen Piloten der flachen Fahrzeuge versuchten, vorbeigehende Passanten zum Einsteigen zu bewegen. Sadlik verzichtete darauf, eins der Robottaxis zu benutzen. Von Verkehrslärm und einer Kakophonie aus Stadtgeräuschen empfangen, überquerte sie die Straße.

Wie zu jeder Tages- und dem Großteil der Nachtzeit herrschte rege Betriebsamkeit. Der ursprüngliche Stadtkern war nach am Reißbrett entworfenen Plänen entstanden, doch in ihrem Wachstum konnte man die Metropole nicht bändigen. Wie ein Kind, das man sich selbst überließ, war Alcerry schnell aus auferlegten Zwängen ausgebrochen und entwickelte sich ungehemmt, ohne dass Grenzen absehbar waren. In den zurückliegenden vier Wochen hatte es Terian Sadlik nicht vermocht, eine Beziehung zu Alcerry aufzubauen. Mit zahlreichen Spaziergängen und Ausflügen hatte sie versucht, sich der Stadt, in der sie die nächsten zwei Jahre leben würde, emotional anzunähern. Bisher war es ihr nicht gelungen. Annehmlichkeiten wie der Zoobesuch änderten daran nichts. Sie vermisste etwas, das sie nicht definieren konnte. Vielleicht wurde es allmählich Zeit, soziale Kontakte zu knüpfen und sich einen Freundeskreis aufzubauen. Bislang hatte Sadlik keine Veranlassung dazu gesehen, denn der würde sich nach Antritt ihres Dienstes zwangsläufig von allein einstellen.

Sie strich ihre schwarzen Haare aus der Stirn und ließ den Blick über die Türme wandern. In den gläsernen Fassaden spiegelte sich das Sonnenlicht und verwandelte die Schweber am Boden und die Gleiterströme in der Höhe in Schwärme stählerner Insekten, deren Flugmanöver von einer positronischen Verkehrsüberwachung geregelt wurden. Nur ein übergeordnetes Leitsystem war in der Lage, den auf mehreren Ebenen ablaufenden Fahrzeugfluss zu gewährleisten, ohne dass es zu Behinderungen und Unfällen kam. Eigenen Aussagen zufolge setzten die Stadtplaner systematisch fort, was die Terraformer in die Wege geleitet hatten. Die junge Frau hielt diese Einstellung für Selbstüberschätzung, die häufig genug an der Realität vorbeiging. Als Terraforming-Spezialistin trug sie nämlich dazu bei, die Ursprünglichkeit der Natur in ein geordnetes System zu verwandeln. Stadtplaner hingegen, und das trat ihrer Meinung nach am Beispiel von Alcerry deutlich zutage, brachten eine Strukturierung auf den Weg und kümmerten sich ab einem bestimmten Punkt nicht weiter darum, weil sie der Verselbständigung nicht Herr wurden.

Ein runder Tisch zu diesem Thema mit Vertretern der verschiedenen Disziplinen wäre ein interessanter Ansatzpunkt, um sich bei ihren Kollegen einzuführen, dachte Sadlik.

Sie folgte dem sacht in Richtung des Korfainen-Rivers geneigten Straßenverlauf, vorbei an Geschäften und den holographischen Werbebanden der ansässigen Bankinstitute.

Verschiedene Wirtschaftsunternehmen, so hieß es, hatten sich längst die besten Pfründe bei der künftigen Ausbeutung von Bodenschätzen und anderen Ressourcen gesichert. Das aufdringliche Blinken eines Logos der General Cosmic Company erregte Terian Sadliks Aufmerksamkeit. Sie versuchte sich zu erinnern, wo sie gehört hatte, dass die GCC als Geldgeber maßgeblich am Aufbau von Shaskers Infrastruktur beteiligt war. Sie erinnerte sich nicht, doch es war bekannt, dass für die von Homer G. Adams geleitete Organisation ein wesentliches Betätigungsfeld zur Finanzbeschaffung die Besiedelung terranischer Kolonialwelten mit der Errichtung von Verkehrssystemen und Raumhäfen sowie die Erschließung und Sicherung künftiger Handelsverbindungen war.

Die Wissenschaftlerin winkte gedanklich ab. Weder war sie eine Wirtschaftsexpertin, die derlei Verflechtungen durchschaute, noch interessierte sie sich besonders für Politik.

Eine sanfte Brise, die vom Wasser heraufzog, trug eine Vielzahl von Gerüchen mit sich, von denen Sadlik einige Düfte Speisen zuordnete, die ihren irdischen Ursprung nicht verleugneten.

Der Anflug einer fremden Präsenz, wie man ihn manchmal empfand, wenn man sich bei etwas Verbotenem beobachtet fühlte, streifte die Spezialistin. Sie drehte sich um und schaute die Straße zurück. Passanten schlenderten an den Geschäftszeilen vorbei, blieben gelegentlich stehen, um die Schaufensterauslagen zu betrachten, und setzten ihren ziellosen Weg fort. Gegen sie wirkten ein paar wenige hektisch dahineilende Geschäftsleute, die keinen Blick für die Umgebung oder ihre Mitmenschen übrig hatten, wie Fremdkörper. An einer Ecke standen ein paar Jugendliche, die Köpfe zusammengesteckt, als heckten sie eine finstere Verschwörung aus. Plötzlich brachen sie in Gelächter aus, klatschten sich ab und umtanzten einander. Keiner der so gegensätzlich erscheinenden Stadtbewohner Alcerrys interessierte sich für die schwarzhaarige Frau.

Schon wieder diese Unsicherheit! Was war bloß mit ihr los? Magengrummeln erinnerte sie daran, weshalb sie hergekommen war.

Zwischen den Häuserzeilen schimmerte die Wasseroberfläche des Korfainen. Der schmale Ausschnitt wirkte wie ein silberblauer Spiegel auf Sadlik, die ihre Schritte beschleunigte, bis sie den Ausgang aus der Häuserschlucht erreichte. Übergangslos erweiterte sich ihr Sichtbereich nach links und rechts hin, und der Fluss, beidseitig von baumgesäumten Promenaden flankiert, wand sich wie ein Band aus Quecksilber aus dem östlich gelegenen Vorgebirge in Richtung des weit im Westen liegenden Ozeans. Sie mochte diesen Anblick, der noch besser zur Geltung kam, wenn man vor einem der Cafes saß, die hoch aufragenden Wohntürme hinter und den Flusslauf vor sich, und die Gedanken treiben ließ, ohne unter Zeitdruck zu stehen.

Sie hielt nach einem freien Platz Ausschau. Es waren nicht viele Leute unterwegs. Abgesehen von Müßiggängern, die sie tagsüber schon ein paar Mal im Bereich der Flusspromenade gesehen hatte, gingen die meisten Kolonisten ihrem Tagesgeschäft nach. Terian Sadlik hatte herausgefunden, dass Jugendliche, die von der Schule aus nicht nach Hause gingen, sondern sich verabredet hatten, einen etwas weniger bürgerlich angehauchten Bezirk einige Kilometer flussaufwärts für ihre Zusammentreffen bevorzugten.

Sadlik entschied sich für ein unauffälliges kleines Restaurant, das vegetarische Speisen vom Planeten Ferrol anbot und, in Anlehnung an den Regierungssitz des Thort, *Roter Palast* hieß. Der glutrote Namensschriftzug prangte in ständig wechselnden Farbschattierungen über der Pforte, durch die Sadlik von der Fußgängerpromenade in den Außenbereich des Lokals trat. Sie war der einzige Gast und hatte die freie Platzwahl. Sie wählte einen Tisch, von dem aus sie beste Sicht auf den Korfainen-River hatte. Kaum dass sie Platz genommen hatte, schwebte ein dienstbeflissener Roboter aus dem Hintergrund auf sie zu, um ihre Bestellung aufzunehmen. Die junge Frau bedauerte, dass Menesher nicht zugegen war. Der Restaurantbesitzer war einer der wenigen, mit dem sie sich in den vergangenen vier Wochen gelegentlich unterhalten hatte. Smalltalk zwar nur, aber immerhin.

»Ich heiße Sie im Namen Meneshers und seines brüderlichen Freundes, des Thort, im *Roten Palast* willkommen«, summte der Roboter mit melodischer Stimme und streckte einen Handlungstentakel aus, um der Besucherin eine Speisekarte zu reichen, die er einer Einbuchtung in seinem stählernen Körper entnommen hatte.

»Danke, nicht nötig.« Sadlik lächelte über die Worte, mit denen die kegelförmige Maschine sie empfing. Sie fragte sich, wie der amtierende Thort Jarshall die Anmaßung aufgenommen hätte, mit der Menesher seinen dienstbaren Geist programmiert hatte. Absolutistisch regierende Staatsoberhäupter schätzten es in den seltensten Fällen, wenn sich ihnen völlig Fremde als persönliche Freunde ausgaben. »Ich weiß, was ich nehme.«

Der Roboter ließ die Karte verschwinden. »Bitte, sprechen Sie.«

Sadlik bestellte einen Salat mit Payana-Früchten und zerlassener Grundu-Butter und dazu ein Glas Ferrolwein.

Der Roboter bedankte sich und schwebte davon.

Während Sadlik auf ihr Essen wartete, fasste sie das gegenüberliegende Flussufer ins Auge, einen gewundenen, halbwegs naturbelassenen Streifen Sandstrand. Vereinzeltes Buschwerk sprenkelte den graubraunen Untergrund. Im Gegensatz zur diesseitigen Flanierpromenade hielten sich drüben wesentlich mehr Menschen und die Vertreter einiger Fremdvölker auf. Die Sonnenanbeter streckten sich auf prallfeldgepolsterten Massageliegen aus oder staksten im flachen, ufernahen Bereich des Korfainen umher. Keine zweihundert Meter hinter ihnen erhoben sich die Glas- und Stahlfassaden der Gebäude im angrenzenden Stadtbezirk, zwischen denen sich Hochstraßen und Transportbänder wanden. Zerbrechlich aussehende Stege, die aus der Ferne kaum den Anschein erweckten, einen Fußgänger tragen zu können, spannten sich zwischen den Wohnblocks.

Die Terraforming-Spezialistin suchte den Himmel ab. Die allgegenwärtigen Messsonden garantierten dafür, dass das Idyll nicht eines Tages in einer Katastrophe unterging.

So wie meine Kollegen und ich dafür garantieren, dachte sie, von einem plötzlichen Motivationsschub gepackt, endlich ihre neue Stelle anzutreten.

Nach einer Weile servierte der Roboter das Bestellte, und Sadlik machte sich mit Heißhunger darüber her. Schon nach dem ersten kleinen Schluck des rubinroten Weins breitete sich ein angenehmes Wohlgefühl in ihr aus.

Nachdem sie aufgegessen hatte, überlegte sie, ein weiteres Glas zu ordern, entschied sich aber dagegen. Sie entschloss sich zu einem Verdauungsspaziergang entlang der Promenade und spielte mit dem Gedanken, mit einer Fähre auf die andere Flussseite überzusetzen.

Sie zahlte die Rechnung, und der Roboter bedankte sich im Namen seines Herrn und dessen brüderlichen Freundes. »Richte Thort Jarshall meine innigsten Grüße aus«, trug Terian Sadlik ihm augenzwinkernd auf.

Die schwebende Maschine schwieg. Anscheinend war sie auf eine solche Antwort von Seiten eines Gastes nicht programmiert. Die junge Frau lächelte still in sich hinein und verließ das Lokal.

Sie schlenderte über die Promenade in östlicher Richtung. In der Ferne zeichneten sich die Fabrikgebäude eines der Stadt vorgelagerten Industriekomplexes und südlich davon die stählernen Leiber von zwei Raumschiffen ab, deren dumpfe, vernarbte Hüllen zeigten, dass sie ihre besten Zeiten hinter sich hatten. Sadlik nahm an, dass es sich um Lastkähne zum Transport von Versorgungsgütern handelte. Als Reisende hätte sie keinen Fuß auf einen solchen Seelenverkäufer gesetzt, doch auf absehbare Zeit benötigte sie ohnehin keine Passage. Wenn ihre berufliche Weiterentwicklung den Planungen folgte, würde sie Shasker zumindest in den kommenden zwei Jahren nicht verlassen.

In Gedanken versunken, folgte sie dem Flusslauf, der einen Bogen beschrieb. Nach einem Fußmarsch von einer Stunde entschied sie, sich zu ihrer Wohnung zu begeben. Sie sog die leicht brackige Luft ein, die das Wasser in dieser Gegend verströmte, und drehte dem Korfainen-River mit gerümpfter Nase den Rücken zu. Hundert Meter vom Ufer entfernt begann ein Gewirr schlanker Türme, die durch kühne Ausleger und wuchtige Verbindungsarkaden zu einem unüberschaubaren Konglomerat verwoben waren. Verkehrslärm drang von dem Straßenlabyrinth herunter. In diese Gegend hatte es Terian Sadlik zum ersten Mal verschlagen, und sie hatte keine Lust, sich im Gewirr der Straßen und Gassen zu verirren.

Besser gleich einen Taxischweber nehmen, entschied sie.

Sadlik merkte auf, als ein Lichtreflex auf die Netzhaut ihrer Augen traf und in Nervenimpulse umgewandelt wurde. Verwirrt sah sie in die Richtung, in der sie eine Bewegung ausgemacht zu haben glaubte. Niemand hielt sich an dieser Stelle auf der Promenade auf. Auf dem Dach eines Souvenirstandes, einer kleinen Bude, deren Auslage verschlossen war, schnatterten möwenartige Narku-Vögel um die Wette. Hatte sie einen von ihnen beim Anflug wahrgenommen? Hinter einer Umfriedung aus Thermopon wässerten auf Prallfeldern drei Ausflugboote, simple Modelle, die eine Umschaltung zwischen Automatik und Handbetrieb gestatteten.

Offenbar hatte sie sich getäuscht, dachte Sadlik für einen Moment.

Gleich darauf erwachten Zweifel in ihr, denn eine innere Stimme wollte ihr weismachen, dass dem keineswegs so wäre. Sie lauschte dem Klang nach. Er war eindringlich und warnte sie vor etwas, das sie nicht begriff. Vor einer unsichtbaren Bedrohung? Beinahe hätte die junge Frau laut aufgelacht. Wer hätte sie bedrohen sollen, und aus welchem Grund? Sie hatte nie zu Paranoia tendiert. Verwundert über sich selbst schüttelte sie den Kopf. Sie brauchte dringend ein paar neue Bekannte, die sie auf andere Gedanken brachten.

Kreischend stieben die Narkus auf, und im selben Moment zuckte ein Energiestrahl hinter dem Souvenirstand hervor. Der feine Strahl fraß sich in die Umfriedung und löste ein Stück des Thermopons zu Gas auf.

Desintegratorwirkung!

Unwillkürlich langte Sadlik an ihre rechte Hüfte, um nach einer imaginären Waffe zu greifen. Die instinktive Reaktion verwirrte sie. Natürlich trug sie keinen Strahler. Das hatte sie nie getan. Ihren Kampf gegen die Unbilden jungfräulicher

Welten im Zuge eines Terraformings trug sie auf andere Weise aus.

Von irgendwoher ertönte ein entsetzter Schrei, als ein weiterer Lichtblitz über die Promenade huschte und eine hässliche Narbe in die Souvenirbude fräste. Anscheinend nahm der zweite Schütze den ersten unter Feuer.

Sadlik verlor keine Sekunde, denn das ursprüngliche Ziel war sie gewesen. Aus dem Stand hechtete sie über die Umfriedung, rollte sich auf der anderen Seite ab, ignorierte dabei ein dumpfes Ziehen unterhalb ihrer Rippen und kam aus der Bewegung wieder auf die Beine. In geduckter Haltung verschaffte sie sich einen Überblick, schneller als sie sich das jemals zugetraut hätte.

Zwei Gruppen, die nicht zu sehen waren, lieferten sich ein Feuergefecht. Passanten brachten sich in den nächsten Cafes und Restaurants in Sicherheit. Ein paar Spaziergänger, die zu weit entfernt von einer Deckungsmöglichkeit waren, hatten sich auf den Boden geworfen und die Köpfe eingezogen. Sie hatten Glück, dass kein Schuss in ihre Richtung abgefeuert wurde.

Dafür weitere in die der jungen Frau. Terian Sadlik analysierte die Situation im Bruchteil einer Sekunde. Lediglich die hüfthohe Umfriedung schützte sie vor einem Treffer. Zur Straße hin, wie eigentlich geplant, konnte sie sich daher nicht orientieren. Der einzige Weg, der ihr offen stand, lag hinter ihr. Sie lief zum befestigten Flussufer, den Credit-Chip aus der Tasche fingernd, und sprang in das vordere Boot, wobei sie einen hastigen Blick hinter sich warf.

Weitere Schüsse, aus drei Stellungen in ihre Richtung, dokumentiert durch nadelfeine Desintegratorstrahlen – aber keine sichtbaren Schützen. Wo lauerten sie? Versteckt in Deckung liegend oder unter Deflektorfeldern verborgen? Verzweiflung keimte in Sadlik, sie spürte den kalten Würgegriff der Angst und vernahm wieder die Stimme in ihrem Inneren.

Nicht überlegen. Agieren. Schnell weg von hier!

Die Uferpromenade verschwamm und trat hinter etwas anderem zurück. Die Umgebung veränderte sich, kollabierte und setzte sich in neuer Gestalt wieder zusammen

Kapitel 2

»Ein halbes Dutzend überlegen bewaffnete Gegner in uneinsehbaren Stellungen, aller Wahrscheinlichkeit nach in erhöhten Positionen. Wie verhalten Sie sich, wenn Sie keine Chance gegen die strategischen Vorteile des Gegners haben?« Die Stimme drang aus dem Helmempfänger, sachlich, teilnahmslos, stoisch.

Das schulterhohe Schilfgras wogte im Wind. Die Kämpferin war von ihrer Gruppe getrennt worden und auf sich allein gestellt. Unterstützung hatte sie nicht zu erwarten.

Wer war sie? Sie erinnerte sich nicht an ihren Namen.

Sie steckte im schützenden Kokon eines schweren Kampfanzugs, der nur eine bedingte Überlebensgarantie bot. Der Individualschirm war ausgefallen, Funkkontakt zu ihren unter Feuer liegenden Kameraden weit hinter ihr verbot sich von allein. In diese Richtung konnte sie nicht zurück, weil starke Fußtruppen sich zwischen sie und ihre Gruppe geschoben hatten. Das beschädigte Aggregat zur Erzeugung eines Deflektorfeldes emittierte einen Schauer verräterischer Impulse und ließ sich nicht ausschalten. Immerhin versahen die Ortungssysteme ihre Tätigkeit, und der Antigrav funktionierte. Schaltete sie ihn ein, verriet sie endgültig ihren Standort.

Doch der würde ihren Gegnern ohnehin allenfalls noch ein paar Minuten verborgen bleiben. Der Ring zog sich mit jeder Minute enger um die Kämpferin zusammen.

Daten liefen in rascher Folge über die Innenseite der Helmscheibe. Sie vermittelten Entfernungsangaben und die Bewegungen ihrer Gegner. Sie wagte kaum, den Kopf aus dem Schilf zu heben. In gebückter Haltung lief sie weiter, bis sie eine Warnmeldung erhielt, dass sich drei Gegner vor ihr aufhielten, keine zehn Meter entfernt.

Sie schlug einen Haken, orientierte sich nach links und suchte nach einem Schlupfloch, durch das sie aus der Umklammerung gelangen konnte. Alles in ihr sträubte sich dagegen, die Flucht zu ergreifen.

Doch sie floh schon.

Ein anderes Bild. Zeit war vergangen. Minuten oder mehr? Sie hatte keinen Anhaltspunkt, denn die Mikropositronik ihres Anzugs lieferte keine weiteren Daten.

Der Antigrav ihres Rückentornisters trug sie in zwanzig Metern Höhe auf einen Hügelkamm zu. Unter ihr loderte ein Abschnitt der Steppe, durch den unbedachten Einsatz von Thermostrahlern in Brand gesetzt. Nein, es brannte kein echtes Feuer. Die Kämpferin blickte auf eine Simulation hinab, zu deren Bestandteil sie im Zuge ihrer Ausbildung geworden war.

Der Hügelkamm rückte in unerreichbare Ferne.

Er erlosch schlagartig ...

Eins-unter-Vielen

Viele waren unterwegs. Viele reisten.

Das Licht blieb zurück, und voraus lag die große Schwärze, die nirgendwo begann und nirgendwo endete. Auch die Reise von Vielen hatte niemals begonnen und würde nicht enden. Sie war immerdar. Eins-unter-Vielen besaß keine Erinnerungen an den Beginn. Allein das Pulsieren der Schwärze und das Hintergrundrauschen unterteilten die Reise in zeitliche Perioden.

Die Schwärze war durchsetzt von Leuchtfeuern wie dem, von dem sich Viele entfernten. Sie ergriffen denselben Faden, ohne sich abzustimmen, schmiegten sich an ihn und ließen sich einem neuen Ziel entgegentreiben. Unzählige Lichter waren als Orientierungs-

punkte in die große Schwärze eingebettet. Zwischen ihnen und weit darüber hinaus spannte sich ein Netz, das die zu beschreitenden Wege beschrieb. Es war so endlos wie die Schwärze selbst und überwand sämtliche Abgründe und Barrieren.

Eins-unter-Vielen glitt an einem kräftig gewobenen Faden entlang. In unterschiedlichen Stärken zogen sie sich durch die Schwärze. Sie verbanden die Leuchtfeuer untereinander ebenso wie die Körner, die sich auf Bahnen um die Feuer herum drehten, und die Inseln, deren Bestandteile sie waren. Andere Körner, nicht von Beginn an da, sondern geschaffen, kreuzten den Weg der Fäden und trugen eigene Fäden mit sich, an die sich Viele manchmal klammerten, um sie erst viel später und doch im gleichen Augenblick wieder loszulassen.

Eins-unter-Vielen folgte immer dem Faden, dem Viele folgten. Ohne Viele konnte Eins-unter-Vielen nicht reisen. Es gab nie einen Zweifel über die richtige Richtung, obwohl es unzählige Wege gab. Immer war einer vorausbestimmt.

So wie nach der Abkehr von dem zurückliegenden Licht und der Zielsetzung auf das nächste Leuchtfeuer am Wegesrand. Eins-unter-Vielen nahm den Gesang des Rauschens in sich auf und umtanzte den Faden wie einen Partner. Ein unsichtbares Bombardement prasselte auf die Membranhaut nieder und erschuf einen wohligen Schauer, den Viele teilten.

Sie verharrten in der Schwärze, was lediglich daran erkennbar war, dass sich das Leuchtfeuer vor ihnen nicht weiter näherte. Oder Viele sich ihm nicht. Die Distanz blieb unverändert, der Faden ungenutzt. Eins-unter-Vielen entfaltete seine Membranhaut zu ganzer Größe, und Viele taten es ihm gleich. Eine körperliche Berührung, das Übereinandergleiten der Häute, intensivierte den Schauer und löste einen Schwall von Empfindungen aus. Berührung folgte auf Berührung, und Eins-unter-Vielen geriet in einen Taumel der Glücksgefühle, die der durchscheinenden Membranhaut einen silbrigen Glanz verliehen.

Viele gerieten in Ekstase. Sie jauchzten und jubelten miteinander, ließen sich auf einen überschwänglichen Tanz ein und sogen

Partikel kosmischer Materie in sich auf, die sich in der Keimschicht sammelten und das Zellwachstum anregten. Erst jetzt, unter dem Zufluss neuer Kraft, wurde Eins-unter-Vielen die vorherige Müdigkeit bewusst. Die Membranhaut glättete sich und knisterte auf eine Weise, die nur im Körperinneren zu vernehmen war. Sie harmonierte mit dem ewigen Rauschen der Schwärze und erschuf gemeinsam mit ihm eine Melodie der Zufriedenheit.

Allmählich ebbte der Zustand überbordender Glückseligkeit ab und regulierte sich auf einem gemäßigten Niveau. Eins-unter-Vielen bebte unter dem Nachhall des soeben Erfahrenen und widmete seine Aufmerksamkeit wieder dem Faden, der deutlich sichtbar in die Ferne führte, geradewegs zum nächsten Leuchtfeuer hin und von dort aus immer weiter auf der ewigen Reise, die zu keinem Ende führte, sondern wieder zu sich selbst.

Viele orientierten sich an dem Faden. Ihre Sinne griffen danach, als besäße er physische Präsenz. Sie folgten seinem Verlauf und jagten auf das Leuchtfeuer zu, das ihnen geradezu entgegensprang. Sie erreichten es, durchdrangen und passierten es und wechselten danach wie auf ein stummes Kommando hin den Faden.

Viele waren unterwegs. Viele reisten.

Kapitel 3

Terian Sadlik

Shasker, 24. April 3113
Ein Hügelkamm? Da war kein Hügelkamm. Terian Sadlik hockte immer noch in dem Ausflugsboot, in das sie sich vor dem Attentäter geflüchtet hatte.

Die wirre Bilderfolge hatte nur den Bruchteil einer Sekunde gedauert. Ob durch irgendetwas ausgelöste Assoziation, eine Illusion oder gedanklicher Flashback, blieb dahingestellt. An der Uferpromenade spielte sich die Wirklichkeit ab. Die undeutliche Silhouette eines massigen, monströsen Wesens – oder einer Maschine von grob humanoider Form mit je einem Arm- und einem Beinpaar? – raste die Promenade entlang. Am deutlichsten zu erkennen war der schwere Kombistrahler in der Hand, die auch eine Klaue oder ein anderes Greifwerkzeug hätte sein können.

Sadlik handelte beinahe wie antrainiert. Die Frau in dem Kampfanzug hatte einen Abdruck in ihren Gedanken hinterlassen, von dem sie sich *jetzt* nicht irritieren ließ.

Sadlik steckte ihren Credit-Chip in das positronische Lesegerät an der Kontrolltafel des Wasserfahrzeugs, das unversehens zu ihrem Rettungsboot geworden war, aktivierte das Antriebsaggregat und hieb auf den Schalter für manuelle Steuerung. Das gleich darauf einsetzende sanfte Vibrieren unter ihren Füßen wurde vom Summen der Maschinen begleitet. Sadlik duckte sich hinter die Steuerkontrollen, drückte den Schubhebel durch, und das Boot nahm Fahrt auf. Unter protestierendem Dröhnen des Aggregats schoss es aus seiner Warteposition aufs Wasser hinaus und entfernte sich schnell vom Ufer, eine Schleppe weiß schäumender Gischt hinter sich herziehend.

Ein Energiestrahl von wesentlich größerem Durchmesser als zuvor löste sich scheinbar aus dem Nichts, pflügte, um mehrere Meter hinter dem Bootsheck fehlgehend, durchs Wasser und schuf dampfende Fontänen. Das war der Beweis. Der oder die Attentäter hatten es auf Terian Sadlik abgesehen.

Sie erhaschte einen neuerlichen Blick auf die unwirklich erscheinende Silhouette und glaubte, deren Fauchen und Brüllen bis zur Flussmitte hinüber zu hören. Obwohl sie in Fahrtrichtung kaum etwas sehen konnte, wagte die junge Frau nicht, den Kopf aus der Deckung zu strecken.

Am Ufer, schon weit hinter dem Boot, heulte eine Sirene auf. Sadlik warf einen Blick über die Schulter und gewahrte pulsierendes blaues Licht. Ein Gleiter der Shasker-Police war am Ort des Geschehens eingetroffen. Die massige Gestalt ließ sich davon nicht beeindrucken. Sie schickte weitere Strahlenschüsse hinter dem Boot her und fiel trotz der hohen Geschwindigkeit nur allmählich zurück.

Dann endete der Beschuss. Die Silhouette war verblasst wie ein Trugbild, die Gestalt verschwunden. Sadlik kniff die Augen zusammen, um sich davon zu überzeugen, dass sie sich den Angriff nicht nur eingebildet hatte. Erst jetzt bemerkte sie die rußgeschwärzte Narbe an der Bootsreling. Sie war Beweis genug.

»Wer warst du?«, stieß sie atemlos aus. Sie richtete sich auf und drosselte die Geschwindigkeit. Irgendwer hatte versucht, sie umzubringen. Nun, da die Erkenntnis sich durchsetzte, kam sie beinahe wie ein Schock. Es gab keinen Grund dafür, dass jemand Terian Sadlik nach dem Leben trachtete.

Der jungen Frau kam zu Bewusstsein, wie sie sich seit den ersten Schüssen auf der Promenade verhalten hatte, nämlich völlig untypisch für eine leidlich begabte Terraforming-Spezialistin, auf die noch nie geschossen worden war. Im Augenblick größter Gefahr für ihr Leben hatte sie ihr Unterbewusstsein in den Vordergrund treten und das Handeln übernehmen lassen. Statt in Panik zu verfallen, hatte sie den einzig gangbaren Fluchtweg gewählt. Das war das Vorgehen eines Profis gewesen, und zu ihrer Überraschung hatte sie die Situation, so weit sie das beurteilen konnte, nicht schlecht gemeistert.

Sie hatte sich in Sicherheit gebracht wie ...

... die namenlose Kämpferin in ihrer Vision.

Terian Sadlik lauschte in sich hinein, versuchte die Bilder zu fassen, derer sie teilhaftig geworden war. Da war die schlanke Frau mit dem schmalen Gesicht hinter der Helmscheibe, ihre langen rotblonden Haare. Die Unbekannte hatte ihren eigenen Namen nicht gekannt.

Rhaen ... Tolsom.

Der Name bohrte sich wie glühender Stahl in Sadliks Überlegungen. Sie zuckte zusammen, überwältigt von der geistigen Nähe. Nun, da die unmittelbare Bedrohung durch die Attentäter vorbei war, drohte Panik sie zu übermannen. Weitere Gedankensplitter, untermalt von Bildern und flüchtigen, nicht greifbaren Szenen brandeten durch ihren Verstand.

Rhaen Tolsom, so lautete der Name der Frau im Kampfanzug. Ein schreckliches Geheimnis umgab Rhaen Tolsom, ein Geheimnis, das mit Tod und Vernichtung zu tun hatte. Mit einer Tragödie unvorstellbaren Ausmaßes. Szenen ähnlich der gerade erlebten, in der Rhaen Tolsom in dem Schilffeld im Zuge einer Ausbildung zu Übungszwecken gegen eine gegnerische Übermacht angetreten war, drängten aus der Dunkelheit, in der sie schlummerten, an die Oberfläche. Im Sekundentakt fielen sie überfallartig über Terian Sadlik her und schwappten wie eine Welle über ihrem Geist zusammen. Offensichtlich hatte Rhaen Tolsom zahlreiche Simulationen und Gefechtsübungen absolviert, die alle demselben Ziel dienten.

Massenmörderin ... ich ... Schuld.

»Nein!« Terian Sadlik schrie das Wort wie den Zauberspruch gegen ein bedrohliches Phänomen, das weder greifbar noch erklärbar war und gegen das keine anderen Abwehrmittel existierten. Sadlik empfand eine schwindelerregende geistige Nähe zu Rhaen Tolsom, die sie doch überhaupt nicht kannte. Es war, als ständen sie gleich nebeneinander, nein, so intensiv, als hielten sie sich in einem gemeinsamen Körper auf.

Zu viel Nachdenken ... Ziel ... Attentäter.

Sadlik begriff, worauf die fremden Geistessplitter sie hinwiesen. Nur Sekunden waren verstrichen, doch wenn sie weitere Zeit verschwendete, half sie dem Attentäter dabei, sein Ziel womöglich doch noch zu erreichen. Argwöhnisch spähte sie zum Ufer hinüber, während das Boot sich weiter stromaufwärts bewegte. Nein, das unkenntliche Wesen war verschwunden.

Das Wissen, dass dieser Zustand nur vorübergehend war, setzte sich im nächsten Moment in ihr durch. Die Attentäter waren irgendwo dort draußen und harrten auf die nächste Gelegenheit. Sadlik musste umdrehen und bei der Polizei ihre Aussage machen. Und erfahren, dachte sie verzweifelt, wer es aus welchem Grund auf sie abgesehen hatte. Kaum jemand in Alcerry kannte sie, und kein Mensch auf Shasker oder in der gesamten Galaxis wäre auf die Idee gekommen, eine unbedeutende Terraforming-Spezialistin anzugreifen. Es konnte sich nur um einen Irrtum handeln.

Sie nahm die Hand vom Schubhebel und machte Anstalten, das Boot zu wenden.

Nicht zurück ... Nicht nach Hause.

Sadlik kämpfte ihre Angst nieder und zwang sich dazu, das Geschehene sachlich zu analysieren. Mindestens zwei Attentäter, die die Fähigkeit besaßen, sich geschickt vor Blicken zu verbergen, hatten sie zu töten versucht. Um einen Zufall oder eine Verwechslung handelte es sich also nicht. Tatsächlich hatte es jemand bewusst auf sie abgesehen. Eine Rückkehr in ihre Wohnung verbot sich somit, denn dort würden die Attentäter bei der Suche nach ihr ansetzen. Ebenfalls war es keine gute Idee, sich in die Hände der Ordnungskräfte zu begeben, wo sie lokalisierbar war. Sie musste untertauchen.

Untertauchen – was für ein Wort. Sich verstecken, diese Wortwahl hätte Sadlik getroffen. Sie war unsicher, ob sie eigenen Überlegungen folgte oder von den Fähigkeiten und Erfahrungen der Gedankensplitter in ihrem Inneren geleitet wurde.

Sie sah sich um. Auf dem Korfainen waren weitere Boote unterwegs, zwischen denen sie nicht auffiel. Niemand hatte mitbekommen, dass sie nur knapp dem Tod entgangen war. Sie drückte den Schubhebel bis zur Hälfte der Skala vor und brachte einen weiteren Kilometer Distanz zwischen sich und den Ort des ersten Angriffs. Als sie sicher war, dass niemand sie beobachtete, dirigierte sie das Boot an eine Kaimauer, deren Abschluss drei Meter über ihr lag.

Sicher? Wie kannst du sicher sein? Diesen Zweifel hegte Terian Sadlik selbst. Er wurde ihr nicht eingeflüstert.

Sie zog ihren Credit-Chip aus dem Lesegerät, schaltete auf Autopilot und beließ den Antrieb im Bereitschaftsmodus. Noch einmal blickte sie auf den Fluss hinaus und vergewisserte sich, dass es keinen auffälligen Beobachter gab, der sich für ihr Vorgehen interessierte. Dann stieg sie auf in die Kaimauer eingelassene Metallsprossen und kletterte nach oben. Sollte irgendwer sie auf der Straße erwarten, besaß sie keine Möglichkeit, sich zu verteidigen. Sie bedauerte, dass sie keine Waffe bei sich trug, dabei hatte sie nie eine besessen. Zugleich war sie überzeugt davon, mühelos damit umgehen zu können, sollte es sich als nötig erweisen.

Eine weitere Ungereimtheit, für die sie keine Erklärung fand.

Sie langte nach einer Brüstung und zog sich über den Mauerabschluss in die Höhe. In der Nähe hielten sich keine Spaziergänger auf. Der Uferbereich vor Sadlik war nicht als Fußgängerpromenade angelegt. Sie schien in einem Gewerbegebiet herausgekommen zu sein. Container mit aufgesprühten Kennzeichen, die nicht auf den Inhalt schließen ließen, stapelten sich in Doppelreihen. Aus Fertigbauteilen errichtete Lagerhallen gruppierten sich um einen zum Fluss hin offenen Innenhof, in dem Arbeiter die Bestückung von Antigrav-Wannen kontrollierten, die sie anschließend auf die Hallen verteilten.

Sadlik lief zu einem Container und drückte sich mit dem Rücken dagegen. Sie konnte das Boot sehen, mit dem sie hergekommen war. Der Autopilot steuerte es zurück zu seiner ursprünglichen Liegestelle. Die junge Frau tauchte zwischen den Containern unter und dachte über ihre nächsten Schritte nach. Viele Optionen blieben ihr nicht, da es niemanden gab, an den sie sich wenden konnte. Im Grunde konnte sie nur ihre künftigen Arbeitskollegen ins Vertrauen ziehen.

Nein ... nein ... nein ... Ein ums andere Mal derselbe sich wiederholende Impuls, intensiv und dabei von Selbstvorwürfen begleitet.

Die Wissenschaftlerin stöhnte auf, als vor ihren Augen die Umgebung zu verschwimmen begann. Die Container gerieten in Bewegung, ihre Abmessungen dehnten sich ins Grenzenlose. Sie wucherten zu undefinierbaren, monströsen Gebilden bar jeglicher Gestalt. Hinter ihnen klappte die Landschaft weg, und über ihnen erlosch das Blau des Himmels, nur Schwärze zurücklassend. Sadlik schien in einem sternenlosen Weltall zu schwimmen, doch sie spürte weiterhin das Metall des Containers in ihrem Rücken. Sie fühlte sich wie in einem experimentellen, surrealistischen Film gefangen, in einem schlechten Trivid, das durch eine eigentümliche Musik untermalt wurde.

Ich habe diese Musik schon einmal vernommen, erinnerte sich Terian Sadlik. Es war in ihren Träumen gewesen. Sie hatte den seltsam-chaotischen Klängen, die sie bestenfalls als schrill und disharmonisch klassifizieren konnte, keine Bedeutung beigemessen. Es fiel ihr schwer, den Faden wiederzufinden, den sie verloren hatte, als die Verselbständigung der Containerformen begann.

Was hatte sie unternehmen wollen? Sich offenbaren ... jemanden um Hilfe ersuchen.

Ihre Überlegungen zerstieben zu einem Pixelgewitter, aus dem sich einzelne Bilder, Traumsequenzen und erratische

Eindrücke einer Person generierten, die nicht sie selbst war. Es geschah schon wieder. Etwas in ihrem Inneren, das nicht dorthin gehörte, wurde durch die ungewöhnlichen Vorgänge an die Oberfläche gespült. Es stemmte sich gegen Terian Sadliks Absichten, weil nichts und niemand auf Shasker verlässlich war.

Erkenntnisse über die Vorgänge mussten gewonnen werden, und bis das geschehen war, blieb nur die Anonymität. Verstecken und sich nie zu lange an einem Ort aufhalten. Ständig in Bewegung bleiben und anhand der Schritte der unbekannten Attentäter versuchen, auf deren Motive zu schließen.

Das war nicht sie, war nicht Terian Sadlik, sondern ... Rhaen Tolsom.

Wer bist du? Was *bist du? Und vor allem – wie bist du in meinen Kopf gelangt?*

Die junge Frau stemmte sich gegen die Gedankensplitter, die auf sie einstürzten. Es fiel ihr leicht, die Stimme, die sich als Rhaen Tolsom bezeichnete, zurückzudrängen. Sadlik ahnte, dass es im Laufe der Zeit stetig schwerer werden würde, gegen sie die Oberhand zu behalten. Ihr Blick klärte sich. Immer noch umgaben die Container sie – ohne einer Transformation unterlegen zu sein. Die hatte lediglich in ihrem Kopf stattgefunden. Dennoch hatte eine Veränderung eingesetzt. Die Sonne war ein ganzes Stück weitergewandert. Es waren nicht wenige Minuten verstrichen, wie Sadlik angenommen hatte, sondern mindestens zwei Stunden. Sie warf einen Blick auf ihr Kombiarmband und erhielt die Bestätigung.

Hatte ihr innerer Kampf so lange angedauert? Es war kaum vorstellbar, und doch gab es keine andere Erklärung für die verloren gegangene Zeit. Es war pures Glück, dass man sie zwischen den Containern nicht entdeckt hatte. Sie hatte sogar mehr als Glück gehabt, machte sie sich klar, dass keiner der Container von einem Antigrav-Kran bewegt worden war. Sie hätte zerquetscht werden können, ohne es überhaupt zu bemerken, so versunken war sie offensichtlich gewesen. Das durfte ihr kein zweites Mal passieren.

Auf dem Werksgelände herrschte Stille. Sadlik richtete sich auf und lauschte. Das Lärmen der Arbeiter war verstummt. Sie schlich zwischen den Containern hindurch zu einer Stelle, von der aus sie die Lagerhallen und den Innenhof überblicken konnte. Die Hallentore schlossen sich soeben. Sie entdeckte einen einzelnen Mann, seiner Kleidung nach einer der Arbeiter. Er hielt einen Schaltkasten in der Hand, erkannte sie, obwohl er ihr den Rücken zuwandte.

Diesmal dachte Sadlik nicht lange nach, sondern folgte einer Eingebung. Sie peilte das nächstgelegene Tor an und rannte los. Bevor es vollends zufuhr, schlüpfte sie durch den verbliebenen Spalt und drang in die Halle ein, die ihr für eine Weile Sicherheit versprach. Es sei denn, Bewegungs- oder Annäherungssensoren lösten im nächsten Moment Alarm aus. Sadlik atmete schwer und zählte die verstreichenden Sekunden. Als nach einer halben Minute noch nichts geschehen war, wähnte sie sich unentdeckt. Das schloss jedoch nicht aus, dass in regelmäßigen Abständen ein Wachmann oder ein Roboter seine Runden drehte.

Durch einen Glassitausschnitt in der Decke fiel Tageslicht in die Halle und offenbarte lange Regalreihen, in denen sich Boxen stapelten. An zwei Stellen führten Treppen in den Keller. Sadlik inspizierte die unübersichtliche Halle, bis sie sicher war, dass sich niemand außer ihr darin aufhielt. Anschließend untersuchte sie ein paar Kisten. Sie enthielten Gebrauchsgüter des täglichen Lebens. Nichts, womit sie etwas anfangen konnte. Der Wunsch, sich in den Besitz einer Waffe zu bringen, wurde übermächtig, denn die Attentäter würden den Versuch nicht aufgeben, ihrer habhaft zu werden. Daran zweifelte sie nicht.

Sie lachte bitter auf. Von habhaft werden konnte keine Rede sein. Wer immer die Unbekannten waren, sie hatten es darauf abgesehen, Terian Sadliks Leben ein Ende zu bereiten. Seltsamerweise hegte sie nicht einmal die Hoffnung, dass sie sich irrte. Der nächste Angriff auf sie käme so sicher wie das Amen in den Kirchen der altchristlichen Glaubensgemeinschaften.

Was geschah um sie herum? Sie ließ sich auf dem Boden nieder und schloss die Augen. Wie hatte sie bloß in diese Situation geraten können? Vor wenigen Stunden noch war ihre Welt in Ordnung gewesen, und nun stand kein Stein darin mehr auf dem anderen.

Einen gewöhnlichen Überfall, bei dem die Täter auf Wertgegenstände aus waren, hätte sie nachvollziehen können. Tatsächlich trug sie neben ihrem Credit-Chip auch eine kleine Summe Bargeld bei sich. Doch man hatte sie nicht ausrauben wollen. Mit Energiewaffen geführt, war der Angriff darauf angelegt gewesen, sie zu töten. Ohne die Intervention von etwas Fremdem in ihrem Kopf – Rhaen Tolsom – wäre ihr die Flucht nicht gelungen. Sadlik lauschte in sich hinein und glaubte das Wispern einer Stimme zu vernehmen, die ihr fremd und zugleich vertraut war. Rhaen Tolsom war zugegen, der Bruchteil eines Geistesinhalts, der freigelassen werden wollte, ohne sich der eigenen Gestalt bewusst zu sein. Sie bestand überwiegend aus Schuldgefühlen und Selbstvorwürfen.

Werde ich wahnsinnig?, dachte Terian Sadlik voller Angst.

Vielleicht wäre sie einen Schritt weiter, vielleicht hätte sie einen Anhaltspunkt besessen, wenn es ihr gelungen wäre, die Attentäter zu identifizieren. Oder die anderen, jene zweite Fraktion in dem undurchsichtigen Spiel, die zu ihren Gunsten eingegriffen und ebenfalls dazu beigetragen hatte, sie vor dem Schlimmsten zu bewahren. Anscheinend stritten zwei Gruppen um ihr Schicksal. Die Vorstellung, es nicht in den eigenen Händen zu halten, war mehr als beunruhigend. Sie frustrierte. Wie lange stand Terian schon im Fokus der Unbekannten? Sie erinnerte sich, dass sie sich in den vergangenen Tagen mehrmals beobachtet gefühlt hatte. Sie dachte zurück und kam zu dem Schluss, dass sich dieser Eindruck um den

15. April herum intensiviert hatte und danach nicht mehr abgeklungen war.

Zu diesem Zeitpunkt hatte sie auch zum ersten Mal die seltsam-chaotische Musik vernommen, sie jedoch ignoriert, weil sie ihr keine Bedeutung hatte zuordnen können. Das hatte sich nicht geändert, wohl aber Sadliks Einstellung zu den bizarren Klängen. Sie besaßen eine tiefgreifende Bedeutung, waren möglicherweise sogar ein Indikator für die Gefahr, in der Sadlik schwebte.

Sie ahnte, dass es in ganz Alcerry keine Sicherheit für sie gab. Gleichgültig, an wen sie sich wendete, man würde ihr nicht helfen können. Eine Ausnahme bildeten höchstens diejenigen, die ihr bei dem Überfall beigestanden hatten. Doch taten sie das wirklich? Sadlik merkte, wie ihre Befürchtungen immer größere Ausmaße annahmen. Was war, wenn das Eingreifen jener zweiten Gruppe lediglich dazu gedient hatte, sie zusätzlich zu verwirren?

Du machst dir etwas vor, Mädchen, versuchte sie sich zur Ordnung zu rufen. *Du nimmst dich zu wichtig.* Nur in Trivids gerieten unbescholtene Bürger in geheimdienstliche Verwirrspiele, und auch nur dann, wenn sie eine düstere Vergangenheit hatten, die sämtliche Geschehnisse in einen Kontext setzte. Bei der Terraforming-Spezialistin war das nicht der Fall.

Dennoch ließen sich die Fakten nicht leugnen. Terian Sadlik wollte sich erheben, um von hier zu verschwinden. Sie blieb sitzen, denn wohin hätte sie gehen sollen?

Das Letzte, was sie spürte, war das Beben ihrer Lippen.

Kapitel 4

Atlan

Terrania City, 18. März 3113

Obwohl annähernd vier Wochen vergangen waren, seit Kampfroboter Rhaen Tolsom aus der geborgenen QU-SJ-2 geholt und in die Medostation der QUESTRON gebracht hatten, hatte ich den Anblick meiner ehemaligen Partnerin unwillkürlich wieder vor Augen. Die Zeit heilte eben doch nicht alle Wunden, wie ein weiser Spruch aus der terranischen Vergangenheit von Unglück Betroffenen und Leidenden weismachen wollte. Schon gar nicht traf er bei einem fotografischen Gedächtnis zu, das nicht selektierte, was es an Erinnerungen bewahren sollte und was eher dazu angetan war, ausgeklammert zu werden.

Rhaen sah schrecklich aus. Der hysterische Ausdruck in ihrem Gesicht und das Flackern ihrer Augen passten weder zu den Qualifikationen einer ehemaligen SolAb-Agentin noch zur Tochter des Hohekanzlers Enerich Tolsom, die Auftritte auf öffentlichem Parkett gewohnt und bei aller Weltoffenheit für eine gewisse Distinguiertheit bekannt war.

Von ihrer Selbstbeherrschung war nichts übrig geblieben. Sie schien in dem TARA mehr als nur eine Bedrohung zu sehen, nämlich einen unermesslichen Schrecken, einen Alptraum, der sie heimgesucht hatte und nicht mehr losließ. Ich hatte sie als analytisch denkende, entschlossene Agentin erlebt, als kluge Taktikerin, der das Wohl Terras und anderer menschlicher Welten ebenso am Herz lag wie das ihrer Heimatwelt Reddeye, und nicht zuletzt als hingebungsvolle Geliebte, deren Verstand und Gefühle in einem ausgewogenen Verhältnis zueinander standen.

Nun war alles anders. Sie, Rhaen Tolsom, war anders.

Ihr Zustand schmerzte meine Seele, und diese Empfindungen verstärkten sich, als ich Rhaen kurz darauf in der Medostation betrachtete. In tiefer Bewusstlosigkeit liegend, befand sie sich zunächst nicht in akuter Lebensgefahr, doch in den nächsten Stunden wurde ihr Zustand zunehmend kritisch. Einmal wachte sie auf und erkannte mich, was ich als positives Zeichen sah. Weit gefehlt! Im nächsten Moment schien sie selbst in mir das personifizierte Grauen zu sehen, das ihr furchtbare Angst einjagte. Ihr hohlwangiges Gesicht glühte wie im Fieber.

Medorobots hatten sie aus ihrer Kombination geschält, sie gewaschen und die nur oberflächlichen Wunden gereinigt und desinfiziert. Leutnant Maria Vajai, die schlanke Bordärztin der QUESTRON, tat für die Patientin, was in ihrer Macht stand. Ob es ausreichte, ließ sich nicht sagen.

Was war in der INANNA geschehen? Fortwährend kreisten meine Überlegungen um diese Frage, doch niemand war da, der sie mir beantworten konnte. Nur Rhaen hatte den Flug des Kolonistenraumers in das rote Zentralgestirn Reddeyes überlebt, und sie war zu keiner Aussage fähig. Irgendetwas war ihr an Bord zugestoßen, das sie innerlich zerrissen hatte. Sie war verletzlich wie ein kleines Kind, das sich mit einer Gefahr konfrontiert sah, die ihr Fassungsvermögen überstieg.

Was, fragte ich mich hilflos, hatte Rhaen in den Abgrund gestürzt und in ein verstörtes Wesen verwandelt, das mit der Wirklichkeit nicht mehr zurechtkam? Ich konnte nur erahnen, dass es sich um einen Schrecken von solcher Tragweite gehandelt hatte, dass selbst ich mit meinen Erfahrungen von zehntausend Jahren hart daran zu knabbern gehabt hätte. Auch ohne dass sie ein Wort darüber verlor, las ich es in ihrem Gesicht.

Kapitel 5

Wir schreiben den 18. März, wisperte der Extrasinn, als Rhaen Tolsom in den Saal geführt wurde. *Konzentriere dich auf die Gegenwart. Rhodan erwartet zu Recht Schritte von dir, die ihn und das Solare Imperium aus dem Kreuzfeuer der Kritiker heraushalten.*

Mein Erinnerungsschub endete, als ich die junge Frau erblickte. Ihr Gesicht war eingefallen. Der Schmerz hatte tiefe Furchen darin gegraben, und noch immer flackerte eine unergründliche Angst in ihren Augen. Der Schrecken aus der INANNA, der sie an Bord der QUESTRON nicht losgelassen hatte, verfolgte sie bis in die 2. Kammer des Gerichts für interstellare Straftaten in Terrania City. Jedenfalls sahen es so die Prozessbeobachter. Dabei war es noch gar nicht der eigentliche Prozess, dem ich beiwohnte, sondern lediglich die erste Anhörung vor einem Richter. In ihr und weiteren vorbereitenden Sitzungen sollte entschieden werden, ob es überhaupt zu einer offiziellen Anklage kam.

Ich zweifelte nicht daran. Die Maßnahmen zur Aufdeckung der Vorgänge auf Reddeye, die ich in die Wege geleitet hatte, machten den Prozess sogar erforderlich. Auf je mehr Tage er angesetzt würde, desto mehr war mir geholfen.

Ich spielte auf Zeit, sowohl in meinem eigenen Interesse als auch in dem Enerich Tolsoms, der durch die Vorfälle unter ebenso großen politischen Druck geraten war wie Perry Rhodan. Ich konnte Perrys Verärgerung nachvollziehen. Mein inoffizielles Vorgehen auf Reddeye hatte dafür gesorgt, dass sich Terra in Zeiten politischer Instabilität unversehens der Kritik seiner Widersacher ausgesetzt sah. Nach Ansicht der meisten Kommentatoren hätte Rhaen Tolsom auf ihrer Heimatwelt der

Prozess gemacht werden müssen, nicht auf der Erde. In Zeiten, in denen das Solare Imperium von Zerfallserscheinungen geschwächt wurde, war vor allem das Imperium Dabrifa schnell mit Vorwürfen zur Hand, der Großadministrator betreibe gegenüber den terranischen Kolonien eine Hegemonialpolitik, statt ihre Freiheit und Unabhängigkeit zu akzeptieren.

Die junge Frau ging an mir vorbei, ohne mir einen Blick zu gönnen.

»Nehmen Sie Platz, Miss Tolsom.« Elbikor Shaiken, der Vorsitzende, sprach mit unaufgeregter Stimme. »Sie fühlen sich der Anhörung gewachsen?«

»So ist es.« Trotz ihres angegriffen wirkenden Äußeren ließ sich Rhaen keine Schwäche anmerken, als sie sich setzte.

»Meine Mandantin stellt sich gegen den Rat der behandelnden Ärzte zur Verfügung«, erklärte der hagere Mann an ihrer Seite, einen halben Kopf kleiner als sie und von unauffälliger Erscheinung. »Miss Tolsom ist aus freien Stücken hier und möchte durch ihre uneingeschränkte Kooperation dazu beitragen, ihre Unschuld zu beweisen.«

Ich hatte nur Gutes von dem versierten Strafverteidiger Thibold Froud gehört. Es war nicht ganz einfach gewesen, ihn als Rechtsbeistand zu gewinnen. Sofern es zu einem Verfahren kam und sich dieses für die Angeklagte zu einem Desaster entwickelte, würde Frouds Reputation erheblichen Schaden nehmen. In diesem Prozess ging es erst in zweiter Linie um Schuld oder Unschuld Tolsoms, zuvorderst stand die Frage nach dem Verhältnis zwischen Terra und seinen Kolonien im Raum. Die ohnehin politisch angespannte Lage des Solaren Imperiums hatte durch die Monolith-Krise eine zusätzliche Verschärfung erfahren. Die Strafkammer konnte sich keine Milde erlauben. Dazu waren zu viele Augen auf sie gerichtet.

Das Medieninteresse war enorm. Ich war froh, dass nach alter terranischer Väter Sitte weder Aufzeichnungsgeräte noch kamerabestückte Drohnen mit in den Saal gebracht werden durften.

Die Medienvertreter sahen sich auch im 32. Jahrhundert noch genötigt, ihre Notizen und Porträts der Prozessbeteiligten handschriftlich anzufertigen.

»Sie plädieren also auf ›Nicht schuldig‹«, stellte Elbikor Shaiken fest.

»Richtig, nicht schuldig«, bestätigte Thibould Froud.

Ich fragte mich, wie er reagiert hätte, hätte er von der Scharade Kenntnis erlangt, in die er ohne sein Wissen verstrickt war. Ohne es zu ahnen, waren die meisten Personen in diesem Raum, Rhaen eingeschlossen, Beteiligte eines Verwirrspiels, das ich in die Wege geleitet hatte, um mir Zeit für Nachforschungen zu erkaufen.

»Herr Ankläger?«, sagte der Vorsitzende.

»Ich lege Rhaen Tolsom im Namen Terras und der Bürger des Solaren Imperiums die Mitgliedschaft in der terroristischen Vereinigung Libra zur Last.« Jiut Fochter, ein stämmiger durchtrainierter Glatzkopf mit stechend blauen Augen, machte eine bedeutungsschwere Pause und strich sich über seinen kahlen Schädel. »Außerdem klage ich sie des Mordes an zweitausend Bürgern an, die an Bord der INANNA als Siedler auf dem Weg nach Reddeye waren.«

Unter den Medienvertretern brach hektische Betriebsamkeit aus. Einige tippten hastige Notizen in ihre Schreibpads, andere steckten die Köpfe zusammen und tuschelten einander Kommentare zu, deren Inhalt mir verschlossen blieb. Ich konnte mir den Tenor vorstellen. Nicht nur die Medien hatten sich im Vorfeld der Verhandlung auf Rhaen Tolsoms Schuld festgelegt, auch in der öffentlichen Meinung gab es eine deutliche Stimmung gegen die Tochter des wichtigsten Clansherrn von Reddeye. Umfragen zufolge machten annähernd neunzig Prozent der Erdbevölkerung Rhaen für den Tod der Siedler verantwortlich, ohne Einsicht in die Fakten zu haben.

Was das betrifft, geht es weder dir noch den mit diesem Fall befassten Organen besser, erinnerte mich der Extrasinn überflüssigerweise daran, dass wir nicht wussten, was an Bord der INANNA geschehen war.

In der terranischen Rechtsprechung gilt immer noch der Grundsatz, wonach ein Beschuldigter so lange als unschuldig anzusehen ist, wie seine Schuld nicht juristisch bewiesen wurde, protestierte ich gegen die Vorverurteilung meiner einstigen Partnerin. Nach wie vor war ich von ihrer Unschuld überzeugt. Leider war es, da Rhaen keine zufriedenstellende Auskunft über das Schicksal der Siedler geben konnte, kaum möglich, diese zu beweisen.

Da du mir mit juristischen Spitzfindigkeiten kommst, warf mein Logiksektor ein, *sollte dir bekannt sein, dass Rhaen Tolsom nicht im Zugzwang ist, ihre Unschuld beweisen zu müssen. Im Gegenteil liegt es an Jiut Fochter, die Geschworenen und das Gericht von ihrer Schuld zu überzeugen.*

»Ich bitte um Ruhe.« Elbikor Shaiken wartete, bis die versammelte Pressemeute der Aufforderung nachkam, und wandte sich wieder an den Kahlköpfigen. »Bevor wir zu den Aussagen kommen, bitte ich um Klärung einer grundsätzlichen Frage, Herr Ankläger. Miss Tolsom ist Bürgerin der von Terra unabhängigen Kolonie Reddeye. Aus welchem Grund ist die irdische Jurisdiktion für diesen Fall zuständig?«

Der Vorsitzende ging in die Offensive, um den Konkurrenten der Menschheit den Wind aus den Segeln zu nehmen, das war mir klar. Seine Frage diente dazu, einigen uns nicht wohlgesonnenen Sternenreichen wie der Zentralgalaktischen Union, dem Carsualschen Bund und der Ross-Koalition durch die Berichterstattung in den terranischen Medien zu zeigen, dass sich die Erde nicht um diesen Fall gerissen hatte.

Ich seufzte. Diesen Schlamassel hatte ich Perry Rhodan eingebrockt, doch mir war nichts anderes übrig geblieben. Ich hatte im Interesse der Menschheit und Reddeyes gehandelt und tat das weiterhin. Allerdings durfte die Verstrickung der USO in diese Angelegenheit unter keinen Umständen publik werden.

»Wir wurden gewissermaßen in die Rolle des Anklägers gedrängt«, sagte Jiut Fochter.

Wieder machte meine Erinnerung einen Abstecher in die Vergangenheit.

Kapitel 6

Ich hatte die Medostation der QUESTRON verlassen und war auf dem Weg in die Zentrale. Rhaen Tolsoms kritischer Zustand ging mir näher, als mir lieb war, doch ich durfte mich nicht davon zermürben lassen.

Laut Aussage der Bordärztin litt Rhaen unter schweren dissoziativen Identitätsstörungen, was nichts anderes hieß, als dass bestimmte Erinnerungssegmente entweder vollständig geblockt oder als Fragmente verschiedenen Persönlichkeitsmustern zugeordnet wurden, die abwechselnd die Kontrolle über Rhaens Verhalten übernahmen. In ihrem Gehirn hatten sich Knoten gebildet, sogenannte Leitzellen, deren Zweck noch unbekannt war. Immerhin hatte Doktor Maria Vajai herausgefunden, was sie anrichteten. Die Leitzellen hatten die Kontrolle über sämtliche physiologischen Funktionen von Rhaens Körper übernommen und griffen gezielt auf die Erinnerungsmuster der vergangenen Stunden zurück. In der Art einer mentalen Endlosschleife verstärkten sie die Muster unermüdlich, erhitzten und überluden, bildlich gesprochen, ihren Geist – bis zum absehbaren Kollaps.

Der Rhaens Tod bedeuten würde.

Leutnant Vajais Vorschlag ging mir nicht aus dem Kopf. Die Medikerin sah nur eine Möglichkeit, meine ehemalige Partnerin vor dem Tod zu bewahren. Sie musste Rhaens Erinnerungen der letzten Stunden per induzierter Hypnosuggestion unterdrücken. Geschehen sollte das durch eine Manipulation des neuronalen Netzes, indem Vajai ihrer Patientin programmierte und von einer Positronik koordinierte Nanopartikel injizierte. Sie versprach sich davon, den Leitzellen die Basis für ihre Aktivitäten zu entziehen und sie gewissermaßen auszuhungern.

Wenn ich ehrlich war, hatte ich nur die Hälfte von Doktor Vajais Ausführungen verstanden, doch ich hatte sie angewiesen, die Prozedur umgehend in die Wege zu leiten. Ich legte besonderen Wert darauf, Rhaens Verstand mittels Hypnosuggestion zu unterdrücken, um ihr den Schmerz und die Qualen zu nehmen. Zumindest gab es einen Hoffnungsschimmer auf Rettung. Unter anderem darüber hatte ich mit Perry Rhodan bei unserem kurz zuvor erfolgten Hyperfunkgespräch geredet. Allerdings ging es mir nicht allein darum, Rhaen aus ihrer Verwirrung zu befreien und zu retten, sondern auch um mögliche Informationen, die sie von einem Parthan-Träger erhalten hatte.

Ich musste erfahren, wie es ihr gelungen war, an Bord des Kolonistenraumers zu gelangen. Vielleicht hatte sie noch mehr über die Hintergründe in Erfahrung gebracht, was nun in ihrem zerrütteten Geist verschüttet lag. Zweimal war der Begriff »Söldner« gefallen. Was verbarg sich dahinter? Wer war damit gemeint?

Ich reagierte, als das Piepsen meines Kom-Armbands mir einen internen Anruf signalisierte. »Ja«, meldete ich mich kurz angebunden.

»Leutnant Midarka«, vernahm ich die Stimme der Funk- und Ortungsspezialistin. »Wir empfangen einen Funkspruch von Reddeye.«

»Von Hohekanzler Tolsom?«

»Ja, Sir. Soll ich ihn auf ihr Kom legen?«

»Nicht nötig. Ich bin gleich in der Zentrale.«

Ich unterbrach die Verbindung und verfiel in leichten Laufschritt. Zweifellos meldete sich Enerich Tolsom, um sich nach dem Befinden seiner Tochter zu erkundigen. Ich seufzte und straffte mich, als das Zentraleschott hinter der Korridorbiegung auftauchte. Es öffnete sich, nachdem ich mich ihm bis auf fünf Meter genähert hatte, und ich trat ein. Die typischen Geräusche, die im Herzen eines fünfhundert Meter durchmessenden Schlachtkreuzers der SOLAR-Klasse mit achthundert Besatzungsmitgliedern herrschten, empfingen mich. Die anwesenden Offiziere gingen weiter ihren Tätigkeiten nach. Inzwischen hatte auch der letzte begriffen, dass ich keinen Wert auf Formalien legte, die den Betriebsablauf störten. Wenn ich an einem Lagebericht interessiert war, ließ ich das den Kommandanten oder den Ersten Offizier wissen.

Auf dem Panoramabildschirm pulsierte das Zentralgestirn Reddeye, um das sich, teilweise auf exzentrischen Umlaufbahnen unterwegs, die sieben Planten des Systems abzeichneten. Frenzis, der zweite Umläufer, ein Gasriese von Neptungröße, destabilisierte das System, was auf seiner Nachbarwelt Reddeye zu stark wechselnden Jahreszeiten und außergewöhnlichen Klimaverhältnissen führte. Der rote Unterriese von sechsfacher Solmasse, 26.269 Lichtjahre von der Erde entfernt, war ein Stern des Typs K0IV, der seinen Namen einem permanenten, riesigen Sonnenfleck verdankte. Die Daten gingen mir im Bruchteil einer Sekunde durch den Kopf, während ich mich einem peripheren Holokubus zuwandte, der Enerich Tolsom abbildete.

»Wie ist der Zustand meiner Tochter?«, fragte er anstelle einer Begrüßung. Sein Gesicht glich einer wächsernen Maske, doch das Beben seiner Stimme verriet seine Besorgnis um Rhaen.

Ich ließ ein paar Sekunden verstreichen und gab mir einen Ruck. »Ich will Ihnen nichts vormachen, Hohekanzler. Rhaen liegt in unserer Medostation. Ihr Zustand ist besorgniserregend.«

Der alte Mann, der der Clankammer bereits im 41. Jahr vorstand, sah mich flehend an. Ich wusste, in welch inniger Verbindung Vater und Tochter zueinander standen. Es war ihm nicht leicht gefallen, sie 3080 nach Terra gehen zu lassen, wo sie zunächst studiert und sich dann der SolAb angeschlossen und eine Ausbildung zur Agentin erfahren hatte. Ich hätte gern tröstende Worte für ihn gefunden, doch sie wären mir unaufrichtig vorgekommen.

»Rhaen erinnert sich an nichts, obwohl ihre Hirnaktivitäten Ausmaße angenommen haben, die über jeden normalen Wert hinausgehen«, gestand ich. »Wir haben bereits entsprechende Maßnahmen eingeleitet.«

»Entsprechende Maßnahmen«, echote Enerich Tolsom. Er legte die Stirn in Falten. »Ich merke, dass Sie mir keine Einzelheiten nennen wollen, Lordadmiral. Ich dränge Sie nicht dazu, da ich weiß, wie Sie und Rhaen zueinander stehen. Ihre Sorgen um sie werden nur wenig kleiner sein als meine eigenen. Sagen Sie mir nur, dass es Ihnen gelingt, meine Tochter zu retten.«

»Doktor Vajai unternimmt alles, was in ihrer Macht steht. Es ist ihr gelungen, Rhaens Zustand zu stabilisieren.«

Der alte Mann nickte. »Ich danke Ihnen.«

Mir entging nicht der Blick, mit dem er mich maß. Enerich Tolsom hatte ein Anliegen, das er sich vorzutragen scheute. Das war ungewöhnlich. Ich hatte ihn als Mann kennengelernt, der weder mit seinen Ansichten noch mit seinen Entscheidungen hinterm Berg hielt.

»Was liegt Ihnen auf der Seele, Hohekanzler?«, fragte ich. »Haben Sie Ihre Meinung geändert? Erwarten Sie, dass ich Rhaen zu Ihnen bringe?«

Mein Gesprächspartner zuckte merklich zusammen. »Ganz im Gegenteil, Lordadmiral. Ich bitte Sie, Rhaen aus dem Reddeye-System zu schaffen und zur Erde zu bringen.«

Ich vernahm einen überraschten Pfiff Tira Midarkas. Ich hatte die stets zu einem Scherz aufgelegte USO-Spezialistin noch nie so angespannt gesehen. Sie plusterte ihre Pausbacken auf. »Das klingt nach diplomatischen Verwicklungen«, sagte sie gerade laut genug, dass ich es verstehen konnte, ihre Worte jedoch nicht an Enerich Tolsom übertragen wurden.

»Eine ungewöhnliche Bitte«, wägte ich meine Antwort ab. »Was veranlasst Sie dazu, Hohekanzler?«

»Die politische Lage. Sie haben die anfänglichen Medienberichte mitbekommen. Der Sturm der Empörung über den angeblichen Massenmord meiner Tochter ist noch größer, als ich ihn erwartet habe. Sämtliche Trivid-Kanäle bringen Sondersendungen. Rhaens Rettung aus der INANNA wird als Teil einer Konspiration hingestellt, die sie zusammen mit Libra ausgeheckt haben soll. Die Nachrichtensender haben sich auf sie eingeschossen und stempeln sie als Terroristin ab. Dankenswerterweise halten sich die anderen Clanherren in dieser Hinsicht bedeckt.«

Der Hohekanzler wird sich auf breiter Front mit dem Vorwurf konfrontiert sehen, dass Rhaen eine Massenmörderin ist, folgerte der Extrasinn. *Das macht ihn innenpolitisch angreifbar. Auf eine solche Gelegenheit warten seine Konkurrenten. Sie wollen ihn loswerden und durch einen Terra weitaus weniger gewogenen Hohekanzler ersetzen.*

Daran hatten sie bereits zuvor keinen Zweifel gelassen. Besonders Aramus Akharim, der Clanherr der Akharim-Familie, machte kein Hehl aus seinen Ambitionen, Enerich Tolsom als Hohekanzler abzulösen. Die liberale Politik des Tolsom-Clans war ihm ein Dorn im Auge. Da kam ihm sehr gelegen, dass der höchste Mann Reddeyes sich seit geraumer Zeit mit den Aktivitäten Libras konfrontiert sah, ohne sie unter Kontrolle zu bekommen. Nicht nur, dass sich Tolsoms Sohn Elion der »Freiheitsbewegung« genannten terroristischen Gruppierung angeschlossen hatte. Dieser Verdacht fiel nun in noch stärkerem Maß auf Rhaen. Dass sich Aramus Akharin und die restlichen Clanherren nicht von der öffentlichen Hysterie anstecken ließen, sprach für sie.

Mach dir nichts vor. Sie taktieren und warten auf den bestmöglichen Zeitpunkt, um ihre Karten aufzudecken. Es ist nur eine Frage der Zeit, dass sie ihr Stillhalten aufgeben werden, unkte der Extrasinn.

Ich stimmte ihm zu. Wieder beschäftigte mich die Frage nach der undichten Stelle. Nach dem Verräter, der das Schicksal der INANNA und Rhaen Tolsoms angebliche Verstrickung darin an die Medien lanciert hatte.

»Sie fürchten, dass Ihre Tochter unter Umständen als politisches Druckmittel gegen Sie selbst missbraucht wird«, begriff ich das Dilemma, in dem der Hohekanzler steckte. »Die anderen Clans könnten versuchen, Sie und Rhaen gegeneinander auszuspielen.«

Enerich Tolsom rang die Hände. »Unterstellungen, dass es durch meine Position auf Reddeye niemals zu einem objektiven Verfahren gegen Rhaen käme, würden auf fruchtbaren Boden fallen. Selbst wenn sich ihre Unschuld herausstellte, wovon ich fest überzeugt bin, würden meine politischen Widersacher behaupten, ich hätte die Hand über meine Tochter gehalten und eine angemessene Strafverfolgung vereitelt.«

»Ihre Überlegungen haben etwas für sich, Hohekanzler«, stimmte ich ihm zu.

»Trotzdem können wir Miss Tolsom nicht einfach auf die Erde bringen«, mischte sich Mesut Tornip ein, der USO-Diplomat, der an Bord der QUESTRON war, weil ich ursprünglich eine politische Goodwill-Tour durch ausgewählte Kolonialreiche absolviert hatte, um neue Freunde und Verbündete für das Solare Imperium zu gewinnen.

»Wir haben uns bereits über die juristischen Implikationen unterhalten. Sie waren es, der mir mit gewissen Winkelzügen eine Handhabe gab, Rhaen Tolsom an Bord der QUESTRON zu behalten, statt sie auf Antrag der Clankammer nach Reddeye auszuliefern.«

Der sportlich-schlanke Olympgeborene mit dem angegrauten Haar und dem Allerweltsgesicht rückte seine antike Hornbrille zurecht. »Von Winkelzügen kann keine Rede sein, Sir.« Tornip klang verschnupft ob meiner Wortwahl. »Ich habe rechtliche Möglichkeiten ausgelotet, die auf Paragraphen des intergalaktischen Völkerrechts fußen. Dabei ging es zunächst um die Verzögerung einer Auslieferung. Miss Tolsom gegen den Willen der Clankammer auf die Erde zu bringen und sie damit der Jurisdiktion Reddeyes zu entziehen, hat eine ganz andere Qualität.«

»Ich stimme Mister Tornip zu. Ihre Bitte allein ist in diesem Fall eine unzureichende Handhabe, Hohekanzler«, wandte ich mich an Enerich Tolsom. »Die übrigen Clansherren würden eine Überstellung Rhaens zur Erde als politischen Affront seitens Terra sehen.«

»Deswegen brauchen Sie sich keine Sorgen zu machen, Lordadmiral.« Die Züge des alten Mannes verhärteten sich. »Ich konnte die Clankammer zu ihrem Einverständnis bewegen, mich zunächst selbst um die Angelegenheit kümmern zu dürfen und die notwendigen Schritte in die Wege zu leiten.«

»Wie ist Ihnen das gelungen?«, wunderte sich Mesut Tornip.

»Ich musste im Gegenzug gewisse ... Zugeständnisse machen.«

Ich begriff. Diejenigen Mitglieder der Clankammer, die nicht Enerich Tolsoms Linie unterstützen, gingen in politischer Hinsicht zweifellos nicht mit leeren Händen aus diesem Handel hervor. Für ihr Entgegenkommen stand der Hohekanzler in ihrer Schuld, und das würden sie ihn zu gegebener Zeit spüren lassen und einen nicht unerheblichen Gefallen einfordern. Zudem rechneten sie, bei aller dargebotenen Bereitwilligkeit, sicher nicht mit seinem Schritt, seine Tochter der terranischen Jurisdiktion zu unterstellen. So oder so standen ihm ernsthafte Schwierigkeiten bevor, und es war mehr als zweifelhaft, dass er die Affäre politisch überstand.

»Ich kann nicht mehr tun, als Sie inständig darum zu bitten, meinen Vorschlag anzunehmen«, appellierte er an mich.

»Das steht nicht in der Macht des Lordadmirals«, mischte sich abermals Mesut Tornip ein. Meine säuerliche Miene ignorierte er. »Die USO besitzt zwar übergeordnete, von allen Staatsgebilden unabhängige Polizeigewalt, für einen solchen Schritt hat sie jedoch keine Handhabe. Ihren Antrag, Hohekanzler, können lediglich Perry Rhodan und das Solare Parlament positiv bescheiden.«

»In dem Fall bitte ich um eine Hyperfunkverbindung zur Erde, damit ich den Großadministrator um seine Zustimmung bitten kann«, zeigte sich Enerich Tolsom kämpferisch.

Ich hielt das für keine gute Idee. Längst nicht mehr als Privatmann agierend, war ich dafür verantwortlich, dass die USO und das Solare Imperium in die Angelegenheit hineingezogen worden waren. Es lag an mir, Perry von den Vorteilen von Tolsoms Vorschlag zu überzeugen. »Ich werde persönlich mit Rhodan sprechen«, versprach ich.

»Womit Sie den Großadministrator in eine verteufelte Zwickmühle bringen, Sir«, gab der USO-Diplomat zu bedenken.

»Rhodan wird mir zustimmen, dass wir den Hohekanzler unterstützen müssen«, behauptete ich. »Enerich Tolsom ist bereit, seinen liberalen Weg weiter zu gehen und sich der Erde politisch anzunähern. Unter einem Hohekanzler Aramus Akharim hingegen würde sich die Abschottung des Reddeye-Systems von Terra zwangsläufig weiter fortsetzen. Sie selbst, Mister Tornip, haben mir die juristische Option genannt, mit der wir argumentieren können.«

»Die sich aber durchaus am Rande einer Grauzone bewegt.«

»Eine Grauzone, die im intergalaktischen Recht dennoch vertretbar ist«, konterte ich. Meine Erfahrung als Admiral des Tai Ark'Tussan und arkonidischer Imperator Gonozal VIII. hatte mich gelehrt, dass man sich zuweilen über Hindernisse hinwegsetzen und eine unbequeme Richtung einschlagen musste.

Dennoch hat Tornip recht, raunte der Extrasinn. *Du setzt deinem terranischen Barbarenfreund die Pistole auf die Brust. Er war vorhin schon nicht begeistert von deinem Vorhaben zu Rhaen Tolsoms Rettung.*

Rhodan kann sich wehren, gab ich zurück. *Er lässt sich zu nichts zwingen, tut gleichzeitig aber das, was getan werden muss.* Das wusste ich spätestens seit unserem Zweikampf im Erdmuseum in Port Venus vor über tausend Jahren. Er würde auch diesmal die zwingende Notwendigkeit meiner Vorschläge einsehen.

Kapitel 7

In dem folgenden Hyperfunkgespräch, auf einem Alpha-Kanal abgewickelt und über mehrere Relaisstationen übertragen, war es mir gelungen, Perry Rhodan zu überzeugen. Natürlich hatte zu seinem Einverständnis beigetragen, dass er einer weiteren Annäherung Reddeyes an Terra nicht abgeneigt war. Wir waren uns darin einig, dass es unter einem Hohekanzler Aramus Akharim auf keinen Fall dazu kommen würde, sondern das Tischtuch zwischen der Erde und der unabhängigen Kolonie endgültig zerschnitten wäre. Nur durch Kontakte zum Tolsom-Clan stand eine Kooperation überhaupt in Aussicht, und so hatte Rhodan schließlich zugestimmt, die Zerstörung der INANNA als Ereignis im interstellaren Raum zu betrachten. Unter großen Vorbehalten hatte das Solare Parlament sich seiner Einschätzung angeschlossen, und nun, wenige Wochen später, begannen die Anhörungen, die Schuld oder Unschuld Rhaen Tolsoms ans Licht bringen sollten.

»Sie bestreiten, Kontakte zur Freiheitsbewegung Libra unterhalten zu haben?« Jiut Fochters Stimme schnitt durch den Saal der 2. Strafkammer und riss mich aus meinen Überlegungen.

»Durchaus nicht«, gestand meine ehemalige Partnerin. »Ich habe mich in die Gruppe eingeschleust, um etwas über ihre Hintergründe zu erfahren.«

»Waren Sie erfolgreich?«

»Ich habe herausgefunden, dass es sich ursprünglich um einen Bund traditioneller Aristokraten handelt, die sich gegen eine Öffnung unserer Welt gegenüber dem Solaren Imperium wenden.«

»Diese Informationen waren seit längerem bekannt. Die von Libra-Anhängern durchgeführten Bombenanschläge, besonders jener auf das Große Forum, bildeten den Höhepunkt einer Reihe politischer Aktionen und eine Abkehr von den ehemals rein friedlichen Protesten. Wollen Sie uns wirklich weismachen, Sie hätten im inneren Kreis Libras nicht mehr herausgefunden als die altbekannten Tatsachen?« Der Ankläger hob eine Hand, um zu verdeutlichen, dass seine Frage rein rhetorischen Charakter hatte und er keine Antwort erwartete. »Ich glaube, dass Sie einen ganz anderen Grund für Ihr konspiratives Treffen hatten. Sie erhielten einen Auftrag.«

»Von welchem Auftrag sprechen Sie?«, wollte Thibold Froud wissen, ohne von seinen Notizen, die er unablässig machte, aufzusehen.

»Ihre Mandatin weiß ganz genau, wovon ich spreche.« Fochter trat vor und baute sich vor der jungen Frau auf. »Sie, Miss Tolsom, erhielten den Auftrag, die INANNA in die Luft zu sprengen. Zweitausend Tote? Den meisten von uns mag diese Zahl wie purer Wahnsinn vorkommen, doch für die Angehörige einer Terroristengruppe, die mit allen Mitteln um die Unabhängigkeit ihrer Welt kämpft, sind diese Toten ein kalkulierbares Opfer.«

»Sie haben recht, das ist wirklich Wahnsinn«, begehrte Rhaen auf. »Wieso sollte ich ein solches Verbrechen begehen?«

»Um die Ankunft dieser Siedler zu verhindern, das ist offensichtlich. Um eine endgültige Abnabelung Reddeyes vom Solaren Imperium zu erreichen.« Jiut Fochter schlug mit der Faust auf das Pult, hinter dem die Angeklagte saß. Sie zuckte zusammen. »Dabei ist diese Abnabelung längst erfolgt. Die Unabhängigkeit des Reddeye-Systems vom Solaren Imperium besteht de facto seit der Dolan-Krise und wurde vom Solaren Parlament niemals in Zweifel gezogen.«

Die letzten Worte waren nicht an die Beschuldigte gerichtet, sondern an diejenigen Sternenreiche, die mit dem Imperium konkurrierten und die von den Medien öffentlich gemachten Anhörungen und erst recht eine mögliche spätere Verhandlung mit Argusaugen beobachteten. Rhodan hatte dieser Farce zugestimmt, doch das bedeutete nicht, dass er Samthandschuhe angeordnet hatte. Dazu fehlte ihm sowohl die Legitimation als auch der Wille. Ebenso wie ich war er stets der Überzeugung gewesen, dass die Unabhängigkeit der Jurisdiktion eine unabdingbare Grundlage jeder Demokratie war. Rhodan wäre es niemals eingefallen, auf Gerichte Einfluss zu nehmen.

Er war meiner Argumentation gefolgt, sicher, trotzdem sah er das Imperium durch die Regierung Reddeyes in eine Sache von unnötiger Brisanz hineingezogen. Der Extrasinn hatte gar nicht so sehr daneben gelegen mit seinem Vorwurf, ich setze Perry die Pistole auf die Brust. Von dem Moment an, als ich den Auslieferungsantrag der Clankammer abgewiesen und Rhaen an Bord der QUESTRON behalten hatte, hatten sich die Dinge verselbständigt.

»Es waren Menschen von der Erde, für deren Tod Sie verantwortlich sind«, setzte der Ankläger nach. »Ich sehe es als erwiesen an, dass Sie somit in verbrecherischer Weise nicht nur gegen die Bevölkerung Ihrer Heimatwelt vorgegangen sind, sondern unmittelbar gegen das Solare Imperium.«

Rhaen Tolsom schüttelte energisch den Kopf. Die falschen Anschuldigungen schienen Kraft in ihr freizusetzen. »Sie irren sich. Es ist allgemein bekannt, dass mein Vater, der Hohekanzler Enerich Tolsom, eine liberale Politik betreibt und eine Abkehr vom Isolationismus vertritt.«

»Es geht hier nicht um Ihren werten Herrn Vater, der über jeden Zweifel erhaben ist.«

»Gleiches wie für ihn trifft auf meine Mandantin zu.« Thibold Froud erhob sich und stützte die Hände auf das Pult, über das er seinen Oberkörper nach vorn neigte. »Sie haben eine Reihe von Anschuldigungen vorgebracht, für sie keinen einzigen Beweis vorlegen können, werter Kollege. Bisher bin ich gezwungen, mich mit Indizien auseinanderzusetzen, die jeglicher Grundlage entbehren.«

»Sind zweitausend Tote für Sie nicht mehr als Indizien?«

»So bedauernswert der Tod dieser Menschen ist, gibt es keine Beweise, die belegen, dass meine Mandantin die Verantwortung für ihr Schicksal trägt. Vielmehr wurde sie um ein Haar selbst zum Opfer dieser von wem auch immer verschuldeten Katastrophe. Miss Tolsoms körperlicher wie psychischer Zustand belegen das.«

Ich schürzte die Lippen. Die Probleme des Verteidigers lagen auf der Hand. Er konnte nicht agieren, sondern lediglich reagieren. Er durfte keine Einwände zu Gunsten Libras vortragen. Ihm stand lediglich die Option offen, Rhaens Verwicklung in den Fall und ihre Schuld an der Tat selbst abzustreiten. Dummerweise war das keine griffige Strategie. Zudem stand sie auf tönernen Füßen. Unbestritten blieb nämlich, dass sich Rhaen an Bord der INANNA aufgehalten und deren Untergang als einzige überlebt hatte. Neben der Besatzung und den zweitausend Kolonisten hatte auch der USO-Spezialist Pertar Almoth, ein Mitglied des Denar-Quintetts, beim Sturz des Kolonistenraumers in die Sonne den Tod gefunden. Es war also niemand übrig, der Rhaen durch seine Aussage entlasten konnte.

Thibold Frouds Dilemma wurde durch die Tatsache verstärkt, dass er kein Sterbenswörtchen über die Verstrickung der USO in die Angelegenheit verlieren durfte. Die ersten Wogen, ausgelöst durch eine offizielle Verlautbarung Aramus Akharims, in denen ich explizit genannt und öffentlich an den Pranger gestellt worden war, hatten wir geglättet, doch durfte kein weiteres Öl in dieses Feuer gegossen werden. Zu guter Letzt musste der Verteidiger gegen die selbstauferlegte Blockade der Clankammer ankämpfen. Durch die jüngsten Entwicklungen schottete sich Reddeye stärker denn zuvor gegen Einmischung von außen ab. Er konnte der Clankammer vorwerfen, mit ihrem Verhalten den Zugang zu wichtigen Daten zu verhindern, hätte damit primär aber gegen Enerich Tolsom geschossen.

Jiut Fochter verdrehte medienwirksam die Augen. »Sie spekulieren hoffentlich nicht auf Mitleid für eine mutmaßliche Massenmörderin, Herr Kollege. Wir alle wissen, dass Fanatiker zum Erreichen ihrer Ziele auf ihr eigenes Leben keine Rücksicht nehmen. Das Prinzip des Selbstmordattentats zieht sich wie ein roter Faden durch die menschliche Geschichte.«

Rhaen Tolsom stöhnte auf. Sie hatte die Augen geschlossen und sank in sich zusammen, was der Kahlköpfige mit einer geringschätzigen Handbewegung abtat.

»Ich bitte darum, die Anhörung zu vertagen, Herr Vorsitzender«, beeilte sich Thibold Froud zu sagen. »Meine Mandantin hat einen Schwächeanfall. Ich wies bereits zu Beginn der Anhörung darauf hin, dass sie sich gegen den Einwand der Ärzte zur Verfügung gestellt hat.«

»Dieser Anfall kommt genau im richtigen Moment. Ist das Ihre Taktik, um den unabwendbaren Prozessbeginn hinauszuzögern?« Fochters Stimme troff vor Sarkasmus.

»Mäßigen Sie sich, Herr Ankläger«, wies ihn Elbikor Shaiken in die Schranken. »Ich folge dem Antrag der Verteidigung. Die Anhörung wird morgen um zehn Uhr fortgesetzt. Sie, Herr Verteidiger, weise ich mit Nachdruck darauf hin, dass meine Geduld Grenzen kennt.«

Froud neigte das Haupt. »Ich danke Ihnen, Herr Vorsitzender.«

Ich hatte genug gehört. Das Spiel auf Zeit, das dazu diente, die wahren Hintergründe um Libra und die Geschehnisse auf Reddeye aufdecken zu können, hatte begonnen. Nun lag es an mir, die unübersichtliche und politisch schwierige Angelegenheit in den wahren Kontext zu setzen. Die Vorbereitungen, die ich zu diesem Zweck getroffen hatte, waren abgeschlossen. Ich erhob mich von meinem Platz und stürmte aus dem Saal.

Kapitel 8

Terian Sadlik

Shasker, 24. April 3113

Ein Geräusch weckte Terian Sadlik, und sie war augenblicklich wach. Dunkelheit umgab sie. Wieder empfand sie den Impuls, nach einer Waffe zu greifen. Sie ballte die Hände zu Fäusten und widerstand ihm. Im nächsten Moment erinnerte sie sich daran, was geschehen war und wo sie sich aufhielt. Sie legte den Kopf in den Nacken und gewahrte durch den Glassitausschnitt in der Hallendecke das Lichtermeer des nächtlichen Sternenhimmels.

Sadlik erhob sich vom Boden und spähte in die Dunkelheit. Nachdem ihre Augen sich an die Lichtverhältnisse gewöhnt hatten, erkannte sie die Konturen von Regalen, Umrisse von darin gestapelten Behältern und die Silhouetten in einer Ecke abgestellter Antigrav-Wannen. Aus dem hinteren Hallenbereich glotzte ein düsteres rotes Licht, das einen Notausgang markierte, in ihre Richtung.

Wieder vernahm sie ein Geräusch, und es gelang ihr, die Herkunft zu lokalisieren. Es kam von vorn und anscheinend von unten, aus einem Kellergeschoss. Führte ein Sicherheitsmann seinen routinemäßigen Kontrollgang durch? Sadlik drückte sich in eine Nische zwischen den Regalen und warf einen beiläufigen Blick auf ihr Kombiarmband. Drei Stunden hatte sie geschlafen. Sie hatte sich gar nicht so müde gefühlt, und nun war sie hellwach, wie darauf gedrillt, eine veränderte Situation blitzschnell zu erfassen. Doch das war sie nicht – glaubte sie, sich ihrer Erinnerungen nicht mehr völlig sicher.

Etwas anderes war dafür umso unzweifelhafter. Wenn sie an ihrem Zufluchtsort erwischt wurde, würde man sie als Einbrecherin der Shasker-Police übergeben. Warum eigentlich nicht? Sie konnte sich ein schlimmeres Ende dieses unwirklich erscheinenden Tages vorstellen, denn sie hatte sich nichts zuschulden kommen lassen. Diesen Unterschlupf hatte sie nicht mit kriminellen Absichten gewählt, sondern um ihr Leben vor den unbekannten Attentätern zu retten. Diesen Umstand konnte man ihr nicht zur Last legen. *Die meisten Menschen in ihrer Lage, nämlich aus heiterem Himmel mit dem Tod konfrontiert zu sein, hätten so reagiert.* Die Polizei war für jedermanns Sicherheit verantwortlich, also auch für ihre.

In ihrem Kopf regte sich Widerspruch. Die Attentäter hatten sich vom Erscheinen der Polizei nur wenig beeindrucken lassen. Ihre Kaltschnäuzigkeit deutete darauf hin, dass sie das Eingreifen von Sicherheitsorganen nicht fürchteten.

Weil sie sich denen überlegen fühlen und es vermutlich auch sind.

Terian Sadlik zuckte zusammen. Wie kam sie bloß auf solch eine Idee? Die Vorstellung war aberwitzig, aber war sie deshalb ausgeschlossen? Nein, ganz bestimmt nicht. Shasker entwickelte sich so rasant und ungebremst, dass die örtlichen Organe der Hauptstadt kaum Schritt halten konnten. Besonders Alcerry wucherte zu einem aus der Kontrolle geratenen Moloch bar jeglicher Vernunft. Sadlik musste damit rechnen, dass kein Sicherheitsdienst Streife lief, sondern diejenigen, die ihr nach dem Leben trachteten, sie entdeckt hatten. Doch wieso hatten sie dann so lange gezögert, sich ihr zu nähern? Als sie eben geschlafen hatte, hatte sie ein leichtes Ziel abgegeben.

Die Terraforming-Spezialistin sah sich um. Das Tor, durch das sie in die Halle eingedrungen war, war verschlossen. Sie löste sich aus der Nische und huschte an den Aufbauten entlang in den hinteren Hallenbereich, wo sie einen schwachen Lichtschein gewahrte, der eine abwärts geneigte Rampe offenbarte. Unten bewegte sich die Lichtquelle.

»Nicht bewegen!«, zischte eine Stimme hinter der jungen Frau.

Sadlik erstarrte zur Regungslosigkeit. Sie schalt sich eine Närrin, nicht in ihrem Versteck geblieben zu sein. Durch Zufall hätten die Attentäter sie nicht gefunden. Die nächsten Worte machten ihr klar, dass jemand anders sie entdeckt hatte.

»Wer bist du? Und was machst du hier?«

»Terian Sadlik«, antwortete sie wahrheitsgemäß. Sie atmete auf. »Ich bin keine Diebin. Ich habe mich vor jemandem versteckt, der mich umbringen wollte.« Ihre eigenen Worte kamen ihr unglaubwürdig vor.

Jemand trat mit erhobener Waffe neben sie. Sadlik erkannte einen kurzläufigen Energienadler, dessen Mündung auf ihre Schläfe gerichtet war. Der Mann, der ihn hielt, war hoch aufgeschossen und wirkte in der Dunkelheit hager und asketisch. Er trug derbe, unauffällige Straßenkleidung und bewegte sich ungelenk. Er fühlte sich nicht weniger ertappt als sie.

Kein Wachmann, sondern ein Einbrecher. Die Erkenntnis hätte Sadlik fast auflachen lassen.

»Nach unten! Beweg dich schon!«

Die Nervosität in der Stimme des Mannes ließ es ihr geraten erscheinen, der Aufforderung nachzukommen. Sie setzte einen Fuß vor den anderen und schätzte ihre Aussichten ein, den Hageren mit einem Ausfall zu überwinden. Er beging nicht den Fehler, in Reichweite zu kommen, sonst hätte sie ihn trotz seiner Waffe ausschalten können. Die paar Schritte Abstand genügten, um ihr eine Hohlnadel in den Kopf zu schießen, bevor sie ihn erreichte. Sadlik ging ins Kellergeschoss hinab, wo sich ein weiterer, gut einen Kopf kleinerer Mann aufhielt. Der Lichtstrahl seines Scheinwerfers huschte über ihr Gesicht. Geblendet schloss sie die Augen.

»Verdammt, Brannon«, fluchte der Kleine mit piepsender Stimme. »Ich dachte, das Lager sei unbewacht.«

»Ist es auch. Ich glaube, sie selbst ist eingebrochen.«

»Das bin ich nicht.« Sadlik öffnete die Augen wieder, weil der Lichtkegel ihr nicht mehr direkt ins Gesicht fiel. Der Kleine war damit beschäftigt, Behälter aus den Regalen durch ein Loch im Boden zu reichen. »Trotzdem habt ihr von mir nichts zu befürchten. Ich habe meine eigenen Probleme.«

»Die hast du tatsächlich«, bestätigte der als Brannon Angesprochene. »Was machen wir mit ihr, Jöris?«

»Als Einbrecherin kann sie uns nicht verraten.« Jöris ließ zwei weitere Behälter in das Loch hinab. »Wir machen dennoch, dass wir verschwinden.«

»Und sie?« Brannon ließ den Nadler sinken.

»Wir betäuben sie und lassen Sie hier.«

Damit wäre sie nicht nur der Shasker Police hilflos ausgeliefert, sondern auch den Attentätern, wenn die ihre Spur wiederfanden. Terian Sadlik übersah die Situation gedankenschnell. Sie sprang auf Brannon zu und stieß seinen Arm nach oben. Der Nadler entglitt seiner Hand, und sie fing ihn schneller auf, als die beiden Männer reagieren konnten. Jöris stieß einen Fluch aus. Er kniff die Augen zusammen, als wollte er im nächsten Moment in Tränen ausbrechen.

Terian Sadlik deutete mit der Waffe auf den Durchgang. »Euer Freund da unten soll keinen Unsinn machen, dann passiert euch nichts. Ich bin nicht von der Polizei.«

»Nichts unternehmen, Marsha. Nicht schießen. Wir kriegen das unter Kontrolle.« Jöris hatte sich erstaunlich schnell wieder gefangen. Er wandte sich an Sadlik. »Wir brauchen die Medikamente.«

»Medikamente?«

»Ja. In den Behältern. Sie sind für Menschen bestimmt, die sie sich nicht leisten können.«

Sadliks Gedanken überschlugen sich. Offenbar war sie an ein paar harmlose kleine Gauner geraten, denen sie körperlich überlegen war. Das bewies allein die Leichtigkeit, mit der es ihr gelungen war, sich in den Besitz von Brannons Waffe zu bringen. Sie ging davon aus, dass die Männer beabsichtigten, ihre Beute in einen vorbereiteten Unterschlupf zu schaffen. »Ihr könnt verschwinden«, sagte sie gedehnt. »Unter einer Bedingung. Ihr nehmt mich mit.«

»Damit du weißt, wo wir uns aufhalten, und später die Polizei zu uns führen kannst?«, protestierte Brannon. »Für wie dumm hältst du uns?«

»Für intelligent genug zu erkennen, dass ich die besseren Argumente habe.« Die Terraforming-Spezialistin wedelte mit dem Nadler. »Jede weitere Minute, die wir mit sinnlosem Debattieren vergeuden, erhöht die Gefahr, dass wir erwischt werden. Wir alle, ihr und ich.«

»Ich glaube ihr«, bekundete Jöris. »Sie hätte längst Alarm schlagen oder uns mit Betäubungsnadeln außer Gefecht setzen können. Sie hat es aber nicht getan. Sehen wir zu, dass wir von hier wegkommen.« Er stieg in das Loch, bevor sein Partner protestieren konnte. Achselzuckend schloss Brannon sich ihm an.

Sadlik folgte den Männern in einen Versorgungsschacht, in dem die Frau Marsha die auf eine Antigravscheibe gestapelte Beute durch die Dunkelheit schob. Von irgendwoher drang das unterschwellige Summen von Aggregaten. Stränge armdicker Kabel wanden sich durch den Gang, in dem ein süßlicher Duft in der Luft hing. Sadlik rümpfte die Nase.

»Der Geruch stammt von Ködern, die unter der ganzen Stadt gegen Padliks ausgelegt werden«, erklärte Jöris im Laufen.

»Padliks?«

»Stell dir terranische Ratten von einem halben Meter Länge vor. Sie dringen ebenso rasch vor, wie das subplanetare Energienetz und die Versorgungssysteme ausgebaut werden.«

Mehrere Abzweigungen folgten, und die Gruppe wechselte scheinbar willkürlich die Richtung. Auf sich allein gestellt, hätte Sadlik sich nach wenigen Minuten verirrt. Die drei Menschen, denen sie sich angeschlossen hatte, fanden den Weg ohne Zögern. Entweder hatten sie sich gut auf ihren Beutezug vorbereitet oder diesen Fluchtweg schon häufiger benutzt. Gegen die zweite Möglichkeit sprach das Fehlen von Sicherheitssystemen in der Halle, in die sie eingedrungen waren. Spätestens nach dem zweiten oder dritten Diebstahl hätte der Eigentümer bei aller Sparsamkeit etwas gegen die unerwünschten Besucher unternommen und zumindest einen Wachroboter aufgestellt.

Terian Sadlik behielt Brannon im Auge. Der Hagere machte keine Anstalten, etwas gegen sie zu unternehmen. Er schien sich damit abgefunden zu haben, sie so schnell nicht wieder loszuwerden. Dabei plante Sadlik nicht, länger als nötig bei ihren unfreiwilligen Gefährten zu bleiben. Eigentlich plante sie gar nichts. Sie hatte keine Vorstellung, wie ihre nächsten Schritte aussehen konnten.

Einmal vernahm sie scharrende Geräusche und Quieken aus einem Seitengang, der so schmal war, dass nur ein nicht allzu breitschultriger Mensch ihn hätte passieren können. Sie entdeckte huschende Bewegungen von Geschöpfen, die Jöris' Beschreibung der Padliks entsprachen, und beschleunigte ihre Schritte. Nach einer Weile drang das Rauschen von Wasser an ihre Ohren. Beißender Gestank, der Sadlik auf den Magen schlug, überlagerte den süßlichen Geruch. Eine doppelt mannshohe Röhre aus dunklem Metall entließ mitgeführtes Wasser in ein Auffangbecken, an dessen Kopfseite ein Aggregat wummerte. Dunstschleier waberten über der trüben, von tanzenden Gischtkronen bedeckten Brühe.

»Einen schnuckeligen Bereich habt ihr euch ausgesucht.« Die Vorstellung, dass das Versteck der Diebesbande in der Nähe der Abwasserkanalisation lag, bereitete Sadlik Übelkeit.

»Anmaßende Äußerungen kannst du für dich behalten«, giftete Brannon. »Obwohl du nichts über uns weißt, bildest du dir ein Urteil? Es mag dich überraschen, doch wir leben nicht wie die Padliks im Dreck unter der Erde.«

»Ich habe keine Einschätzung vorgenommen.«

»Das ist auch besser so.« Brannon schob seinen Worten eine unverständliche Bemerkung hinterher und setzte sich an die Spitze der Gruppe.

»Er meint es nicht böse«, raunte Jöris der Wissenschaftlerin zu. »Er steht unter größerem Druck als wir anderen. Sein Bruder ist einer derjenigen, die auf die von uns besorgten Medikamente angewiesen sind.«

Besorgte Medikamente. Von Diebstahl oder Unrechtmäßigkeit war keine Rede. Terian Sadlik gab keine Antwort. Das Bild von Alcerry, das sie seit ihrer Ankunft auf Shasker gewonnen hatte, bekam einige Risse. Sie hatte sich überwiegend in der bürgerlich geprägten Innenstadt am Korfainen-River aufgehalten und sich nicht für die anderen Bezirke interessiert. Als Terraforming-Spezialistin dachte sie globaler als ein Stadtplaner. Was sie sah, bestätigte ihre Einschätzung. Mit Alcerry hatten die Stadtplaner einen Kraken aus der Taufe gehoben, der ungebremst gedieh und sich wie Orbana nicht mehr kontrollieren ließ.

Sie bemerkte, dass der Tunnel, durch den sie sich bewegten, leicht anstieg, und bald zeichnete sich in der Ferne ein lichtgetränkter Ausschnitt ab. Sadlik wunderte sich über die Ungezwungenheit, mit der ihre Begleiter zum Ausgang liefen. Schwierigkeiten schienen sie nicht zu erwarten, und tatsächlich traten sie unbehelligt ins Freie. Sadlik atmete ein paar Mal tief ein und aus und klopfte den Gestank der Kanalisation aus ihrer Kleidung. Nach dem Marsch durch die subplanetare Welt war die frische Luft eine Wohltat. Leichter Nieselregen zauberte einen Film auf den Straßenbelag, in dem sich der Lichtschein der schwebenden Laternen spiegelte.

»Willkommen in der Wirklichkeit.« Jöris grinste, und zum ersten Mal hatte Sadlik Gelegenheit, ihn genau zu betrachten. Er konnte nicht viel älter sein als zwanzig. Strahlend blaue Augen dominierten sein Lausbubengesicht und verliehen ihm einen sympathischen Ausdruck. Die wirr vom Kopf abstehenden blonden Haare ließen ihn nicht wie einen Kriminellen erscheinen, sondern wie einen Oberschüler, der sich über einen besonders gelungenen Scherz freute.

Über ihnen erhob sich ein trister Wohnblock. Die Fassade war stumpf, und obwohl sie allenfalls ein paar Jahrzehnte alt sein konnte, wirkte sie verwittert und unter der Last ihres Alters marode geworden.

Kapitel 9

Atlan

Terrania City, 19. März 3113

Rhaen Tolsom schien in einem natürlichen biologischen Schlaf zu liegen. Die Sonden an ihren Schläfen überwachten ihre neuronalen Funktionen, zahlreiche weitere Messgeräte, an die sie angeschlossen war, ihren physischen Zustand. Auf einem Monitor las ich ihre Herzfrequenz ab. Die Werte waren zufriedenstellend. Über die Bedeutung der anderen Anzeigen konnte ich nur spekulieren. Schwach hob und senkte sich Rhaens Brustkorb. Ich stand neben der Medoliege und war versucht, Rhaen eine Hand auf die Stirn zu legen. Ich gewahrte das Flackern ihrer Augenlider und fuhr ihr vorsichtig über den Haaransatz.

»Kann sie meine Anwesenheit spüren?«, wollte ich wissen. »Vernimmt sie meine Stimme?«

»Ausgeschlossen ist es nicht. Ich halte die Wahrscheinlichkeit aber für gering«, antwortete Maria Vajai zurückhaltend. »Was das angeht, kann ich nur Mutmaßungen anstellen. Sogar im Tiefschlafzustand eines Menschen reagiert das Unterbewusstsein auf bestimmte Stimuli. Reden Sie ruhig mit ihr. Schaden kann es nicht.«

»Ich rede aber mit Ihnen, Doktor.« Es schmerzte mich, Rhaen so hilflos daliegen zu sehen. Ich kannte sie als Kämpferin, die ihr Leben selbst bestimmte. Sie hasste es, einem Schicksal ausgeliefert zu sein, auf das sie keinen Einfluss ausüben konnte.

»Ich habe Ihnen den Zustand der Patientin erklärt, Sir«, verteidigte sich die Bordärztin der QUESTRON. Da sie am besten mit dem Fall vertraut war, hatte ich die schlanke Frau mit den langen blonden Haaren nach unserer Ankunft auf der Erde dem Medikerteam zugeteilt, das mit Rhaens Untersuchung betraut war. Sie baute sich mit ihrer ganzen Körpergröße von 1,70 Meter vor mir auf. »Miss Tolsoms retrograde Amnesie hat ihren Geist aufgesplittert. Im Wachzustand durchlebt sie kurzzeitige Phasen völliger Klarheit, in denen sie die Menschen um sich herum erkennt.«

»Dann wieder hält Miss Tolsom ihr Gegenüber für eine andere Person, entweder für jemanden aus ihrer Vergangenheit oder sogar für eine fiktive Gestalt, die nur in ihrer Einbildung existiert«, mischte sich Doktor Merchand Thorp ein, ein unscheinbarer, aber hoch qualifizierter Arzt, der die Untersuchungen leitete. »Ihr Verstand weigert sich, Teile ihres vorausgegangenen Lebens und ihrer Persönlichkeit zu akzeptieren, und erschafft dafür Ersatzbilder.«

»Ich erwarte Behandlungserfolge«, versetzte ich ärgerlich. »Im Kopf Ihrer Patientin stecken möglicherweise brisante Informationen, auf die ich Zugriff erlangen muss.«

»Ich schließe nicht aus, dass Sie Gelegenheit dazu erhalten, Lordadmiral.«

»Wann? Ich benötige einen überschaubaren Zeitrahmen.«

»Vielleicht in einem Jahr. Oder in zwei? Vielleicht aber auch nie. Jede Festlegung meinerseits wäre rein spekulativ.«

Ich funkelte den Mediker an. »Ich habe Ihre Gleichgültigkeit der galaktischen Politik gegenüber begriffen, Doktor«, fuhr ich ihn an. »Es ist unnötig, damit zu kokettieren. Im Gegensatz zu Ihnen kann ich mich dieser Verantwortung jedoch nicht entziehen.«

»Meine Verantwortung gilt einzig und allein der Patientin.« Thorp ließ sich nicht aus der Ruhe bringen, was mich durchaus beeindruckte. Dennoch lag mir eine scharfe Entgegnung auf der Zunge.

Maria Vajai schien das zu ahnen und kam mir zuvor. »Derzeit gibt es nur eine Behandlungsmethode, Lordadmiral, Sir, nämlich genau die, die wir anwenden. Wir reduzieren den enormen

Leidensdruck, dem Miss Tolsom ausgesetzt ist, indem wir die induzierte Psychose, die die retrograde Amnesie ausgelöst hat, unterdrücken. Ich weiß, dass es Ihnen ein persönliches Anliegen ist, Miss Tolsoms psychisches Leiden so gut es geht zu minimieren.«

Ich nickte wortlos. Eine Unterstellung des Extrasinns, dass ich aus Sorge um Rhaen und aus Unklarheit über die Vorgänge auf Reddeye dünnhäutig geworden wäre, hätte seine Berechtigung gehabt. Es stand mir nicht zu, den behandelnden Ärzten einen Vorwurf zu machen. Sie taten, was in ihrer Macht stand. Es wurmte mich einfach, dass der Medizinerstab die gleiche Strategie verfolgte, für die Vajai und ich uns schon an Bord der QUESTRON entschieden hatten. Meine Hoffnungen, dass die versammelten Koryphäen Terras weitergehende Maßnahmen vorschlugen, hatten sich nicht erfüllt. Neben der Verabreichung von Medikamenten wurden die betroffenen Gehirnteile Rhaens mit Hyperfeldern suspendiert.

»Es gibt also keine neuen Erkenntnisse«, überging ich die Meinungsverschiedenheit.

»Das habe ich nicht gesagt.« Thorp begab sich zum Kopfende der Medoliege und tippte eine Befehlskette in eine Eingabeeinheit, kratzte sich am Kinn und nickte bedächtig. Ich hatte den Eindruck, dass er mich absichtlich auf die Folter spannte, und tat ihm den Gefallen, mich nach den Neuigkeiten zu erkundigen.

»Ich bin für jeden Strohhalm dankbar.«

»Es ist ein Phänomen eingetreten, das wir nicht erwartet haben. Die Behandlung mit Hyperfeldern hat einen Sekundäreffekt ausgelöst, zu dem wir keinen Präzedenzfall gefunden haben.«

»Welcher Gestalt ist dieses Phänomen?«, fragte ich. Meine Neugier war geweckt.

»In Miss Tolsoms Verstand findet eine Verdrängungsreaktion statt«, erläuterte der unscheinbare Mann. »Er bildet eine Sub-Person heraus, mit der sich die Patientin zu identifizieren scheint.«

Ich war nicht sicher, ob ich den Mediker richtig verstand. »Sie sprechen von einer zweiten Persönlichkeit?«

»Deren Namen Miss Tolsom uns während einer Wachphase verraten hat«, bestätigte Maria Vajai. Sie schob die altmodische Brille zurecht, die auf ihrer Nase verrutscht war. »Er lautet Terian Sadlik. Es scheint sich dabei um eine literarische Figur aus einem beliebten Abenteuerroman von Reddeye zu handeln.«

»Wir schließen daraus auf einen Versuch Miss Tolsoms, aus ihrem Leben auszubrechen«, fuhr Merchand Thorp fort. »Diese Flucht spiegelt unserer Meinung nach die Träume einer jungen Rhaen Tolsom nach Freiheit, Unabhängigkeit und Abenteuern wieder.«

Das passte zu meinem Wissen über Rhaen. Während unserer gemeinsamen Zeit hatte sie sich zuweilen über das enge politische Korsett beschwert, in das sie sich als Tochter des Hohekanzlers Enerich Tolsom gezwängt sah. Einmal hatte sie mir sogar den Vorschlag unterbreitet, gemeinsam mit mir fortzugehen, wohin auch immer, und ein Leben abseits politischer und gesellschaftlicher Zwänge zu führen. Ich war mir nie sicher gewesen, ob ihre Worte einer Laune entstammten oder ernst gemeint waren, weil sie kein zweites Mal darauf zu sprechen gekommen war. Der unterbewusste Fluchtversuch von Rhaens Geist lieferte mir die Antwort.

»Hilft uns das Entstehen dieser Sub-Person weiter?«

»Darüber haben wir im Kollegenkreis debattiert und sind zu unterschiedlichen Ergebnissen gelangt. Ich sehe mich auf Seite derer, die das Phänomen positiv bewerten.«

»Und ich stimme Doktor Thorp zu«, beeilte sich Maria Vajai zu sagen.

»Ich bin ganz Ohr, Doktor.« Ich ahnte, was ihm vorschwebte. »Sie spielen mit dem Gedanken, die sich bildende Sub-Person zu verstärken?«

Thorp zog eine Augenbraue in die Höhe und sah mich überrascht an. »Diesen Vorschlag wollte ich Ihnen in der Tat unterbreiten. All unsere Versuche, Rhaen Tolsom zu stabilisieren, sind gescheitert. Wir bekommen keinen Zugriff auf die Person, die sie vor ihrem Unfall war. Wenn sich uns eine andere Person bietet, mit der sich Miss Tolsom offenkundig identifiziert, müssen wir diese Chance beim Schopf packen. Eine Verstärkung der Sub-Person könnte – und ich betone das Wort könnte – eine stabile Keimzelle für die Rückkehr der echten Rhaen Tolsom schaffen.«

»Medizinisch belegbare Erkenntnisse für diese Spekulation gibt es nicht?«

»Gäbe es sie, hätte ich die entsprechenden Maßnahmen zur Behandlung längst in die Wege geleitet. Da dem aber nicht so ist, wollte ich zunächst Ihr Einverständnis für die unkonventionelle Therapie einholen. Sollte dabei etwas schiefgehen, kann ich mich auf eine Anordnung des Lordadmirals berufen.«

Thorp trug sein Herz auf der Zunge, wie ich feststellte. Das erhöhte meinen Sympathiebonus für ihn schlagartig. Ich grinste – und wurde sofort wieder ernst. Denn wenn durch die Verstärkung von Terian Sadliks Persönlichkeit Komplikationen bezüglich Rhaen Tolsom auftraten, musste ich das nicht nur mit meinem Gewissen vereinbaren, sondern den Bußgang nach Canossa, in diesem Fall nach Reddeye zu Rhaens Vater Enerich Tolsom antreten.

»Einverstanden, Doktor. Leiten Sie die erforderlichen Maßnahmen in die Wege. Ich stehe dafür grade.«

Merchand Thorp nickte. »Ich mache mich umgehend an die Arbeit. Sie haben mein Wort, dass ich alles daransetze, damit Sie nicht den Kopf hinhalten müssen.«

»Es hat funktioniert«, murmelte ich. Diesem Umstand allein war die Tatsache geschuldet, dass es gelungen war, Rhaen Tolsom aus der direkten Schusslinie zu nehmen. Von der Persönlichkeit Terian Sadliks beseelt, hielt sie sich unter der Überwachung meiner Spezialisten auf der Kolonialwelt Shasker auf.

»Was hat funktioniert? Deine Gedankengänge sind ein wenig flatterhaft.« Perry Rhodan maß mich mit einem langen Blick. Wir saßen in seinem Büro in Imperium-Alpha.

»Die Verstärkung der Persönlichkeitsmuster Terian Sadliks«, antwortete ich. Perry hatte keine Ahnung von meinem soeben durchlaufenen Erinnerungsschub.

Rhodan seufzte. »Manchmal wünschte ich, ich könnte Gedanken lesen, speziell in den Gedanken von Mentalstabilisierten und ganz besonders in deinen.« Er winkte ab und wechselte das Thema. »Deine Entscheidung steht fest? Du wirst heute noch von der Erde nach Alcara-241 aufbrechen?«

Ich nickte. »Ich habe die QUESTRON in Alarmzustand versetzen lassen. Oberstleutnant Kanli trifft zur Stunde die Startvorbereitungen. Sobald ich an Bord bin, hebt das Schiff ab.«

Über Rhodans Schreibtisch schwebte ein Holo, in dem die Waage der Justitia und das Symbol des Gerichts für interstellare Straftaten zu sehen waren. Seit wenigen Minuten wurde die Anhörung fortgesetzt, in deren Mittelpunkt Rhaen Tolsom stand. Wir bekamen davon keine Bilder zu sehen, und wie uns ging es dem Rest der Menschheit und allen, die der Fortgang der Befragung interessierte.

»Am liebsten wäre es mir, das Gericht würde bei der Anhörung Aufnahmeteams zulassen«, sagte Rhodan düster. Trotz seines Zellaktivators machte er einen übermüdeten Eindruck auf mich. »Teile der Medien nehmen uns schon aufs Korn, weil sie nicht live aus der Strafkammer übertragen dürfen.«

Ich winkte ab. »Darüber zerbreche ich mir nicht den Kopf.«

»Ich mir dafür umso mehr.«

»Die Regelung wurde nicht für diesen speziellen Fall getroffen, sondern besitzt bei Anhörungen allgemeine Gültigkeit. Gäbe die Solare Rechtsprechung dem Drängen der Sender nach, würde der Fall bei aller ohnehin vorhandenen politischen Brisanz zusätzlich aufgebauscht werden. Es sind immer dieselben Stimmen, die weiterreichende Einsicht verlangen.«

»Stimmen, die in der Öffentlichkeit gern gehört werden, wenn es um Pressefreiheit geht«, gab mein Freund zu bedenken. »Wir beide kennen andere Zeiten und wissen um den Wert dieses Gutes.«

»Das ich nicht beschneiden will.« Freiheit, und darin eingebettet die Pressefreiheit, war für uns beide ein elementares Recht jedes Lebewesens, an dem es nichts zu kritisieren gab. Im Gegensatz zu Perry war ich jedoch zu gewissen Regulativen bereit, wenn ich sie als notwendig erachtete. »Ich gebe lediglich zu bedenken, dass nicht nur Medien und die Öffentlichkeit Rechte haben, sondern ebenso ein im Fokus des Interesses stehendes Individuum wie Rhaen. Wir betreiben doch keine Zensur, ganz abgesehen vom Selbstbestimmungsrecht des Gerichts. Die Berichterstattung ist enorm, auch ohne Trivid-Aufnahmen.«

Ich erwartete Widerspruch, doch Rhodan pflichtete mir bei. »Dir ist dennoch klar, dass die Schonfrist beschränkt ist? Sobald der vorsitzende Richter Elbikor Shaiken entscheidet, dass die Ergebnisse der Anhörungen einen Prozess rechtfertigen, ändern sich die Spielregeln. Dann streiten sich die Aufnahmeteams sämtlicher Trivid-Sender um die besten Plätze.«

»Ich weiß.«

»Na immerhin. Hast du auch eine Vorstellung davon, wie lange dieses Spiel andauern soll?« Der Vorwurf war unüberhörbar. Rhodan hatte weiterhin Vorbehalte gegen die von mir in die Wege geleitete Scharade. Wurde sie aufgedeckt, bevor wir die Wahrheit herausfanden, würde dem Solaren Imperium und besonders seinem Großadministrator der Wind aus allen galaktischen Richtungen noch schärfer entgegenwehen, als er das ohnehin tat. Mich würde man nicht weniger in der Luft zerreißen als Perry.

»Ich hätte mir einen etwas gemäßigteren Ankläger als diesen Jiut Fochter gewünscht. Die Anklage ist übertrieben aggressiv, denn Rhaen ist unschuldig«, redete ich mich in Rage. »Die Vorwürfe gegen sie entbehren jeglicher Grundlage.«

»Ich stelle deine Menschenkenntnis nicht in Frage, Atlan, doch Menschen ändern sich. Du hattest lange keinen Kontakt zu deiner ...«

»... Freundin«, unterbrach ich Rhodan, dessen Skepsis mir nicht behagte. »Das ist alles. Selbst wenn sie mehr wäre, würde das meinen Blick nicht trüben. Ich habe es dir schon einmal gesagt. Ganz davon abgesehen, hätte Pertar Almoth keine kriminellen Aktionen zugelassen, schon gar nicht den Mord an zweitausend harmlosen Siedlern.«

»Ich zweifle nicht an deinen Worten.« Mein Freund senkte den Zeigefinger auf eine Kontaktfläche, und das Holo erlosch. »Fakt bleibt dennoch, dass wir die Wahrheit nicht kennen, und zwar weder in Bezug auf Rhaen Tolsom noch auf Reddeye. Mit den Söldnern, von denen du gehört hast, waren nicht die Libra-Leute gemeint. Auf Reddeye braut sich viel mehr zusammen als ein offensichtlicher innenpolitischer Machtkampf zwischen den Clans oder sogar die Umsturzversuche bestimmter Kreise. Eins ist uns beiden klar. Die Hintergründe kommen weder bei den Anhörungen noch bei einer Verhandlung ans Tageslicht.«

»Deshalb werde ich dich gleich verlassen.«

»Wir müssen dieses Schauspiel beenden, bevor irgendwer herausfindet, dass die Rhaen Tolsom im Gerichtssaal nicht die echte ist.« Rhodan rieb sich gedankenverloren über die kleine Narbe auf seinem rechten Nasenflügel, eine Geste, die ich so lange kannte wie ihn selbst. »Hegst du Hoffnung, dass die Erinnerung der echten Rhaen in nächster Zeit zurückkehrt?«

Ratlos hob ich die Schultern. Ich hätte viel dafür gegeben, Perrys Frage positiv beantworten zu können. Leider sah es nicht nach einer Besserung ihres geistigen Zustandes aus, sonst hätten die verbliebenen Mitglieder des ehemaligen Denar-Quintetts bereits Kontakt zu mir aufgenommen.

»Dein Schweigen ist beredt genug«, bedauerte Rhodan.

»Ich bin ja schon froh, dass wir Rhaen damals aus der Schussbahn in Sicherheit bringen und ersetzen konnten«, sagte ich.

Damals ist übertrieben, relativierte der Extrasinn mein aus den Fugen geratenes Zeitempfinden. *Es ist genau einen Monat her, dass Rhaen Tolsom in die Obhut der Mediziner auf Terra übergeben wurde.*

Einen Monat, ja. Es stimmte. Mir hingegen kam der Zeitraum vor wie eine kleine Ewigkeit. Ich hatte in einem streng gesicherten Labor der Solaren Abwehr gestanden, damals ...

Kapitel 10

Kaltes, blaues Licht färbte die Nährflüssigkeit, in welcher der nackte Körper schwamm. Er hing an Schläuchen und Versorgungsleitungen in der Mitte eines Tanks, an den eine ganze Phalanx von Apparaturen angeschlossen war. Von den Wissenschaftlern, die die Messgeräte kontrollierten und ermittelte Daten diskutierten, kannte ich keinen einzigen. Die Gruppe, von deren Existenz und Wirken ich am Vortag noch keine Ahnung gehabt hatte, gehörte der SolAb an und setzte sich aus Medizinern, Robotikern und Kybernetikern zusammen. Meine Gefühle wollten mir einreden, dass ich diesen Körper kannte, dass ich zahlreiche intensive Liebesnächte mit der Frau verbracht hatte und sie viel mehr als eine Freundin gewesen war, doch mein Verstand verweigerte sich diesen Emotionen. Er setzte sich durch, als ich das Antlitz, in dem die Augen geschlossen waren, eingehender betrachtete.

Verletzungen verunstalteten das menschlich wirkende Gesicht und kaschierten die mangelhafte Ähnlichkeit mit Rhaen Tolsom. Eine ganze Reihe von Details wies mich darauf hin, dass es nicht die echte Rhaen war, die in der Flüssigkeit schwamm. Besonders irritierte mich das Fehlen der nur schwach ausgeprägten Grübchen in ihren Mundwinkeln, die bei der mir bekannten Rhaen umso stärker wirkten, wenn sie lächelte. Ich bezweifelte, dass einem aufmerksamen Betrachter die Abweichungen entgehen würden.

Du siehst zu schwarz, warf mir der Extrasinn vor. *Von Enerich Tolsom abgesehen, kennt kaum jemand ihre fein geschnittenen Gesichtslinien und die kleinen Nuancen ihrer Mimik so gut wie du. Nie-*

mand wird den Unterschied bemerken, nachdem Rhaens Psychogramm in die positronisch-biologische Zentraleinheit eingespeist wurde.

Das wird sich zeigen, sobald unzählige Kameras auf das Double gerichtet sind. Sie lassen keine Regung unbeobachtet, hielt ich an meinen Vorbehalten fest.

Deshalb die Blessuren und Narben, von denen deine verflossene Geliebte verschont blieb. Sie verhindern, dass jemand zu genau hinsieht.

Ob diese Oberflächlichkeiten zur Täuschung der Öffentlichkeit genügten, stand auf einem anderen Blatt. »Die neue Entwicklung der SolAb-Spezialisten ist unheimlich, Perry«, sprach ich aus, was ich beim Anblick des weiblichen Körpers empfand, der in Wahrheit nicht mehr war als ein gezüchteter Kokon, in dessen Körpermitte eine Aussparung klaffte, die sich erst in der letzten Phase der Reifung schließen würde.

»Sie verspricht Einsatzmöglichkeiten, die uns bisher verschlossen blieben, Atlan. Der erste Einsatz bedeutet die Probe aufs Exempel.«

»Das neuartige System ist ausgereift? Dieses ... wie nanntest du es?«

»Eine Pseudo-Variable Kokonmaske.« Rhodan schüttelte bedauernd den Kopf. »Nein, sie ist keineswegs ausgereift, sondern steckt in einem hochexperimentellen Stadium. Ich hätte den Forschern gern mehr Zeit zur Erprobung des Vario-0C und der PVK-Maske gelassen. Die abschließenden Feldversuche unter realistischen Bedingungen sollten erst in ein paar Monaten stattfinden. Da du mich unter Zugzwang gesetzt hast, ist diese Zeitplanung hinfällig.«

Ich schluckte den Vorwurf. »Mich erinnert die Entwicklung des Varios an die Posbis.«

Einer der Wissenschaftler, ein braunhaariger Hüne, der in einem viel zu engen weißen Kittel steckte, hatte meine Worte vernommen und drehte sich missmutig zu uns um. »Das ist ein unzureichender Vergleich. Verzeihung, Großadministrator. Ich wollte nicht aufdringlich sein.«

»Keine falsche Bescheidenheit, Professor Haberlyl.« Rhodan nickte dem Wissenschaftler auffordernd zu.

Haberlyls Gesicht hellte sich auf. Er sprach mit einer Stimme, die an das Rasseln rostiger Eisenketten erinnerte. »Posbis bestehen fast ausschließlich aus positronischen Komponenten. Ihre Essenz macht der Klumpen organischen Gewebes vom Zentralplasma der Hundertsonnenwelt aus, der durch die hypertoyktische Verzahnung mit der Technik des Roboterkörpers verbunden ist. Durch die Verzahnung des Bioponblocks mit der Positronik wird ein Posbi zu einem denkenden und empfindungsfähigen Lebewesen mit individuellen Eigenschaften. Beim Vario 0C, bei dem es sich, wie ich anmerken möchte, um einen Versuchsroboter handelt, kann von einem Lebewesen in keinerlei Hinsicht die Rede sein. Er ist eine Maschine und wird niemals mehr sein. Wir sind zwar in der Lage, dem biologischen Anteil der Zentraleinheit ein Psychogramm mit bestimmten Verhaltensmustern einzugeben, doch bleiben sämtliche Reaktionen im Rahmen der gespeicherten Prozesse. Ein Posbis kann Kreativität entwickeln, der Vario 0C nicht, gleichwohl wir schon Pläne für verschiedene Nachfolgemodelle in der Schublade liegen haben. Die Vitalfunktionen des Kokons halten übrigens nur so lange an, wie er in der Nährlösung liegt oder mit den positronischen Systemen der Zentraleinheit verbunden ist. Wird er davon gelöst, stirbt er wieder ab.«

»Also eher wie eine Ganzkörpermaske aus Biomolplast«, änderte ich meinen Vergleich.

»Populär ausgedrückt, ja, zumindest in dieser ersten Phase. Später sollen die Masken dauerhaften Bestand haben. Betrachtet man die Zentraleinheit für sich, kommt sie dem Vergleich mit einem Posbi viel näher. Ihr Gehirn verfügt über einen positronischen Anteil und eine biologische Zellplasma-Komponente, die, wie gesagt, später einmal ähnliche kreative Fähigkeiten haben soll, wie die Posbis sie besitzen. Doch das ist Zukunftsmusik.«

»Wie sieht die Zentraleinheit aus, von der Sie sprachen?«

»Sie ist eine Schönheit, auf ihre Weise.« Haberlyl zwinkerte. »Sie wird im Nebenraum aufbewahrt, bis wir sie in die Maske einsetzen. Sie kennen das gute Stück ja schon, Großadministrator, aber wenn Sie gestatten, würden ich es gerne dem Lordadmiral zeigen.«

Rhodan machte eine auffordernde Handbewegung. »Nach Ihnen, Professor.«

Haberlyl bedeutete uns, ihm zu folgen, und wir begaben uns in einen benachbarten Laborkomplex. Auf einem Antigravkissen ruhte ein ellipsoides metallisches Ei von einem halben Meter Höhe und einem Durchmesser von zwanzig Zentimetern, das mit einem halben Dutzend flexibler Tentakelglieder besetzt war.

»Ist das nicht ein Prachtstück? Ich bin sicher, es wird uns nicht enttäuschen.« Haberlyls Begeisterung drohte mit ihm durchzugehen.

Mich beeindruckte das Metallei weniger. Es erinnerte mich an einen ausrangierten Cocktailshaker.

Seit wann lässt du dich in deiner Einschätzung von Äußerlichkeiten leiten?, vernahm ich das Wispern des Extrasinns.

Keine Sorge, beruhigte ich ihn. *Weder in positiver noch in negativer Hinsicht*

Ich griff nach der Zentraleinheit und strich mit den Fingerkuppen über die glatte Oberfläche. Sie hatte die Temperatur der Umgebung angenommen. Es fiel mir schwer, mir vorzustellen, dass diese positronische Einheit in der Lage sein sollte, glaubwürdig Rhaens zerrütteten Geist zu simulieren, doch ich sah keine bessere Option. Ich wollte meiner ehemaligen Partnerin die Torturen eines Gerichtsverfahrens ersparen, um ihren psychischen Zustand nicht weiter zu verschlimmern. Auf die Anhörungen und einen gegebenenfalls folgenden Prozess verzichten konnten wir nicht, das hatte Rhodan mir unmissverständlich klar gemacht. Rhaens angebliches Verbrechen war in der Öffentlichkeit das dominierende Gesprächsthema. Ich war Perry dankbar, dass er mir die Möglichkeit mit dem Vario bot. Zudem gab es einen weiteren Grund dafür, Rhaen nicht auf einem Präsentierteller zur Schau zu stellen. Ich fürchtete um ihr Leben. So wenig ich um die wahren Umstände der Zerstörung des Kolonistenraumers wusste, so sehr stand außer Zweifel, dass Rhaen in eine Verschwörung geraten war, die darauf abzielte, die bestehenden Verhältnisse auf Reddeye zu ändern. Die Verschwörer mussten fürchten, dass sie in den Händen der SolAb und der USO Informationen ausplauderte, die zur Aufdeckung der Hintermänner beitragen konnten.

Informationen welcher Art? Ich hatte nicht die geringste Ahnung, was in ihrem Kopf verborgen lag. Das mochte den Drahtziehern ebenso gehen, doch um jedes Risiko auszuschließen, konnten sie nicht untätig bleiben. Ein Attentat war nur eine Frage der Zeit.

»Du bist mit deinen Gedanken schon wieder woanders, Atlan«, hörte ich Rhodan sagen.

Ich sah auf und fand mich in seinem Büro in Imperium-Alpha wieder.

»Ich dachte an den Roboter, der Rhaen Tolsom verkörpert. Als du mich damals in das Projekt eingeweiht hast, zweifelte ich an einem Erfolg.« Es gelang mir, ein Lächeln in meine Züge zu zaubern, bei dem ich unwillkürlich an Ronald Tekener denken musste, der während meiner Abwesenheit einmal mehr auf Quinto-Center das Sagen hatte. »Ich habe mich geirrt. Der Vario geht in der Öffentlichkeit als Rhaen durch.«

»So wie die echte Rhaen Tolsom auf Shasker als Terian Sadlik durchgeht, für die sie sich weiterhin hält. Die SolAb-Agenten, die sie im Auge behalten, haben sich bisher nicht gemeldet. Es gibt keine Verhaltensauffälligkeiten. Das ist nur bei flüchtigem Hinsehen eine gute Nachricht. Dein Schweigen auf meine Frage vorhin zeigte mir, dass du wie die Ärzte keine Ahnung hast, ob die Erinnerungsengramme der echten Rhaen jemals an die Oberfläche zurückkehren.«

Ich nickte.

»Wir müssen in Betracht ziehen, dass ihr derzeitiger Zustand ohne medizinischen Eingriff dauerhaft bleibt.«

Die Konsequenz, auf die Rhodan ansprach, missfiel mir. Sie besagte nichts anderes, als dass ich mich gezwungen sehen könnte, den Hypnoblock, der aus Rhaen Tolsom Terian Sadlik gemacht hatte, mit medizinischen Mitteln aufheben zu lassen. Unweigerlich wäre sie danach wieder die Rhaen, deren Geisteszustand ich durch die induzierte Hypnosuggestion zu schützen versucht hatte. Ich würde ihren Verstand endgültig in den Abgrund stürzen, denn die Prozedur ließ sich nicht mehrfach wiederholen, ohne irreparablen Schaden anzurichten. Meine Entscheidung, Rhaens Persönlichkeit mittels hypnosuggestiven Eingriffs vollständig zu unterdrücken, war durchaus kontrovers diskutiert worden, denn sie hätte als Löschung der Identität angesehen werden können. Von einer solchen Sichtweise hielt ich gar nichts. Im Gegenteil, mein Vorgehen war gleichermaßen pragmatisch wie moralisch vertretbar.

In diesem Fall besteht keine Veranlassung, dich vor dir selbst zu verteidigen. In ähnlichen Fällen warst du weniger zart besaitet, wenn es um die Interessen des Imperiums oder den galaktischen Frieden ging, konfrontierte mich der Extrasinn mit meinem zuweilen restriktiven Vorgehen. *Bist nicht du derjenige, der vehement die Ansicht vertritt, Verräter und gegnerische Doppelagenten suchten sich ihr Schicksal im Falle einer Enttarnung selbst aus?*

Davon kann in diesem Fall keine Rede sein, wies ich den Logiksektor zurecht. *Rhaen ist keine Verräterin. Sie ist eine unschuldige Frau, deren Zustand womöglich nur deshalb besteht, weil sie eine Intrige aufdecken wollte.*

Ich rede nicht von Schuld oder Unschuld, sondern von einem Abwägen, das gewisse Schritte, so bedauerlich sie sein mögen, er-

forderlich macht. Es gab Situationen, in denen du aus übergeordneten Interessen über moralisch fragwürdige Aspekte deines Handelns hinweggesehen hast. Der einzige Unterschied ist, dass in keinem dieser Fälle eine deiner Verflossenen die Leidtragende war.

Ich presste die Lippen aufeinander. Als USO-Lordadmiral war ich manchmal zu einsamen, kompromisslosen Entscheidungen gezwungen. Jemand hatte einmal gesagt: »Das Schicksal vieler wiegt schwerer als das Schicksal eines einzelnen.« Darauf lief die Realität bei aller gebotenen Moral hinaus. Dennoch sträubte ich mich dagegen, vom Extrasinn in moralischer Hinsicht als Monster hingestellt zu werden.

Rhodans Anspielung hing wie ein Damoklesschwert in der Luft. Ich ging nicht darauf ein. »Ich halte den Einsatz von Agenten der SolAb auf Shasker für überflüssig. Die Überlebenden des Denar-Quintetts genügen, um Rhaen zu überwachen.«

»Das sehe ich anders, und deine Wortwahl bestätigt meine Zweifel. *Die Überlebenden.* Zwei Angehörige des Quintetts, Rulan Karkeron und Pertar Almoth, hast du bei diesem Einsatz bereits verloren. Du hältst Einzelheiten dessen, was Karkeron und seinen Kameraden beim Denar-Zwischenfall zugestoßen ist, unter Verschluss. Das ist verständlich. Ich an deiner Stelle würde nicht anders handeln, doch Zweifel an der uneingeschränkten Einsatzfähigkeit Osmooth Alerins, Varen Thoriks und Daniel Phersons müssen gestattet sein. Es gibt keine Garantie dafür, dass sie das auf Denar Erlebte vollständig verarbeitet haben.«

»Ob sie das haben oder nicht, steht nicht zur Diskussion. Wichtig ist allein ihre Tauglichkeit, diese Mission durchzuführen. Meine Einschätzung sollte dir Garantie genug sein.« Die Argumentation meines Freundes ärgerte mich.

Weil du sie nicht widerlegen kannst?, meldete sich der Extrasinn. Zuweilen verwünschte ich seine Einwürfe, die genau auf den Punkt trafen. Dass Rhodan angesichts der Verwicklung des Imperiums ein waches Auge auf die zentrale Person warf, war nur zu verständlich.

»Ich gebe mich geschlagen, Perry«, gab ich klein bei und fügte augenzwinkernd hinzu: »Deine SolAb-Agenten auf Shasker werden schon keinen Schaden anrichten. Sie und meine USO-Spezialisten kommen sich nicht in die Quere, und wenn doch, raufen sie sich zusammen. Sie sind ja alle große Jungs.«

Dennoch entschied ich, meine Spezialisten darüber zu unterrichten, dass nicht sie allein, sondern zusätzlich zwei Agenten der SolAb auf Rhaen angesetzt waren. Als ich mich erhob und mich von Rhodan verabschiedete, war ich nicht so heiter gestimmt, wie ich tat. Ich verließ Imperium-Alpha und flog mit einem Gleiter zur QUESTRON.

Kapitel 11

Daniel Pherson

Shasker, 24. April 3113

»Die Zielperson entfernt sich auf dem Fluss in östlicher Richtung«, drang die Stimme der von Fudol im Gkurr-System stammenden Arkonidin Varen Thorik aus dem Miniaturempfänger, der in Daniel Phersons Ohr steckte.

Mit einem kurzen Blick übersah der im Rang eines Korporals stehende Stellvertreter des verschollenen Rulan Karkeron die Lage. Sowohl Thorik als auch Sergeant Osmooth Alerin standen im Gefecht mit den unbekannten Attentätern, die wie aus heiterem Himmel das Feuer auf die Zielperson Rhaen Tolsom eröffnet hatten. Hätte einer von beiden sich an die Verfolgung gemacht, wären die Attentäter durchgebrochen.

»Ich folge der Zielperson.«

»Verstanden. Unterrichte uns, wo du steckst«, antwortete Osmooth Alerin.

Das war eine überflüssige Aufforderung, dachte Daniel Pherson abschätzig. Der rothaarige Aufklärungsspezialist, dem man eine gewisse Ähnlichkeit mit Staatsmarschall Reginald Bull nachsagte, aktivierte den Antigravprojektor im Rückentornister seines leichten Kampfanzugs und jagte im Sichtschutz des Deflektorfeldes über den Uferstreifen auf den Fluss hinaus.

Rhaen Tolsom, von der die drei Überlebenden des Denar-Quintetts nur als Zielperson sprachen, raste in ein paar hundert Metern Entfernung davon. Sie hatte schnell und umsichtig den einzig möglichen Fluchtweg gewählt und ohne zu zögern gehandelt. Auch wenn die angebliche Terian Sadlik, als die sie zu ihrer Sicherheit nach Shasker gebracht worden war, ihre wahre

Identität nicht mehr kannte, funktionierten ihre Reflexe ausgezeichnet. Ihre Ausbildung als SolAb-Agentin war ihr in Fleisch und Blut übergegangen und ließ sie nicht im Stich. Die dafür verantwortlichen Erinnerungsengramme wurden durch die Hypnosuggestion, die Rhaen Tolsoms Verstand unterdrückte, offenbar nicht beeinträchtigt.

Ein Attentäter rannte am Ufer entlang und schoss auf die Flüchtende, die das gekaperte Ausflugsboot in halsbrecherischer Fahrt gegen die Strömung steuerte. Pherson erhaschte nur Bilderfetzen des massigen Humanoiden, dessen Schnelligkeit und ungestüme, kraftvolle Bewegungen beinahe an die eines Haluters erinnerten.

Der Korporal regulierte den Antigravprojektor seines Rückentornisters und stieg höher, um sich einen besseren Überblick zu verschaffen. Wenn er auf den Attentäter schoss, machte er die Zielperson auf sich aufmerksam, doch darauf konnte er keine Rücksicht nehmen. Rhaen Tolsoms Sicherheit hatte Vorrang. Pherson zog seinen Kombistrahler, schaltete auf Impulsmodus und legte auf die unkenntliche klobige Gestalt an. Sie wurde langsamer und fiel zurück.

Daniel Pherson atmete auf. Er konnte seine Verfolgung unbemerkt fortsetzen. Er steckte den Strahler zurück ins Holster und aktivierte das in seinen Nacken implantierte, münzgroße Kommunikationsmodul. Es gehörte ebenso wie der Deflektorfeldgenerator und ein miniaturisiertes Aggregat zur Erzeugung eines schwachen Schutzschirms zur standardmäßigen Ausrüstung der Angehörigen der Abteilung A912. Die beiden körperintegrierten Komponenten waren zusammen nicht größer als ein Tennisball und saßen im Bereich des Dickdarms. Allerdings war der Einsatz des Deflektorfeldes auf etwa dreißig Minuten beschränkt, bevor die Batterie über eine nichtintegrierte Feldkopplung wieder aufgeladen werden musste.

»Ein Attentäter war hinter der Zielperson her, hat die Verfolgung aber inzwischen abgebrochen. Zielperson ist unversehrt«, gab Pherson in knappen Sätzen durch. Er galt als wortkarg, weil er überflüssige Erklärungen scheute und sich bei der Kommunikation während Einsätzen auf das Wesentliche beschränkte. »Ich bleibe dran. Wie ist die Lage bei euch?«

»Die Attentäter sind verschwunden, als Einheiten der Shasker-Police eintrafen«, vernahm er Osmooth Alerins Stimme in seinem Empfänger. »Wir erhielten keine Gelegenheit, den Unbekannten zu folgen.«

»Was ist mit unseren Freunden von der SolAb?«

»Die dürften die Spur der Zielperson verloren haben. Die Attentäter haben sie ziemlich gut beschäftigt.«

»Hm«, machte Daniel Pherson nachdenklich. Das Boot vor ihm wurde langsamer. Rhaen Tolsom steuerte es ans Ufer, an die Kaimauer eines Industriegebiets. Offenbar hatte Tolsom vor, an Land zu gehen, was Pherson entgegenkam. Ihm blieb nicht mehr viel Zeit, bis er das Aggregat für das Deflektorfeld abschalten musste. »Das klingt, als würdest du Absicht hinter ihrer Vorgehensweise vermuten.«

»Varen und ich haben uns eben darüber unterhalten. Wir sind überzeugt davon, dass die Attentäter zielgerichtet vorgegangen sind. Ihre Taktik war darauf ausgelegt, die SolAb-Agenten und wahrscheinlich auch uns von der Zielperson zu trennen.«

»Die Überlegungen des Lordadmirals waren also richtig. Obwohl niemand wissen dürfte, wo die Zielperson sich aufhält, hat jemand ihre Spur gefunden.«

Atlan hatte mit einer Gefahr für Rhaen Tolsom sogar in ihrem Versteck Shasker gerechnet und deshalb die Überlebenden des Denar-Quintetts in Bewegung gesetzt. Durch das Attentat bestätigten sich seine Befürchtungen auf drastischere Weise als erwartet.

»Wenn du sie aus den Augen verlierst, macht uns der Lordadmiral die Hölle heiß«, unkte Osmooth Alerin.

»Verstehe. Ich melde mich wieder.« Daniel Pherson unterbrach die Verbindung. Die Überlegung seiner Kameraden, dass die Attentäter versucht hatten, Rhaen Tolsom von ihren Bewachern zu trennen, bedeutete, dass den Unbekannten die Anwesenheit von USO und Solarer Abwehr auf Shasker bekannt war. Sie zeigten sich davon nicht nur unbeeindruckt, sondern nahmen die Konfrontation an, wenn sie sich nicht vermeiden ließ. Das sprach für das Selbstverständnis der Angreifer. Die Angehörigen zweier der fähigsten und mächtigsten Dienste der Milchstraße beeindruckten sie offenbar nicht. Bei den Unbekannten handelte es sich um alles andere als gewöhnliche Kriminelle.

Während Pherson der Tochter von Hohekanzler Enerich Tolsom folgte, dachte er darüber nach, wer über ihren Verbleib auf Shasker informiert war. Nicht einmal ihr Vater kannte ihren Aufenthaltsort, geschweige denn die anderen Clansherren der Kammer von Reddeye. Zweifellos hatten weder Lordadmiral Atlan noch Großadministrator Perry Rhodan einem anderen als ihren eingeteilten Agenten gegenüber etwas verlautbaren lassen. Woher also bezogen die monströsen Humanoiden, die die Spezialisten flüchtig zu sehen bekommen hatten, ihr Wissen?

Gab es womöglich eine undichte Stelle bei der USO? Die Vorstellung war lächerlich. Es hatte keine Befehlskette über mehrere Stellen gegeben. Das Denar-Quintett hatte seine Anweisungen von Atlan persönlich erhalten. Phersons Gesicht verdunkelte sich. Das Denar-Quintett existierte nicht mehr. Rulan Karkeron und Pertar Almoth galten zumindest als vermisst. Mit ziemlicher Sicherheit waren sie tot, und Rhaen Tolsoms Leben war in Gefahr. Die Kollegen von der SolAb waren keine Unterstützung, sondern hatten sich abdrängen lassen. Es war dem Aufklärungsspezialisten gleichgültig. Er sah in der SolAb eine lästige Konkurrenz, die nur in den Füßen herumstand, wenn es anzupacken galt.

Pherson beobachtete, wie die Frau in eine Lagerhalle eindrang. Er kontaktierte Osmooth Alerin und Varen Thorik und gab seinen Standort durch.

»Wir haben den Lordadmiral via Hyperfunkrelais über das Attentat informiert«, teilte ihm Alerin mit.

»Gibt es neue Befehle für uns?«

»Negativ. Wir sollen fortfahren wie bisher. In Kürze trifft Verstärkung auf Shasker ein. Wir machen uns auf den Weg und stoßen gleich zu dir.«

Pherson nickte stumm und unterbrach die Verbindung.

Kapitel 12

Terian Sadlik

Shasker, 25. April 3113

Im trüben Licht der Straßenlaternen sah die stumpfe Fassade des Wohnblocks wenig einladend aus. Verglichen mit der Innenstadt wirkte der Bezirk, in den es Terian Sadlik verschlagen hatte, als sei er aus einer anderen, einer dreckigen und düsteren Welt nach Alcerry versetzt worden. Sie war immer davon ausgegangen, dass moderne Stahlplastbauten für die Ewigkeit errichtet wurden. Danach sah der vor ihr liegende Straßenzug nicht aus.

»Wenn du nach einer robotischen Reinigungskolonne Ausschau hältst, suchst du vergeblich.« Brannon trat nach einem kopfgroßen Papierknäuel, das vom Wind über den Gehweg getrieben wurde. »Hierher verirren sich keine städtischen Blechmänner. Ihr Einsatz ist teuer. Niemand kommt auf die Idee, sie in einem Stadtviertel einzusetzen, in dem das Steueraufkommen gegen Null tendiert.«

»Die Verwaltung lässt diese Gegend wissentlich verkommen?«

Jöris winkte ab. »Manchmal glaube ich, die dort Tätigen wissen nicht einmal, dass es uns und die Vorstädte von Alcerry gibt.«

»Kein verantwortungsbewusster Mensch würde dermaßen die Zügel schleifen lassen. Shasker ist eine Welt mit enormem wirtschaftlichem Aufschwung«, protestierte Terian Sadlik, während sie der dreiköpfigen Gruppe über die Straße folgte.

»Der endet da hinten.« Jöris streckte einen Arm aus und deutete in die Richtung, in der Sadlik den Korfainen vermutete. »In den Medienberichten über terranische Kolonien werden nur die positiven Aspekte genannt. Angeblich herrscht überall Aufschwung, aber das ist Augenwischerei. Wenn du mich fragst, soll mit dieser Art von Berichterstattung die Existenz der immens teuren Explorer-Flotte der Menschheit legitimiert werden, damit die Suche nach Welten für eine mögliche Besiedelung immer weitergehen kann.«

»Hör einfach nicht hin.« Die gedrungene Marsha, deren wirre Mähne im Nacken zu einem Zopf gebunden war, blieb vor einem Hauseingang stehen und zog eine ID-Karte aus der Tasche. Sie entriegelte das positronische Türschloss. »Jöris wird bei uns nur der ›Politiker‹ genannt, und darauf ist er auch noch stolz. Dabei weiß doch jeder, dass Politiker grundsätzlich lügen und in die eigene Tasche wirtschaften.«

»Das kann man nicht verallgemeinern« entfuhr es Sadlik. Sie wunderte sich, weshalb sie Partei ergriff. Sie kannte keinen einzigen Politiker persönlich, trotzdem empfand sie eine gewisse Sympathie.

Marsha warf ihr einen schiefen Blick zu. »Dein Vater arbeitet wohl bei der Stadt, was? Oder gar du selbst? Wundern würde es mich nicht bei deinen schicken Klamotten.«

»Lass sie in Ruhe, Marsha.« Jöris hielt die Tür auf, bis alle eingetreten und die Kartons mit den Medikamenten im Hausflur verstaut waren, und ließ sie dann zufallen. Zwei junge Leute kamen aus einem angrenzenden Raum und nahmen die Behälter in Empfang.

»Wen habt ihr denn da mitgebracht?«, fragte ein schwarzhaariger Lockenkopf mit hektisch flackernden Augenlidern.

»Terian«, sagte die Terraforming-Spezialistin. Ihr lag ein anderer Name auf der Zunge.

»Terian ... und wie weiter?«

»Einfach nur Terian.« Etwas hielt die junge Frau davon ab, mehr von sich preiszugeben. Sie sah sich verstohlen um und erwartete unwillkürlich, die unkenntliche monströse Gestalt vom

Flussufer zu entdecken. Das Gefühl, beobachtet zu werden, wollte nicht vergehen.

»Sie ist in Ordnung«, wimmelte Jöris den Lockenkopf ab.

»Wenn du meinst.«

»Dass sie in Ordnung ist, muss sie beweisen«, warf Brannon ein. Er streckte eine Hand aus. »Ich hätte gern meine Eigentum zurück.«

Sadlik zögerte. Der Energienadler verlieh ihr eine gewisse Sicherheit. Andererseits war Brannons Forderung berechtigt. Schweren Herzens reichte sie ihm die kurzläufige Waffe.

Der Hagere nahm sie wortlos entgegen und folgte dem Lockenkopf.

»Ich zeige dir, wo du schlafen kannst«, bot Jöris an.

Die Situation kam Terian Sadlik immer unwirklicher vor. Was tat sie eigentlich hier? Sie führte ein ganz normales, geregeltes Leben, eher bieder denn aufregend. Der Überfall auf sie war kein Grund, sich wie eine Kriminelle zu verstecken. Sie wünschte, sie hätte niemals ihre Versetzung von Punczik beantragt und wäre bei allem beruflichen Anreiz nicht nach Shasker gegangen. Sie war versucht, sich umzudrehen und das Haus und diesen Stadtteil, dem sie nichts abgewinnen konnte, zu verlassen.

»Komm nicht mal auf die Idee«, sagte Jöris.

»Auf welche Idee?«

»Wieder zu gehen. Du siehst nicht so aus, als ob du wüsstest, wohin du dich wenden kannst. Ich mache dir einen Vorschlag. Schlaf heute Nacht hier, und morgen sehen wir weiter. Glaub mir, das Haus ist gar nicht so schlimm, wie es von draußen aussieht. Es ist sogar recht wohnlich, jedenfalls für diese Gegend.«

In ihre Wohnung konnte sie nicht zurück, davon war Sadlik nach wie vor überzeugt. Wer immer hinter ihr her war, hier vermutete er sie ganz bestimmt nicht. Eine Gegend wie diese war nicht die Welt, in der sie sich sonst bewegte. Normalerweise lebte sie in gehobeneren Verhältnissen. Gehoben? Was für ein Unsinn! Verwundert über sich selbst, schüttelte sie den Kopf. Ihr

Beruf sicherte ihr ein leidlich gutes Einkommen, doch sie war nicht das, was man unter wohlhabend oder gar reich verstand. Sie kam aus einfachen Verhältnissen, redete sie sich ein. Eine lautlose Stimme in ihrem Inneren behauptete etwas anderes. Sadlik stieß einen tiefen Seufzer aus, der ihre Unschlüssigkeit ausdrückte.

»Na schön«, sagte sie. »Einverstanden. Ich bleibe hier, für eine Nacht. Morgen verlasse ich euch wieder.«

»Fein.« Ein Lächeln zierte Jöris' Lausbubengesicht.

In seinen strahlend blauen Augen lag ein Ausdruck verborgen, den Sadlik kannte. Zu einer anderen Zeit und an einem anderen Ort hätte sie darin versinken können. Was kitschig klang, hatte seinen Ursprung in der Vergangenheit. Mit seinem Charme und seiner entwaffnenden Offenheit gemahnte Jöris sie an einen anderen Mann, den sie gekannt hatte und der ihr nahe gewesen war. Erfolglos kramte sie in ihrer Erinnerung nach seinem Namen und dem dazugehörigen Gesicht. Eine Ahnung langer weißer Haare war alles, was sie erhaschte.

Jöris ging voraus, und sie folgte ihm. Sie passierten den Einstieg eines inaktiven Antigravschachts und stiegen über eine Treppe ins zweite Stockwerk hinauf. Jöris hatte nicht übertrieben. In seinem Inneren machte das Haus einen wesentlich wohnlicheren Eindruck, als man es von der Straße aus vermuten konnte. Das Zimmer, in das er sie führte, war spärlich, aber behaglich eingerichtet.

»Gefällt es dir?«

»Ja, es ist ganz in Ordnung.«

»Ganz in Ordnung. Hm.« Jöris war im Türrahmen stehen geblieben. Er schien mit sich zu ringen. Schließlich gab er sich einen Ruck und drehte sich um. »Also dann, gute Nacht.«

»Warte«, hielt Sadlik ihn zurück.

»Ja?«

Sadlik rang nach den richtigen Worten. Seit ihrem Zusammentreffen in der Lagerhalle beschäftigte sie eine Frage. »Lebt ihr alle von Diebstählen? Versteh mich nicht falsch. Ich verurteile euch nicht. Ich bin nur neugierig.«

»Du willst wissen, ob du dich in die Hände von Kriminellen begeben hast? Es kommt darauf an, was man darunter versteht.« Jöris zeigte eine ausholende Geste. »Die Menschen hier draußen leben am Rand der Gesellschaft. Bei vielen von ihnen handelt es sich um gescheiterte Existenzen, um Arbeitslose und kleine Schmuggler, die sich nicht anders zu helfen wissen und nur mit krummen Geschäften über die Runden kommen. Manche sind mit großen Träumen auf Shasker gestrandet und wurden von der schnell wachsenden Kolonie aufgefressen, doch sie lassen sich nicht unterkriegen.«

»Verstehe.«

»Ich glaube, das tust du wirklich. Kriminelle? Nein, das sind sie nicht. Sie versuchen einfach nur zu überleben.« Jöris nickte und schloss die Tür hinter sich.

Sadlik hörte, wie sich seine Schritte entfernten. Sie war eine Fremde vor sich selbst und von allem entwurzelt, das ihr einst wichtig gewesen war. Mit ihrer Frage war sie einem inneren Zwang nachgekommen. Als Verbrecher und Kriminelle stufte sie Menschen ein, die eine Schuld auf sich geladen hatten. Die junge Frau sann über ihre eigene Schuld nach, die sie wie ein Stigma mit sich trug. In der Dunkelheit des Zimmers hatte sie den Eindruck, in einen Abgrund zu stürzen, in ein dunkles, schwarzes Loch, an dessen Grund eine Schuld verborgen lag, die sich nicht wieder gutmachen ließ. Sie, Terian Sadlik, war es, die diese Schuld auf sich geladen hatte, die hinter einer Maske lauerte, hinter einem anderen Gesicht.

Sie drängte heraus, und Sadlik gierte danach, sich ihr zu stellen. Gleichzeitig wehrte sie sich mit allen ihr zur Verfügung stehenden Kräften dagegen. Der Widerstand zerriss sie. Da waren zwei Gesichter, die sich gegenseitig überlagerten. Jedes fraß die Konturen des anderen auf.

Bleierne Müdigkeit befiel Terian Sadlik. Sie stürzte in eine andere Person hinein, in Rhaen Tolsom. Rhaen Tolsom hatte sich eines Verbrechens schuldig gemacht, das weit über das Vorstellbare des Alltags hinausging. Rhaen Tolsom schrie ihre Verzweiflung hinaus, und Terian Sadlik litt beim Einschlafen und in ihren Träumen und noch beim Aufwachen unter der Schuld des tausendfachen Mordes.

Mehr als einmal schreckte Terian Sadlik in dieser Nacht hoch. Ihr unruhiger Schlaf war von Träumen durchzogen, an die sie sich am nächsten Morgen nicht erinnern konnte. Nach dem Aufstehen absolvierte sie wie üblich eine Reihe sportlicher Übungen und nutzte danach ausgiebig die Hygienezelle ihrer Unterkunft. Unter dem heißen Wasser dachte sie über ihre nächsten Schritte nach. Ihre Wohnung hatte sie gedanklich aufgegeben. Dort würde sie sich die nächsten Tage nicht sehen lassen, wahrscheinlich sogar nie mehr. Sie konnte sich unter falschem Namen in einem kleinen Hotel einmieten oder bei ihren neuen Bekannten bleiben. Reines Verstecken kam dabei auf Dauer nicht in Frage, denn die unheimliche Bedrohung, der sie sich ausgesetzt sah, würde nicht von allein verschwinden. Sadlik musste herausfinden, wer die Attentäter waren und welches Interesse sie an ihrem Tod hatten. Nachdem sie zur Ruhe gekommen war und sorgfältig nachgedacht hatte, war sie sicher, dass es sich um einen Irrtum handelte, da sie nie in einen Konflikt hineingeraten war, der den erlebten Angriff erklären konnte.

Sie trocknete ihren Köper unter einem Heißluftstrom und verließ die Unterkunft. Mehrere Personen begegneten ihr im Flur und auf der Treppe. Niemand nahm Notiz von ihr. Im Erdgeschoss traf sie auf Marsha, die sie so freundlich begrüßte, als würden die Frauen sich schon ewig kennen.

»Weißt du, wo Jöris ist?«

»Ich dachte, er hätte die Nacht bei dir verbracht.« Marsha zwinkerte ihr zu und deutete zur Haustür. »Er ist draußen.«

Sadlik bedankte sich und ging aus dem Haus. Sie entdeckte Jöris ein Stück die Straße hinunter. Er unterhielt sich mit einem Mann in seinem Alter. Als er sie sah, winkte er ihr, näher zu kommen. Sie steckte die Hände in die Hosentaschen und marschierte los.

Im Licht des angebrochenen Tages wirkte der Straßenzug weniger heruntergekommen als in der vergangenen Nacht. Wohnhäuser und eine zwischen den Mauern versteckte Grünanlage, in der Kinder spielten, prägten das Bild. Geschäfte gab es bis auf ein paar schmale Läden, auf die bunte Markisen hinwiesen, keine. Der Verkehrsstrom der Bodenfahrzeuge war längst nicht so dicht, wie Sadlik es gewohnt war, und am Himmel konnte man nur wenige Gleiter sehen.

Die Gegend war sehr überschaubar. Hier konnte sich ihr niemand unbemerkt nähern.

Sie ließ den Blick über die Hausdächer gleiten, meist Flachdächer, auf denen kleine grüne Oasen angelegt waren. Die Ereignisse des gestrigen Tages kamen ihr fast wie ein böser Alptraum vor. Sie hatte ein wenig Abstand gewonnen, doch das Gefühl, von verborgenen Augen beobachtet zu werden, blieb. Sadlik überquerte die Straße und genoss die schon früh wärmenden Sonnenstrahlen. Der Wunsch, am Flussufer zu sitzen und auf den blauen Korfainen mit seinen Touristenbooten und auf den gegenüberliegenden Strand zu sehen, überkam sie. Nun, da ihr diese Möglichkeit verschlossen blieb, erkannte sie, wie sehr sie sich seit ihrer Ankunft auf Shasker bereits daran gewöhnt hatte.

Bei ihrem Eintreffen verstummte die Unterhaltung der beiden Männer. Jöris nannte ihren Namen und stellte den anderen Mann als Svante Pekkinen vor.

Pekkinen war mehr als einen Kopf kleiner als die Frau, und ihn als untersetzt zu bezeichnen, wäre seiner Leibesfülle nicht annähernd gerecht geworden. Er machte eine wegwerfende Handbewegung. »Namen sind Schall und Rauch. Meine Freunde, und ich habe nur Freunde, nennen mich Stick.«

Namen sind Schall und Rauch. Die Worte rührten etwas in Sadlik an. Sie lauschte auf den Namen, der gestern aus dem Hintergrund ihres Bewusstseins gewispert hatte. Er war unterschwellig präsent, doch sie vernahm ihn nicht. »Freut mich, Stick.«

»Mich auch. Ich hörte schon, dass Jöris eine neue Freundin hat.« Pekkinen knuffte seinem Kumpel in die Rippen. »Aber dass deine Schönheit ganz Alcerry überstrahlt, hat er verschwiegen.«

Jöris verdrehte die Augen. »Ich habe gar nichts gesagt«, entschuldigte er sich. »Schon gar nichts von einer neuen Freundin. Stell mich vor Terian nicht ungerechtfertigt bloß, Stick.«

»Nicht nötig. Die Narkus pfeifen es von den Dächern.«

Sadlik schaute in gespielter Empörung nach oben. »Ich höre nichts.« Sie erstarrte. Täuschte sie sich, oder hatte sie hinter einem geschwungenen Dacherker gegenüber eine Bewegung gesehen? Eine Gestalt, die sich, als Terian den Kopf gewendet hatte, hinter das Mauersims duckte?

»Stimmt etwas nicht?«, fragte Jöris.

»Doch«, versicherte Sadlik. Sie ballte die Hände zu Fäusten. So konnte es nicht weitergehen. *Ihr Verhalten grenzte allmählich an Verfolgungswahn.* »Es ist alles in Ordnung. Ich bin hergekommen, um mich bei dir für die Unterkunft zu bedanken.«

»Und um dich zu verabschieden?«

Sie nickte. »Ich habe einige Dinge zu erledigen«, sagte sie ausweichend. »Ich muss etwas in Erfahrung bringen, und dazu benötige ich einen Positronikanschluss.«

Pekkinen stieß einen Pfiff aus. Sein Grinsen entblößte zwei Reihen stählern blinkender Zahnimplantate. »Was für ein Glück für dich, dass du ausgerechnet auf mich getroffen bist. Nichts für ungut, Jöris. Der große Gott NATHAN muss dich hergeführt haben, Terian.«

»Der große Gott NATHAN? Ich verstehe kein Wort.«

»Stick gilt in unserer Straße als Positronikgenie. Du müsstest seine Wohnung sehen, das reinste Positronikwunderland. Stick hat nur eine Macke. Er weigert sich zu akzeptieren, dass

NATHAN auf dem irdischen Mond ein Rechner ist. Er ist fest davon überzeugt, dass es sich bei NATHAN um die Gottheit eines untergegangenen Robotervolkes handelt, die es nach Luna verschlagen hat.«

»Das ist ... eine interessante Auslegung der lunaren Hyperinpotronik.«

»Das ist keine Auslegung, sondern eine Tatsache, die ich mit über neunzigprozentiger Wahrscheinlichkeit errechnet habe, du Politiker.« Pekkinen betonte das letzte Wort abschätzig. Gegen Politiker schienen hier alles etwas zu haben.

Jöris räusperte sich. »Soviel zu seiner Gottheit. Aber darüber hinaus ist Stick ganz normal. Wenn du Informationen aus dem öffentlichen Datennetz benötigst, kann dir keiner besser helfen als er.«

»Worum geht es denn?«, wollte Pekkinen wissen.

Sadlik überlegte, ob sie es wagen sollte, sich ihren neuen Bekannten zu offenbaren. Beide würden aufhorchen, wenn sie erfuhren, dass Terian nach Hinweisen auf ihre eigene Vergangenheit suchte. Das klang noch verrückter, als NATHAN als Gottheit zu betrachten.

»Du brauchst dir keine Sorgen zu machen. Gleichgültig, was du ausgefressen hast, wir verraten dich nicht an die Shasker Police«, ermunterte Jöris sie. Er hatte ihr Zögern falsch interpretiert. »Du hast vergangene Nacht erlebt, dass wir unser eigenes Päckchen am Rande der Legalität zu tragen haben.«

»Darum geht es nicht.« Oder etwa doch? Die in Sadlik keimenden Schuldgefühle waren ebenso wenig aus der Luft gegriffen, wie die Ahnung, beobachtet zu werden. Davon war sie überzeugt. Die beiden jungen Männer waren offenbar, unabhängig davon, was sie verbrochen hatte, entschlossen, ihr zu helfen. Da sie keine anderen Menschen auf Shasker kannte, wäre es dumm gewesen, das Angebot abzulehnen. »Ich will wissen, ob es Belege dafür gibt, wann und wie ich auf Shasker angekommen bin.«

»Du weißt nicht, wie du hergelangt bist?«

»Doch, aber ich möchte eine Bestätigung.«

Pekkinen zog die Stirn kraus. »Despitorol?«, fragte er vorsichtig.

Sadlik schüttelte den Kopf. »Nein, ich nehme weder Drogen noch Tabletten, die das Erinnerungsvermögen trüben.« Sie verschärfte ihren Tonfall. »Helft ihr mir nun oder nicht?«

»Was denkst du denn? Ich lasse doch Jöris' Freundin nicht hängen.« Pekkinen setzte seinen kugelrunden Leib in Bewegung. Für seine Körperfülle bewegte er sich erstaunlich flink. Folgt mir in Shaskers Niederlassung der Anhänger des großen NATHAN.«

»*Der* Anhänger? Meines Wissen gibt es davon nur einen.« Jöris ergriff Sadliks Arm und zog sie mit sich, seinem Freund hinterher.

Kapitel 13

»Es ist ein wenig unaufgeräumt«, entschuldigte sich Svante Pekkinen. »Seht euch nicht um und nehmt Platz.«

Seine Wohnung bestand aus einem einzigen Raum, der mit positronischen Bauteilen vollgestopft war. Sie stapelten sich bis unter die Decke und hätten einer Raumschiffzentrale zur Ehre gereicht. Holokuben, die meisten ohne Bildinhalt, flackerten vor sich hin. In einem Würfel flimmerte das Emblem NATHANS.

»Hier sieht es aus wie immer«, stellte Jöris fest. »Versuch erst gar nicht, Terian vorzumachen, du würdest sonst Wert auf Ordnung legen. Das nimmt sie dir sowieso nicht ab.«

Wortlos warf sich Pekkinen auf eine Bank, die vor den Eingabeelementen seines Anschlusses stand. Es war die einzige Sitzgelegenheit. Sadlik ließ sich neben ihm nieder.

»Mich stört die Unordnung nicht.« Sehr wohl war ihr entgegen ihren Worten bei dem Durcheinander nicht.

Jöris blieb stehen und verschränkte die Arme vor der Brust. »Nun zeig, was in dir steckt, und komm bloß nicht auf die Idee, uns zu blamieren, Stick. Du weißt ja, dass NATHAN nur Anhänger akzeptiert, die ihre Qualifikation täglich aufs Neue nachweisen.«

»Mir scheint, du bist neuerdings unter die Witzbolde gegangen. Lass dir gesagt sein, mein Lieber, dass der große NATHAN keine Blasphemie duldet.« Pekkinens Finger flogen über die Tastatur. Er rief verschiedene Suchprogramme auf und gab Schlagworte ein, mit denen Sadlik nichts anfangen konnte. »Wann bist du auf Shasker eingetroffen?«

»Am 29. März, mit einem Linienkreuzer von Punczik-Tours.«

»Dann werden wir dich in den Passagierlisten finden.«

»Ich kann mir nicht vorstellen, dass es eine öffentliche Zugriffsmöglichkeit darauf gibt.«

»Wer sagt denn etwas von öffentlich?« Das Grinsen in Pekkinens pausbäckigem Gesicht verlieh ihm einen dämonischen Anstrich.

»Das klingt nicht ganz legal.« Sadlik drehte sich um und sah Jöris fragend an. Die Unschuldsmiene, die er zur Schau trug, gestattete keinen weiteren Einwand. Terian wollte gar keinen vorbringen. Es war ihr egal, über welche Kanäle Stick die gewünschten Informationen beschaffte, solange er sie nur fand.

Die schnell wechselnden Daten in dem Holokubus erstarrten, fielen in sich zusammen und formierten sich neu. Eine Namensliste durchlief das Holo. Pekkinen hieb auf ein Kontaktfeld, und die Darstellung fror ein.

»Da haben wir dich«, sagte er. »Das war nicht schwierig. Datum, Ankunftszeit in Alcerry. Alles ist da. Entdeckst du Abweichungen zu deinen Erinnerungen?«

Sadlik studierte die Einträge. Sie schüttelte den Kopf. »Alles in Ordnung.«

»Hast du wirklich etwas anderes erwartet?« Der Dicke kratzte sich am Hinterkopf. »Ich glaube, du machst dir etwas vor. Ich kenne dein wahres Problem nicht, aber vielleicht solltest du einen Mediker konsultieren und dich durchchecken lassen, statt einem Phantom nachzujagen.«

»Stick! Hör auf damit«, schalt ihn Jöris. »Terian braucht unsere Hilfe, keine Vorhaltungen.«

»War nur ein gut gemeinter Rat.«

»Schon gut, Jöris. Stick meint es bestimmt nicht böse.«

»Stimmt genau. Ich sagte doch, ich habe nur Freunde, und nichts als Freunde.« Pekkinen lächelte. »Also, wonach kann ich noch für dich suchen?«

»Noch herrschen auf Shasker keine Zustände wie auf Lepso.« Sadlik fragte sich, wieso sie die Verhältnisse auf der Freihandelswelt des Firing-Systems beurteilen konnte. Und woher kannte sie den Namen des Sonnensystems, dem Lepso angehörte? Vermutlich war er ihr im Zuge ihrer beruflichen Tätigkeit irgendwann untergekommen. »Eine Schießerei in der Innenstadt von Alcerry ist sicher nicht an der Tagesordnung und dürfte Aufsehen erregt haben.«

Jöris drückte sich auf die Bank neben sie. »Warst du darin verwickelt? Du sagtest gestern, jemand wollte dich umbringen.«

»Ich habe nicht geschossen. Ich hatte nicht mal eine Waffe, um mich gegen die Unbekannten zu verteidigen. Deshalb bin ich abgehauen. Selbst mit einer Waffe hätte ich schnellstens das Weite gesucht.« Da war der innere Zwiespalt wieder. Sadlik fühlte sich wie zerrissen. Sie war nicht sicher, ob sie bewaffnet wirklich geflohen wäre oder sich den Attentätern zum Kampf gestellt hätte. Die Vorstellung war nicht weniger grotesk als die Ereignisse an sich. »Bevor mich jemand fragt, nein, ich weiß weder, wer mich angegriffen hat, noch kenne ich den Grund.«

Ohne von seiner Tätigkeit abzulassen, drehte Pekkinen den Kopf. Seine Zweifel standen ihm buchstäblich ins Gesicht geschrieben. Das änderte nichts daran, dass er sich in seine Aufgabe verbiss. Es dauerte nicht lange, bis er einen Trivid-Bericht des größten Senders von Alcerry fand. Zum ersten Mal sah die junge Frau zumindest einen Teil der Ereignisse des vorangegangenen Tages aus einer anderen als der Fluchtperspektive.

»Wow!«, entfuhr es Pekkinen. »Das ist ja irre. Völlig abgedreht.«

Sadlik empfand die aufgezeichneten Bilder als besorgniserregend. Sie selbst war vom Ort des Geschehens verschwunden. Sie suchte den sichtbaren Ausschnitt des Korfainen mit Blicken ab. Das Boot, mit dem sie den Attentätern entkommen war, war nicht zu sehen, auch nicht die monströse Gestalt, die ihr am Ufer gefolgt war. Zwei ähnlich skurrile Wesen kamen für einen Augenblick ins Bild, undeutlich und verschwommen, als steckten sie unter beeinträchtigt arbeitenden Deflektorfeldern.

»Habt ihr das gesehen?«, keuchte Jöris. »Wer war das? *Was* war das?«

»Die Attentäter«, antwortete Sadlik. Sie stellte sich dieselbe Frage. Mehr als eine Ahnung der Monster blieb nicht. Sie waren groß, massig und wirkten auf eine unbestimmte Weise verunstaltet, humanoid und doch nicht wirklich menschlich.

Pekkinen fuhr die Aufzeichnung ein Stück zurück und ließ sie wieder vorwärts laufen, bis die Attentäter abermals in Bild kamen. Er hielt das Trivid genau im richtigen Moment an und zoomte eine Vergrößerung.

»Man erkennt trotzdem nicht mehr«, beschwerte sich Jöris. »Die Aufnahme ist total verwackelt.«

»Bestimmt von einem Passanten aufgenommen, der zufällig Zeuge der Vorgänge wurde. Besser kriege ich es nicht hin, und das liegt nicht an meiner Ausrüstung. Dem Sender geht es nicht besser, sonst würde man diese ... Dinger deutlicher darstellen. Sind das Menschen?«

Sadlik hatte keine Antwort auf seine Frage. Die Bewegungsabläufe erinnerten sie an die von Menschen, doch diese Wesen waren ungleich kraftvoller, energischer und schneller. »Ich weiß es nicht, Stick«, gab sie zu.

»Diese Viecher sind bedrohlich. Wenn sie es wirklich auf dich abgesehen haben, ist es ein Wunder, dass du den Angriff überlebt hast.« Jöris krächzte. »Entschuldigung, ich wollte nicht ...«

»Schon gut«, fiel Sadlik ihm ins Wort. »Ich kann deine Einschätzung nachvollziehen, und das hier ist nur ein Trivid. Ihr könnt euch vorstellen, wie ich mich gestern gefühlt habe. Allerdings wäre mir ohne Unterstützung die Flucht vielleicht nicht gelungen. Lass weiterlaufen, Stick.«

Pekkinen berührte ein Eingabefeld, und die holografische Darstellung wurde fortgesetzt. Von mehreren Positionen aus wurde geschossen. Am Vortag war Sadlik der Meinung gewesen, dass sich zwei Gruppen bekämpft hatten, auf der einen die Attentäter, auf der anderen diejenigen, die ihr geholfen hatten – und die dummerweise ganz unter Deflektorfeldern verborgen waren. Sie hatte sich geirrt. Die Aufzeichnung zeigte eine dritte Gruppe, wobei Gruppe übertrieben war. Es handelte sich um zwei Männer, die sich wie die Unsichtbaren ebenfalls gegen die Attentäter wandten.

»Anscheinend hattest du Unterstützung von allen Seiten«, zog Jöris denselben Schluss.

»Und du behauptest immer noch, keine Ahnung zu haben, was das alles bedeutet?«

»Genau so ist es.« Sadlik stutzte. »Kannst du die Gesichter der beiden Männer vergrößern, Stick?«

»Klar.« Pekkinen nahm eine Einstellung vor.

»Ich habe die beiden kurz vorher gesehen.« An das Gesicht des einen konnte Sadlik sich deutlich erinnern. Es war im Tierpark gewesen. Die Männer waren ihr sogar zwei oder drei Mal aufgefallen. Sie hatte sich nichts dabei gedacht, sondern sie für Zoobesucher gehalten, die wie Terian von einem Gehege zum nächsten schlenderten.

»Du meinst, sie sind dir gefolgt und haben dich überwacht?«

»Ja.« Es gab keine andere Erklärung.

»Dazu diese Unsichtbaren, die dir ebenfalls beigestanden haben. Ist dir klar, was das bedeutet?« Jöris sah sich in dem Durcheinander der Wohnung seines Freundes um, als hielte er Ausschau nach versteckten Beobachtern.

Sadlik nickte. In Alcerry waren drei verfeindete Gruppen unterwegs, die sich für sie interessierten. Eine davon wollte sie umbringen, die zwei anderen standen aus welchen Gründen auch immer auf ihrer Seite und versuchten sie zu beschützen. Diese Erkenntnis löste ein Schwindelgefühl in ihr aus. Sie hatte nicht die geringste Ahnung, weshalb sie unversehens im Brennpunkt eines dramatischen Geschehens stand. Schreie drangen aus ihrem Inneren und spülten durch ihren Verstand. Es waren Schreie des Entsetzens und des Schmerzes, tausendfache Schreie, die in Todesangst ausgestoßen wurden, bevor der Tod die Unschuldigen mit feurigem Atem verschlang. Ein lodernder Ausschnitt pulsierte vor der Schwärze des Alls und kam näher ... näher ... immer näher, bis ...

»Terian, was ist los mit dir?«

Ein Schluchzen entrang sich Sadliks Kehle. Gequält von Schuldgefühlen, die jeden Rahmen sprengten, fuhr sie von ihrem Sitzplatz in die Höhe. Ein Verbrechen war geschehen, eine Untat ohne Menschlichkeit, die zahlreiche hilflose Opfer gefordert hatte, und sie, Terian Sadlik, war daran beteiligt gewesen. Sie ... Terian Sadlik ... Rhaen ... Tolsom.

»Terian, komm zu dir!«

Es war Jöris' Stimme, an die sie sich wie an einen Rettungsanker klammerte. Sie merkte, dass Jöris ihre Hand ergriffen hatte, drückte ihrerseits die seine und ließ sich von ihm auf die Bank ziehen. Ihr Blick klärte sich. Die feurigen Lohen verblassten und schwanden. Das Trivid trat in den Vordergrund, und Sadlik bekam eben noch mit, wie die beiden Männer von den Attentätern abgedrängt wurden. Sie schauten zum Korfainen hinunter, doch sie konnten der Frau nicht erneut folgen, ohne ins offene Feuer der Monster zu laufen.

Vielleicht haben mich die anderen verfolgt, dachte Sadlik. Die Unsichtbaren, deren Identität sie so wenig kannte wie die der Attentäter.

»Du hattest einen Anfall«, sagte Pekkinen mit hängenden Mundwinkeln. »Du warst gerade eben völlig weggetreten.«

»Unsinn!«, gab Sadlik schärfer als beabsichtigt zurück. Sie verschwieg ihren Erinnerungsflash. Vielleicht hatte sie tatsächlich etwas verbrochen, das so unaussprechlich war, dass sie es verdrängt hatte. Im Trivid war zu sehen, wie Einheiten der Shasker-Police an der Flusspromenade eintrafen und die Kämpfe endeten. Die Beteiligten verstreuten sich in alle Richtungen, bevor die Einsatzkräfte aus ihren Gleitern sprangen.

»Mir reicht, was ich gesehen haben.« Pekkinen machte Anstalten, sich zu erheben.

»Warte«, bat die Terraforming-Spezialistin. »Eine Bitte habe ich noch.«

»Nun gib dir schon einen Ruck, Stick«, appellierte Jöris an seinen Freund.

Pekkinen seufzte. »Also schön. Raus damit.«

»Sieh nach, ob du im zugänglichen Netzbereich etwas über eine Rhaen Tolsom findest.«

Der Dicke wölbte eine Augenbraue und nahm eine hektische Eingabe vor. »Der Name kommt mir bekannt vor. Wenn ich mich nicht irre, habe ich ihn erst kürzlich in einem Bericht gehört. Ich komme nicht drauf, in welchem Zusammenhang.«

In dem Holo wurde eine Auswahl von Zugriffsmöglichkeiten auf Berichte aufgelistet, die sich um Rhaen Tolsom drehten. Pekkinen griff auf den primären Vorschlag zu und aktivierte einen Trivid-Bericht über eine Gerichtsverhandlung.

»Die Aufnahmen wurden auf Terra gemacht«, stellte Jöris ungläubig fest. »Wie bist du auf diesen Namen gekommen, Terian? Was verbindet dich mit dieser Frau?«

»Ich habe keine Ahnung.« Sadlik lauschte in sich hinein. Die unterschwellige Stimme schwieg. War sie jemals dagewesen, oder hatte Sadlik sie sich nur eingebildet? Doch wie hätte sie auf den Namen Rhaen Tolsom kommen sollen? Ihres Wissens war sie nie mit ihm konfrontiert worden. Mit wachsendem Entsetzen verfolgte sie den Bericht, in dem es um den Massenmord an zweitausend Terranern ging, die als Kolonisten auf dem Weg zu einer anderen Welt gewesen waren.

Nach Reddeye.

Der Name der Kolonie berührte Sadlik. Ihn in einen Kontext zu ihrer Vergangenheit stellen konnte sie nicht. Sie war nie auf Reddeye gewesen. Sie kannte auch diese Rhaen Tolsom nicht, die außerhalb des Gerichtssaals mehrmals eingeblendet wurde. Die junge Frau machte einen mitgenommenen, zerrütteten Eindruck. Sie schien etwas erlebt zu haben, das ihr sowohl körperlich als auch psychisch arg zugesetzt hatte. In einem

Kommentar war von einer induzierten Psychose mit daraus resultierender retrograder Amnesie die Rede.

»Das gefällt mir nicht.« Mit einer beiläufigen Bewegung brachte Pekkinen die Holodarstellung zum Erlöschen. »Ich will nichts mehr davon sehen.«

»Was soll der Blödsinn, Stick?«, raunzte Jöris seinen Freund an. »Der Bericht war noch nicht zu Ende.«

»Egal. Terian hat irgendetwas mit dieser Geschichte zu tun. Hast du richtig hingehört? Es war von einem Massenmord die Rede. Wenn Terian diese Rhaen Tolsom kennt ... liebe Güte, ich darf gar nicht daran denken. Ich muss die Protokolle meiner Abfragen löschen.« Pekkinen geriet in helle Aufregung und redete zu sich selbst.

Sadlik konnte es ihm nicht verdenken. Sie fühlte sich in ihrer eigenen Haut nicht wohl. Vielleicht brachte sie Jöris und Stick in Gefahr. Es hing davon ab, über welche Verbindungen die Attentäter verfügten. Womöglich klinkten sie sich ebenso gut wie der Dicke – oder gar noch besser – in das öffentliche Netz ein und fanden auf diese Weise ihre Spur wieder, wenn sie nach entsprechenden Stichworten suchten.

»Deine Wohnung ist nicht mehr sicher«, hörte sie sich sagen.

Pekkinens Gesicht verfärbte sich rot. »Ich habe es geahnt. Mist, Mist, Mist.« Er stieß einen derben Fluch aus. »Diese Monster werden hier auftauchen und mich in der Luft zerreißen.« Er schüttelte sich. »Nein, dieses Schicksal wäre zu leicht. Bevor sie mich zerreißen, werden sie mich foltern, damit ich ihnen verrate, wo du steckst.«

»Beruhige dich wieder. Du siehst zu schwarz. Wir müssen jetzt kühlen Kopf bewahren«, redete Jöris auf ihn ein.

»Bei dem, was Terian uns eingebrockt hat, hilft uns kein kühler Kopf. Vielleicht sind die Monster bereits auf dem Weg hierher.«

»Stick sollte ein paar Tage bei dir und Marsha im Haus bleiben«, schlug Sadlik vor. »An ihm sind die Attentäter zwar nicht interessiert, doch seine Überlegung könnte sich als richtig erweisen. Sie scheinen großen Wert darauf zu legen, mich zu erwischen. Also würden sie nicht zimperlich mit ihm umgehen, um Informationen über meinen Aufenthaltsort zu erhalten.«

Jöris nickte. »Du solltest dich ebenfalls von der Straße fernhalten. Gibt es einen Ort, an dem du dich verstecken kannst?« Er tippte sich mit dem Zeigefinger gegen die Stirn. »Nein, natürlich nicht, sonst hätten wir dich nicht in dieser Lagerhalle gefunden. Ob es dir gefällt oder nicht, du wirst zumindest den heutigen Tag und die kommende Nacht bei uns verbringen. Vielleicht sogar länger, bis Grad über die Sache gewachsen ist.«

Sadlik suchte nach einem Grund, um die Einladung abzulehnen. Sie fand keinen. Jöris Vorschlag war vernünftig. Obwohl der Tag noch jung war, würde sie die Nase heute nicht mehr aus der Deckung strecken. Sie entschied, sich am nächsten Tag in dem Institut umzusehen, das ihre künftige Arbeitsstelle hätte werden sollen. Daran war derzeit nicht zu denken, doch vielleicht fand sie dort hilfreiche Hinweise.

Eins-unter-Vielen

Viele waren unterwegs. Viele reisten.

Mit geringer Geschwindigkeit glitten sie durch die Schwärze, deren Pulsieren sich nach Durchfliegen des letzten Leuchtfeuers verändert hatte. Der Takt war um eine Feinheit gesunken, doch Vielen entging der verlangsamte Puls nicht. Obwohl sie nicht auf ihn angewiesen waren, passten sie sich ihm an, um die Töne der großartigen Melodie mit den Mebranhäuten aufzufangen. Sie schwangen im Takt des Pulses, blähten ihre Körper auf und atmeten die Töne in die Schwärze zurück, aus der sie stammten und in die sie gehörten.

Eins-unter-Vielen wogte im Takt der auf die Membran prasselnden Impulse. Sie trugen die Botschaft der großen Schwärze in sich und vermittelten sie Jedem unter Vielen. Eins-unter-Vielen öffne-

te sich der Schwärze und dem ewigen Wispern des Rauschens und geriet in einen Taumel aus Neugier, der viele Pulse lang andauerte. Langsam nur ebbte er ab, und neue Lichter entstanden in der Schwärze, während andere vergingen.

Der Faden, an den Viele sich klammerten, spannte sich, vibrierte und wurde von den Kräften der Schwärze erschüttert. Eins-unter-Vielen tanzte mit ihm und absorbierte die Schwingungen, die weit voraus eine Verzweigung schufen, weil eine Veränderung zwischen den Leuchtfeuern eintrat.

Der bisherige Weg blieb erhalten. Die Verzweigung schuf einen zusätzlichen Faden, zwei, vier, acht und unzählige. Viele! So viele, dass keine Zahl dafür existierte.

Eins-unter-Vielen gewöhnte sich an den veränderten Puls, und die Neugier schwand. Der neue Takt wurde zu etwas Altem, löste den vorherigen in seiner Stetigkeit ab und geriet schließlich zu Gewohntem. Aus neu war alt geworden, doch der Faden bestand weiter.

Viele erhöhten ihre Reisegeschwindigkeit. Sie entglitten dem Takt des Pulses und spannen sich um den Faden, bis zu der aufgeworfenen Verzweigung im Netz der Schwärze. Viele wurden langsamer, ohne die Reise zu unterbrechen, orientierten sich und entschieden sich für den neu geschaffenen Faden.

Auch Eins-unter-Vielen wählte den neuen Weg. Wie immer geschah es in stillem Einvernehmen mit Vielen. Eins-unter-Vielen hatte nie überlegt, sich von Vielen abzusondern und einen eigenen Faden zu beschreiten. Die Option war Eins-unter-Vielen durchaus bewusst, doch sie bestand nur in gedanklichen Spielen und war bei der gemeinsamen Reise nicht durchführbar. Eins-unter-Vielen hätte damit zur Schwächung von Vielen geführt, was der Selbsterhaltungstrieb verhinderte. Die Zukunft Vieler wurde vom Pulsieren der Schwärze und dem darin eingebetteten Rauschen bestimmt.

Puls und Takt. Puls und Takt. Puls und Takt.

Eins-unter-Vielen vernahm den Begriff Materiequelle, der aus einem fernen Bereich der Schwärze drang. Dorthin konnten Viele nicht gelangen. Die Neugier verschlang Viele deswegen, verschlang

Eins-unter-Vielen, doch die Neugier ließ sich nicht befriedigen. Durch den Materiequelle genannten Bereich führte kein Faden, den Viele beschreiten konnten. Die Fäden durch die Schwärze offenbarten unzählige Wege, dieser jedoch blieb verschlossen.

Viele waren unterwegs. Viele reisten.

Kapitel 14

Atlan

System Alcara-241, 21. März 3113

»Du hättest ein paar Tage länger auf Terra verweilen sollen«, warf mir Decaree Farou vor. In Ihren Augen funkelte Zorn. »In politischer Hinsicht hast du mit deinem übereilten Aufbruch eine Menge Porzellan zerschlagen.«

Ich saß in meiner Unterkunft an Bord der QUESTRON und hatte den Anruf von Quinto-Center soeben entgegengenommen. Meine engste Mitarbeiterin, die viel mehr mit mir teilte als nur berufliche Angelegenheiten, fuhr sich fahrig durch die kurzen schwarzen Haare. Statt mit zu einem Kussmund gekräuselten Lippen begrüßte sie mich mit Vorwürfen und einem unterkühlten Blick, der das feuchtwarme Larsa in eine Eiswelt verwandelt hätte. Die Kälte sickerte tröpfchenweise aus dem Holokubus, der meine Geliebte abbildete.

»Hättest du die unendliche Güte, mir zu erklären, welchen Verbrechens ich mich schuldig gemacht habe?«, fragte ich und bereute meinen Sarkasmus im selben Augenblick. Ich kannte Decaree. Es war unklug, sie zu reizen, wenn sie vor Wut schäumte. Sie brachte es fertig, die Verbindung kurzerhand zu unterbrechen.

Sie zögerte, schien mit sich zu ringen.

»Entschuldige«, brachte ich hervor. »Ich wollte dich nicht provozieren.«

»Dein Glück.«

»Worum geht es also? Du meldest dich nicht wegen einer Nichtigkeit.«

Decaree lehnte sich zurück. Das Zucken ihrer Mundwinkel verriet mit, dass sie bemüht war, ein Lächeln zu unterdrücken. »Um deinen Start mit der QUESTRON«, eröffnete sie.

»Ich nehme an, er wird mit Unverständnis kommentiert.«

»Das ist die Untertreibung des Jahres. Man sieht darin ein deutliches Signal. Politische Kreise sowohl auf Terra als auch auf Reddeye werten deinen Abflug noch vor dem Ende der Anhörungen als Flucht aus der Verantwortung. Man kolportiert, dass auch du mittlerweile von Rhaen Tolsoms Schuld überzeugt wärst und dich durch deinen Start von der Erde einer öffentlichen Blamage entziehen wolltest.«

Womit dein Barbarenfreund im Mittelpunkt der Kritik stehen dürfte, machte der Extrasinn mir einen berechtigten Vorwurf.

Natürlich ließ sich die Mission der QUESTRON in der von Decaree dargelegten Sichtweise interpretieren. Über diesen Aspekt hatten weder Perry Rhodan noch ich nachgedacht. Es war müßig zu spekulieren, welche Auslegung die Kritiker bei meinem Verweilen auf Terra bemüht hätten. Da wir uns informationspolitisch nicht aus unserer Deckung wagen durften, konnten sie sich ihre für die Öffentlichkeit bestimmten Äußerungen so hinbiegen, wie es ihnen in den Kram passte. Daran ließ sich derzeit nichts ändern.

»Mein Flug ins Alcara-System war nötig. Zwar hätte ich gewisse Gerüchte von der Erde aus lancieren können, doch wenn jemand darauf angesprungen wäre, hätte ich vor Ort sein müssen.«

Decaree Farou schüttelte den Kopf. »Da bin ich anderer Meinung. Du hättest von Terra aus alles in die Wege leiten und zumindest das Ende der Anhörungen abwarten können.«

»Und danach den Verlauf des eigentlichen Verfahrens? Wir sind uns einig, dass es dazu kommen wird, wenn wir die Angelegenheit nicht aufklären. Nein, Decaree«, beschwor ich meine Gefährtin, »ein Aufschub hätte die Vorwürfe nur hinausgezögert, aber nicht verhindert.«

»Eine begründete Überlegung«, gab sie zu und schränkte in einem Atemzug ein, »die nichts daran ändert, dass du in ein ziemlich offensichtliches Fettnäpfchen getreten bist, *Lordadmiral*.«

Ich ließ sowohl den Vorwurf als auch die bissige Betonung über mich ergehen. »Wie läuft die Anhörung?«

»Du kannst es dir vorstellen. Nicht gut. Die Anklage macht die Tatsache, dass es Rhaen Tolsom überhaupt gelungen ist, in den Kolonistenraumer einzudringen, zum zentralen Punkt ihrer Bemühungen, Tolsom die Mitgliedschaft in einer terroristischen Vereinigung nachzuweisen. Seit deinem Aufbruch ist Jiut Fochters Tonfall noch eine Spur schärfer geworden.«

Ich nickte. »Der Mann tut nur seine Pflicht.«

»Solche Worte aus deinem Mund«, staunte Decaree. »Ich dachte, du verteufelst ihn und bemitleidest Rhaen Tolsom.«

»Vernehme ich da einen Anflug von Eifersucht?«, spöttelte ich.

»Eifersucht auf einen Vario-Roboter? Sollte es dazu kommen, lasse ich es dich wissen.«

Decaree Farous Abbild verblasste, und der Holokubus löste sich auf. Decaree hatte die Verbindung grußlos unterbrochen. Offenbar hatte ich den Bogen überspannt. Ich erwartete einen bissigen Kommentar des Extrasinns, doch mein stummer Dialogpartner zeigte sich ungewöhnlich diskret. Ich erhob mich und verließ meine Kabine.

Die Offiziere in der Zentrale waren mit Routinetätigkeiten beschäftigt. Leutnant Tira Midarka, die lebenslustige und stets gut gelaunte Funk- und Ortungsspezialistin der QUESTRON, winkte mir zu, als ich durch das Schott eintrat. Sie war vor 97 Jahren im Solsystem auf Neptun geboren worden und hatte den größten Teil ihres Lebens als USO-Angehörige verbracht. Viermal war sie verheiratet gewesen, und alle vier Ehemänner waren im Dienst der USO ums Leben gekommen. Was bei den meisten Menschen Verbitterung ausgelöst hätte, spornte die Liebhaberin klassischer terranischer Musik zusätzlich an. Tira Midarkas Loyalität für meine Organisation und die Hingabe an ihren Beruf waren beispielhaft.

»Leutnant.« Ich nickte ihr zu und verschaffte mir einen Überblick.

Die QUESTRON kreuzte mit geringer Geschwindigkeit im Alcara-System. Die Bezeichnung hatte sich in Reihen der USO eingebürgert, obwohl sie nicht ganz zutreffend war. Bei Alcara handelte es sich nämlich nicht um ein Sonnensystem, sondern lediglich um einen im interstellaren Raum treibenden Planetoiden mit der Katalognummer 241. Die Flotte des Solaren Imperiums hatte auf Alcara-241 jahrhundertelang eine Wartungsbasis für Raumschiffe unterhalten, die später von freien Händlern übernommen worden war. Etwa fünftausend Menschen lebten auf dem Planetoiden, ohne von der kleinen USO-Station zu wissen, die auf der anderen Seite des 113 Kilometer durchmessenden Gesteinsbrockens lag. Wenn man ein Verwirrspiel mit einer falschen Rhaen Tolsom auf Terra trieb, wäre der Planetoid ein glaubhaftes Versteck für die echte Rhaen gewesen.

Oberstleutnant Taha Kanli begrüßte mich, als ich die Zentrale durchmaß. Die Aufmerksamkeit des untersetzten Mannes mit den schwarzen, glatt gekämmten Haaren war auf ein Holo mit der taktischen Darstellung des Planetoiden gerichtet. In einer Ausschnittvergrößerung erkannte ich die untereinander verbundenen Kuppeln, in denen die Bevölkerung lebte und arbeitete, und die in künstlich geschaffenen Senken errichteten Landefelder, auf denen schon manche in diesem Raumsektor operierende Einheit der Explorerflotte Station gemacht hatte. Die USO-Einrichtung blieb einem im Weltraum operierenden Beobachter optisch verborgen. Selbst von der anderen Seite Alcaras aus hätten wir sie nicht gesehen, da sie unterirdisch angelegt war.

»Das Spiel kann beginnen«, wandte ich mich an den terranischen Kommandanten des Schlachtkreuzers. »Von nun an erwarte ich erhöhte Aufmerksamkeit. Ich möchte, dass alle Schichten mit doppelter Personalstärke gefahren werden.«

»Ist bereits in die Wege geleitet, Sir«, meldete der Erste Offizier, Leutnant Abel Staut. Mit seinen 188 Zentimeter Körpergröße ragte der von Imart stammende Spezialist für Extremwelteinsätze über die falsch eingestellte Kopfstütze seines Sessels hinaus. Andererseits schien seine extrem hagere Gestalt, die ihm hinter vorgehaltener Hand den Spitznamen »Mr. Skeleton« eingebracht hatte, in dem Sitzmöbel zu versinken.

»Danke, Leutnant.« Ich ließ mich auf einem freien Platz nieder.

Auf dem Panoramabildschirm zeichneten sich das Band der Milchstraße und das Funkeln der Myriaden Sterne ab, die Edelsteinen auf einem schwarzen Samtbezug glichen. So oft ich ihn in den vergangenen Jahrtausenden genossen hatte, blieb der Anblick des Sternenozeans doch eine unvergleichliche Pracht, die jemand, der ihn lediglich von einem Planeten aus kannte und nicht als Raumfahrer unterwegs war, höchstens erahnen konnte.

»Ich gehe davon aus, dass wir nicht mit einem raschen Erfolg rechnen dürfen, Sir?«

»Es wird eine Weile dauern, bis die Falschinformationen die Runde gemacht und die richtigen Leute erreicht haben. Wie lange sie danach brauchen, um in die Offensive gehen, ist ungewiss.« Ich verschränkte die Arme vor der Brust. »Stellen wir uns auf Tage oder gar Wochen des Wartens ein. Umso wichtiger ist es, in unserer Aufmerksamkeit nicht nachzulassen.«

»Möglicherweise passiert gar nichts«, gab Tira Midarka zu bedenken.

Ich nickte. Mein Plan besaß eine Reihe von Variablen, die sich nicht kalkulieren ließen. Er basierte darauf, dass abgesehen von der als Terian Sadlik getarnten echten Rhaen Tolsom auf Shasker drei weitere Rhaens existierten. Die eine, dargestellt von dem Vario-0C, stand auf Terra im Interesse der galaktischen Öffentlichkeit. Zwei weitere Rhaens hielten sich angeblich auf Alcara-241 und auf Souruk, einer weiteren Geheimstation der USO, auf. Bei Souruk handelte es sich wie bei Alcara-241 um einen Planetoiden. In der Umlaufbahn um einen Braunen Zwerg war er Bestandteil einer protoplanetaren Scheibe, also eines dichten Rings aus Gas, Staub und Gestein. Die meisten der nicht einmal dreitausend Bewohner waren Prospektoren, die sich auf der Suche nach 5-D-Kristallen und anderen wertvollen Substanzen wie die Wühlmäuse tief und tiefer in den Planetoiden gruben. Ich bewunderte Männer und Frauen, die dieser schweißtreibenden Tätigkeit nachgingen. Das Heer der Prospektoren, die überall in der Galaxis nach Rohstoffen suchten und buchstäblich mit eigenen Händen danach schürften, bildete ein wichtiges Standbein der Wirtschaft des Solaren Imperiums und anderer Sternenreiche.

Meine Wahl war auf die Standorte Alcerry-241 und Souruk gefallen, weil sie drei grundlegende Kriterien erfüllten. Sie waren dank ihrer geringen Größe überschaubar, lagen abseits der wichtigen Verkehrsrouten und wiesen daher nur schwachen, unreglementierten Schiffsverkehr auf und beherbergten eine nur geringe, eventuell gefährdete Zivilbevölkerung, die sich aus erfahrenen Weltraumindividuen zusammensetzte.

»Wenn bis zum Ende des Verfahrens gegen Rhaen Tolsom auf Terra keine Reaktion erfolgt ist, ist mein Plan fehlgeschlagen«, gab ich zu, doch daran glaubte ich nicht. Ich ging davon aus, dass Rhaen bei ihren Nachforschungen höchst wichtige Geheiminformationen erhalten hatte. Wer immer sich hinter der sogenannten Friedensbewegung versteckte und Libra für seine Zwecke missbrauchte, konnte nicht riskieren, dass Rhaen, sobald es ihr besser ging, diese Informationen ausplauderte. Er war daher gezwungen, sie entweder zu entführen oder zu eliminieren.

»Es geht mich zwar nichts an, Lordadmiral, Sir«, warf Korporal Dokkat, der von Ekhas im Naral-System stammende Pilot der QUESTRON, ein, »aber wie wollen Sie durch die angebliche Platzierung zweier Miss Tolsoms auf Alcara-241 und Souruk die Hintermänner aus ihrer Deckung locken?«

»Stimmt genau«, fuhr Taha Kanli dem Ekhoniden in die Parade. »Es geht Sie nichts an, und der Lordadmiral schuldet Ihnen keine Erklärungen.« Der Kommandant wirkte auf den ersten Blick nett und gemütlich, doch er legte großen Wert auf Disziplin und Einhaltung der Dienstvorschriften. Dass ich als Leiter der USO um Ausführungen gebeten wurde, die ich nicht von mir aus preisgab, behagte ihm nicht, so wenig wie ihm gefiel, dass Korporal Dokkat seine langen, weißen Haare wieder einmal zu einem Zopf gebunden trug.

»Ihr durchaus berechtigter Einwand ist zur Kenntnis genommen, Oberstleutnant«, vermittelte ich diplomatisch. »Ich halte es jedoch für angemessen, die Führungsoffiziere der QUESTRON in meine Überlegungen einzuweihen.«

Taha Kanli nickte.

»Ich danke Ihnen, Sir«, haspelte Dokkat. Ein Lächeln umflorte die Augen des 1,90 Meter großen Kolonialarkoniden, der als einer der besten Kadetten seines Ausbildungsjahrgangs ausgezeichnet worden war und einen begnadeten Piloten abgab. Sein einziges Manko war die zuweilen fehlende Eigeninitiative und die Tatsache, dass er gern den Weg des geringsten Widerstandes ging.

»Die Situation stellt sich folgendermaßen dar«, begann ich. »Die Aufenthaltsorte von Rhaen Tolsom Nummer zwei und drei wurden über verdeckte Kanäle auf Reddeye publik gemacht. Souruk, das Versteck von Nummer zwei, wurde dem Netzwerk der Parthan-Träger als Geheimsache zugespielt. Libra hingegen gelangte an eine zufällig empfangene Geheiminformation, die besagt, dass sich Rhaen auf der Geheimstation Alcara-241 befindet, unsere Rhaen Nummer drei also.« Ich legte eine Pause ein, um die Information wirken zu lassen. »Nun sind folgende Szenarien denkbar. Erfolgen ein Angriff beziehungsweise Agententätigkeit auf Souruk, so ist der Drahtzieher der Ereignisse irgendwo im Parthan-Netz zu suchen. Diesen Fall halte ich für vergleichsweise unwahrscheinlich. Gefühlsmäßig tendiere ich zu der Alternative. Geschieht etwas auf Alcara-241, ist der Nachweis erbracht, dass Libra hinter der Sache steckt. In dem Fall hoffe ich Hinweise auf den Hintermann zu erhalten.«

»Kommt es zu Aktivitäten bei beiden angeblichen Verstecken, hat dieser unbekannte Hintermann zusätzlich Einblick in das Parthan-Netzwerk«, zeigte Korporal Dokkat, dass er mitdachte.

»Müsste der Betreffende sich in dem Fall nicht eher ruhig verhalten, weil er dann davon ausgehen kann, dass beide Rhaen Tolsoms Attrappen sind und als Lockvögel dienen?«, überlegte Abel Staut. Der Blick seiner stahlblauen Augen, die tief in den strengen, knochigen Zügen seines Gesichts vergraben lagen, ruhte auf mir. Der Imarter war wortkarg und wirkte oft abwesend und in sich gekehrt, in Wahrheit entging ihm jedoch nichts. In Stresssituationen zeichnete er sich durch eine schon fast unheimliche Ruhe aus.

»Sie haben recht, Leutnant«, räumte ich ein. »Zumindest muss ein solches Verhalten in Erwägung gezogen werden. Mein Kalkül geht jedoch in eine andere Richtung. Ich spekuliere darauf, dass der Hintermann von einem mehrfach doppelten Spiel ausgeht. Er wird annehmen, dass die echte Rhaen mit hoher Wahrscheinlichkeit nicht auf Terra weilt, weil ihre Anwesenheit für viele Unschuldige eine Gefahr darstellen würde, welche die Verantwortlichen auf der Erde nicht zuließen. Das erhöht die Wahrscheinlichkeit, dass sie in einer der beiden Geheimstationen untergebracht ist. Da er Informationen über gleich zwei lancierte Verstecke besitzt, kann er nun natürlich den Schluss ziehen, dass auch diese beiden Rhaens falsch sind.«

Der Ekhonide rieb sich das spitze Kinn. »Dann aber hat der Hintermann überhaupt keinen Anhaltspunkt mehr für eine weitere Suche.«

»Richtig. Vergessen wir aber nicht, dass er unter Zugzwang steht, weil er befürchten muss, jederzeit enttarnt zu werden. Dieses Risiko kann er nicht eingehen, daher muss er aktiv werden, irgendwo. Aber wo? Die Position Quinto-Centers ist nach wie vor geheim. Auf Terra also? Zu riskant. Außerdem ist die Wahrscheinlichkeit, dass die echte Rhaen sich dort aufhält, wesentlich geringer als in den beiden Geheimstationen. Nur sie bleiben ihm. Er muss zwangsläufig in die Falle gehen, und sei es wissentlich.«

»Und wenn er das nicht tut?«, wandte Tira Midarka ein. »Was ist, wenn der Hintermann sich ruhig verhält?«

»Dann ist Rhaen Tolsom für ihn unwichtig.« Und ich wäre mit meinem Latein am Ende gewesen, da diese Entwicklung bedeutet hätte, dass Rhaen über keinerlei hilfreiche Informationen verfügte. Ich dachte an meine ehemalige Partnerin, die nach Shasker gebracht worden war, wo sie von den drei verbliebenen Spezialisten des Denar-Quintetts und zwei von Perry Rhodan in Marsch gesetzten SolAb-Agenten beschattet wurde und gegebenenfalls beschützt werden würde.

Eine großes Risiko zweifellos, doch die Alternative hätte darin bestanden, sie in Quinto-Center oder einer anderen USO-Basis zu verstecken. Dort aber wäre es kaum möglich gewesen, die für Rhaen so gnädige Terian Sadlik-Persönlichkeit zu stabilisieren. So vielen Assoziationen geheimdienstlicher Tätigkeit ausgesetzt, wäre Rhaen zwangsläufig in ihr eigenes Ich zurückgefallen und danach infolge ihrer Schuldkomplexe kollabiert. Und sie stattdessen in einem Dauertiefschlaf zu halten, hatte ich nicht übers Herz gebracht.

So ist die Planung, meldete sich der Extrasinn, der sich für mein Empfinden mit seinen Kommentaren und Anregungen derzeit ungewöhnlich zurückhielt. *Du und Rhodan, ihr zieht jedoch nicht in Erwägung, dass ihr es mit einem Gegner zu tun haben könntet, der sich weder von euren Tricks blenden noch bei seiner Jagd auf Rhaen Tolsom von USO-Spezialisten und SolAb-Agenten aufhalten lässt.*

Du siehst zu schwarz, hielt ich meinem lautlosen Dialogpartner entgegen. *USO und SolAb zu überlisten, bedürfte herausragender Fähigkeiten.*

Du hast zwei hochqualifizierte Spezialisten der Abteilung A912 verloren. Das sollte dir Warnung genug sein.

Das war eine Tatsache, die ich nicht vergessen hatte. Sie änderte nichts daran, dass mir vorläufig die Hände gebunden waren. Ich musste abwarten, wie sich Rhaens gesundheitlicher Zustand entwickelte, und ich musste abwarten, wie mein unsichtbarer Gegner vorging. Für jemanden, zu dessen Stärken Abwarten nicht gehörte, war das ein schwer zu akzeptierender Zustand. Ich hätte die Unterstützung von Mutanten brauchen können, doch sämtliche Angehörigen des Korps waren an anderen galaktischen Brennpunkten im Einsatz.

Immerhin würde mir etwa ab dem 25. April herum Fellmer Lloyd als unschätzbare Hilfe zur Verfügung stehen. Es war vorgesehen, dass er sich nach Shasker begab und mit seiner Mutantenfähigkeit aktiv wurde. Wenn jemand in Rhaens Verstand feststellen konnte, ob und wie viel von ihrer eigenen Persönlichkeit zurückkehrte, dann ein Telepath wie Lloyd.

Kapitel 15

Terian Sadlik

Shasker, 26. April 3113

Der Tag unterschied sich nicht vom vorangegangenen. Blauer Himmel empfing Terian Sadlik und Jöris, als sie sich durch den Hintereingang ins Freie begaben und dem Verlauf einer Seitenstraße folgten. Sie hatten keine Ahnung, ob die Attentäter Svante Pekkinens Unterkunft ausfindig gemacht hatten, doch Sadlik zog es vor, einen weiten Bogen um das Haus zu machen, in dem er wohnte. Unablässig schaute sie sich um. Am frühen Morgen waren zahlreiche Passanten auf den Beinen. Von den Attentätern war nichts zu sehen, doch das besagte nichts. An der Promenade des Korfainen waren sie wie aus dem Nichts aufgetaucht, also war ihnen das jederzeit und an jedem anderen Ort erneut zuzutrauen.

Vor zwei Tagen hatte der Angriff auf sie stattgefunden. Die seitdem verstrichene Zeit kam Sadlik vor wie eine kleine Ewigkeit. Eine Menge war auf sie eingestürzt, widersprüchliche Empfindungen, Bruchstücke halb verschütteter Erinnerungen, von denen sie nicht wusste, ob es ihre eigenen waren, und die Bekanntschaft von Menschen, denen sie früher, das verriet ihr eine Ahnung, vermutlich aus dem Weg gegangen wäre.

Und wenn sie sich grundlos Sorgen machte? Vielleicht war niemand mehr hinter ihr her, weil die Unbekannten festgestellt hatten, einem Irrtum unterlegen zu sein. Nein, diese Hoffnung war reiner Selbstbetrug, das wusste die junge Frau. Diese undurchsichtige Angelegenheit neigte sich nicht dem Ende entgegen, sondern hatte eben erst angefangen. Ihr Pessimismus war deprimierend, doch Sadlik war sich sicher, dass er gerechtfertigt war.

»Ich danke dir für deine Unterstützung«, sagte sie zu Jöris. »Aber es ist wirklich nicht nötig, dass du mich begleitest. In meiner Gegenwart bringst du dich in Gefahr. Ich kann das nicht verantworten.«

»Das brauchst du nicht«, erwiderte er mit piepsender Stimme. »Die Verantwortung für mich trage ich ganz allein. Ich habe entschieden, dich zu begleiten, weil ich das so will. Man lässt seine Freunde nicht im Stich, wenn sie einen brauchen.«

»Du magst recht haben.« Sadlik merkte ihm an, dass er mehr in ihr sah als nur eine Freundin. Zumindest erhoffte er sich mehr. Das Aufblitzen in seinen Augen, sobald er sie ansah, verriet, was in ihm vorging. »Hast du eine Idee, wo ich eine Waffe herbekommen kann?«

»Eine Waffe?«

»Was ist daran so schlimm? Brannon besitzt einen Energienadler. Es würde keinen Unterschied bedeuten, wenn ich ebenfalls eine Waffe einstecken hätte, nur zu meiner Verteidigung.«

»Stimmt.« Jöris druckste herum. »Du kennst dich mit Waffen aus, nicht wahr?«

»Wie kommst du darauf?«

»Es war in der Halle, in der wir uns getroffen haben. Du hast Brannon blitzschnell entwaffnet, so professionell wie eine Polizistin, und seinen Nadler gehandhabt, als seiest du den Umgang mit Waffen gewohnt. Ich bin ziemlich gut darin, Leute zu beobachten. Das waren keine zufälligen Bewegungen und auch kein Glück. Du hast dich wie eine erfahrene Kämpferin verhalten.«

Unwillkürlich lachte Sadlik auf, weil er ihr solche Fähigkeiten andichtete. Sie wurde jedoch sofort wieder ernst, als sie sich daran erinnerte, wie sie bei dem Angriff nach einer imaginären Waffe an ihrer Hüfte gegriffen hatte. Nein, das war kein Zufall gewesen. Sie war auf die Bewegung gedrillt. Sie hatte mehr als einmal unter Zeitdruck eine Waffe gezogen, was den Erinnerungen an ihre eigene Vergangenheit widersprach. Es war, als trüge sie eine falsche Legende mit sich herum, die der wahren Terian Sadlik nicht entsprach.

»Da kommt ein Robottaxi«, machte Jöris sie auf einen Schweber aufmerksam. Er winkte, und das grellgelbe Gefährt hielt am Straßenrand an. »Um auf deine Frage zurückzukommen, Terian. Nein, ich habe keine Ahnung, wie du an eine Waffe kommst.«

Er stieg hinten ein und setzte sich auf die Rückbank. Bevor Sadlik in den Schweber kletterte, überzeugte sie sich davon, dass niemand auf sie achtete. Sie ließ sich in das Polster fallen und zog den Kopf ein.

»Einen schönen guten Morgen«, plärrte die schnodderige Stimme des automatischen Piloten. »Wie darf ich Ihnen mit meinen bescheidenen Fähigkeiten dienen?«

»Indem du keine dummen Fragen stellst, sondern dich wieder in Bewegung setzt«, brummte Jöris.

»Wohin darf die Fahrt gehen?«, zeigte sich der Autopilot unbeeindruckt von der Zurechtweisung. »Ohne Angabe eines konkreten Zielortes kann ich nicht losfahren.«

Sadlik nannte das wissenschaftliche Institut, in dem das planetare Amt für Terraforming-Angelegenheiten untergebracht war. Der Schweber ruckte an und fädelte sich in den lockeren Verkehrsstrom ein, der bald dichter wurde. Es ging wieder Richtung Innenstadt, wie sie an der Skyline erkannte. Sadlik warf sich vor, seit ihrer Ankunft auf Shasker nicht beim Institut vorbeigeschaut zu haben. Bei drei ausstehenden Wochen bis zum Antritt ihrer Tätigkeit hatte sie keinen Grund zur Eile gesehen. Das rächte sich nun, weil sie nicht beurteilen konnte, ob das Robottaxi den richtigen Weg wählte. Der Autopilot wechselte mehrmals die Fahrtrichtung, bis der Korfainen in Sicht kam, und steuerte auf eine kühn geschwungene Brücke zu, die den Fluss wie ein Höcker überspannte. Auf ihrem Scheitelpunkt genoss Sadlik den ungehinderten Blick den Korfainen flussabwärts und über die Promenade. Die Stelle, an der sie beinahe ihr Leben verloren hätte, sah sie nicht. Sie lag weiter westlich.

Dann war das Taxi auf der anderen Seite und legte sich in eine scharfe Kurve.

Zwischen einem zum Ufer hin offen liegenden Halbkreis aus fünf Bürotürmen, deren verspiegelte Fassaden im Sonnenlicht glänzten, wölbte sich eine Kuppel, die in eine parkähnliche Landschaft eingefügt war. Der Schweber setzte am Rand eines Landefeldes auf, und der Pilot nannte den Fahrpreis. Sadlik steckte ihren Credit-Chip in die Aufnahmevorrichtung, der fällige Betrag wurde abgebucht, und sie entnahm den Chip. Wieder vergewisserte sie sich zunächst, dass sich niemand in ihrer unmittelbaren Nähe aufhielt, der ihr verdächtig erschien.

»Verwaltungsgebäude.« Jöris, ebenfalls ausgestiegen, deutete auf die Türme. »Ich war einmal wegen meiner ID-Karte hier. In der Kuppel sind verschiedene Wissenschaftsinstitute untergebracht.«

»Bist du sicher?«

»Ja.«

Also war sie richtig. Was genau sich Sadlik vom Vorsprechen bei ihrem potenziellen Arbeitgeber versprach, wusste sie selbst nicht. Es war einen Versuch wert, etwas über sich herauszufinden, denn unzweifelhaft hatte es Gespräche gegeben, als sie sich noch auf Punczik aufgehalten hatte. Da sie niemanden auf Shasker kannte, gab es keine sonstigen Adressen, wo sie Informationen einholen konnte.

Ein marmorgetäfelter Weg führte zwischen schulterhohen Hecken hindurch. Sadlik vernahm das Plätschern eines Springbrunnens und passierte ein Hinweisschild, dessen Aufschrift bestätigte, dass sie die richtige Anlaufstelle gefunden hatte. Eindämmungsfelder zwangen die Wasserfontänen zu Kapriolen, die sich der Schwerkraft widersetzten. Die Darbietung wurde von kaum wahrnehmbarer Musik untermalt.

Terian Sadlik zuckte zusammen. Es war die Musik, die sie bereits ein paar Mal vernommen hatte. Sie hatte sich verändert, klang jetzt harmonischer als zuvor.

»Hörst du das?« Sadlik blieb so abrupt stehen, dass Jöris gegen sie stieß.

»Was soll ich hören?«, fragte er verwirrt.

»Die Musik.«

»Musik?« Er schüttelte den Kopf. »Da ist keine Musik. Du bildest sie dir ein.«

»Ich dachte mir, dass du sie nicht vernimmst.« Weil sie auf einer anderen als der akustischen Ebene gespielt wurde.

Hinter der Hecke zeichnete sich eine Bewegung ab, und eine Gestalt kam zum Vorschein. Sie schwebte dicht über dem Boden und näherte sich den beiden Menschen mit gemächlichen Bewegungen.

Im ersten Moment erwartete Sadlik einen weiteren Angriff, doch das eigenartige Wesen besaß keine Ähnlichkeit mit den monströsen Attentätern. Es glich einem leicht bauchigen Zylinder, der sich nach oben hin zu einem Flansch verjüngte, auf dem eine bläulich schimmernde Kapsel saß.

»Ist das ein Roboter?« Obwohl er einen Kopf kleiner war als sie, stellte sich Jöris demonstrativ vor Sadlik.

»Nein.« Das Gebilde, das sich ihnen näherte, war viel mehr als das. Es trug etwas in sich, das von großer Bedeutung war. Ein erratischer Bildersturm wirbelte durch Sadliks Erinnerung. Sie hatte ähnlich bizarre Gestalten in der Vergangenheit gesehen. Erfolglos versuchte sie zu bestimmen, wann und wo das gewesen war. Diese Träger, wie sie sie spontan nannte, gehörten auf eine unbestimmte Weise zu Sadliks Leben.

»Ich stelle keine Gefahr für Euch dar.« Es gab kein sichtbares Sprechorgan, das die Worte hervorbrachte. Die sonore Stimme drang direkt aus dem Körper des Zylinders.

»Ich weiß.« Die junge Frau empfand tiefe Vertrautheit. Mehr noch, einen Anflug von Heimweh.

»Woher weißt du das, Terian?« Jöris ergriff ihr Handgelenk. »Wir sollten von hier verschwinden.«

»Das solltet Ihr tatsächlich«, unterstützte ihn der Zylinder. »Nicht meinetwegen, sondern wegen der Söldner. Sie suchen nach Euch, Terian Sadlik. Sie sind auf dem Weg hierher und werden bald eintreffen.«

»Du hast es gehört. Nun komm schon«, drängte Jöris.

»Nein.« Sadlik schüttelte seinen Griff ab und wandte sich an den Träger, der ihren Namen kannte. Es überraschte sie nicht einmal. Endlich ergab sich die Gelegenheit, ein paar Antworten auf die zahlreichen Fragen zu erhalten, die ihr auf den Lippen brannten. »Dieses Zusammentreffen ist kein Zufall. Du hast uns erwartet. Du nanntest diejenigen, die hinter mir her sind, Söldner. Was für Söldner sind das? In wessen Auftrag handeln sie und wieso? Warum will mich jemand umbringen?« Die Lautstärke ihrer Stimme schwoll mit jedem Satz an.

Jöris trat unruhig von einem Fuß auf den anderen. »Terian, mäßige dich.«

»Ja, schon gut. Aber ich will jetzt wissen, was hier gespielt wird. Vorher bewege ich mich keinen Schritt.« Ihr Benehmen war kindisch, doch etwas sagte ihr, dass der Träger ihr verpflichtet war.

»Ich bedaure. Darüber kann ich keine Auskunft geben.«

»Kannst du nicht, oder willst du nicht?«

»Es ist wichtig, dass Ihr mir vertraut. Niemand kann die Söldner aufhalten. Sie gehen einem Auftrag so lange nach, bis sie ihn erledigt haben.«

»Also stimmt es. Sie sollen mich töten?«

»Ja.« Der Zylinder war zur Regungslosigkeit erstarrt und ruhte an Ort und Stelle.

Sadlik musterte ihn eingehend. Was befand sich in seinem Inneren? Was trug er bei sich, dem sie solches Vertrauen schenkte? »Wie kann ich die Söldner bekämpfen?« Und wie kam sie auf die Idee, als Terraformerin dazu befähigt zu sein?

»Ihr könnt sie nicht bekämpfen, nur fliehen. Eure einzige Chance ist es, Shasker zu verlassen. Ich appelliere an Euch. Flieht, solange Ihr es noch könnt.«

Shasker verlassen? Alles in Sadlik widersetzte sich diesem Ratschlag. Ihre Arbeit wartete auf sie, ihr neues Leben. Wohin sollte sie sich wenden? Auf Punczik wurde sie nicht mehr benötigt, und andere Optionen besaß sie nicht.

»Ich habe mich versteckt. Wie ist es den Söldnern möglich, mich wiederzufinden?«

»Sie werden von einem höheren Verstand geleitet«, erklärte der Zylinder. »Mit seiner herausragenden Intelligenz, die ihn weit über jeden Normalsterblichen hinaushebt, agiert er wie ein überlegener Schachspieler, der Züge voraussieht, so auch die Euren. Die Söldner vernehmen seine Stimme ohne Unterlass und folgen seinen Anweisungen. Sie sind auf geistiger Ebene miteinander vernetzt und besitzen einen gemeinsamen Überverstand. Was ein Söldner weiß, weiß auch jeder andere.«

»Das ist unheimlich.« Jöris wurde immer nervöser. »Das klingt nach einem Überwesen, das es gar nicht gibt.«

»Es entwickelt sich, formt seinen Geist.« Unruhe kam in den Träger. Er löste sich aus seiner Starre und schwebte langsam vorwärts. »Es bleibt keine Zeit für weitere Diskussionen. Jemand nähert sich.«

»Die Söldner?«, stieß Jöris aus.

»Zieht Euch zurück, Terian Sadlik«, drängte der Zylinder. »Bringt Euch in Sicherheit.« Seine sonore Stimme glitt in einen tiefen Bass ab, und die Musik wurde disharmonischer.

Jöris packte Sadlik am Arm. Sie ließ es widerstrebend geschehen, dass er sie mit sich zog. Gemeinsam stürmten sie den Weg zurück, den sie gekommen waren. Sadlik warf dem Träger einen letzten Blick zu. Angst vor den Söldnern und Entschlossenheit, sich ihnen im Kampf zu stellen, hielten sich die Waage. Ein Flimmern in der Luft gab den Ausschlag. Terian hörte auf, sich zu sträuben, und rannte auf die Hauptstraße hinaus.

Sie sah sich durch die Korridore eines Raumschiffs hasten, getrieben von einer unheimlichen Bedrohung, der ein durchschnittlicher Mensch hilflos gegenüberstand. Sie durfte nicht tatenlos zusehen, wie das Verderben in die Freiheit entwich und seiner Bestimmung folgte, deren Folgen für unzählige Terraner sich nicht absehen ließen. Ihr Atem ging stoßweise. Immer wieder warf sie kurze Blicke über ihre Schulter, um sich vom Ausmaß des Schreckens zu überzeugen. Was in der stählernen Schiffshülle unterwegs war, drängte ins Freie. Es durfte nicht entkommen, nicht freigesetzt werden. Es musste aufgehalten werden, gleichgültig wie hoch der Preis dafür war.

Was konnte so schrecklich sein, dass zweitausend Menschenleben einen akzeptablen Preis darstellten? Gar nichts. Die Schuld, die sie auf sich geladen hatte, ließ sich niemals abtragen. An keinem Tag ihres Lebens und an keinem Ort der Galaxis.

Das graue Asphaltband unter ihren Füßen war kein Korridorbelag in einem Raumschiff, sondern eine der zahlreichen Seitengassen im Straßengewirr von Alcerry. Terian Sadlik vernahm das Pochen des Blutes zwischen ihren Schläfen und verlangsamte ihre Schritte. Die Söldner waren ihr nicht gefolgt, oder sie verhielten sich abwartend, um sie zu zermürben.

»Warte«, keuchte Jöris, der ein paar Schritte zurückgefallen war. Er japste und schnappte nach Luft. »Ich kann ... nicht weiter, und wenn die Söldner mich ... erschießen.« Er blieb stehen und lehnte sich mit dem Rücken gegen eine Wand. Sein Brustkorb hob und senkte sich in schneller Folge.

»Das werden sie nicht.« Sadlik spähte die Straße hinunter. Niemand folgte ihnen, stellte sie mit geschultem Auge fest. Sie benötigte lediglich zwei oder drei Sekunden, um zu dieser Überzeugung zu kommen. Sie nahm ihre Fähigkeiten, von denen sie nicht wusste, wie und wo sie sie erlangt hatte, mit zunehmender Selbstverständlichkeit hin. »Vorläufig sind wir in Sicherheit.«

»Nicht auf Dauer.« Jöris' Atmung beruhigte sich. »Wenn ich den Roboter richtig verstanden habe, finden die Söldner dich immer wieder, weil sie die Unterstützung irgendeines Überwesens genießen. Kannst du dir vorstellen, von was für einem Wesen dieser Roboter gesprochen hat?«

»Nein.« Sadlik hatte keine Ahnung. Sie verzichtete darauf zu wiederholen, dass es sich bei dem Träger nicht um einen Roboter handelte, jedenfalls nicht nach landläufigem Verständnis.

»Vielleicht von einem Unsterblichen wie den terranischen Zellaktivatorträgern?«

»Nicht einmal sie beherrschen, was der Träger behauptet hat. Trotz allem handelt es sich bei ihnen um normale Menschen.«

»Du scheinst sie ja gut zu kennen«, spöttelte Jöris.

Die Vorstellung war nicht so abwegig, wie er sie meinte. Sadlik glaubte sich an einen Zellaktivator vor der Brust eines Mannes zu erinnern, den sie in der Hand gehalten hatte. Je mehr sie sich auf das Bild konzentrierte, desto blasser wurde es. Gleiches galt für die zerrissenen Bilder, die sie eben gesehen hatte, für das Raumschiff und das Schreckliche darin. Für die Schuld, die sie auf sich geladen hatte. Die Hinweise, die aus dem hintersten Winkel ihres Verstandes an die Oberfläche drängten, verstärkten sich und wurden doch nicht greifbar.

Wer, fragte sie sich, war Terian Sadlik wirklich? Lautete so ihr richtiger Name, oder war diese Identität lediglich ein Kokon um eine andere Frau, die von sich glaubte, eine Mörderin zu sein? Wieso war mehrmals der Name Rhaen Tolsom in ihrem Geist aufgetaucht, jener Rhaen Tolsom, die sich wegen angeblichen Massenmordes vor einem terranischen Gericht zu verantworten hatte? Hinzu kam der Träger, der ein Gefühl vertrauter Nähe in ihr ausgelöst hatte. Sein Verhalten war widersprüchlich. Zwar hatte er sie gewarnt, ihr weitergehende Informationen jedoch vorenthalten.

»Geht es wieder? Kannst du weiter?«

Jöris nickte.

Kapitel 16

Daniel Pherson

Shasker, 26. April 3113

Bei dem seltsamen Wesen handelte es sich um einen Pathan-Träger, um eine biologische Maschine, in deren Eingeweiden ein kleines Stück des Gehirns von Boris Parthan untergebracht war, jenes Mannes, dem man es zu verdanken hatte, dass die menschliche Kolonie Reddeye nicht in Bruderkriegen untergegangen war, sondern noch existierte. Lordadmiral Atlan hatte das Denar-Quintett über die Zusammenhänge informiert. Bisher waren die Spezialisten davon ausgegangen, dass sich sämtliche 5439 Parthan-Träger auf Reddeye aufhielten und den Clansherren als Berater dienten. Es war nie die Rede davon gewesen, dass einer oder mehrere von ihnen Reddeye verlassen hätten.

Schon gar nicht von ihrer Präsenz auf Shasker, wo die Tochter Enerich Tolsoms von Atlan untergebracht worden war. Nach Wochen der Ruhe gerieten die Dinge in Bewegung. Erst das Attentat auf Rhaen Tolsom und nun der Auftritt des Parthan-Trägers, der der Zielperson zu Hilfe kam und sie vor den Söldnern warnte.

Daniel Pherson sah dem feingliederigen Osmooth Alerin nach. Der blonde Sergeant mit dem Pferdegesicht und den durchdringend blauen Augen folgte der Zielperson, damit die Gruppe sie im Gewimmel von Alcerry nicht aus den Augen verlor, wie es den Agenten der SolAb ergangen war. Der Korporal wartete auf das Auftauchen der Söldner. In der unübersichtlichen Grünanlage konnten sie sich unbemerkt aus jeder Richtung nähern. Er, der in der Abteilung A912 als Mann fürs Grobe galt, hielt einen schweren Kombistrahler in der Hand. Varen Thorik ließ ihre Waffe vorerst stecken.

Die Arkonidin nickte Pherson zu. Gleichzeitig desaktivierten sie die Deflektorschirme und traten aus ihrem Versteck, als der Parthan-Träger Anstalten machte, sich zurückzuziehen.

»Warte«, hielt die großgewachsene, schlanke Kommunikationsspezialistin die biologische Maschine zurück. Wer Thorik nicht kannte, beging leicht den Fehler, sie für ein Püppchen zu halten, für eine Frau deren Attribute sich in ihrer unverhohlenen Weiblichkeit erschöpften. Wie überaus durchtrainiert und wehrhaft die dunkelblonde Arkonidin mit den mittellangen Haaren und den rötlich-gelben Augen war, sah man ihr nicht an. Pherson kannte sie besser. Mehr als einmal hatte er erlebt, dass sie nicht nur ein ausgeprägtes Improvisationstalent besaß, sondern im Nahkampf für Terraner praktisch unschlagbar war.

Der Zylinder rührte sich nicht. »Es gibt keinen Anlass, mich mit einer Waffe zu bedrohen«, sagte er mit sonorer Stimme.

»Natürlich nicht«, entschuldigte sich Pherson. »Ich habe nur keine Lust, mit den Händen in der Hosentasche auf das Eintreffen der Söldner zu warten. Wie lautet deine Bezeichnung?«

»Parthan-3-19«, antwortete die seltsame Maschine. »Eigenname Pandekt, wenn Ihnen das lieber ist. Sie sind Angehörige der USO.« Es war keine Frage, sondern eine Feststellung.

Die Arkonidin nannte ihre Namen. »Wir kennen die Loyalität der Parthan-Träger den Clansherren gegenüber. Wir wissen, dass ihr im Sinne Boris Parthans ausschließlich im positiven Sinne wirkt. So wie in diesem Fall.« Varen Thorik deutete in die Richtung, in welche die Zielperson gelaufen war. »Du hast sie vor den Söldnern gewarnt. Wer sind diese Söldner? Wir haben sie in Aktion erlebt.«

»Bei dem Attentat auf Miss Tolsom?«

»Ja«, gestand die Arkonidin. Der Parthan-Träger kannte die wahre Identität Terian Sadliks. »Wir wurden davon ebenso überrascht wie Miss Tolsom selbst. Nicht weniger überraschend ist deine Anwesenheit hier. Der Aufenthaltsort Rhaen Tolsoms wurde geheim gehalten. Wie hast du davon erfahren?«

Pherson überwachte die Umgebung, wobei er dem Gespräch lauschte. Pandekt hatte höchste Dringlichkeit gezeigt, als er Rhaen Tolsom zur Flucht aufforderte, doch die Söldner, die er angekündigt hatte, zeigten sich nicht.

»Ich habe davon erfahren«, wich Parthan-3-19 aus. »Ein Kollege setzte mich in Kenntnis. Dazu ist kein direkter Kontakt nötig.«

Pherson kannte den Hintergrund, auf den Pandekt anspielte. Die als Parthan-Träger bezeichneten Robotkörper erlaubten den zerebral-zellulären Mentalspaltungen des originären Parthan-Gehirns Mobilität. Indes gaukelten codierte Hyperfunkverbindungen den einzelnen Teilen vor, noch immer ein Ganzes zu sein. Bis zu welcher Entfernung diese Verbindung bestand, war die eine Frage, wer Pandekt nach Shasker abkommandiert hatte, eine wesentlich wichtigere. Handelte er nicht aus eigenem Antrieb, hatte ihn ein Clansherr hierher geschickt. Das wiederum war unmöglich. Wie Enerich Tolsom glaubten alle Clansherren, dass Rhaen Tolsom sich auf der Erde aufhielt, und doch hatte irgendjemand die Wahrheit herausgefunden.

Varen Thorik teilte die Überlegungen ihres Kameraden. »Wie lautet deine Aufgabe?«, wollte sie von dem Parthan-Träger wissen.

»Ich soll ein wachsames Auge auf Miss Tolsom werfen.«

»Indem du ihr Einzelheiten verschweigst?«

»Machen Sie das nicht ebenfalls?«, konterte Parthan-3-19. »Ich habe sie aus der Schusslinie der Söldner geschickt.«

Daniel Pherson drehte sich einmal um sich selbst. »Anscheinend voreilig. Varen hat dich eben gefragt, wer diese Söldner sind. Du schuldest uns eine Antwort.«

»Ich arbeite nicht gegen Sie, doch ich habe ausdrückliche Anweisung, nicht mit der USO oder der Solaren Abwehr zu kooperieren. Würde dies bekannt, hätte dies bei der politischen Situation unangenehme Folgen für alle. Sie werden verstehen, dass ich deshalb Ihnen gegenüber keine Informationen preisgeben möchte.«

Die Arkonidin verzog nachdenklich das Gesicht. »Um deinen Herrn nicht bloßzustellen, nimmst du den Tod von Miss Tolsom in Kauf? In dem Fall sollten wir unsere Zelte abbrechen und Shasker verlassen. Was meinst du, Daniel?«

»Eine logische Überlegung.«

»Ich kann der Logik dieser Überlegung nicht folgen«, gestand der Parthan-Träger.

Die Spezialisten lauerten auf eine verräterische Reaktion. Pherson nahm ihm seine Erklärungen nicht ab. Pandekt verschwieg viel mehr vor ihnen, als er zugab. Varen Thorik wollte ihn aus der Reserve locken. Da er ihren Sinn für schrägen Humor nicht kannte, sondern ihre Worte für bare Münze nahm, musste er sich in einen Zwiespalt gestürzt sehen, sofern seine Sorge um Rhaen Tolsom aufrichtig war. In dem Fall blieb ihm nichts anderes übrig, als die Menschen zum Bleiben zu überreden. Er tat es nicht.

»Du lügst uns an«, versetzte der Korporal. Er hob seinen Kombistrahler und richtete den Lauf auf die Maschine. »Wir übergeben dich in die Hände der USO. Es wird sich schnell herausstellen, welcher Clansherr dich nach Shasker entsandt hat.«

»Wenn überhaupt«, fügte die Arkonidin hinzu. »Woran ich nicht glaube. Das könnte dann höchst unangenehme Folgen für dich haben. Spätestens bei der Untersuchung des Gehirnteils von Boris Parthan, das du in dir trägst, wird die Wahrheit ans Licht kommen.«

»Sie begehen einen Fehler.« Parthan-3-19 schwebte rückwärts. Die Kapsel, die einen Kopf simulierte, verfärbte sich.

»Bleib stehen, sonst schießt Pherson dich bewegungsunfähig«, drohte Thorik.

Der Zeigefinger des Aufklärungsspezialisten krümmte sich um den Abzugsbügel des Strahlers, um zu demonstrieren, dass er nicht davor zurückschreckte, die Ankündigung in die Tat umzusetzen. Er vergaß seinen Vorsatz, als hinter ihm etwas mit ohrenbetäubendem Lärm explodierte.

Die Söldner!

Die Druckwelle der Explosion riss Pherson von den Beinen. Aus den Augenwinkeln sah er, wie Thorik sich überschlug. Er rollte sich ab, wirbelte herum und brachte den Strahler in Anschlag – gegen einen Angreifer, der nicht existierte. Der Korporal begriff und reagierte mit der antrainierten Schnelligkeit. Nichts blieb von der Behäbigkeit, mit der er in Normalsituationen agierte. Sich vom Boden abstoßen und auf die Beine kommen waren eins. Die Waffe schwenkte herum, doch der Parthan-Träger befand sich nicht mehr an der Stelle, wo er noch vor einer Sekunde gestanden hatte.

Pherson machte einen Satz und huschte um die Hecke herum. In einer Nische inmitten des Buschwerks stand eine Gitterkonstruktion, eben groß genug, um Pandekt aufzunehmen, der in ein waberndes Energiefeld trat. Pherson riss den Kombistrahler nach oben und legte auf die Maschine an.

»Nicht schießen!«, gellte Varen Thoriks Stimme hinter ihm.

Fluchend ließ der Aufklärungsspezialist die Waffe sinken. Pandekts Umrisse verschwammen, dann war er verschwunden. Im nächsten Moment erlosch das Energiefeld, und die Gitterkonstruktion schmorte in sich zusammen.

»Diese verdammte Maschine hatte einen kleinen Sprengsatz zur Ablenkung vorbereitet. Wieso hast du mich daran gehindert zu schießen?«

»Weil der Tod eines Parthan-Trägers auf Shasker eine Menge Fragen nach sich gezogen hätte. Es hätte Untersuchungen gegeben. Nach außen hätte Atlan uns vielleicht gedeckt, uns aber für den Rest unseres Lebens am Schreibtisch versauern lassen.«

Thorik hatte recht. »Danke, Sergeant, dass Sie mich vor dieser Dummheit bewahrt haben. Sag mal, was ist da eben eigentlich passiert? Der Parthan-Träger hat eine mögliche Flucht in Betracht gezogen, obwohl er nicht ahnen konnte, dass wir in der Nähe sind und ihn mit unseren Fragen in die Bredouille bringen. Das Zusammentreffen mit unserer Zielperson lief offensichtlich genau so ab, wie er es geplant hatte. Es gab keinen Grund für seine Vorsichtsmaßnahme.«

»Was sagte er über die Söldner? Sie werden von einem überlegenen Verstand geleitet, von einem Wesen mit herausragender Intelligenz, die es weit über Normalsterbliche hinaushebt und sogar gegnerische Züge voraussehen lässt.«

»Das klingt für mich wie Unsinn.«

»Pandekts geschickte Planung im Vorfeld sieht nicht nach Unsinn aus. Er hat die Zielperson hier erwartet, also vorausgesehen, dass sie das Institut aufsucht.«

Pherson winkte ab. »Dass sie hier nach Informationen forscht, hätte auch ich erwartet. Schließlich sollte das Institut dank Atlans Intervention Terian Sadliks künftiger Arbeitsplatz sein.«

»Das weiß sie, aber kein Parthan-Träger. Außerdem stellt sich eine weitere entscheidende Frage. Wieso wollte Pandekt unserer Zielperson weismachen, sie sei in unmittelbarer Lebensgefahr?«

»Du fragst – nenn mir eine Antwort.«

Varen Thorik hob ratlos die Schultern. »Ich komme darauf zurück, sobald ich eine habe. Vielleicht kann uns der Telepath Fellmer Lloyd eine nennen. Er müsste inzwischen in Alcerry eingetroffen sein. Bevor wir zu Osmooth aufschließen, sollten wir Lloyd aufsammeln. Ich schlage vor, wir holen unseren Gleiter aus der Garage.«

»Einverstanden.« Daniel Pherson aktivierte das Kommunikationsmodul in seinem Nacken und kontaktierte Osmooth Alerin.

Eins-unter-Vielen

Viele waren unterwegs. Viele reisten.

Nicht messbare Zeit war vergangen, in denen Eins-unter-Vielen gelernt hatte, die Stimmungen und Gefühlsschwankungen der Schwärze zu verstehen. Für eine Weile war die Erkenntnis, dass die

Schwärze nicht überall die gleiche war, faszinierend, doch das Gefühl legte sich.

Gefühl. Der Begriff war verwirrend, und Eins-unter-Vielen benötigte die Abstände zwischen zahlreichen Inseln, um das Konzept zu begreifen, das dahinterstand.

Gefühle existierten in mannigfaltiger Art inmitten von Puls und Takt. Es gab nicht nur den Glückszustand im Reisebereich des Fadens, nicht nur den Überschwang und die Ekstase, wenn durch die Aufnahme kosmischer Materie das Zellwachstum angeregt und die Membranhaut mit neuer Kraft geflutet wurde. Es gab die Sehnsucht und die Neugier auf die Leuchtfeuer, zu denen die Reise führte, Wehmut und Erinnerung an Bereiche in der Schwärze, die Viele nur gestreift hatten und nie wiedersehen würden, und die Ahnung großer Erwartung auf all das, was noch vor Vielen lag.

Es gab keine negativen Gefühle, sondern ausschließlich solche, für die Viele dankbar waren. Zufriedenheit beherrschte Viele, deren Leben in jedem Augenblick im Einklang war mit Puls und Takt.

Jegliche Zufriedenheit löste Glücksgefühle aus. Eins-unter-Vielen sehnte sich nach immerwährendem Glück. Diese Sehnsucht war Teil des umfassenden Sehnens, das Viele vorantrieb und dafür sorgte, dass ihre Reise immer weiterging.

Wieder führten die Fäden des Netzes Viele zu einer Insel in der Schwärze, vorbei an Leuchtfeuern und durch sie hindurch. Viele durchquerten die Insel und schickten sich an, sie wieder zu verlassen, als etwas ihren Weg kreuzte, das in all ihren Erwartungen keinen Raum eingenommen hatte.

Eins-unter-Vielen lauschte auf das Wispern, das sich vom ewigen Rauschen unterschied. Es war eine andere Art von Gesang, nicht hintergründig und allgegenwärtig, sondern auf einen kleinen Teil der Insel beschränkt. Der Gesang war schwach, anfangs kaum zu vernehmen, doch er gewann an Klarheit und Intensität.

Viele unterbrachen ihre Reise.

Zum ersten Mal verwandelte sich der Gesang in eine Stimme. Eins-unter-Vielen vernahm Gedanken, die Wünsche und Sehn-

süchte ausdrückten, den eigenen gleich. Sie waren verschwommen, verworren und zerrissen, doch sie ballten sich zu verständlichen Mustern und formten sich zu gesteuerten Planungen.

Eins-unter-Vielen erlebte einen erwachenden Verstand, dessen Präsenz größer wurde. Er gewann an Stärke und begab sich auf den Weg, die Macht zu erlangen, von der er träumte. Eins-unter-Vielen las die Stimme, wie es auch umgekehrt geschah. Eine Verbindung mit dem erwachenden Verstand kam zustande. Sie dauerte an und wurde intensiver.

Viele erkannten, dass der erwachende Verstand ihnen überlegen war. Er dachte und agierte vorausschauend, plante die Zukunft und besaß die Fähigkeit, Vorgänge zu überblicken, von denen er nur marginale Kenntnis erlangte. Aus winzigen Informationsbruchstücken leitete er komplexe Zusammenhänge ab und sah die weitere Entwicklung von Geschehnissen voraus, die gerade erst in Gang kamen. Viele erkannten die Überlegenheit des erwachenden Verstandes und ordneten sich ihm unter.

An seinen Erfolgen teilzuhaben, versprach Glück.

Viele verharrten. Viele warteten.

Kapitel 17

Atlan

System Alcara-241, 28. März 3113

Seit einer Woche begleiteten wir den Planetoiden. Korporal Dokkat steuerte die QUESTRON in einem drei Lichtminuten durchmessenden Raumabschnitt nach eigenem Ermessen. Von Tira Midarka überwacht, arbeiteten die Ortungssysteme des Kugelraumers der SOLAR-Klasse auf Hochtouren. Vier Handelsraumer waren auf Alcara gelandet und wieder gestartet, ohne dass es zu einem Zwischenfall gekommen wäre. Für die Besatzung gab es kaum Abwechslung. Ich konnte keine Übungsmanöver anordnen, weil wir damit auf uns aufmerksam gemacht hätten.

Am siebten Tag unserer Anwesenheit in diesem Raumsektor erreichte mich ein Hyperfunkspruch von Terra. Wir standen mit der Erde ebenso wie mit dem von Major Trince Errenhart kommandierten Schlachtkreuzer FREEBIRD, der Souruk überwachte, über eine Hyperfunk-Relaiskette in Verbindung. Ich nahm den Anruf von Perry Rhodan in meiner Unterkunft entgegen. Da ich ahnte, worum es ging, nahm Maria Vajai an dem Gespräch teil. Irrte ich mich, konnte ich sie immer noch aus meiner Unterkunft schicken.

»Guten Tag, Großadministrator«, begrüßte sie Rhodan, nachdem sich dessen Holo aufgebaut hatte.

»Guten Tag, Doktor«, erwiderte Rhodan den Gruß, um sich dann mir zuzuwenden. »Ich hoffe, ich störe dich nicht bei wichtigen Angelegenheiten.«

Ich schüttelte den Kopf. »Ich bin für jede Ablenkung dankbar. Hier draußen ist nicht gerade der Nabel der Welt. Ein Funkanruf stellt gewissermaßen das Unterhaltungsprogramm in täglichen Einerlei dar.«

»Also tut sich nichts bei euch?«

»Gar nichts. Aber so schnell habe ich auch keine Reaktion erwartet. Wenn unser unbekannter Freund die Falschinformation erhält, die wir verbreiten ließen, wird er nicht gleich losschlagen, sondern sich zunächst einen Erfolg versprechenden Schlachtplan zurechtlegen. Gleichgültig, wo wir Rhaen verstecken, er kann sich ausrechnen, dass sie rund um die Uhr unter Beobachtung steht. Aber du kontaktierst mich bestimmt nicht, um Smalltalk zu treiben, Barbar.« Ich machte eine auffordernde Handbewegung. »Heraus mit der Sprache. Was liegt an?«

»Da Doktor Vajai zugegen ist, ahnst du es bereits. Es geht um den Knoten aus Nervengewebe, der Rhaen Tolsom entnommen wurde.«

Meine Spürnase hatte mich also nicht getrogen. »Die Wissenschaftler sind mit ihren Untersuchungen inzwischen weitergekommen?«

Rhodans Gesicht verdunkelte sich. In der Übertragung erkannte ich, dass er sich in seinem Büro in Imperium-Alpha aufhielt. »Die Analyse hat in der Tat einige Erkenntnisse gebracht, die mich nachdenklich stimmen.«

»Keine guten, nehme ich an.« Die mir bisher bekannten Fakten allein gaben schon Anlass zur Besorgnis, und die waren, so viel stand fest, erst die Spitze des Eisberges. Ich hätte die Analyse des Nervengewebes lieber durch USO-Fachleute in Quinto-Center vornehmen lassen, doch das hatte Perry nicht gestattet. Gewissermaßen als Gegenleistung für die Verwicklung des Imperiums in diese Angelegenheit hatte er darauf bestanden, dass sämtliche Untersuchungen auf der Erde durchgeführt wurden. Ich konnte ihn verstehen.

»Die Mediziner sind sicher, dass der Knoten, den sie deiner Freundin entnommen haben, aus nur wenigen Injektionszellen entstanden ist. Diese Zellen gingen von einer einzigen Injektionsstelle aus und haben sich rasend schnell vermehrt«, dozierte Rhodan.

Ich zuckte zusammen. »Angeblich wurden die Injektionszellen aus Rhaen entfernt, bevor man sie nach Shasker brachte.«

»Zusammen mit dem Knoten, das ist richtig. Beruhige dich, Atlan.«

Ich musste zugeben, dass mir das nicht leichtfiel.

»Lässt sich die genetische Herkunft der Zellen bestimmen?«, wollte Maria Vajai wissen.

»Es handelt sich teils um menschliche Zellen, teils sind sie außerirdischen Ursprungs.«

»Außerirdisch?«, echote die Bordärztin der QUESTRON. »Von einem Volk, dessen genetische Struktur uns bekannt ist?«

»Diese Frage lässt sich weder positiv noch negativ mit Gewissheit beantworten«, bedauerte Rhodan. »Vergleichsanalysen haben ergeben, dass uns die innere Organisation der Zellen bisher unbekannt ist. Das Gleiche gilt für die biologischen Strukturen, derer sie sich bedienen.«

»In dem Fall könnten Sie mit nein antworten, Sir.« Maria Vajai rückte die altmodische Brille auf ihrem Nasenrücken zurecht. »Da Sie es unterlassen, gibt es eine indifferente Größe, die keine abschließende Bestimmung erlaubt.«

»Alle Achtung, Doktor.« Mein Freund sah mich an. »Bist du sicher, dass du Doktor Vajai angemessen bezahlst? Wenn ihr Fachwissen ihrer Intuition auch nur annähernd entspricht, könnte ich auf die Idee kommen, sie abzuwerben.«

Ich winkte ab. »Vergiss es, Barbar. Dank des Etats, mit dem das Solare Imperium maßgeblich an der Finanzierung der USO beteiligt ist, kann ich mir, wie du siehst, die besten Fachleute leisten.« Ich registrierte, dass sich die bei der Besatzung überaus beliebte Ärztin ein Grinsen nicht verkneifen konnte.

Perry Rhodans graublaue Augen funkelten mich an. Er drohte scherzhaft mit dem Zeigefinger. »Ich habe den Eindruck, ich muss mit Homer über eine Umverteilung des Staatshaushaltes und eine Kürzung des Budgets für die USO reden. Aber zurück zum Thema. Ihre Vermutung ist zutreffend, Doktor. Bei den untersuchten Zellstrukturen handelt es sich spezifisch um ein Konglomerat komprimierter Nervenzellen in Nanogröße, welche die Fremdbiologie steuern. Die Mediziner können keine Klassifizierung vornehmen, weil sich der genetische Kode permanent verändert, und das in einer willkürlichen, chaotischen Weise, die keine Bestimmung des Endstadiums gestattet.«

»Das bedeutet, der sich verändernde genetische Kode kann prinzipiell eine unberechenbar große Anzahl von Phänotypen erzeugen, von denen keiner dem anderen gleicht?«

»So ist es.«

Ich merkte auf. »Das rückt die unbekannte Fremdbiologie in die Nähe der nergeischen Verformung.«

»Zu dem Schluss sind auch unsere Mediziner gekommen.« Sorgenfalten furchten Perry Rhodans Stirn.

Mich entsetzte die Vorstellung, in welche Richtung sich diese Art ungebremstes Leben entwickeln konnte. »Diese Biologie besitzt extreme Anpassungsmöglichkeiten an jedwede Umweltbedingungen und Erfordernisse. Ein rudimentärer Verstand dürfte ausreichen, diese grundlegend unterschiedlichen Phänotypen zu kontrollieren. Wenn sich diese Art von Leben ausbreitet, stellt es eine Bedrohung für jede andere biologische Lebensform dar.«

»Unsere Fachleute schätzen die Lage ähnlich dramatisch ein«, verriet Rhodan. »Ihre Meinung, Doktor?«

Maria Vajai strich sich die langen blonden Haare aus der Stirn. »Ich wünschte, ich könnte eine andere Meinung vertreten. Leider muss ich mich der Einschätzung Ihrer Experten anschließen, Großadministrator. Gibt es Erkenntnisse über die Entwicklung der Nervenzellen, die als Invasoren in Miss Tolsoms Körper eindrangen?«

»Die Injektionszellen wurden wie gesagt entfernt, doch vorher wurden sie aktiv. Vom Infektionsherd aus verbreitete sich nämlich ein Retro-Virus, das sein Erbgut in einem lateralen Gentransfer in Rhaen Tolsoms eigene DNS einspeiste. Die wenigen Injektionszellen genügten, um es zu erzeugen. Anscheinend waren sie es auch, die das Virus steuerten.«

»Wir reden hier von Parasiten im Mikrobereich, die sich in Zellen einnisten und zellübergreifend arbeiten«, fiel mir eine Unstimmigkeit auf. »Sie mögen den Knoten ausgelöst haben, können aber unmöglich das Gewebe stellen, aus dem er besteht.«

»Das tun sie auch nicht. Das anfangs betroffene Zellgewebe diente lediglich als Baumaterial für mobile Ableger, die sich an jeder Stelle des infizierten Körpers bilden können. Stell es dir wie schnell wuchernde Tumorzellen vor.« Rhodan rieb sich über die kleine Narbe auf seinem Nasenflügel. »Nur dass die Ableger im vorliegenden Fall mit einem kleinen Stückchen eigenem Verstand ausgerüstet sind. Sie breiten sich nicht zufällig aus, sondern gehen geplant vor. Sie drangen in Rhaen Tolsoms Gehirn vor und etablierten sich dort. Die Fachleute gehen davon aus, dass sie es sind, die für die Zersplitterung von Rhaens Geist verantwortlich zeichnen.«

»Sie sprechen von den Leitzellen, wie wir sie tauften, Sir?«

»Ja.«

Maria Vajai setzte eine sorgenvolle Miene auf. »Ich hatte gehofft, die Leitzellen auszuhungern, indem ich Miss Tolsom programmierte Nanopartikel injizierte. Bis eben bin ich davon ausgegangen, dass die Prozedur funktioniert hat.«

»Das hat sie, bis zu einem gewissen Punkt jedenfalls«, fuhr Perry Rhodan mit seinen Ausführungen fort. »Durch Ihre Behandlung, Doktor, breiteten sich die Leitzellen nicht weiter aus. Sie sind in einen Zustand der Starre verfallen, doch Rhaen Tolsom schleppt sie auf Shasker weiterhin mit sich herum. Wir vermuten, dass ihnen die anregenden Impulse eines übergeordneten Verstandes fehlten, um wieder aktiv werden zu können. Nun dürfte es nach einhelliger Meinung aller Experten zu spät dafür sein. Die Leitzellen in Rhaen Tolsoms Gehirn sind durch die Phase der Inaktivität, wie Sie es nennen, ausgehungert worden.«

»Eines übergeordneten Verstandes?«, hakte ich nach. »Deine Biologen glauben, dass die Leitzellen bewusst gesteuert wurden? Von einem Intelligenzwesen?«

Mein Freund wiegte den Kopf. Ich merkte ihm an, dass er davor zurückschreckte, sich mit seinen Erklärungen auf dünnes Eis zu begeben. »Das ist nicht mehr als eine vage Möglichkeit unter vielen«, blieb er skeptisch. »Sollte es jedoch so sein, dann reden wir von einer Existenzform, von der wir uns keine rechte Vorstellung machen können. Jedenfalls betrachten die Ärzte das Konstrukt aus Leitzellen als biologische Waffe, mit der Intelligenzwesen unterwandert und gesteuert werden können.«

»Und das ist mit Rhaen geschehen«, schlussfolgerte ich. »Jemand hat es darauf angelegt, sie unter seine Kontrolle zu bekommen. Oder es ist ihm vorübergehend sogar gelungen. Das könnte eine Erklärung für das sein, was auf dem Kolonistenraumer geschehen ist. Rhaen hatte keine Kontrolle über ihre Handlungen, war sich ihrer wahrscheinlich nicht einmal bewusst. Darauf lässt sich eine Verteidigung aufbauen.«

»Auf Spekulationen basierend«, sagte Rhodan. »Das kann nicht unser Ansatzpunkt sein.«

Mir lag eine scharfe Entgegnung auf der Zunge.

Lass deine Denkprozesse nicht von deinen Gefühlen für eine ehemalige Gespielin beeinträchtigen, kam mir der Extrasinn zuvor. *Rhodan hat sich moderat ausgedrückt, weil Maria Vajai zugegen ist. Dir ist klar, worauf er anspielt. Das persönliche Schicksal Rhaen Tolsoms ist zweitrangig gegen die Gefahr, die von einer biologischen Waffe wie dem Konstrukt aus Leitzellen ausgeht. Mit ihm können ganze Planetenbevölkerungen im Handstreich genommen werden, ohne dass ein Schuss abgegeben wird und es zu Toten kommt.*

Mir geht es bei aller Wertschätzung und unserer gemeinsamen Vergangenheit nicht primär um Rhaen, sondern um die Informatio-

nen, die möglicherweise in ihrem Verstand schlummern. Angesichts der Erkenntnisse von Rhodans Fachleuten ist es unerlässlich, mich in ihren Besitz zu bringen.

Ein hehres Ziel, spottete der Logiksektor, *und doch nur die halbe Wahrheit.*

»Halten die Ärzte es für möglich, dass die Leitzellen in Rhaens Kopf wieder aktiv werden, Perry?«

»Hast du mir eben nicht zugehört, Atlan? Dank deiner Bordärztin sind sie das nicht.«

Ja, es stimmte. Perrys Rüffel war berechtigt. Ich durfte nicht zulassen, dass meine Aufmerksamkeit unter meiner Sorge um Rhaen litt. Was die Leitzellen anging, war sie in Sicherheit. Das war zumindest eine gute Nachricht. Nun kam es darauf an, dass Rhaens zerrütteter Geist zu alter Kohärenz fand und sie wieder zu dem Menschen wurde, den ich kannte. Ich sehnte Fellmer Lloyds Eintreffen auf Shasker herbei.

»Halte mich über die Fortschritte auf dem Laufenden«, bat ich überflüssigerweise.

»Sicher, alter Arkonidenhäuptling.« Perry Rhodan verabschiedete sich und unterbrach die Verbindung.

In Gedanken bereitete ich mich auf ruhige, ereignislose Tage vor.

Kapitel 18

Terian Sadlik

Shasker, 26. April 3113

»Wie weit willst du noch rennen?« Jöris verlangsamte seinen Laufschritt. »Hättest du mir vorher gesagt, dass du für den Alcerry-Marathon trainierst, wäre ich zu Hause geblieben.«

Terian Sadlik passte ihre Geschwindigkeit der ihres Begleiters an. Sie brachte es sogar fertig zu lächeln. Jöris' scherzhafte Bemerkung nahm den Druck von ihr, der seit dem Zusammentreffen mit dem seltsamen Maschinenwesen auf ihr lastete. Mit ihrer Rennerei machten sie andere Passanten nur auf sich aufmerksam. Sadlik spähte die Straße hinunter. Die Söldner waren nicht zu sehen.

»Sie folgen uns nicht.« Jöris Worte klangen, als wollte er sich selbst Mut machen.

»Oder sie halten sich im Hintergrund, weil hier zu viele Menschen unterwegs sind.« Das unübersichtliche Straßenbild mit seinen Transportbändern, den Kabinen mit öffentlichen Positronikanschlüssen und den Antigravkarren der fliegenden Händler sowie die Bebauung machten es einem Verfolger leicht, nicht entdeckt zu werden. »Selbst wenn nicht, früher oder später finden diese Monster mich wieder.«

»Uns.«

»Du solltest mich verlassen, Jöris. Ich habe es dir schon einmal gesagt, und ich meine es ernst.« Sadlik wollte nicht schuld daran sein, dass ihm etwas zustieß. Außerdem kam sie allein schneller voran.

»Du brauchst mich«, antwortete ihr Begleiter. Er nickte bekräftigend. »Versuch nicht, dich rauszureden. Du warst ein paar Mal völlig weggetreten. In solchen Momenten brauchst du jemanden, der auf dich aufpasst. Nach Hause traust du dich nicht, und wie es aussieht, wird selbst deine künftige Arbeitsstelle überwacht. Da du sonst niemanden kennst, an den du dich wenden kannst, bleibe nur ich.«

Dummerweise ließ sich diese Argumentation nicht von der Hand weisen, da die junge Frau zudem nicht wagte, sich an die Sicherheitsbehörden zu wenden. Sadlik fragte sich, was überhaupt sie tun konnte. Sie horchte in sich hinein. Die Schuld, die sie empfand, lauerte wie ein Raubtier in der Dunkelheit, das jederzeit wieder ausbrechen konnte. Wohin in dieser Stadt, die sie mittlerweile verwünschte, sollte sie sich wenden? In Alcerry blieb sie Tag und Nacht eine Zielscheibe.

»Ich werde die Stadt verlassen«, entschied sie.

»Wozu?«

»Um ... ich weiß es nicht, verdammt!« Sadlik schrie ihren Begleiter an. Ein paar Passanten drehten sich um. Terian ergriff Jöris' Hand und zog ihn mit sich. »Entschuldige, ich bin nur etwas ... nervös.«

»Das merkt man. Also noch mal. Was soll dieser Unsinn von wegen die Stadt verlassen?«

»Ich besorge mir einen alten Gleiter und fliege aufs Land hinaus. Vielleicht rechnen die Monster nicht damit und verlieren mich aus den Augen.« *Und vielleicht,* dachte Sadlik verzweifelt, *erkenne ich ein paar Zusammenhänge, wenn ich nur lange und intensiv genug in mich hineinhorche.*

»Ich merke schon, der Versuch, dich umzustimmen, wäre sinnlos.«

»Stimmt.«

»Kein Problem. Ich wollte schon immer einen Ausflug aufs Land machen und sehen, wie es hinter den Stadtgrenzen aussieht. Seit meiner Ankunft auf Alcerry habe ich die Stadt nicht verlassen.«

»Der Versuch, dich davon zu überzeugen, mich nicht länger zu begleiten, wäre vermutlich ebenfalls sinnlos.«

»Ich sehe, wir verstehen uns.« Jöris setzte sein hinreißendes Jungenlachen auf.

Sadlik gab sich geschlagen und zog ihn mit sich. Sie begaben sich zum nächsten Positronikanschluss, und Sadlik aktivierte das Gerät. Ihre Fingerkuppen flogen über die Eingabeelemente. Sie suchte nach einem Gebrauchtwagenhändler in der Nähe ihres Standorts und wurde schnell fündig. Ein paar aufgelistete Gleiter hatten ihre besten Tage zwar hinter sich, waren aber für eine Privatperson erschwinglich. Sie merkte sich die Adresse des Händlers und den kürzesten Weg zu seiner Garage und zahlte die eingeblendete Rechnung für die Inanspruchnahme der öffentlichen Dienstleistung.

Der Händler war einfach zu finden. Fünf Minuten später stand das ungleiche Paar vor dem Eingang zu einem Hof, in dem sich Dutzende Schweber und Gleiter reihten. Im hinteren Bereich war ein schlichter Container mit Zugangstür und einem Sichtfenster aufgestellt. Kunden waren keine zu sehen. Nur ein Roboter stakste umher. Sadlik betrat das Gelände und unterzog die Fahrzeuge einer oberflächlichen Inspektion. Einige wirkten fast neu, andere machten einen heruntergekommenen Eindruck. Letztere Kategorie stellte den überwiegenden Anteil.

»Da sind ein paar ganz schöne Schrottkisten dabei«, monierte Jöris das Angebot. »Ich frage mich sowieso, wie du dir einen eigenen Gleiter leisten kannst.«

»Nur einen gebrauchten, deshalb kann ich auch nicht allzu wählerisch sein.« Sadlik hatte in den vergangenen Jahren etwas Geld angespart. Eine Bewegung machte sie aufmerksam. Mit steifen Schritten kam der Roboter zu den potenziellen Kunden.

»Ich wünsche Ihnen einen guten Tag«, schnarrte er mit blecherner Stimme. »Ich gratuliere Ihnen. Es ist eine gute Entscheidung, Ihr Vertrauen Mike's Mechanic zu schenken. Beim Kauf eines Fahrzeugs sollte man nichts dem Zufall überlassen, sondern sich an eine kompetente Adresse wenden.«

»Wenn du uns eine nennen könntest, wären wir dir dankbar«, kommentierte Jöris die programmierte Begrüßungsfloskel des Roboters.

»Die Kompetenz von Mike's Mechanic ist über jeden Zweifel erhaben«, plärrte die Maschine. »Ich ...«

»Schon gut«, brachte Sadlik ihn zum Verstummen. »Wir brauchen einen Gleiter, und wir haben es eilig.«

»In dem Fall empfehle ich Ihnen ...«

Wieder ließ Sadlik den Roboter nicht ausreden. »Ich habe meine Entscheidung bereits getroffen.« Sie deutete auf ein unauffälliges Modell der Delta-4-Baureihe und hoffte, dass sich die Kaufmodalitäten rasch abwickeln ließen. In einem Holo blinkte der Kaufpreis von 2998 Solar. »Ist er startbereit?«

»Ja. Die Zulassung wird durch den Kauf auf Ihren Namen positronisch aktiviert. Sie brauchen sich um nichts zu kümmern. Nachdem Sie den Gleiter bezahlt haben, können Sie sofort losfliegen«, versicherte die Maschine eifrig. »Wünschen Sie vorher einen Probeflug?«

»Nein.« Sadlik reichte dem Roboter ihren Credit-Chip.

Mit ungelenken Bewegungen versenkte er ihn in einer Einbuchtung in seinem schmalen Brustkorb und zog ihn Sekunden später wieder hervor. Mit den Worten: »Ihr Konto wurde mit dem Betrag von 2998 Solar belastet«, gab er ihn an die Kundin zurück.

»Wir benötigen noch etwas anderes«, platzte es aus Jöris heraus. »Eine Waffe. Einen handlichen Strahler.«

Sadlik zuckte zusammen. Da waren sie bei dem Fahrzeughändler an der falschen Adresse. Sie sah sich um, doch niemand hielt sich in der Nähe auf, der Jöris Worte mitbekommen hatte.

»Schusswaffen können bei unsachgemäßer Verwendung zu Personenschäden bis hin zum biologischen Totalschaden führen. Deshalb darf ich sie nicht an Menschen weitergeben«, lamentierte der Roboter. Offenbar war er mit den Asimovschen Robotergesetzen programmiert. »Ein solches Geschäft bleibt

Mike persönlich vorbehalten. Ich teile Mike Ihren Kaufwunsch mit. Ich muss ohnehin den Kodegeber für Ihren Gleiter holen. Bitte, folgen Sie mir.« Er drehte sich um und stakste zu dem Container hinüber.

»Das war dreist«, wies Sadlik Jöris zurecht, als sie sich dem Roboter anschlossen.

»Der Erwerb einer Waffe ist nicht verboten«, konterte der Blondschopf.

Hinter der Maschine betraten sie den Container. Ein vornüber gebeugtes Männchen erhob sich mit hängenden Schultern hinter einem Schreibtisch, der die Hälfte des einzigen Raumes einnahm. Schlohweiße Haare fielen dem Alten in Strähnen zwischen die Schulterblätter, wo sie von bunten Bändern gehalten wurden. Er blickte finster drein.

»Gibt es Schwierigkeiten?«, fragte er anstelle einer Begrüßung.

»Die Kunden haben einen Gleiter erstanden«, knarrte der Roboter.

Das Gesicht des Alten hellte sich auf. »Das freut mich. Freut mich wirklich. Dann ist doch alles in bester Ordnung. Übrigens, ich bin Mike.« Er kicherte.

»Das dachten wir uns«, antwortete Sadlik. Mike kam ihr nicht ganz geheuer vor.

»Die Kunden hätten darüber hinaus gern eine Schusswaffe erstanden.«

Sofort verfinsterte sich Mikes Miene wieder. »Waffen darf der gute Robbie nicht verkaufen. Der alte Asimov und seine Robotergesetze, Sie wissen schon. Reichlich ungewöhnlich, bei einem Fahrzeughändler nach einer Waffe zu fragen. Na ja, Koppelgeschäfte. Alles unter einem Dach. Das ist der Trend der Zeit.« Der Alte räusperte sich. »Ich will sie nicht langweilen. Ich handle nicht mit Waffen, aber zufällig habe ich gerade einen handlichen kleinen Energiestrahler, äh, hereinbekommen.«

»So ein Zufall«, sagte Jöris.

»Nicht wahr? Heute scheint Ihr Glückstag zu sein. Allerdings«, Mike machte eine Pause und kniff verschwörerisch die Augen zusammen, »bitte ich Sie, von einer unbaren Zahlung abzusehen.« Er rieb Daumen und Zeigefinger gegeneinander.

Der Strahler war also nicht registriert, begriff Sadlik. Ihr war das gleichgültig. Sie kramte das Bargeld, das sie bei sich trug, aus den Taschen und legte es auf den Schreibtisch. »Ich möchte die Waffe sehen.«

Mike öffnete eine Schreibtischschublade und entnahm ihr einen flachen, kurzläufigen Strahler. Sadlik überprüfte ihn mit geübten Bewegungen und kontrollierte die Energiestandsanzeige des Magazins. Es war voll.

»Deine Überprüfung des Strahlers war sehr fachmännisch.« Jöris saß auf dem Beifahrersitz, den Blick in die Ferne gerichtet. »Es erinnerte mich unwillkürlich daran, wie du zuvor ein paar Mal nach einer nicht vorhandenen Waffe an deiner Seite gegriffen hast. Wie ein Revolverheld in einem uralten remasterten Western-Trivid.«

Weil nicht ich es war, die sich so verhalten hat, dachte Terian Sadlik. Sie behielt für sich, was in ihr vorging. Rhaen Tolsoms Stimme wisperte seit dem Aufbruch aus Alcerry häufiger und stärker in ihrem Verstand. Sadlik bemühte sich, einen Sinn in den Einflüsterungen zu erkennen. Es gelang ihr nicht. Rhaen Tolsoms Anliegen blieb indifferent. Nur die Schuldgefühle blieben und quälten die Terraforming-Spezialistin.

»Der Delta-4 ist klasse«, schwärmte Jöris. »Nicht zu groß und nicht zu klein. Bescheiden genug, um der Polizei nicht ins Auge zu stechen, aber zumindest in meinem Stadtviertel auffällig genug, um Eindruck damit zu schinden. Weißt du, dass ich von so einem immer geträumt habe?«

»Nein.«

»Jetzt sitze ich zumindest in einem, auch wenn er mir nicht gehört.«

Der Gleiter überflog einen Waldstreifen, der einen sanft geschwungenen Hügelkamm bedeckte. Alcerry lag weit hinter ihm. Im Rückspiegel waren nur noch die Spitzen der höchsten Wohn- und Geschäftstürme zu sehen. Ein hundert Meter durchmessender Kugelraumer senkte sich auf seinem Antigravkissen auf den Raumhafen am Rand der Stadt hinab und verschwand bald aus der Erfassung des Gleiters.

Jenseits der Hügel gab es keine Bebauung. Man hätte den Eindruck gewinnen können, über eine unbesiedelte Welt zu fliegen, dabei war Shasker alles andere als das. Viele Kilometer voraus zeichneten sich die Silhouetten von Schürfeinrichtungen und riesigen Lastkränen vor dem Horizont ab. Der großflächige Abbau von Bodenschätzen erfolgte rund um die Uhr. Wo die Maschinen den Boden durchwühlten und Shasker entrissen, was seit Jahrmillionen unter der Planetenoberfläche verborgen gelegen hatte, hinterließen sie eine kraterübersäte, pockennarbige Einöde.

Sadlik änderte die Flugrichtung nach Westen, wo sich ein zerklüftetes Gebirge bis in zwei Kilometer Höhe erhob. Der Korfainen wand sich als glitzerndes Band durch die Landschaft. Sadlik folgte seinem Verlauf über eine spärlich bewachsene Ebene hinweg, die von Schwärmen langbeiniger Storchenvögel bevölkert war.

»Da ... ist etwas«, riss Jöris' Stimme sie aus ihren Betrachtungen.

»Was?«

»Ich habe eine Bewegung gesehen – glaube ich. Nur kurz und huschend, wie ein Phantom. Ich fürchte, wir werden verfolgt, Terian.«

»Von einem Gleiter?«

»Ich kann es dir nicht sagen. Es ging zu schnell. Als ich richtig hingesehen habe, war die Bewegung schon wieder verschwunden. Du glaubst mir nicht, oder?«

Die Ebene erlaubte kilometerweite Sicht in alle Richtungen. Sadlik entdeckte keinen Verfolger. Vielleicht hatten Jöris' Sinne ihm einen Streich gespielt, weil er erwartete, dass jemand hinter ihnen her war. Bisher hatte er sich nicht einschüchtern lassen und war keinen Hirngespinsten aufgesessen. Sadlik schlug eine Reihe von Haken, während sie sich weiter von Alcerry entfernte, und steuerte den Gleiter zwischen die Ausläufer des Gebirges. Der Delta-4 hatte einige Jahre auf dem Buckel, war jedoch in einwandfreiem Zustand.

»Doch, ich glaube dir. Diese Söldner scheinen einen siebten Sinn zu haben, wo sie nach mir suchen müssen. Ich weiß, wie gut sie sich verbergen können.« Waren sie schon seit dem Zusammentreffen mit dem eigenartigen Maschinenwesen vor dem wissenschaftlichen Institut auf Terians Spur? Es ließ sich nicht einmal mit Bestimmtheit sagen, ob es sich um dieselben handelte, die sie am Korfainen angegriffen hatten. Terian hatte keine Ahnung, wie viele von diesen Monstern sie jagten.

Jöris rutschte in seinem Sitz hin und her und unternahm den aussichtslosen Versuch, alle Himmelsrichtungen gleichzeitig zu überwachen. »Wohin fliegst du eigentlich?«

Darüber hatte sich Sadlik bisher keine Gedanken gemacht. Sie ließ sich von der Hoffnung leiten, außerhalb der Hauptstadt untertauchen zu können. Vor dem Abflug hatte sie den Gleiter mit Ausrüstung für den Notfall und Proviant beladen, der für mehrere Tage ausreichte. Der Strahler lag in Griffweite neben ihr.

»Wir verstecken uns in den Bergen.«

»Es wird bald dunkel«, murmelte Jöris mit einem abschätzigen Blick zum Himmel. Die Vorstellung, in der Wildnis statt in einer Millionenstadt zu übernachten, schien ihm nicht zu behagen. Ihm blieb keine andere Wahl. Für eine Umkehr war es zu spät.

Sadlik hatte bei der Aussicht auf eine Nacht unter freiem Himmel keine Bedenken. Sie schob ihre Gelassenheit auf ihre Arbeit als Terraformerin, durch die sie den Aufenthalt in der Natur gewohnt war, und wusste zugleich, dass auch diese Erklärung nur die halbe Wahrheit beinhaltete. Sie steuerte den Delta-4 durch das Gewirr der Felsen. In einem Kilometer Höhe entdeckte sie ein Plateau. Aus Spalten herauswachsendes, dürres Buschwerk klammerte sich an die Felsen.

»Ein Zimmer mit Ausblick«, munterte sie ihren Begleiter auf und landete auf dem holprigen Untergrund. »Du kannst im Gleiter schlafen. Ich mache es mir mit einem Schlafsack zwischen den Felsen gemütlich.«

»Nicht nötig. Hier drin ist Platz genug für uns beide, ohne dass wir uns in die Quere kommen.«

Sadlik nickte. Sie stieg aus dem Delta-4 und ließ den Blick über das unter ihr liegende Land wandern. In der Ferne glitt eine Karawane fliegender Lastkähne vorbei. Bei jedem von ihnen konnte es sich um ein Fahrzeug handeln, das von grotesken Monstern gesteuert wurde, die nur das eine Ziel kannten, die Terraformerin tot zu sehen. Die Sicherheit in der Einsamkeit der Wildnis war trügerisch und unterschied sich kaum von der im Großstadtdschungel Alcerrys.

Es gab keine Sicherheit.

Kapitel 19

Atlan

System Alcara-241, 5. April 3113

Ich hielt mich mehr in meiner Unterkunft als in der Zentrale der QUESTRON auf. Die Führungskräfte und ihre Stellvertreter beherrschten ihre Aufgaben, ohne dass ich ihnen auf die Finger sah. Die ruhige Wartezeit an Bord war in angespannte Langeweile umgeschlagen. Sorgen machte ich mir deswegen nicht. Wer keine Disziplin sein Eigen nannte, taugte nicht zum Raumfahrer. Dieser Grundsatz galt umso mehr für Besatzungsmitglieder auf Schiffen der USO. Das änderte nichts daran, dass Spannung und Konzentration zwangsläufig nachließen. Oberstleutnant Kanli begegnete dem, indem er die Mannschaft auf Trab hielt. Der Schlachtkreuzer konnte zwar keine Manöver fliegen, doch an Bord ließen sich allerlei Simulationen durchführen. Raumfahrer hassten Trockenübungen, doch ihr Sinn war unbestritten.

Ich erinnerte mich an einen alten Spruch der Terraner, den ich vernommen hatte, noch bevor Perry Rhodan mit der STARDUST zu seinem ersten Mondflug gestartet war. *Die Hälfte seines Lebens wartet der Soldat vergebens.* Der wehleidige Mensch, der ihn einst geprägt hatte, hätte in die Verlegenheit kommen müssen, zehntausend Lebensjahre hinter sich zu haben, dachte ich lächelnd.

Ich sah auf, als der Interkom in meiner Kabine anschlug. Ich aktivierte den Anschluss, und Abel Staut meldete sich.

»Sie wünschten, beim geringsten Zwischenfall informiert zu werden, Sir«, begann der Erste Offizier. »Klanthor a Tiggre hat eine uns unbekannte kosmische Lebensform in ein paar Lichtsekunden Entfernung im Weltall entdeckt. Das hat zwar nichts mit unserer Mission zu tun, aber ich dachte ...«

»Sie haben richtig gedacht«, unterbrach ich Stauts Redeschwall. »Ich bin gleich da.«

Ich unterbrach die Verbindung und begab mich in die Zentrale. Taha Kanli war nicht zugegen. In seiner Abwesenheit hatte sein Erster Offizier die Schiffsführung inne. Auf dem Panoramaschirm zeichnete sich der interstellare Leerraum ab. Zu meiner Überraschung war weder eine vergrößerte Echtaufnahme von Alcara-241 noch eine positronische Simulation der Geheimstation zu sehen, sondern eine Darstellung, die ich nicht einordnen konnte.

»Was ist das?«, fragte ich. Mein Blick glitt über die Myriaden silberner Pünktchen, die in ihrer Gesamtheit sphärische Form besaßen. Ein unbedarfter Beobachter hätte sie für eine Ballung kosmischer Materie halten können. Dem sprach allerdings die Kugelform zuwider. »Sie sprachen von einer unbekannten Lebensform.«

»Darüber können Ihnen unsere Wissenschaftler mehr sagen, Sir.«

»Klanthor a Tiggre, Lordadmiral, aus der astronomischen Abteilung.« Ein stämmiger Rotschopf unterbrach seine Tätigkeit an einem Eingabefeld, mit dem er direkten Zugriff auf die Hauptpositronik besaß. Sein bemerkenswert großer, tonnenförmiger Brustkorb und das a-Kürzel vor seinem Nachnamen wiesen ihn als direkten umweltangepassten Nachfahren der ersten Marskolonisten aus. Er deutete auf einen neben ihm stehenden zwei Meter großen, hageren Kahlkopf, der eifrig Notizen in ein mobiles Eingabegerät tippte. »Mein Kollege Lubdang von den Biologen.«

Ich hatte nicht gewusst, dass ein Ara zur Besatzung der QUESTRON gehörte, war aber auch nicht sonderlich überrascht darüber. Viele Menschen setzten Aras ausschließlich mit galaktischen Medizinern gleich, was an der Realität vorbeiging. Zwar war dieser Beruf der wichtigste und anerkannteste in der Gesellschaft der Spitzköpfe, doch beileibe nicht der einzige.

Lubdang unterbrach seine Notizen, spähte in meine Richtung und neigte den Kopf. »Gute Nacht, Sir.«

»Gute Nacht?«

»Wir befinden uns in der bordinternen Nachtphase. Daher wäre es nach Ihrem Verständnis falsch, Ihnen einen guten Tag zu wünschen, Sir«, erklärte der Ara.

Über dem Arbeitspult, an dem er und der Marsianer der a-Klasse tätig waren, schwebten mehrere Holokuben. Der auf dem Panoramaschirm dargestellte Schwarm war in den Kuben in Vergrößerungen zu sehen.

»Ich habe den beiden Wissenschaftlern diese Arbeitsnische zur Verfügung gestellt, damit sie sich ungehindert austauschen können und wir ihre Erkenntnisse aus erster Hand erfahren.« Abel Stauts Erklärung klang wie eine Entschuldigung.

»Eine hilfreiche Vorgehensweise. Also, meine Herren, was haben Sie entdeckt?«

»Eine interstellare Lebensform, die im absoluten Vakuum des Raums existiert«, antwortete Klanthor a Tiggre begeistert.

»Ich vertrete sogar die Auffassung, dass es sich bei den Geisterseglern um eine intergalaktische Form von Leben handelt, die von einer Galaxis zu nächsten zieht.« Im künstlichen Licht der Zentralebeleuchtung sah die von Natur aus helle Haut des Aras fahl und kränklich aus.

»Geistersegler?«, fragte ich.

»Wir haben ihnen diese Bezeichnung verliehen, weil sie wie von Geisterhand herbeigezaubert in unseren Ortungssystemen aufgetaucht sind.«

»Möglicherweise durch eine Transition?«

»Nein, Sir«, warf Abel Staut ein. »Unsere Strukturtaster hätten die geringste Kontinuumserschütterung angemessen und aufgezeichnet. Die Geistersegler sind, wie die Wissenschaftler es nennen, gesegelt. Seitdem halten sie sich in relativer Nähe zur QUESTRON auf.«

»In Sonnensystemen und deren Nähe nutzen sie dazu zweifellos Sonnenwind und den Strahlungsdruck der Sterne. Das ist aber nur eine der Fähigkeiten, mit denen sie sich bewegen«, erläuterte Klanthor a Tiggre die Überlegungen der Wissenschaftler. »Wir gehen davon aus, dass sie Magnetfeldlinien benutzen, und das gleich in zweierlei Hinsicht. Sie orientieren sich daran wie an Straßensystemen und sind zudem in der Lage, sich mit unsichtbaren Kräften an sie zu klammern und sich gewissermaßen daran entlangzuziehen.«

Lubdangs albinotisch rote Augen schimmerten. »Die Geistersegler fliegen Manöver, bei denen sich der aus vielen tausend Einzelindividuen bestehende Schwarm immer wieder verformt, ohne sich weiter vom Schiff zu entfernen. Offenbar zieht das Magnetfeld der QUESTRON sie an. Wir schützen ihre Anzahl auf über zehntausend Individuen, die den Schwarm bilden.«

»Wie ernähren sie sich?«

»Von Sonnenlicht und interstellarem Staub. Beides nehmen sie direkt durch ihre Oberflächenhaut auf, durch zwei miteinander verbundene Membranen.«

Von derartigen Wesen hatte ich noch nie gehört. Sie waren wieder einmal ein Beweis für die Vielfalt des Kosmos. Von den Wundern des Lebens, die er für uns bereithielt, hatten wir erst einen Bruchteil entdeckt. Wir bereisten verschiedene Galaxien und kratzten dabei doch nur an der Oberfläche dessen, was da draußen existierte.

»Stellen die Geistersegler eine Gefahr dar?«

»Ausgeschlossen«, antworteten die beiden Wissenschaftler wie aus einem Mund, und der Ara ergänzte: »Sie folgen einem inneren Trieb. Meiner Meinung nach besitzen sie eine typisch menschliche Eigenschaft, sie sind neugierig.«

»Also intelligent?«

»Davon gehen wir aus, obwohl ihre Intelligenz auf einem sehr niedrigen Niveau angesiedelt ist. Um eine genauere Einschätzung vorzunehmen, müssen wir weitere Beobachtungen durchführen.«

»Machen Sie das, meine Herren.«

Ich hatte schon häufig erlebt, dass die Begeisterungsfähigkeit von Wissenschaftlern derjenigen von Kindern in nichts nachstand. Eine neue Entdeckung versetzte sie regelrecht in Euphorie und ließ sie alles andere vergessen. Zwei Vertreter dieser Sorte hatte ich vor mir.

Ich ließ die Darstellungen in den Vergrößerungen auf mich wirken. Die leistungsstarken optischen Systeme der QUESTRON präsentierten die Einzelheiten eines Geisterseglers. Das Gebilde sah aus, als hätte man zwei silbern schimmernde Folien, zwischen denen sich ein Luftpolster befand, an den Rändern miteinander verschweißt. Eingeblendete Zahlen verrieten mir, dass die im Weltraum lebenden Wesen ungefähr einen Meter durchmaßen und rund zehn Zentimeter dick waren.

»Sehen Sie sich das an, Lordadmiral.« Der Ara fasste den Panoramabildschirm ins Auge.

Die Geistersegler waren in Bewegung geraten. Der Schwarm löste sich auf und verlor seine sphärische Form. Er strebte auseinander und bildete eine flache Scheibe, die in Wellenbewegungen geriet.

»Das sieht aus wie ein Mantarochen in der Tiefsee«, sagte jemand.

Der Vergleich war zutreffend. Nun, da ich die kollektive Bewegung der Geistersegler verfolgte, konnte auch ich mich deren Faszination nicht entziehen. »Ist das der erste Ausfall dieser Art?«, wollte ich wissen.

»Nein, Sir, wir haben zuvor zwei ähnliche Manöver beobachtet«, sagte Lubdang. »Wir erkennen keinen Sinn darin. Anscheinend verhalten sich die Geistersegler nur aus einem einzigen Grund so, nämlich, weil ihre Natur es ihnen vorgibt.«

Was unsere Mission anging, stellten die Weltraumwesen nicht mehr als eine Randnotiz dar. Wenn ich mich in der Zentrale umsah, merkte ich allerdings, dass die exotische Lebensform in der Eintönigkeit des Wartens eine willkommene Abwechslung bedeutete.

»Leutnant Staut, lassen Sie die Aufnahmen in alle Abteilungen übertragen«, wies ich den Ersten Offizier an. »Ich nehme an, die untersuchenden Wissenschaftler haben keine Einwände?«

»Nein, Sir«, sagte Klanthor a Tiggre.

»Ganz bestimmt nicht, Lordadmiral«, versicherte Lubdang.

Abel Staut lächelte. Mein Befehl gefiel ihm. »Wird erledigt, Sir«, versprach er.

Ich nickte und verließ die Zentrale.

Kapitel 20

Terian Sadlik

Shasker, 27. April 3113

Mit weit aufgerissenen Augen starrte sie das Grauen an. Einem Alptraum gleich, der den Werken Hieronymus Boschs entliehen schien, fraß sich der Anblick in den Verstand und hinterließ dort tausend Facetten des Unheimlichen. Das Schreckliche, das Bedrohliche rührte sich und erwachte.

Die stählernen Kammern wurden zu Gräbern, die engen Korridore vermittelten Klaustrophobie. Sie waren in Bewegung geraten und rückten aufeinander zu, um jeden zu zerquetschen, der sich zwischen ihnen aufhielt. Terian Sadlik beschleunigte ihre Schritte. Ihre Füße trugen sie von allein. Sie lief. Sie rannte, obwohl es keinen Ausgang gab, durch den sie entkommen konnte. Draußen lauerte die Kälte des Weltalls, die jegliches Leben in Eiskristalle verwandelte. Obwohl sie lebte, war sie tot, eingeschlossen in einen stählernen Sarg, der das Verderben in sich trug.

Ihr Herzschlag dröhnte durch das Schiff und brachte es wie eine Glocke zum Schwingen. Das Dröhnen ließ das Grauen endgültig aufwachen. Es erhob sich, schwerfällig zunächst, und bewegte seine Glieder, um sich der eigenen Kraft bewusst zu werden. Sie war enorm, einem Sturm gleich, der zum Orkan ansetzte und durch nichts zu bremsen war.

Die Wände drohten Terian Sadlik zu erdrücken. Sie sah ihr Gesicht in dem kalten Metall gespiegelt, doch ein anderes Antlitz war darin zu sehen. Eine Maske erwuchs aus der Materie, die Abbildung einer Frau, die sie kannte. Die sie ihr Leben lang gekannt hatte.

Ihr Name war Rhaen Tolsom. Rhaen Tolsom zitterte unter dem Ansturm der Gefühle. Ihr Gesicht verzerrte sich zu einer grotesken Fratze, verlor ihre Identität, nahm andere Züge an und schüttelte sie wieder ab. Zwei Gesichter überlagerten sich. In der Dunkelheit verschmolzen ihre Konturen miteinander.

Rhaen Tolsom erreichte das Ende des Korridors und stand vor einem verschlossenen Schott, das sich nicht öffnete. Sie hämmerte mit den Fäusten dagegen, bis der Schmerz in ihren blutigen Knöcheln sie taumeln ließ. Rhaen Tolsom schrie, und ihre Schreie des Entsetzens hallten von den Wänden wieder, zwischen denen das Grauen sich anschickte, den letzten Siegeszug anzutreten.

Sie fuhr herum, doch niemand war hinter ihr. Das Grauen war nicht sichtbar. Es erfüllte die Luft, sättigte die Moleküle und drang in jede Pore und jede Ritze. Rhaen Tolsom nahm es mit jedem Atemzug in sich auf. Sie konnte sich ihm nicht entziehen. Es bestand nur eine Möglichkeit, es aufzuhalten. Der stählerne Sarg durfte nicht an seinen Bestimmungsort gelangen. Es war gleichgültig, wie hoch der Preis war, um das zu verhindern.

Rhaen Tolsom trat drei Schritte zurück. Der schwere Kombistrahler, auf Desintegratormodus geschaltet, rutschte von ihrer Schulter und wie von allein in ihre Hände. Wenn die Feuerhölle alles um sie herum verschlang, ging das Grauen mit unter. Sie legte auf das verschlossene Schott an und schoss.

Terian Sadliks Instinkte sorgten dafür, dass sie nach dem Aufwachen augenblicklich hellwach war. Sie registrierte zwei Dinge gleichzeitig, nämlich einen Schatten, der durch ihr Blickfeld raste und es in der nächsten Sekunde schon wieder verlassen hatte, und einen armdicken Thermostrahl, der sich in die Felswand fraß.

Die Söldner hatten sie gefunden.

»Jöris, aufwachen!«

Sadlik fuhr in die Höhe und glitt in den Pilotensitz, dessen Rückenlehne sich ihren Körperformen automatisch anpasste. Sie hieb auf einen Schalter, und sämtliche Bordsysteme gingen aus Inaktivität in Bereitschaftsmodus über. Eine grüne Kontrollleuchte zeigte die Einsatzbereitschaft der Generatoreinheit. Der Antigrav sprang an, und Sadlik brachte den Delta-4 mit einem Gewaltstart in die Luft. Brüllend protestierte der Generator unter der Volllast.

»Was ist los?« Jöris richtete sich schlaftrunken auf.

»Augen zumachen und Kopf einziehen!« Sadlik hatte keine Zeit, sich um ihn zu kümmern, denn draußen fräste ein weiterer Energiestrahl eine Rinne in den Untergrund, ließ Gestein aufspritzen und setzte die trockenen Büsche in Brand.

Der Gleiter stieg steil in die Höhe, trudelte und hüpfte für einen Moment, dann hielten die Prallfelder ihn in der Schwebe. Sadlik schaltete um auf Pulsationstriebwerk und drückte den Schubhebel bis zum Anschlag durch. Der Delta-4 machte einen Satz und schoss von der Felswand weg. Wie durch ein Wunder hatte er keinen Treffer eingesteckt. Die Pilotin schlug Haken im Sekundentakt und entfernte sich aus dem direkten Wirkungsbereich der Angreifer.

»Die schießen aufeinander!«, schrie Jöris entsetzt.

Zwei Gleiter, beide größer und wuchtiger als der Delta-4, lieferten sich einen Luftkampf. Im Gegensatz zu ihrem Fahrzeug waren sie bewaffnet und besaßen Prallschirme. Gegen Desintegratorsalven und Thermostrahlen waren die zwar wirkungslos, aber besser als nichts. Der Delta-4 besaß weder einen Schirm noch eine eingebaute Kanone, mit dem Sadlik den Gegner hätte abwehren können. Ihr blieb nichts anderes übrig, als dem Kampf aus dem Weg zu gehen. Es war ihr unmöglich zu entscheiden, welches der Fluggeräte sie angegriffen hatte und welches auf ihrer Seite stand.

»Kannst du die Insassen erkennen?« Sie steuerte ihr Fahrzeug parallel zur Felswand und suchte nach einem Einschnitt, in dem sie untertauchen konnte.

»In dem blauen Gleiter befinden sich Menschen, glaube ich. Es ist schwer zu erkennen.«

»Und in dem anderen?« Ein Hinweis genügte, um die Taktik danach auszurichten.

»Ich kann es nicht sehen. Die Kanzel ist polarisiert. Tut mir leid.« Jöris hockte wie ein Häufchen Elend in seinem Sitz. Er hatte die Beine angezogen und hielt sie, so gut es sein Sicherheitsgurt zuließ, mit den Händen umklammert. Es war egal. Bei einer Gewaltbremsung würde ihn ein internes Prallfeld vor Verletzungen bewahren. Bei einem Absturz sah die Sache anders aus.

Sadlik entfernte sich vom Schauplatz des Kampfes. Keiner der beiden Kontrahenten schickte sich an, dem Delta-4 zu folgen. Es sah aus, als begnügten sie sich damit, den jeweils anderen abzudrängen. Aus der Sicht ihrer Unterstützer konnte sie das verstehen, aus Sicht der Angreifer nicht.

»Wir entkommen ihnen«, jubelte Jöris. Er streckte eine Hand aus. »Terian, siehst du die Schlucht dort drüben?«

»Ja. Gut beobachtet.«

»Ich sagte doch, du brauchst mich.«

Die Terraformerin legte das Fahrzeug in eine Kurve und steuerte den Felseinschnitt an, den Jöris entdeckt hatte. Sie warf einen raschen Blick hinter sich und tauchte zwischen den dicht beieinanderstehenden Felswänden unter. Vor ein paar Tagen noch wäre ihr ein solches Wagnis wie Selbstmord vorgekommen, jetzt zögerte sie keinen Augenblick, es durchzuführen. Es war keine Verzweiflungstat, weil ihr keine andere Wahl blieb, sondern ein kalkuliertes Manöver, das sie wie selbstverständlich absolvierte. Die Passage war breit genug, um einem erfahrenen Piloten den Durchflug zu gestatten.

Sie hätte sich nicht als erfahrene Pilotin bezeichnet.

Wohl aber Rhaen Tolsom.

Das erneute Aufbranden des Namens in ihrem Kopf ließ Sadlik leise fluchen. *Weshalb verfolgst du mich? Wer bist du, und was willst du von mir?* Es gab keine vernünftige Erklärung dafür, dass fragmentarische Erinnerungsengramme einer anderen Person in ihrem Verstand steckten. Entweder waren diese Bruchstücke nicht echt, oder Terian Sadlik war es nicht. Sie biss sich auf die Lippen. Allein die Vorstellung war zu grotesk, um sie ernsthaft in Betracht zu ziehen.

Jöris starrend schweigend nach draußen. Von dem Attentat auf Terian an der Promenade des Korfainen erzählt zu bekommen, war etwas anderes, als einem solchen Angriff ausgesetzt zu sein.

»Hast du alles unter Kontrolle?«, fragte sie.

»Ja«, antwortete er einsilbig.

»Gut. Das wusste ich.« Die Pilotin zwinkerte ihm zu und folgte dem Verlauf der engen Schlucht über die Strecke von einem Kilometer, bis sie sich zu den Seiten hin erweiterte und in einen Talkessel mündete. Sadlik rechnete damit, dass weitere Söldner an den Hängen des Kessels lauerten und sie erwarteten. Im Nachhinein schalt sie sich, einen Fehler begangen zu haben. Nach dem Angriff draußen war die Schlucht ein zu offensichtlicher Fluchtweg, um sie außer Acht zu lassen. Genau darauf konnten sich die Angreifer vorab eingestellt und weitere Kräfte an dessen Ausgang platziert haben, also im Talkessel.

»Was machst du?«, fragte Jöris, weil sie den Delta-4 steil nach oben zog.

»Wir müssen raus aus diesem Kessel. Hier kann man uns von allen Seiten abschießen.«

»Ich glaube, du siehst zu schwarz. Hier ist niemand.«

Unbeschadet erreichte der Gleiter das jenseitige Talende. Die Felsen auf dieser Seite waren weniger zerklüftet als zuvor. Auf einer grasbewachsenen Hochebene ästen rehgroße Vierbeiner, die ersten größeren Tiere, die Sadlik auf Shasker in freier Wildbahn zu sehen bekam. Ein Angriff erfolgte nicht. Wahrscheinlich war die Anzahl der Attentäter begrenzt. Noch immer war Sadlik nicht ganz sicher, ob sie am Korfainen zwei oder drei Monster gesehen hatte.

Als der Angriff noch einmal vor ihrem geistigen Auge ablief, fiel ihr etwas auf, worauf sie zuvor nicht geachtet hatte. Die Attentäter waren aktiv geworden, als ihr vermeintliches Opfer allein unterwegs war. Die Flucht war ihnen mit ihren Fähigkeiten nicht schwergefallen, doch das wäre sie auch nicht in einer Menschenmenge. Entweder wollten sie keinen Zeugen bei ihrer Tat, oder jemand hatte sie beauftragt, der vermeiden wollte, dass es zu weiteren zufälligen Opfern kam.

»Ich glaube, ich habe einen Fehler gemacht«, resümierte sie.

»Indem du mich mitgenommen hast?«, fragte Jöris.

Sadlik schüttelte den Kopf. »Ist dir vorhin nichts aufgefallen? Die Söldner haben nur zweimal auf uns geschossen. Als meine unbekannten Wächter auftauchten, haben sie mich in Ruhe gelassen.«

»Weil diese Wächter sie beschäftigt haben. Die Söldner hatten keine Zeit mehr, sich um dich zu kümmern.«

»Nein, das ist nicht die Erklärung. Sie besaßen eine leistungsstarke Bugkanone und wir keinen Schutzschirm. Es wäre ihnen leichtgefallen, uns nach dem Start zu treffen. Sie haben es nicht versucht.«

»Das ergibt keinen Sinn«, tat Jöris die Überlegung ab.

Nein, das tat das Vorgehen der Angreifer wirklich nicht. Es sei denn, überlegte Sadlik, es war den Attentätern primär darum gegangen, die Wächter abzudrängen. Vielleicht hatten sie Angst, Terians Beschützer würden sich mit ihr in Verbindung setzen. Das passte zu ihrem Vorgehen am Korfainen. Auch dort hatten sie die Frau von anderen Passanten separiert beziehungsweise so lange gewartet, bis sich dieser Zustand von allein ergeben hatte. Noch eine weitere Beobachtung passte in dieses Bild. Beim ersten Attentat hatte neben den Wächtern eine zweite Gruppe zugunsten Terians eingegriffen und sich ein Feuergefecht mit den Söldnern geliefert. Danach war diese Gruppe nicht mehr in Erscheinung getreten. Weil die Attentäter sie abgedrängt hatten! Sie hatte die Spur der Frau verloren und hielt sich deshalb nicht mehr in ihrer Nähe auf.

Die Überlegung führte zu dem Schluss, dass die Terraformerin in der Wildnis nicht sicherer war als im Gedränge der Stadt. Das Gegenteil war der Fall. Hier draußen war sie gefährdeter.

Es war eine reichlich gewagte Theorie, doch Sadlik war überzeugt davon, dass sie zutraf.

»Wir bleiben den ganzen Tag in Bewegung«, sagte sie. »Wir bevorzugen Gegenden, in denen wir schon von weitem sehen, wenn sich jemand nähert. Morgen in aller Frühe kehren wir nach Alcerry zurück.«

»Aber wieso?« Ratlosigkeit umschattete Jöris' Augen. Seine ungebändigten blonden Haare hingen ihm in die gekräuselte Stirn. »Du warst ganz erpicht darauf, aus der Stadt herauszukommen, weil du dich dort bedroht fühltest.«

»Hier ist es nicht besser.« Sadlik legte ihm ihre Vermutung dar. Sie sah ihm seine Zweifel an, doch er erhob keinen Widerspruch. Je länger sie über ihre Situation nachdachte, desto geringer schätzte sie die Aussicht ein, dass es auf Shasher überhaupt noch irgendeinen Ort gab, an den sie vor den Monstern fliehen konnte.

Das hieß, sie musste diese Welt wieder verlassen.

Und die tief in ihrem Inneren bohrende Schuld mitnehmen.

Kapitel 21

Fellmer Lloyd

Shasker, 27. April 3113
Abgesehen von den Bemühungen, ihr Leben nicht zu verlieren, bestimmten zwei Faktoren die Gedankenwelt der jungen Frau. Der eine war die Suche nach ihrer eigenen Identität, der sie sich nicht mehr sicher war, der andere die Bürde einer schweren Schuld, die sie auf sich geladen hatte, ohne sich an sie erinnern zu können. Die aufgepfropfte Identität Terian Sadlik behielt in dem gemeinsamen Körper die Oberhand, doch immer wieder wurden Bruchstücke der verschütteten Rhaen Tolsom an die Oberfläche gespült und drängten sich in den Vordergrund.

Rhaen Tolsom litt darunter, nicht zu wissen, was auf Reddeye geschehen war. Terian Sadlik war mit dem Begriff Reddeye nicht vertraut. Sie litt einfach nur.

Fellmer Lloyd hatte die Augen geschlossen und konzentrierte sich auf die Frau, die in ihrem Gleiter saß und den Unbekannten zu entkommen versuchte. »Söldner« nannte sie die Angreifer, die dem Telepathen als monströse Ungeheuer geschildert worden waren. Die Beschreibung war vage, doch nähere Einzelheiten über ihr Aussehen gab es nicht.

Der muskulöse, breitschultrige Mutant hatte den Oberkörper nach vorn gebeugt und stützte seine Unterarme auf die Oberschenkel, was seine leicht untersetzte Statur hervorhob. Derlei Äußerlichkeiten waren ihm gleichgültig. Er ignorierte auch das Feuergefecht, in das der von Varen Thorik chauffierte Gleiter der USO-Spezialisten verwickelt war. Lloyd sorgte sich nicht um sein Wohlergehen, sondern verließ sich auf die Spezialisten, denen er sich angeschlossen hatte.

»Die Attentäter schießen nicht mehr auf die Zielperson«, sagte Daniel Pherson. »Statt sich an die Verfolgung zu machen, verlegen Sie uns den Weg.«

»Ohne uns frontal anzugreifen«, stellte Osmooth Alerin fest.

»Sie versuchen, uns von der Zielperson zu trennen. Bei den Kollegen der SolAb ist ihnen das gelungen. Wenn wir die Zielperson ebenfalls verlieren, ist sie auf sich allein gestellt. Was der Lordadmiral dann mit uns macht, ist euch hoffentlich klar.« Pherson verbreitete einen Anflug von Panik, der unecht war. Seine Sorge um Rhaen Tolsom war dafür umso aufrichtiger.

»Kennt ihr aus eurer Kindheit noch das Schisshase-Spiel?«, fragte Varen Thorik. Sie stieß geräuschvoll die Luft aus. »Wer zuerst zuckt, hat verloren.«

»Du bist verrückt, Varen.«

»Untersteh dich, das im Beisein des Lordadmirals zu sagen. Er bringt es fertig und übergibt mich wieder in die Hände der Psychologen von Tahun.«

Versunken in seine Konzentration auf Rhaen Tolsom, hatte Fellmer Lloyd die Unterhaltung nur beiläufig verfolgt. Nun richtete er seinen Oberkörper auf und öffnete die Augen. Durch die Frontscheibe gewahrte er den Gleiter der Söldner, dessen starr aus dem Bug ragendes Geschütz einen Desintegratorstrahl ausspie. Lloyd registrierte nur ein Aufblitzen an der Waffenmündung und einen harten Ruck, mit dem die Arkonidin den Gleiter aus dem Kurs riss.

Der Telepath fasste sich an die Schläfen. Plötzlich vernahm er eine Melodie, die wie aus weiter Ferne zu ihm drang. Ein disharmonischer Ton hatte sich in das eigentliche Grundthema geschlichen und konterkarierte seine Reinheit. Die leise Musik war nicht akustisch zu vernehmen, sondern spielte auf geistiger Ebene.

»Sie nannten die unbekannten Attentäter Monster?«, fragte er.

»So präsentierten sie sich«, bestätigte Pherson.

»Söldner«, sagte Lloyd. »Das ist die treffende Bezeichnung.« Und die Wesen waren noch viel mehr als das. Mit seinen unsichtbaren Kräften konnte er sie spüren. Bei dem Gegner handelte es sich mitnichten um irgendwelche dumpfen Monster, die in sklavischer Manier einem Tötungsbefehl nachkamen. Es waren nur fragmentarische Informationen, die er erfasste, doch sie reichten aus, ihn einen fast schon überlegenen Geist erkennen zu lassen.

Einen Verstand, der aus der Dunkelheit erwachte, und seine Entwicklung gerade erst begonnen hatte. Eine der unzähligen Facetten, die ineinander verwoben waren und nicht mehr als einen erratischen Bildersturm ergaben, war Rhaen Tolsom. Nicht Terian Sadlik, begriff Lloyd, sondern die Tochter des Hohekanzlers Enerich Tolsom. Die Sölder hatten die Maskerade durchschaut. Atlans Befürchtungen trafen den Nagel auf den Kopf.

Rhaen Tolsoms Delta-4 jagte als dunkles Pünktchen dem fernen Horizont entgegen. Das unterschwellige Summen des Pulsationstriebwerks verwandelte sich in ein Heulen, als Varen Thorik auf Vollschub ging

Die Musik in Lloyds Kopf veränderte sich. Sie wurde eine Spur schriller. Ausufernde Disharmonien überlagerten jetzt das musikalische Grundthema. Etwas geschah. Der Telepath realisierte die Absicht der Söldner.

»Sie wollen uns rammen, um uns an einer Verfolgung zu hindern!«, stieß er eine Warnung aus.

Ein Schatten fiel auf die Kanzel des Gleiters, als die Angreifer sich vor die noch nicht hoch am Himmel stehende Sonne schoben. Wie ein Raubvogel stürzten die Söldner herab und enthüllten dabei ihre Opferbereitschaft. Sie würden ihr Leben für den erwachenden Verstand geben. In Fellmer Lloyds breitem Gesicht verriet kein Muskelzucken, was er empfand. Der Tod war nur wenige Meter entfernt und sprang mit gierig aufgerissenem Maul herbei.

Abermals riss Varen Thorik den Gleiter brutal aus seiner Flugbahn. Die Aggregate heulten protestierend auf – und verstummten, als ein mächtiger Schlag die Schiffshülle traf.

»Sie haben uns gestreift!«, schrie Pherson. »Falls wir runterkrachen, Waffen ziehen und raus aus dem Wrack, bevor die Monster uns den Rest geben.«

Nur gestreift? Lloyd hatte den Eindruck, dass die Welt unterging. Ohne den Gurt, der schmerzhaft in seine Brust schnitt, wäre er aus seinem Sitz geschleudert worden und quer durch die enge Kanzel geflogen. Draußen drehte sich die Welt in rasender Geschwindigkeit um das Fahrzeug, dessen Stabilisatoren sich vergeblich gegen den Absturz stemmten. Vor Lloyds Augen tanzten Schlaglichter, Ausschnitte des Himmels, des Erdbodens und der zerklüfteten Felswand. Die Scheibe der Sonne huschte vorbei, die Kanzel des anderen Gleiters.

Für einen Sekundenbruchteil sah sich der Mutant Auge in Auge einem anderen Wesen gegenüber, einer massigen, humanoiden Erscheinung, deren kantiger Schädel zwischen fleischigen Wülsten entsprang. An der Stelle eines menschlichen Halses sitzend, gingen sie als sehnige Muskelbündel in Schultern über, die so breit und ausladend waren wie die eines Überschweren. Das Gesicht des Söldners war eine schiefe, verzerrte Fratze aus Knorpelpaketen, wulstigen Lippen und vorspringenden, hühnereigroßen Augen voll abgrundtiefer Schwärze.

Wie Brunnen ohne Grund, die geradewegs in die Unendlichkeit von Zeit und Raum führen, dachte Fellmer Lloyd.

Er konnte sich nicht erinnern, jemals bei einem Humanoiden mit einem so abstoßenden wie zugleich eindrucksvollen Anblick konfrontiert worden zu sein. Nachdem das Gesicht vor ihm verschwunden war, hätte er nicht sagen können, ob er es sich nicht nur eingebildet hatte.

Vor ihm, auf dem Pilotensitz, unternahm Varen Thorik verzweifelte Anstrengungen, den Gleiter unter Kontrolle zu bekommen. Zivilisten wären in einer solchen Lage in Panik geraten, die USO-Spezialisten bewahrten die Ruhe. Lloyd blieb nichts anderes übrig, als sich ihrer Gelassenheit anzuschließen. Er war zur Untätigkeit verdammt. Mit seinen Mutantengaben konnte er nichts zur Abwendung der Katastrophe beitragen. Er war den Fähigkeiten der Spezialisten auf Gedeih und Verderb ausgeliefert.

Als er wieder nach draußen sah, drehte sich die Welt nicht mehr um den Gleiter. Vor der feinen Horizontlinie entdeckte der Telepath das Fahrzeug der Söldner. Es entfernte sich mit geringer Geschwindigkeit.

»Die Attentäter haben ebenfalls etwas abbekommen.«

»Das hilft uns nicht weiter.« Die Arkonidin hatte die Fluglage stabilisiert, ohne Kontrolle über die Maschinen zu erlangen. Statt wie ein Stein in die Tiefe zu stürzen, näherte sich der Gleiter der Planetenoberfläche im Gleitflug.

Von dem Delta-4 war nichts zu sehen. Rhaen Tolsom war die Flucht vor ihren Verfolgern gelungen. Lloyd empfing ein paar letzte, verschwommene Gedankenimpulse, die Anlass zu Hoffnung gaben. Rhaens Überlegungen imponierten ihm. Er an ihrer Stelle hätte die gleichen Schlussfolgerungen gezogen.

»Prallfelder?«, fragte Daniel Pherson.

»Funktionieren«, antworte die Pilotin.

»Dann bring uns einigermaßen sicher runter«, verlangte Osmooth Alerin. »Ich habe später noch eine Verabredung mit diesen verdammten Monstern.«

»Ich denke gar nicht daran«, schnaubte die Arkonidin. »Wenn wir runterknallen, sitzen wir fest.« Unablässig nahm sie Schaltungen vor, die zu nichts führten. Der Gleiter pflügte inzwischen fast horizontal durch die Luft, trotzdem kam die Planetenoberfläche und mit ihr der Aufschlag näher.

Dann zündete das Pulsationstriebwerk. Die Schnauze des Fahrzeugs richtete sich auf, sein Flug stabilisierte sich.

»Antigravtriebwerk kommt ebenfalls«, verkündete die Kommunikationsspezialistin leidenschaftslos. »Aber gebt euch keinen übertriebenen Hoffnungen hin. Eine Verfolgungsjagd kommt nicht in Frage. Die Kiste muss gründlich durchgecheckt werden. Uns bleibt nichts anderes übrig, als nach Alcerry zurückzukehren.« Sie seufzte. »Wir haben die Zielperson verloren.«

Pherson stieß eine Verwünschung aus. »Das wird dem Lordadmiral gar nicht gefallen. Es ist meine Aufgabe, ihm mitzuteilen, dass es ihr gelungen ist, uns abzuhängen. Seine Frage klingelt mir bereits in den Ohren. Er wird wissen wollen, wie wir die Zielperson wiederzufinden gedenken.«

»Dir wird wie immer die richtige Antwort einfallen, Dan. Hauptsache, du kommst nicht auf die Idee, ihm von deiner Kristallkugel zu erzählen.« Varen Thorik flog eine weite Schleife und setzte Kurs auf die Hauptstadt.

Fellmer Lloyd verkniff sich einen Kommentar zu der scheinbar kindischen Unterhaltung der Spezialisten. Er war über den Denar-Zwischenfall unterrichtet, dessen psychische Narben noch frisch waren. Während des laufenden Einsatzes hatte die verschworene Gruppe zudem mit Rulan Karkeron ihren Anführer und mit Pertar Almoth einen weiteren Kameraden verloren. Die Überlebenden des ehemaligen Quintetts verarbeiteten die Geschehnisse auf ihre Weise.

»Das Fahrzeug der Söldner ist beschädigt«, erinnerte Lloyd die Spezialisten. »Sie haben Miss Tolsom ebenfalls verloren.«

»Leider ist in diesem Fall geteiltes Leid kein halbes Leid«, winkte Pherson ab. Wir wissen nicht, wohin die Zielperson fliegt.«

»Miss Tolsom kehrt in die Hauptstadt zurück«, widersprach der Mutant. »Wir finden sie in Alcerry. Aufgrund der Ereignisse der vergangenen Tage ist sie – oder Terian Sadlik, suchen Sie es sich aus – zu dem Ergebnis gelangt, dass die Söldner sie zu separieren versuchen. Sie betrachtet ihren Plan, hier draußen in der Zurückgezogenheit Sicherheit zu finden, inzwischen als Fehler. Unter anderen Menschen, also in der Hauptstadt, rechnet sie sich größere Überlebenschancen aus.«

Die Spezialisten drehten die Köpfe in Lloyds Richtung und starrten ihn an.

»Haben Sie das in ihren Gedanken gelesen, oder handelt es sich um eine Vermutung?«, fragte Varen Thorik. »Nicht, dass es etwas daran ändern würde, dass wir ohnehin gezwungen sind, nach Alcerry zu fliegen.«

»Es ist keine Vermutung.«

Daniel Pherson nickte nachdenklich. »Die Schlussfolgerungen der Zielperson lassen sich nicht von der Hand weisen. Wir haben es eben selbst erlebt. Den Söldnern ging es nicht darum, uns abzuschießen. Sie haben versucht, uns aufzuhalten. Sie wollten erreichen, dass wir die Zielperson aus den Augen verlieren.«

»Was ihnen gelungen ist.« Osmooth Alerins Mundwinkel zuckten. »Ich nehme an, sie wollen sie in aller Ruhe und ohne Zeugen eliminieren. Diese Söldner haben uns ganz schön vorgeführt. Sie haben wesentlich mehr auf dem Kasten, als es anfangs den Anschein hatte.«

»Sie werden gelenkt«, erklärte Fellmer Lloyd. Er lauschte der verklungenen Melodie in seinem Kopf nach. Zwei Begriffe hatte er vernommen, bevor die Musik geendet hatte. Parthan und Darakh. »Ein überlegen planender Verstand, unter dem ich mir nichts Konkretes vorstellen kann, leitet sie an und nimmt mittels der Söldner einen Teil seiner Schachzüge vor.«

»Das klingt ... vage«, drückte Daniel Pherson sich vorsichtig aus.

»Leider, Korporal. Ich wünschte, ich hätte mehr herausgefunden.«

Fellmer Lloyd versank in dumpfes Schweigen. Während des Fluges nach Alcerry grübelte er über die Natur des Verstandes nach, zu dem er Kontakt erhalten hatte. Er war mächtig und stellte eine Bedrohung von enormem Potenzial dar, und er befand sich erst in einem frühen Stadium der Entwicklung.

Kapitel 22

Atlan

System Alcara-241, 16. April 3113

Ein von der Erde übermitteltes Datenpaket traf am 16. April auf der QUESTRON ein und war mit dem höchsten Dringlichkeitsvermerk versehen. Ich hatte Anweisung gegeben, mich in einem solchen Fall umgehend zu unterrichten. Obwohl die Nachricht, gemessen an der internen Bordzeit, mitten in der Nacht einging, schreckte der Kommandant nicht davor zurück, mich wecken zu lassen.

Spätestens nach dem Sichten der Daten, die Perry Rhodan mir hatte zukommen lassen, war ich hellwach. Sie betrafen die fremde Biomasse, mit deren Untersuchung die Wissenschaftler in Terrania City beschäftigt waren. Die Analysen hatten die Spezialisten nicht weitergebracht. Es gab keine neuen Erkenntnisse. Dazu würde es auch nicht mehr kommen.

Trotz strenger Sicherheitsvorkehrungen hatte das Zellgewebe begonnen, sich im Labor auszubreiten. Unerkannt hatte sich eine Metallplastik fressende Variante aus den ursprünglichen Stämmen gebildet und Tunnel aus den Probebehältern gegraben. Die Eindämmungsfelder hatten sie nicht aufhalten können. Zum Glück war automatischer Alarm ausgelöst worden, bevor es zu einer Katastrophe gekommen war.

Ich tigerte in der Zentrale der QUESTRON auf und ab und ging den Diensthabenden auf die Nerven. Die Vorstellung, was hätte passieren können, setzte mir zu. Ein Zellstamm, der Metallplastik fraß und sich unbemerkt von den Fachleuten gebildet hatte, belegte die extremen Anpassungsmöglichkeiten der fremden Biomasse. Schlimmstenfalls hätte sie sich zunächst über

Terrania und anschließend weiter über ganz Terra ausbreiten können. Zwar waren keine Menschen zu Schaden gekommen, doch es hatte nicht viel gefehlt. Das Labor war unter Quarantäne gestellt worden, doch das Zellwachstum war mit erschreckender Schnelligkeit weitergegangen. Schließlich war Perry Rhodan nichts anderes übrig geblieben, als den gesamten Labortrakt aus Sicherheitsgründen sterilisieren zu lassen.

Ich stellte mir vor, dass es den Leitzellen gelungen war, einen der Wissenschaftler als Wirtskörper zu erreichen und sich in ihm einzunisten. Dann schleppte er das Verderben mit sich und trug es in die Welt hinaus.

Sei nicht naiv, meldete sich der Extrasinn. *Genau diese Gefahr dürfte die erste sein, an die Rhodans Spezialisten gedacht haben. Sie werden nicht das geringste Risiko eingehen.*

Nein, natürlich nicht. Rhodans Umsicht war mir bewusst. *Allein die Vorstellung reicht aus, mir einen Schauer über den Rücken zu jagen.*

Du befürchtest, die in Rhaens Tolsoms Verstand verbliebenen Leitzellen könnten wieder aktiv werden. Das sind unnütze Spekulationen, die zu nichts führen.

Sind sie deswegen abwegig?

Ja, das sind sie, versetzte der Extrasinn mit aller Schärfe. *Alle Fachleute, Maria Vajai eingeschlossen, haben dir das bestätigt. Belaste dich also nicht mit Überlegungen, die ins Leere laufen, du Narr.*

Kein Widerspruch von meiner Seite – diesmal.

Ich hielt in meiner ruhelosen Wanderung inne und blieb am Kontrollpult von Tira Midarkas Funkstand stehen. Ich war froh, dass die lebenslustige Funk- und Ortungsspezialistin Nachtdienst schob. Ein Blick in ihr sommersprossiges Gesicht genügte, um meine Laune schlagartig zu verbessern.

Die USO-Spezialistin lächelte mich an. »Kann ich etwas für Sie tun, Sir?«

Ich nickte. Rhaens Aufpasser auf Shasker mussten darüber unterrichtet werden, was auf der Erde geschehen war. »Ich verfasse eine Nachricht für unsere Leute auf Shasker und möchte, dass Sie sie über die Hyperfunkrelaiskette übermitteln.«

»Kein Problem, Sir. Immer her damit.«

Tira Midarka war und blieb ein Quell guter Laune.

Eins-unter-Vielen

Viele reisten nicht. Viele bewegten sich langsam.

Zum ersten Mal folgten Viele nicht dem Faden, den sie einer spontanen Eingebung entnahmen. Sie ließen sich anleiten, kannten das Ziel, zu dem sie glitten. Sie nahmen keinen willkürlichen Weg, sondern begaben sich zu einem Objekt in der Schwärze, das verharrte und auf etwas wartete. Dort hatten Viele eine Aufgabe zu bewältigen.

Objekt und Aufgabe. Beide Begriffe waren neu. Eins-unter-Vielen verstand sie, als sie durch die Membranhaut schwangen und die Synapsen der Keimschicht streichelten. Objekt und Aufgabe wurden durch die Gedankenimpulse des erwachenden Verstandes definiert und als anschauliche Bilderfolge übermittelt.

Eins-unter-Vielen sah das Objekt, ein rundes Sandkorn in der Schwärze, in dem Viele Platz gefunden hätten. Es war ein einfaches Bild, das einen Faden erzeugte und deshalb leicht zu erreichen war. Die Aufgabe hingegen war durch reine Bewegungen nicht zu erreichen. Sie stellte keinen Bezugspunkt dar, stand in Relation zu keinem und besaß keinen Faden, den Viele nutzen konnten. Die Aufgabe war eine nicht greifbare, komplexe Vision, zu abstrakt, als dass Eins-unter-Vielen sie hätte begreifen können.

Sie bestand außerhalb von Puls und Takt.

Eins-unter-Vielen brauchte sie nicht zu begreifen, um sie zu bewältigen. Der erwachende Verstand hielt die Verbindung über den trennenden Abgrund hinweg aufrecht. Dann verstummte er, und Viele waren allein.

An ihrem Ziel angekommen, verharrten sie abwartend. Es gab kein Leuchtfeuer in ihrer Nähe, nur das Objekt und ein kaltes, dunkles Sandkorn, das seine Bahn durch die Schwärze zog. Es folgte keinem Faden, sondern erzeugte seinerseits ein Gespinst eigener Fäden, so wie es auch das Objekt tat.

Zeit verstrich, und Viele lauschten. Die zitternden Membranhäute gehorchten dem Takt und empfingen den Puls. Puls und Takt befanden sich in wohltuendem Einklang, doch diesmal lauerten Viele auf einen disharmonischen Schub.

Eins-unter-Vielen tanzte im Reigen Vieler, ohne den Faden und die nächsten Leuchtfeuer aus der Wahrnehmung zu verlieren. Der erwachende Verstand war verstummt. Er wartete, so wie es Viele taten.

Dann empfing Eins-unter-Vielen neue Impulse. Von dem Objekt kommend, prasselten sie auf die Membranhäute nieder, durchdrangen sie und eilten in die Schwärze hinaus. Der erwachende Verstand konnte sie nicht empfangen, doch Viele absorbierten sie und wandelten die Pulsfolge in Gedanken um. Der erwachende Verstand nannte sie eine Hyperfunknachricht, die Informationen enthielt. Informationen, erkannte Eins-unter-Vielen, dir für den erwachenden Verstand Puls und Takt bedeuteten.

Viele bündelten die Impulse und setzten sich mit dem erwachenden Verstand in Verbindung. Sie übermittelten, was sie empfangen hatten und entfernten es damit aus ihrer eigenen Wahrnehmung. Sie erinnerten sich nicht mehr an den Inhalt, sondern nur daran, dass sie einen eigenen Puls in die Schwärze gesandt hatten.

Eine kleine Weile nur verging, in der Viele darauf warteten, dass etwas eintrat, von dem sie noch nicht wussten, was es war. Dann hörten sie die Stimme des erwachenden Verstandes rufen. Er war zufrieden mit Vielen. Sie hatten die gestellte Aufgabe bewältigt und ihm damit einen großen Dienst erwiesen. Er war glücklich.

Glück, das war etwas, das Viele kannten. Dazu hatten sie einen Bezug. Glück war für Viele das Höchsterreichbare. Der erwachende Verstand begriff das und schenkte ihnen als Dank ein tieferes Glücksgefühl, als sie es auf all ihren Reisen genossen hatten.

Darakh-Parthan dankt euch.

Eine Kaskade aus Glück hüllte Eins-unter-Vielen ein. Die Membranhäute bebten, zogen sich zusammen und strafften sich. Eins-unter-Vielen versank in der Euphorie und dem Glück von Vielen.

Viele tanzten.

Kapitel 23

Terian Sadlik

Shasker, 28. April 3113
Sie konnte nur darüber spekulieren, ob ihre Überlegungen zutrafen. Gestern waren sie aufgegangen, heute würde es sich weisen. Terian Sadlik hatte den Gleiter in einer öffentlichen Tiefgarage abgestellt und war zu Fuß in der Innenstadt von Alcerry unterwegs. Sie verhielt sich wie eine Spaziergängerin, die kein bestimmtes Ziel hatte, sondern an den Geschäftszeilen entlangflanierte, mal vor dieser Auslage stehen blieb, mal vor jenem Schaufenster verharrte.

Jöris blieb stoisch an ihrer Seite. Gelegentlich sah er sich verstohlen um und hielt nach Verfolgern Ausschau. Sadlik konnte ihm seine Furcht nicht verdenken. In der Enge der von Leben erfüllten Stadt konnten sich Verfolger, besonders diese Verfolger, ungleich besser verstecken als auf dem freien Land, wo ein Gleiter weithin sichtbar war. Trotzdem hielt Sadlik ihre Entscheidung, nach Alcerry zurückzukehren, für richtig. Jöris weigerte sich weiterhin beharrlich, nach Hause zu gehen.

Inzwischen stand die Sonne hoch am Himmel. Vor dem fast wolkenlosen Blau zeichneten sich dunkle Punkte ab. Unermüdlich waren die Messsonden auf der Suche nach Gasbeimengungen in der Atmosphäre. Sie erinnerten Sadlik daran, dass es ihr unmöglich geworden war, ihre Arbeit anzutreten. Damit stellte sich die Frage nach einer künftigen Einnahmequelle. Für eine Weile würde das angesparte Geld auf ihrem Konto noch ausreichen, doch der Zeitpunkt ließ sich absehen, an dem sie ohne einen Solar dastehen würde. Allein aus diesem Grund blieb ihr nichts anderes übrig, als sich jemandem zu offenbaren.

Auf Dauer konnte sie sowieso nicht davonlaufen.

Sie versuchte sich an jemanden aus ihrer Vergangenheit zu erinnern, dem sie vertraute. Es gelang ihr nicht. Es schien keinen einzigen Menschen zu geben, dem sie jemals nahegestanden hatte. Wenn das stimmte, hatte sie ein einsames Leben geführt. Die unterschwellige Stimme in ihrem Kopf behauptete das Gegenteil. Demnach war sie stets von vielen Vertrauten umgeben gewesen, von denen manche ihr sehr wichtig gewesen waren.

Ein Teil war Familie, andere Freunde.

Sadlik lauschte und versuchte, konkrete Ansatzpunkte zu erhaschen. Es wollte nicht gelingen. Stammten vielleicht die Wächter aus ihrem früheren Umfeld? Inzwischen hatten sie ihr zweimal das Leben gerettet. Zwei Vorfälle, von denen sie wusste. Vielleicht war es bei weiteren Gelegenheiten geschehen, bei denen sie es nicht mitbekommen hatte.

»Was hältst du davon, etwas essen zu gehen?«, schlug sie vor.

»Gute Idee. Ich werde lieber mit vollem Magen erschossen als hungrig.«

»Sarkasmus steht dir nicht«, fand Sadlik.

Sie überquerten einen großen Platz, auf dem blühende Bäume zu einem eigenwilligen Ornament gruppiert waren. Zusammen mit Rasenstreifen und Blumenrabatten sorgten sie für einen parkähnlichen Charakter. Zwischen akkurat geschnittenen Hecken luden Bänke zum Verweilen ein. Neben Terranern hatten sich auch zwei Springer und ein Oxtorner dort niedergelassen. Eine Fußgängerzone, die um die Mittagszeit stark frequentiert war, schloss sich an den Platz an. Eine bekannte Melodie erklang. Sadlik sah sich nach einer Musikantengruppe um, bis sie bemerkte, dass die Musik wieder in ihrem Kopf existierte. War das ein Zeichen für die Anwesenheit ihrer unbekannten Gegner? Sie beschleunigte ihre Schritte und versuchte sich im Strom der Passanten zu verstecken. Nach einer Weile wurde die Musik leiser und endete schließlich.

»Du hast wieder etwas gehört, nicht wahr?«, fragte Jöris.

Sadlik nickte und steuerte ein Restaurant an. Sie vermied es, sich an einem der draußen aufgebauten Tische niederzulassen, wo jeder sie sah, sondern zog Jöris ins Innere des Lokals. Unweit der Tür entdeckte sie einen freien Tisch. Während sie und Jöris sich daran niederließen, taxierte sie unauffällig die anderen Gäste. Sie machten einen harmlosen Eindruck, jedenfalls waren keine missgestalteten Monster darunter. In einer Ecke versorgte ein Holo die Gäste mit aktuellen Trivids. Ein Roboter nahm die Bestellung auf und schwebte wieder davon. Sadlik empfand die Atmosphäre als unpersönlich. Sie sehnte sich nach der Promenade am Korfainen, nach dem *Roten Palast* und seinem Betreiber Menesher. Wie es aussah, würde sie den Ferronen nie wieder besuchen.

»Weißt du, woran ich ständig denken muss?«, fragte Jöris. »An dieses seltsame Maschinenwesen, das uns vor dem wissenschaftlichen Institut abgefangen hat.«

»Es hat verhindert, dass wir den Söldnern in die Arme laufen.«

»Bist du sicher?«

Terian Sadlik wölbte eine Augenbraue. »Was willst du damit sagen?«

»Die Maschine hat uns vor den Söldnern gewarnt, doch wir wissen nicht, ob sie sich wirklich in der Nähe aufhielten.« Jöris hob eine Hand, um seine Zweifel zu demonstrieren. »Vielleicht wollte es nur verhindern, dass du bei deinem künftigen Arbeitgeber vorstellig wirst.«

»Dazu hatte es keinen Grund.«

»Es hatte auch keinen Grund, dich zu warnen. Du kennst dieses Wesen nicht. Es tauchte ebenso überraschend auf wie die Attentäter. Du hast keinen Anlass, ihm zu vertrauen. Vielleicht arbeitet es sogar mit den Monstern zusammen und hatte die Aufgabe, dich vom Institut fernzuhalten.«

»Unsinn«, entfuhr es Sadlik.

»Findest du?«

Sadlik antwortete nicht, weil Jöris' Überlegung nicht völlig von der Hand zu weisen war. Wieso vertraute sie einem Maschinenwesen, das sie nie zuvor gesehen hatte? Nicht dieses spezielle hatte sie gesehen, wohl aber andere von seiner Art, wisperte die Stimme Rhaens Tolsoms in ihrem Geist, und diese Wesen waren dienstbar und hilfsbereit. Sadlik erinnerte sich, dass sie beim Anblick des Maschinengeschöpfs Vertrauen und sogar einen Anflug von Heimweh empfunden hatte.

Nachdem der Roboter die Bestellung gebracht hatte, aß sie lustlos und verfolgte die neuesten Trivids. Sie horchte auf, als der Name Rhaen Tolsom fiel, die im Mittelpunkt der laufenden Gerichtsverhandlung auf Terra stand. Es sah schlecht aus für Rhaen Tolsom.

Für mich.

Ein Schwall Emotionen, die nicht ihre eigenen waren, stieg in ihr auf. Oder womöglich doch? Es fiel ihr zunehmend schwerer, zwischen Terian Sadlik und Rhaen Tolsom zu unterscheiden. Der Kokon, an den sie schon früher gedacht wurde, wurde zunehmend löchriger. Sein Inhalt sickerte durch. Sadlik glaubte Rhaen Tolsoms Stimme deutlich zu hören. Der Klang war ihr vertraut. Sie kannte die Akzentuierung spezieller Worte, das weiche Timbre in der Stimme, die ebenso gut hart und kompromisslos klingen konnte.

»Vielleicht erfahren wir nie, was hier geschieht«, lenkte Jöris sie ab. »Ich zumindest nicht. Wie es aussieht, gibt es für dich nur eine Möglichkeit. Auf Shasker entgehst du den Söldnern auf Dauer nicht. Irgendwann erwischen sie dich. Du musst Shasker verlassen.«

»Das habe ich mir gestern schon überlegt«, gestand Sadlik.

»Ja.« Jöris nickte zaghaft. »Ja, das dachte ich mir. Wohin willst du dich wenden?«

»Ich weiß es nicht.« Zurück nach Punczik? Die Erinnerungen an ihren letzten Einsatzort waren verblasst, als hätten sie niemals existiert. Oder nach Terra? Die Stimme in ihrem Inneren wollte sie dorthin treiben. Wenn es eine Erklärung für all das gab, dann auf der Erde, wo Rhaen Tolsom wegen eines unvergleichlichen Verbrechens vor Gericht stand.

Das ich begangen habe.

Terian Sadlik stöhnte auf. Sie weigerte sich zu akzeptieren, dass sie eine Schuld von nahezu apokalyptischen Ausmaßen auf sich geladen hatte. Die Stimme in ihrem Geist verstummte dadurch nicht, sondern versuchte umso intensiver aufzudecken, was geschehen war – und wusste es selbst nicht.

Die Terraformerin winkte den Roboter herbei und beglich die Rechnung. Fluchtartig verließ sie das Restaurant, das auf einmal bedrückend auf sie wirkte. In der Fußgängerzone stand sie inmitten der vorbeieilenden Passanten und überlegte, in welche Richtung sie sich wenden sollte.

»Terian«, zischte Jöris. »Sieh dort drüben.«

Ein bauchiger Zylinder schwebte am Straßenrand. Die Passanten, für die die Gegenwart von Mitgliedern außerirdischer Völker in Alcerry ebenso selbstverständlich war wie die Präsenz von Robotern der unterschiedlichsten Formen, nahmen keine Notiz von ihm. Sadlik hielt inne und beobachtete das markante Maschinenwesen, das dieselbe Saite in ihr anschlug wie beim ersten Zusammentreffen. Die Vertrautheit, die es vermittelte, hatte beinahe freundschaftlichen Charakter.

»Ist das wieder die Maschine vom letzten Mal?«, überlegte Jöris. »Oder gibt es mehrere von diesen Dingern, die gleich aussehen?«

»Schwer zu sagen.«

»Anscheinend hat das Ding hier draußen auf uns gewartet.«

Das Maschinenwesen als Ding zu bezeichnen, wurde ihm nicht gerecht. Rhaen Tolsom maß ihm große Bedeutung und sogar Wertschätzung bei. Terian Sadliks Nackenhärchen stellten sich auf. Sie war nicht Rhaen Tolsom, und sie hatte keinerlei innere Beziehung zu dem Zylinder. Beim Institut hatte sie ihn unterbewusst als Träger bezeichnet, und auch jetzt kam ihr dieser Begriff wieder in den Sinn. Träger von wem oder was?

Er hatte sie gesehen und schwebte über die Straße auf sie zu. Die bläulich schimmernde Kapsel, die er anstelle eines Kopfes auf seinem Körper trug, rotierte und wechselte den Farbton. Vor den beiden Menschen hielt das Gebilde an und verharrte in der Luft.

»Es war eine kluge Entscheidung, zurück nach Alcerry zu fliehen«, sagte er. »Damit zwingt Ihr die Söldner in die Defensive. Sie werden trotzdem nicht aufgeben. Sie geben eine Mission niemals auf. Sie haben Eure Spur schon wieder aufgenommen, Terian Sadlik. Um Euch in Sicherheit zu bringen, müsst Ihr Shasker verlassen.«

Sadlik behielt für sich, dass sie auf die Idee bereits von sich aus gekommen war. »Das hast du schon einmal vorgeschlagen.«

»Weil es die einzig logische Handlungsweise ist.«

»Wieso hilfst du Terian?«, wollte Jöris wissen. »Du weißt nichts von ihr. Was verbindet dich mit ihr?«

»Warum hilfst du ihr?«, konterte der Zylinder. »Wir tun es, weil wir zufällig am richtigen Ort sind, um eingreifen zu können.«

»Ich glaube dir kein Wort. Wer hat dich geschickt?«

Die Kopfkapsel kam zum Stillstand und behielt ein dunkles Blau bei. »Das Schicksal, der Zufall – wer kann das sagen? Ihr, Terian Sadlik, wisst, dass ich recht habe. Ihr seid auf Shasker nicht sicher. Deshalb flieht, solange Ihr könnt.«

»Kennst du Rhaen Tolsom?«, fragte die Terraforming-Spezialistin spontan.

Die seltsame Maschine zögerte. »Die Medien sind voll von ihr. Die Berichterstattung ist umfassend«, sagte sie schließlich.

»Das meine ich nicht. Kennst du sie aus einem anderen Zusammenhang? Womöglich daher, woher du mich kennst?« *Weil ich Rhaen Tolsom bin? Weil in Wirklichkeit sie es ist, hinter der alle her sind, und nicht Terian Sadlik?* Doch Rhaen Tolsom hielt sich auf der Erde auf. Das Verwirrspiel in Sadliks Kopf ergab keinen Sinn.

»Nein.« Die Antwort klang schroff und endgültig. »Vergeudet Eure Zeit nicht mit überflüssigen Überlegungen.«

Die Bevormundung behagte Sadlik nicht. Überlegungen waren niemals überflüssig. Sie fragte sich, was hinter dem Engagement steckte, das der Träger für sie entwickelte. Dummerweise – sie war selbst zu dem Schluss gekommen – gab es keine Alternative zum Verlassen Shaskers. »Ich werde einen Flug buchen«, hörte sie sich sagen.« Wohin auch immer!

»Ihr dürft Euren Credit-Chip nicht mehr benutzen, Terian Sadlik. Es war ein Fehler, den auch ich zu spät erkannt habe. Die Söldner besitzen Zugriff auf verschiedene Datenbanken. Weil Ihr Euren Chip eingesetzt habt, ist es Ihnen gelungen, Euch zu folgen. Ihr selbst habt sie auf Eure Spur gelockt.«

Daran hatte Sadlik nicht gedacht. Was der Zylinder behauptete, war nachvollziehbar. Das stellte sie vor ein unlösbares Problem, denn das wenige Bargeld, das sie bei sich getragen hatte, war für den unter ihrer Kleidung verborgenen Strahler draufgegangen. »Wie soll ich ohne Credits die Passage auf einem Raumschiff buchen?«

»Ich kümmere mich darum. Ich weiß nicht, welchen Zielort ich wählen kann. Es wird sich um reinen Zufall handeln, doch das ist zunächst gleichgültig. Wenn Ihr erst Shasker verlassen und eine andere Welt erreicht habt, könnt Ihr Eure Planungen neu angehen. Sobald ich einen unauffälligen Flug organisiert habe, melde ich mich.«

»Wie willst du mich finden?«

»Es ist mir bisher gelungen, es wird wieder gelingen.«

Diese Aussage war nicht dazu angetan, Sadlik zu beruhigen. Es gefiel ihr nicht, dem Maschinenwesen gewissermaßen ausgeliefert zu sein. Jöris' Vorbehalte waren angebracht. Sie kannte den Zylinder nicht – zumindest konnte sie sich nicht an ihn erinnern. Seine wahren Motive blieben ihr verborgen. Sie quälte sich mit der Suche nach einer anderen Lösung, doch Sadlik fand keine.

»Einverstanden.« Sie spürte den Strahler unter ihrer Kleidung. Diesen letzten Trumpf besaß sie noch.

»Haltet Euch in der Nähe des Raumhafens bereit, heute oder morgen. Und wiegt Euch nicht in Sicherheit. Die Söldner sind auf der Suche. Sollten sie Euch wiederfinden, müssen wir schnell und entschlossen handeln.« Der Zylinder setzte sich in Bewegung und schwebte zwischen den Passanten davon.

Sadlik sah ihm nach, bis sie ihn aus den Augen verlor. Einen Moment lang spielte sie mit dem Gedanken, seine Warnungen in den Wind zu schlagen und sich selbst um einen Flug zu kümmern. Sie entschied sich dagegen. Ein nochmaliger Einsatz ihres Credit-Chips wäre unverantwortlich gewesen.

»Also ist es bald so weit.« Jöris zog ein Gesicht wie sieben Tage Regenwetter. »Du verlässt Shasker und ...« Er presste die Lippen aufeinander.

Sadlik ahnte, was er hatte sagen wollen. »Und dich?«

»Ja.«

»Wir beide wussten von Anfang an, dass es so kommen würde, Jöris.«

Er zwang sich zu einem Nicken. »Ich bin sicher, dass für dich alles gut ausgehen wird. Vielleicht denkst du später mal an mich.«

»Ganz bestimmt sogar.« Sadlik ergriff seine Hand und zog ihn mit sich die Straße hinunter.

Kapitel 24

Atlan

System Alcara-241, 20. April 3113

Einen Monat kreuzte die QUESTRON inzwischen im Raumsektor um Alcara-241, ohne dass es zu einem Zwischenfall gekommen war. Die Stimmung an Bord war gereizt, und die Zuversicht, dass wir nicht vergeblich warteten, schwand mit jedem verstreichenden Tag. Die meisten Offiziere hatten die Hoffnung bereits aufgegeben. Auch meine Zweifel am Sinn längeren Ausharrens wuchsen. Von Souruk war ebenfalls bisher keine Nachricht eingetroffen, also war auch bei dem Braunen Zwerg alles ruhig geblieben. Vielleicht hatte ich aufs falsche Pferd gesetzt und verschwendete wertvolle Zeit.

Die Verhandlung auf der Erde lief wenig zufriedenstellend für die angebliche Rhaen Tolsom. Thibold Froud tat weiterhin, was in seiner Macht stand, um seine Klientin zu entlasten, doch sämtliche Indizien sprachen gegen Rhaen. Ankläger Jiut Fochter fuhr mit seinem harten Kurs unbeirrt fort, um bei dem ungebrochenen öffentlichen Interesse in der Galaxis erst gar nicht den Verdacht aufkommen zu lassen, das Solare Imperium versuche etwas zu vertuschen.

Auch von Shasker gab es nichts zu vermelden. Meine Spezialisten und die Agenten der SolAb verhielten sich ruhig, während die angebliche Terian Sadlik ihre Freizeit vor dem Antritt ihrer neuen Stelle genoss. Ich hatte den Eindruck, dass die Überlebenden des Denar-Quintetts und ihre Kollegen von der Abwehr ihre Mission als eine Art Urlaub betrachteten. Ich hatte nichts dagegen einzuwenden. Eine Veränderung bei der jungen Frau, die sie beaufsichtigten, würde ihnen nicht entgehen.

»Ich bekomme einen Ortungsimpuls herein«, meldete Tira Midarka am späten Mittag des 20. April.

Obwohl sie womöglich nur einen Asteroiden erfasst hatte, rissen mich ihre Worte aus der seit Tagen anhaltenden Langeweile. »Was haben Sie entdeckt, Leutnant?«

Die Ortungsspezialistin nahm eine rasche Folge von Einstellungen vor. »Ein Raumschiff nähert sich Alcara. Länge vierhundert Meter, Durchmesser achtzig Meter«, las sie von ihren Instrumenten ab. »Typische Walzenform.«

Ich richtete mich in meinem Gliedersessel auf. »Springer?«

»Ja, Sir.«

Meines Wissens hatten sich keine galaktischen Händler angekündigt, doch das besagte nicht viel. Die einzelnen Springer-Sippen waren an Bord ihrer Raumschiffe ständig zwischen den Sternen unterwegs, immer auf der Suche nach lukrativen Geschäften und guten Vertragsabschlüssen. Die Großfamilien lebten in ihren Schiffen, der jeweilige Patriarch war Familienoberhaupt und Leiter des Unternehmens in einem. Archetz, ihre Hauptwelt, besaß bei der Lebensweise der Springer kaum eine politische Bedeutung. Jeder Patriarch entschied selbst, was für seine Sippe das Beste war.

»Lässt sich ihr Kurs bestimmen?«

»Kein Zweifel, Sir, Alcara ist ihr Ziel. Sie nähern sich mit geringer Geschwindigkeit. Ich lege ein Bild auf den Panoramaschirm.«

Ich betrachtete den langgezogenen, zylindrischen Handelsraumer in der Vergrößerung. Die bei den Galaktischen Händlern typische Schiffsform war als Springerwalze in den Sprachgebrauch der Milchstraße eingegangen. Ich zögerte einzugreifen. Alcara-241 mit seinen fünftausend Bewohnern war nur ein kleiner Umschlagplatz für Handelswaren. Angesichts dessen war ein Schiff dieser Größenordnung eindeutig überdimensioniert. Dennoch konnte ich nicht ausschließen, dass es sich bei der Besatzung der Walze um harmlose Kaufleute handelte, die nichts anderes im Sinn hatten, als hier einen Teil ihrer Ware loszuschlagen. Tira Midarkas nächste Meldung zeigte, dass mehr hinter der Ankunft der Galaktischen Händler steckte.

»Ich empfange einen Hyperfunkspruch von Major Trince Errenhart. Soeben wurde im System des Braunen Zwergs eine Springerwalze geortet. Direkter Kurs auf Souruk.«

Zwei gleichzeitig auftauchende Raumschiffe bei den beiden Stützpunkten, die du als Lockmittel in Umlauf gebracht hast, können kein Zufall sein, raunte der Extrasinn.

Ich war ganz seiner Meinung. Jemand schnappte nach dem Köder, den ich ausgeworfen hatte. »Leutnant, Offiziere in die Zentrale!«

»Aye, Sir.« Tira Midarka alarmierte die Führungskräfte der QUESTRON.

»Schicken Sie einen Rafferspruch an die FREEBIRD. Major Errenhart soll die Springer aufbringen und das Schiff durchsuchen. Ich will wissen, was sie bei Souruk suchen. Danach eine Warnung über Hyperfunk-Relais nach Shasker senden, damit unsere Leute darüber informiert sind, dass jemand nach dem Köder schnappt.«

Die Funk- und Ortungsspezialistin nickte und gab durch, was ich ihr aufgetragen hatte.

Versprich dir nicht zu viel von der Ankunft der Walzen, dämpfte der Extrasinn meine Hoffnung, dass endlich Bewegung in die Angelegenheit kam. *Auffälliger als mit solchen Riesenpötten geht es kaum. Wenn jemand Rhaen Tolsom in einem der beiden USO-Stützpunkte vermuten würde, würde er umsichtiger und vor allem dezenter handeln, um sie in die Finger zu bekommen.*

Trotzdem konnte ich nicht untätig bleiben. Ich sah auf, als Taha Kanli die Zentrale betrat, und informierte ihn mit knappen Worten über die Entwicklung. Er ließ sich auf dem Kommandantensessel nieder und fasste die Walze ins Auge. Keine zwei Minuten vergingen, bis der Letzte seiner Offiziere zugegen war. Nach vier Wochen untätigen Abwartens agierten die USO-Angehörigen mit gewohnter Schnelligkeit.

»Wie gehen wir vor, Sir?«

»Wir verlassen unsere Deckung«, entschied ich und nickte Kanli zu. »Ich bin gespannt, welchen Grund die Springer für ihren Besuch nennen werden.«

»Handel, was sonst? Leutnant Döstri, behalten Sie die Burschen im Auge. Sollten sie auf die Idee kommen zu fliehen, setzen Sie ihnen einen Warnschuss vor den Bug.«

»Verstanden, Sir.« Wörelin Döstri, ein Kolonialterraner vom Planeten Epsal, hockte vor dem Feuerleitstand und war die Ruhe selbst. Zur Kompensation der geringen Schwerkraft an Bord, die diejenige seiner Heimatwelt Epsal deutlich unterschritt, trug er einen Mikrogravitator, der der Form eines Zellaktivators nachempfunden war und vor seiner Brust baumelte, was Döstri zuweilen zur Zielscheibe spöttischer Bemerkungen machte.

Oberstleutnant Kanlis Finger klopften rhythmisch auf die Lehne des Kommandantensessels. »Leutnant, Funkverbindung zu den Springern herstellen.«

»Verbindung steht, Sir«, meldete Tira Midarka. In einem peripheren Holo zeichnete sich das vollbärtige Gesicht eines Springers ab. Ich saß außerhalb des Erfassungsbereichs unserer Aufnahmegeräte, sodass der massige Händler mich nicht sehen konnte. »Sie können sprechen.«

»Ich bin Oberstleutnant Taha Kanli, Kommandant des USO-Kreuzers QUESTRON«, begann Kanli mit gemütlichem Tonfall. »Wir führen einen Polizeieinsatz nach galaktischem Recht durch und bitten Sie um Ihre Mitarbeit.«

»Patriarch Tonkor an Bord der TONKOR IV«, bellte der Springer. »Was kann ich für Sie tun?«

»Zu welchem Zweck nähern Sie sich Alcara-241?«

»Wir haben Fracht für die kleine Kolonie auf dem Planetoiden an Bord.« Wie die meisten Springer hatte Tonkor rotes Haupthaar. Er spielte mit den Fingern in seinem ebenfalls roten Bart, der ihm wallend bis vor die Brust fiel. Es war offensichtlich, dass sich der massige Mann durch den Anruf der QUESTRON belästigt fühlte.

»Ich danke Ihnen für Ihr Entgegenkommen, Patriarch.« Tahan Kanli blieb gelassen. »Wir untersuchen mehrere Fälle von Waffenschmuggel in diesem Raumsektor. Ich bitte Sie deshalb, einer Abordnung meiner Leute zu gestatten, an Bord der TONKOR zu kommen.«

»Sie sollen mein Schiff durchsuchen?«

»Sie sollen lediglich einen Blick auf Ihre Ladung werfen, um jegliches Missverständnis auszuschließen.«

»Ein solches Vorgehen ist inakzeptabel. Wir haben uns nichts zuschulden kommen lassen. Meine Sippe führt ausschließlich legale Geschäfte durch. Uns Waffenschmuggel zu unterstellen, ist eine schwerwiegende Anschuldigung.« Tonkor straffte sich. »Liege ich falsch, wenn ich annehme, dass Sie uns Mehandor schikanieren wollen, Terraner?«

Die Springer hatten bis heute nicht vergessen, dass die Menschen ihnen einst ihr Handelsmonopol streitig gemacht hatten. Durch den arkonidischen Imperator verliehen, hatten sie es über achttausend Jahre innegehabt und nie verwunden, dass ihnen in der ersten Hälfte des vorigen Jahrtausends durch die terranischen Emporkömmlinge eine Konkurrenz erwachsen war, die sie bald überflügelt hatte, besonders die in wirtschaftlicher Hinsicht aggressiv agierenden Freihändler. Was nach meinem Verständnis in die Mottenkiste der Geschichte gehörte, besaß bei den Springern auch Jahrhunderte später noch politische Brisanz und wurde zu gegebenen Anlässen gern als Vorwand für Anschuldigungen und Vorwürfe genutzt.

»Weder unterstelle ich Ihnen illegale Geschäfte«, sagte Taha Kanli, »noch hege ich die Absicht, Sie zu schikanieren, Patriarch.«

»In dem Fall wäre ich Ihnen verbunden, wenn Sie mich nicht länger belästigen würden.« Tonkor machte Anstalten, die Verbindung zu unterbrechen zu lassen.

»Ich wiederhole, dass wir einen Polizeieinsatz der USO durchführen«, hielt Kanli ihn lautstark zurück. Von seiner Freundlichkeit war nichts übrig geblieben. »Laut galaktischem Recht sind Sie zur Zusammenarbeit und Mithilfe bei der Aufklärung undurchsichtiger Tatbestände verpflichtet. Sie gestatten uns die Inspektion Ihrer Ladung, oder ich lege Ihr Schiff an die Leine, Patriarch.«

Tonkor setzte zu einer Antwort an. Bevor er etwas sagte, schaute er zur Seite. Übergangslos strich er seinen Bart glatt und machte eine einladende Geste. »Ich bin einverstanden. Da wir nichts zu verbergen haben, sind Ihre Inspekteure an Bord der TONKOR willkommen, Oberstleutnant.«

Offensichtlich hat Tonkor einen Ratgeber von weniger hitzigem Gemüt, interpretierte mein Logiksektor das plötzliche Einlenken des Händlers.

Mich störte der Umstand, dass Tonkor sich zunächst störrisch gezeigt hatte. Ich entschied, das Inspektionsteam persönlich anzuführen.

»Atlan, Lordadmiral der USO und Günstling der Terraner«, empfing mich der Patriarch mit wenig schmeichelhaften Worten. Es gelang ihm nicht, seine Überraschung darüber zu verbergen, dass ich es war, der seine unwillkommenen Besucher anführte. »Seit wann kümmert sich der Chef der United Stars Organisation um bedeutungslose Schmuggler?«

Ich überging die Provokation und teilte das mit Spezialgeräten ausgerüstete Inspektionsteam ein. Die anwesenden Offiziere musterten mich mit unverhohlener Neugier. Vor dem Eingangsschott standen vier Springer, die keine Miene verzogen. Ich hielt sie für Sicherheitsleute, die uns auf die Finger sehen sollten.

»Genug gegafft, Männer«, fuhr der Patriarch seine Offiziere an. »Kümmert euch um eure Aufgaben.« Er wandte sich an mich. »Ich gestatte nicht, dass Ihre Leute unbeaufsichtigt durch mein Schiff laufen. Jede Ihrer Gruppen wird von einem meiner Männer begleitet.«

»Selbstverständlich.« Mir lag nichts an einer Konfrontation.

»Geleitet unsere Gäste zu den Lagerräumen«, wies Tonkor die Wartenden in süffisantem Ton an. »Verhaltet euch angemessen zuvorkommend. Ich möchte keine Beschwerden hören.«

Die vier Springer führten die Inspekteure aus der Zentrale. Ich grinste in mich hinein. Tonkors Wortwahl ließ keinen Zweifel daran, was er von uns und unserer Anwesenheit auf seinem Schiff hielt. *Angemessen zuvorkommend.* Er hätte ebenso gut befehlen können, uns wie die Schiffsratten in der Bilge, wo sich zuweilen Kieljauche genanntes Kondenswasser sammelte, zu behandeln.

»Wieso haben Sie sich ausgerechnet Alcara-241 als Handelsort ausgesucht?«, fühlte ich dem Springer auf den Zahn. »Für ein Schiff Ihrer Größe gibt es lohnendere Märkte als eine kleine Siedlung abseits der Schifffahrtsrouten.«

»Unter normalen Umständen würde ich Ihnen zustimmen«, gestand Tonkor freimütig. »In diesem Fall ist das etwas anders. Unser Auftraggeber hat sämtliche Kosten anstandslos akzeptiert. Wir wurden mehr als gut für diese Frachtmission bezahlt. Glauben Sie mir, da haben wir es nicht nötig, illegal mit Waffen zu handeln. Wir sind keine Parias, die sich mit krummen Geschäften über Wasser halten. Die Tonkor-Sippe hat einen Ruf zu verlieren.«

»Was haben Sie geladen?«

»Lebensmittel und Maschinenteile.« Der Patriarch war wesentlich mitteilsamer, als ich es erwartet hatte. Ich hatte nicht das Gefühl, dass er etwas vor mir verbarg. »Wir sollen unsere Ladung löschen und haben damit unseren Auftrag erledigt. So leicht habe ich noch nie Geld verdient.«

»Ich nehme an, Ihr Auftraggeber unterliegt nicht der Geheimhaltung?«

»Nein.« Tonkor winkte einem seiner Offiziere zu. »Die Frachtpapiere auf den Schirm.«

In einem Kubus erschien ein knapp gehaltenes Vertragswerk. Ich studierte den Inhalt. Derjenige, der es aufgesetzt hatte, hatte nur die nötigsten Informationen erfasst. Der Vertrag war oberflächlich und in mehr als einer Hinsicht anfechtbar.

»Ich habe mich selbst gewundert, dass es so viele Schlupflöcher in der Vereinbarung gibt.« Aufgrund der Offensichtlichkeit der juristischen Unterlassungen lagen meine Gedanken wie ein offenes Buch vor dem Händler. »Mir ist das gleichgültig, da die Bezahlung vorab geleistet wurde.«

»Sie haben ihre Missionsorder am 18. März erhalten«, entnahm ich den positronischen Papieren.

»Auf Telferdingen im Zaukula-Sytem. Alles hat seine Richtigkeit, wie Sie erkennen.« Tonkor machte mich auf die Unterschrift und die Klarschreibung des Namens aufmerksam.

Ein Rechtsanwalt namens Dr. Frin Cloynz hatte den Vertrag gegengezeichnet und mit dem amtlichen Positroniksiegel von Telferdingen versehen. Von einem Zaukula-System hatte ich nie gehört, und bei Telferdingen handelte es sich vermutlich um eine unbedeutende Randwelt, die politisch niemals in Erscheinung getreten war. Ich zweifelte nicht daran, dass die Papiere in Ordnung waren und es mit dem Vertrag seine Richtigkeit hatte.

Die Tonkor-Sippe hatte keine Ahnung von den Hintergründen. Jemand hatte sie für seine Zwecke benutzt. Das Inspektionsteam würde so wenig wie ich auf eine Unregelmäßigkeit stoßen. Am liebsten hätte ich die Männer sofort zurück auf die QUESTRON beordert, doch ich musste den Schein waren, dass es sich wirklich nur um eine gewöhnliche Durchsuchung wegen vermuteten Waffenschmuggels handelte.

Zwei Stunden später kehrten meine Leute mit der Spezialausrüstung in die Zentrale zurück. Sie schüttelten die Köpfe. Nein, sie hatten nichts gefunden, was die Springer kompromittierte. Ich bedauerte den Zwischenfall und entschuldigte mich bei Patriarch Tonkor für die Unannehmlichkeiten. Als ich mit meiner Truppe abzog, spürte ich die hämischen Blicke in meinem

Rücken. Sie waren kein Anlass, die Händler, die kein anderes Anliegen als ihre Geschäfte hatten, noch länger aufzuhalten.

Nicht viel später erhielten wir Nachricht von der FREEBIRD. Major Trince Errenhart war es nicht besser ergangen als mir. Die Sippe der Springerwalze, die Souruk anflog, war ebenfalls mit einem lukrativen Vertrag ausgestattet worden, hatte Ladung aufgenommen und vorab ihre Bezahlung erhalten. Bei den Springern an Bord handelte es sich um Händler, die dem Ruf schnellen Profits gefolgt waren.

»Also haben die Springer mit der ganzen Sache nichts zu tun?«, grübelte Taha Kanli.

Ich schüttelte den Kopf. »Sie stellen keine Bedrohung dar und wissen nicht, dass ihre eigentliche Aufgabe nicht darin bestand, Handelsgut abzuliefern. Sie ahnen nicht einmal, dass es auf Alcara und Souruk geheime Stützpunkte der USO gibt. Den Namen Rhaen Tolsom haben sie wahrscheinlich nie gehört.«

Abel Staut saß regungslos in seinem Sessel und tat so teilnahmslos, als hätte er das vorangegangene Gespräch nicht gehört. Unvermittelt legte er den Kopf schief. »Verzeihung, Sir, aber der Zusammenhang dessen, was geschehen ist, erschließt sich mir nicht. Zufällig tauchen zwei Springerwalzen bei den Stützpunkten auf, auf denen angeblich Miss Tolsom versteckt wird, und dann auch noch exakt zeitgleich?«

Ich seufzte. »Von einem Zufall kann keine Rede sein. Bei beiden Aufträgen erging die Missionsorder an die Springer am 18. März, also einen Tag nachdem ich die gefälschten Informationen nach Reddeye geschickt hatte, um die Falle für den unbekannten Hintermann aufzubauen.«

Es fällt dir schwer zuzugeben, dass dein unbekannter Gegner den Spieß umgedreht hat, versetzte der Extrasinn, und damit traf er ins Schwarze. Der Unbekannte war alles andere als ein Dummkopf. Er plante vorausschauend und agierte mit Umsicht und Geschick.

»Das Timing der Springer-Walzen war extrem fein aufeinander abgestimmt«, erklärte ich. »Das lässt nur einen Schluss zu. Der Drahtzieher dieses Verwirrspiels verfügt über beide von mir lancierten Informationspakete. Da er mit der angeblichen Existenz von zwei Rhaen Tolsoms plus der Rhaen auf Terra konfrontiert wurde, folgerte er erwartungsgemäß, es mit einer Falle zu tun zu haben. Er sah sich dennoch gezwungen, nach dem Köder zu schnappen, in der Hoffnung, der wirklichen Rhaen näher zu kommen. Indem er zwei Springerschiffe für seine Zwecke einsetzte, setzte er umgekehrt mich unter Zugzwang. Da mir nichts anderes übrig blieb, als die Walzen aufzubringen, hat er die Bestätigung dafür erhalten, dass ich ihm eine Falle gestellt habe.«

»Dafür, dass er die Falle erkannt hat, hat er äußerst zurückhaltend reagiert«, bewertete der Imarter das Einbeziehen der Springer. »Für mich an seiner Stelle wären nur zwei logische Optionen infrage gekommen. Entweder hätte ich mich völlig ruhig verhalten, also überhaupt nicht reagiert, oder ich hätte einen gut vorbereiteten Angriff auf die beiden angeblichen Verstecke Rhaen Tolsoms durchgeführt, um weitere Informationen zu erhalten.«

»Vielleicht sind die Möglichkeiten des Unbekannten erschöpft«, warf Korporal Dokkat ein. »Sie trauen ihm eine Menge zu, Lordadmiral. Kann es sein, dass Sie ihn überschätzen?«

Der Gedanke war mir auch schon gekommen. Die Maßnahmen des Drahtziehers im Hintergrund schienen bedingt schlüssig, doch irgendetwas sagte mir, dass sie es nicht waren. Er dachte auf eine andere Art, als wir es gewohnt waren. Es wäre ein großer Fehler gewesen, ihn zu unterschätzen. In mir keimte die Ahnung, dass er sogar noch gefährlicher war als bisher angenommen. Mit der Entsendung der Springer hatte er eine Absicht verfolgt, die ich nicht durchschaute. Ich wartete auf einen hilfreichen Vorschlag des Extrasinns, doch er schwieg.

»Nein«, antwortete ich dem Ekhoniden. »Nein, das glaube ich nicht. Wir können die Bedrohung, die von ihm ausgeht, nicht hoch genug einstufen. Ich bin überzeugt davon, dass all seine Züge in einem Kontext stehen.«

Es gelang mir nicht, die Verwirrung, die der unbekannte Drahtzieher in mir ausgelöst hatte, abzuschütteln. Sie gipfelte in der Befürchtung, dass auf Shasker die echte Rhaen in Gestalt von Terian Sadlik in Gefahr sein könnte. Es lag an mir, für ihre Sicherheit zu sorgen.

Du kannst jetzt keine größeren Maßnahmen in die Wege leiten, warnte mich der Extrasinn. *Damit würdest du nur deinem unbekannten Gegner in die Hände spielen und eventuell das Versteck auf Shasker preisgeben.*

Ich werde das Denar-Quintett anweisen, dichter als bisher an Rhaen dranzubleiben, beruhigte ich ihn. Mehr, da stimmte ich meinem Logiksektor zu, konnte ich im Augenblick nicht unternehmen.

Kapitel 25

Fellmer Lloyd

Shasker, 29. April 3113

»Terian Sadlik hält sich in einem Gebäudekomplex in westlicher Richtung auf«, eröffnete Fellmer Lloyd seinen Begleitern, was seine Parasinne ermittelt hatten.

Die drei USO-Spezialisten starrten den Mutanten an. Sie trugen der Jahreszeit und der warmen Temperatur angemessene Freizeitkleidung und schlenderten wie Touristen durch Alcerry. Daniel Pherson hatte aus Biomolpast eine halbwegs echt aussehende Maske für Lloyd gefertigt. Auch wenn sie nicht in den Speziallabors hergestellt worden war, genügte sie den Anforderungen. Lloyd hatte nicht vor, die Maske lange zu tragen. Atlan war mit der QUESTRON im Sonnensystem eingetroffen und wartete auf eine Erfolgsmeldung.

»Haben Sie die Gedanken der Zielperson aufgefangen?«, fragte Varen Thorik. Wie ihre Kameraden von A912 machte sie sich Vorwürfe, seit sie Terian Sadlik verloren hatten.

»Nein, dazu ist sie zu weit entfernt. Ich empfange ihre Gehirnwellen.« Die meisten Menschen kannten den Aktivatorträger vorwiegend als Telepathen, der zu den Gründungsmitgliedern des Mutantenkorps gehörte. Dass er zudem ein Orter war, also den Aufenthaltsort denkender Wesen aufgrund ihrer ausgestrahlten Gehirnwellen räumlich bestimmen konnte, vergaßen dabei viele. Dabei funktionierte diese Fähigkeit über größere Entfernungen als das Sondieren telepathischer Impulse.

»Das genügt, um die Zielperson zu finden?«

Lloyd nickte. Rhaen Tolsoms Umschreibung als »Zielperson« ging ihm auf die Nerven. »Folgen Sie mir. Wir erreichen Miss

Tolsom in wenigen Minuten. Sie können garantieren, dass sie bisher keinen von Ihnen zu Gesicht bekommen hat?«

»Unbedingt«, versicherte Daniel Pherson in seiner wortkargen Art.

»Wir sind keine Anfänger, die sich entdecken lassen«, fügte Varen Thorik hinzu.

Osmooth Alerin, der ein wenig das Bein nachzog, zauberte ein Lächeln in sein Pferdegesicht. »Im Gegensatz zu unseren Kollegen von der SolAb, die von der Zielperson recht schnell entdeckt und abgehängt wurden.«

»Abgehängt wurden Sie ebenfalls, wenn ich mich nicht irre«, holte Lloyd die Spezialisten auf den harten Boden des Agentenalltags zurück.

»Das lässt sich nicht leugnen.« Daniel Pherson warf einen Blick auf sein Armbandchrono. Der Venusgeborene kniff die Augen zusammen. »Das Ultimatum des Lordadmirals läuft in zwei Stunden ab. Wir können von Glück reden, dass wir einen Telepathen zugeteilt bekamen.«

Lloyd ließ das Lob kommentarlos über sich ergehen. Er war es gewohnt, seine Fähigkeiten in den Dienst der Menschheit zu stellen. Allein die Tatsache, dass er überhaupt noch die Gelegenheit dazu hatte, genügte ihm als Anerkennung, denn viele seiner Mutantenkollegen aus Gründungszeiten der Dritten Macht hatte ein anderes Schicksal ereilt. Diejenigen unter ihnen, die ihre Paragaben durch die atomare Strahlung der amerikanischen Atombombenabwürfe auf Hiroshima und Nagasaki erlangt hatten, lebten nicht mehr. Sie waren vor rund zweihundert Jahren der Second-Genesis-Krise zum Opfer gefallen.

Trotzdem konnte Lloyd Phersons, Thoriks und Alerins Erleichterung verstehen. Atlan besaß eine Option, den Standort von Rhaen Tolsom zu ermitteln, die er als letzten Trumpf in der Hinterhand hielt. Hätte er sie in zwei Stunden gezogen, wäre das einem Versagen der drei Spezialisten gleichgekommen, jedenfalls nach deren Selbsteinschätzung. Der Verlust ihrer Kameraden Rulan Karkeron und Pertar Almoth bedeutete einen traumatischen Einschnitt, der nicht isoliert im Raum stand, sondern im Zusammenhang mit dem Denar-Zwischenfall gesehen werden musste. Lloyd hatte mitbekommen, dass Perry Rhodan Vorbehalte gegen einen alleinigen Einsatz der Überlebenden des ehemaligen Quintetts gehabt und deshalb die SolAb hinzugezogen hatte. Der Telepath enthielt sich einer Beurteilung. Er sah nur, dass die USO-Spezialisten im Gegensatz zu den SolAb-Agenten noch am Ball waren.

»Ich unterrichte Atlan.« Lloyd aktivierte sein Kombiarmband und schickte einen kodierten Rafferspruch an die QUESTRON, der nur aus dem Wort »Terian« bestand. Damit war der Lordadmiral darüber unterrichtet, dass das Einsatzteam die Spur der Verlorengegangenen wiedergefunden hatte.

»Vor uns liegt eins der Vergnügungsviertel von Alcerry.« Die Arkonidin streckte einen Arm aus. »Wir sind am westlichen Standrand, und gleich dort drüben beginnt das Raumhafengelände. Sie hatten recht, Mister Lloyd. Offenbar will die Zielperson Shasker mit einem Raumschiff verlassen.«

Der Mutant empfing Rhaen Tolsoms Gehirnwellen jetzt deutlicher. Als Ausgangsort lokalisierte er ein ausgedehntes Konglomerat ineinander verschachtelter Bauwerke, die ursprünglich nicht zueinander gehört hatten. Mit dem wirtschaftlichen Aufschwung Shaskers und dem Ausbau des Raumhafens waren Abenteurer, Spekulanten und Glücksritter gekommen und der Markt für Unterhaltung, Freizeit und Vergnügungen aller Art geradezu explodiert. Eines der typischen Merkmale im Aufschwung befindlicher Kolonien bildeten die Heerscharen von Siedlern, die ohne einen Solar aber mit den Taschen voller Träume kamen und es niemals viel weiter schafften als bis in die Raumhafenperipherie, wo sie als lebendes Treibgut der Sterne strandeten. So waren die ehemals einzelnen Gebäude durch Kanäle, Treppen und nachträglich eingepasste Verbindungsschächte zu einem einzigen Moloch verbunden worden. In verschiedenen Höhen wanden sich Laufbänder, und zwei Ebenen beinhalteten Trassen für Gleiterverkehr.

»Offenbar hat sich Miss Tolsom in den dicksten Trubel gestürzt, um den Söldnern aus dem Weg zu gehen«, sagte Lloyd. Er winkte den Spezialisten, ihm zu folgen, und stieg auf ein Laufband. Die USO-Angehörigen sprangen hinter ihm auf.

»Das ist eine zweischneidige Taktik.« Daniel Pherson beobachtete unauffällig die Umgebung. »Inmitten all der Menschen und Extraterrestrier können die Söldner nicht unbemerkt zuschlagen. Wenn sie es dennoch tun, kann ihr Angriff in einer Katastrophe enden.«

»Vielleicht tauchen sie nicht auf«, verlieh Osmooth Alerin seiner Hoffnung Ausdruck.

So zuversichtlich war Fellmer Lloyd nicht. Die Söldner hatten einigen Aufwand betrieben, um Rhaen Tolsom in die Hände zu bekommen. Dabei hatten sie durchaus widersprüchliches Verhalten an den Tag gelegt. Einmal waren sie mit äußerster Entschlossenheit vorgegangen, dann wieder hatten sie Zögerlichkeit erkennen lassen. Das Bild, das sie ablieferten, war nicht stimmig. Es war, als hemmte etwas ein stringentes Vorgehen, als schwankte der erwachende Verstand, den Lloyd gespürt hatte, in seinen Handlungen.

Dem Aktivatorträger war etwas aufgefallen, das er zunächst nicht erkannt hatte. Was für eine Art von Wesen sich auch immer hinter diesem Geist versteckte, es bereitete eine ausgeklügelte Falle vor.

Die Gruppe ließ sich von dem Transportband bis zu einem gewölbten Portal tragen und stieg ab. Gedämpfte Musik empfing Lloyd und die Spezialisten, als sie in einen Innenhof traten, der als Lichtschacht bis zur Gebäudedecke reichte, einer gewölbten, mit Intarsienmalerei versehenen Kuppel. Die Fontänen eines mittig angelegten Springbrunnens erhoben sich bis in eine Höhe von fünfzig Metern, wo sie sich in einen Kranz farbiger Lichter ergossen und von unsichtbaren Kraftfeldern auf die verschiedenen Gebäudeebenen verteilt wurden. In Bächen rann das Wasser zwischen den zahlreichen Bars, Cafes und Spielhöllen an den Wänden herab und verlieh dem Innenhof den morbiden Charme einer tief unter der Erde gelegenen Höhle. Kletterpflanzen, die sich aus einem Moosteppich erhoben, und das gedämpfte Licht, in dem fliegende Werbetafeln schrillbunte Akzente setzten, verstärkten die unwirkliche Atmosphäre.

»Können Sie die Position der Zielperson bestimmen?«, fragte Daniel Pherson.

Der Mutant lauschte mit seinen Paragaben. Rhaen Tolsom befand sich irgendwo über ihnen. Lloyd deutete mit dem Zeigefinger in die Höhe. Ringsum waren Antigravschächte angeordnet. Zudem waren die einzelnen Ebenen über Treppen und eine gewendelte Rampe zu erreichen.

Fellmer Lloyd ging zu einem Schachteinstieg und ließ sich von dem aufwärts gepolten Feld in die Höhe tragen. Die Spezialisten folgten ihm. Er konzentrierte sich und empfing Gedankenimpulse der Tochter von Enerich Tolsom. Die Veränderung, die sie durchmachte, war offenkundig. Ihr Geist befand sich in hellem Aufruhr. Die Erinnerungsengramme der echten Rhaen Tolsom und der aufgepfropften Terian Sadlik überlagerten sich und befanden sich in heftigem Widerstreit. Es fiel Lloyd schwer zu erkennen, welche der beiden Personen die echte und welche eine vorgetäuschte Persönlichkeit war. Er teilte die Beobachtung seinen Begleitern mit.

»Die Hoffnung des Lordadmirals war, dass Rhaen Tolsom von allein wieder zu sich findet«, flüsterte Varen Thorik. »Funktioniert es Ihrer Meinung nach?«

Der Aktivatorträger zuckte mit den Achseln. »Das sollen die Psychologen und Ärzte entscheiden.« Er schätzte Rhaen Tolsoms psychische Verfassung als hochgradig instabil ein, doch das war die Meinung eines Laien, deshalb behielt Lloyd sie für sich.

Der Mutant verließ den Antigravschacht, als er sicher war, die richtige Ebene erreicht zu haben. Vor ihm erstreckte sich eine

Flanierpromenade, die den Lichthof umspannte und von Bars und Cafes flankiert wurde. Dazwischen luden Etablissements zu sämtlichen bekannten Spielen der Galaxis ein, bei denen man Haus und Hof verlieren konnte.

»Da drüben, auf der anderen Seite«, machte Daniel Pherson Lloyd auf eine schlanke Frau mit langen schwarzen Haaren aufmerksam.

Der Mutant nickte. Es war Rhaen Tolsom in der Maskerade als Terian Sadlik, die an einem Tisch saß und an einem Getränk nippte. Ein junger Bursche, höchstens zwanzig Jahre alt, hockte neben ihr und betrachtete sie versonnen. Lloyd sondierte seine Gedanken und stellte fest, dass der junge Mann keine Bedrohung darstellte. Er und Rhaen hatten sich vor ein paar Tagen unter abenteuerlichen Umständen kennengelernt, und er war in Schwärmerei für sie verfallen.

Rhaens Gedanken zu lesen, fiel Lloyd ungleich schwerer. Unzählige Eindrücke und Empfindungen tobten in ihrem Verstand. Rhaen drängte in den Vordergrund, und Terian akzeptierte mehr und mehr die andere Persönlichkeit in ihrem Kopf. Sie war sich unschlüssig, wer von ihnen beiden schon immer in diesem Körper gelebt hatte.

»Sie wartet auf etwas«, raunte Lloyd seinen Begleitern zu. Er deutete auf einen freien Tisch und ließ sich daran nieder. Die USO-Spezialisten platzierten sich so, dass sie die wiedergefundene Frau im Auge behalten konnten, ohne auffällig die Köpfe verdrehen zu müssen.

»Wir haben Ihnen noch gar nicht dafür gedankt, dass Sie uns aus der Patsche geholfen haben«, sagte Varen Thorik. »Ohne Ihre Unterstützung würden wir vergeblich nach der Zielperson suchen.«

»Nicht nötig.« Der Mutant winkte ab. »Ein Parthan-Träger. Das ist es. Miss Tolsom wartet auf einen Parthan-Träger, der ihr in Aussicht gestellt hat, für eine Raumschiffpassage zu sorgen, die sie von Shasker wegbringt. Sie hat keine Ahnung, wohin es gehen soll. Sie will nur weg, vor den Söldnern fliehen, die hinter ihr her sind.«

Bei der Erwähnung der Söldner sah Daniel Pherson sich unwillkürlich um. »Vermutlich handelt es sich um den Parthan-Träger, von dem wir Ihnen erzählt haben. Ich kann mir nicht vorstellen, dass sich mehrere dieser Maschinenwesen auf Shasker aufhalten.«

»Eigentlich dürfte gar kein Parthan-Träger hier sein. Sie sind die wichtigsten Stützen des Gesellschaftssystems auf Reddeye. Sie sorgen für Ausgeglichenheit und Frieden zwischen den Clans.« Wieso war einer von ihnen auf Shasker? Wie hatte er Rhaen Tolsom ausfindig gemacht, und, was viel wichtiger war, wer hatte ihn auf die Tochter des Hohekanzlers angesetzt, die doch alle in einer Gerichtsverhandlung auf Terra wähnten?

Fünf Tage waren vergangen seit dem ersten Attentat. Spätestens am 24. April hatte also jemand gewusst, wer sich wirklich hinter Terian Sadlik verbarg. Die Modifikationen in ihrem Gesicht, gleichwohl nur von oberflächlichem Charakter, und die geänderte Haarfarbe waren durchaus ausreichend, um sie tarnen. Kein flüchtiger Bekannter hätte sie im Vorbeigehen erkannt. Ihre Identität war nicht zufällig aufgedeckt worden. Die Befürchtung, die echte Rhaen könne in Lebensgefahr sein, die Atlan schon vor dem 24. April gehabt hatte, war bestätigt worden, und an der Bedrohung hatte sich bis heute nichts geändert. Doch dieses Wissen half Fellmer Lloyd nicht dabei, die Rolle des Parthan-Trägers einzuordnen.

Eine leise, fast zaghafte Melodie riss den Telepathen aus seinen Überlegungen. Im gleichen Moment, in dem er sie vernahm, wusste er, dass sie direkt in seinem Kopf entstand. Die Spezialisten vernahmen sie nicht. Aggressive Gedankenimpulse, die Lloyd mehr erahnte, als dass er sie lesen konnte, kamen aus unmittelbarer Nähe.

»Söldner!«, stieß er aus. »Sie sind hier!«

Die USO-Spezialisten spähten in alle Richtungen. Von einem Instinkt gepackt, legte Lloyd den Kopf in den Nacken. Mit ohrenbetäubendem Lärm barst die Hallendecke. Ein durch die zerbrochene Kuppel fallender Sonnenstrahl blendete Lloyd und nahm ihm die Sicht.

Die entsetzten Schreie von Menschen brandeten auf, als ringsum das Chaos ausbrach.

Kapitel 26

Daniel Pherson

Shasker, 29. April 3113

Trümmer stürzten von der Decke auf Fellmer Lloyd hinab und drohten ihn unter sich zu begraben. Mit der antrainierten Schnelligkeit eines USO-Spezialisten warf sich Osmooth Alerin auf den Mutanten, riss ihn zur Seite und mit sich zu Boden. Ein flimmerndes Feld hüllte die beiden Männer ein und rette ihnen das Leben. Osmooth hatte über die körperintegrierten Komponenten seinen Individualschutzschirm aufgebaut.

Varen Thorik, ebenfalls in ihren Schutzschirm gehüllt, zauberte einen schweren Kombistrahler unter ihrer Freizeitkleidung hervor und huschte über die Promenade. Daniel Pherson tat es ihr gleich. An zwei Stellen setzte Desintegratorfeuer ein und pflügte willkürlich über Wandverkleidungen und die Glasfassaden der Bars. Menschen versuchten sich vor dem Angriff hinter umgestürzten Tischen zu verbergen. Ein Blues-Pärchen wurde unter dem Trümmerhagel begraben, bevor es den rettenden Eingang eines Restaurants erreichte.

Gleich an zwei Stellen war Feuer ausgebrochen und setzte die automatische Sprinkleranlage in Gang.

Daniel Pherson nahm die Eindrücke im Bruchteil einer Sekunde in sich auf. Er rannte links an der Balustrade entlang, während die Arkonidin auf der anderen Seite vorstieß. Beider Ziel war Rhaen Tolsom, die von ihrem Stuhl aufgesprungen war und ihren Begleiter mit sich zog. Sie verschwanden in einem düsteren Durchgang, hinter dem Schriftzüge und die Animationen holographischer Spiele blinkten.

Ein Thermostrahl verfehlte den Korporal, löste den Bodenbelag vor ihm auf und verwandelte den Untergrund in eine zähe, brodelnde Masse. Pherson sprang, wurde vom eigenen Schwung über das Hindernis getragen und rollte sich ab. Anscheinend war der Schuss in der Luft entstanden, aus dem Nichts heraus.

Der Venusgeborene wusste es besser. Unter dem Schutz von Deflektorfeldern starteten die Söldner einen schweren Angriff auf Rhaen Tolsom und ihren Begleiter – und auf diejenigen, die die junge Frau beschützen sollten.

Sie haben die Strategie geändert, schoss es Pherson durch den Kopf. *Sie produzieren menschliche Opfer, um uns zu beschäftigen.* Todesschreie von Menschen, die sich zufällig zur falschen Zeit am falschen Ort aufhielten, drangen an seine Ohren.

»Die Söldner wollen uns von der Zielperson trennen«, gab er über sein implantiertes Kommunikationsmodul durch.

Zumindest vorübergehend gelang es ihnen. Varen Thorik musste sich ihrer Haut erwehren. Einer der Unsichtbaren griff sie frontal an und trieb sie zurück. Pherson hatte Alerin und Fellmer Lloyd aus den Augen verloren. Er konnte sich nicht um ihren Verbleib kümmern, sondern musste versuchen, an Rhaen Tolsom dranzubleiben.

Die Söldner hatten etwas dagegen.

Vor Pherson flimmerte die Luft, Umrisse schälten sich aus dem Nichts. Eine Gestalt von abstoßender Monstrosität enthüllte ihr Äußeres, allerdings nur teilweise. Sie stieß grollende Laute aus. Der flüchtige Anblick der Kreatur, eines Mensch-Tier-Hybriden mit mächtigen Hauern und glühenden Knopfaugen unter der vorstehenden Stirn, sollte Angst und zusätzliche Panik erzeugen. Psychologische Kriegsführung. Daniel Pherson ließ sich davon nicht beeindrucken. Zwar ging der Anblick nicht spurlos an ihm vorbei, doch als USO-Spezialist hatte er gelernt, seine kreatürlichen Ängste zu zähmen und Fluchtinstinkte zu unterdrücken.

Er feuerte im Impulsmodus – und traf nicht. Der Söldner war schneller als jeder Mensch. Pherson riss den Kombistrahler herum, jagte ein halbes Dutzend Feuerstöße im Salventakt hinter dem Gegner her. Dessen Schutzschirm flammte auf, flackerte aber nicht einmal. Die Monster waren bestens ausgerüstet.

»Ich bin von der Zielperson abgeschnitten«, gab der Korporal durch. »Varen, Osmooth, könnt ihr die Verfolg weiterführen?«

»Negativ. Ich liege in Deckung. Das Mistvieh hat mich festgenagelt.« Das war die Arkonidin.

Von Osmooth gab es nur einen wütenden Fluch, dem das Singen eines Thermostrahls folgte.

Pherson sah seine Kameraden nicht. Durch den gesamten Lichthof und über die Promenaden der einzelnen Ebenen zog Qualm, in den sich von der geborstenen Kuppel herabrieselnder Staub und Gesteinsregen mischte. Ein feiner Wasservorhang aus der Löschanlage hatte die Brandherde erstickt, erschwerte die Sicht aber zusätzlich. Gestalten huschten umher und versuchten sich in dem Durcheinander in Sicherheit zu bringen. Immer wieder erklangen Schreie von Verwundeten oder in Panik geratenen Menschen. Pherson war sicher, dass es zahlreiche Tote gegeben hatte.

Er feuerte drei weitere Schüsse ab und stürmte dorthin, wo er Rhaen Tolsom zuletzt gesehen hatte. Er beabsichtigte es, doch ein Energievorhang, in den er beinahe gelaufen wäre, versperrte ihm den Weg. Er hielt inne, zögerte und sprang vorwärts. Für einen Moment hatte er das Gefühl, in Flammen zu stehen, dann war er durch.

Was den Angreifer umso wütender machte.

Der Söldner jagte durch die Luft, von zwei, drei Treffern nur gestreift, weil er mit erschreckender Schnelligkeit auswich, und rammte den Spezialisten. Pherson fühlte sich wie von einem Dampfhammer getroffen, oder von einem Amok laufenden Oxtorner. Er überschlug sich und stöhnte auf, als ihm die

Luft aus den Lungen gepresst wurde. Vor seinen Augen drehte sich alles und verschwamm hinter einem grauen Vorhang. Pherson kämpfte gegen die drohende Ohnmacht an. Wenn sie ihn übermannte, war er oder die Zielperson tot.

Oder sie beide.

»Schieß, Dan!«, vernahm er einen schrillen Schrei in seinem Empfänger. »Schieß einfach!«

Der Aufklärungsspezialist zog den Abzug seiner Waffe durch und gewahrte einen hin und her springenden Schatten. Im selben Moment klärte sich seine Sicht. Der Söldner tänzelte, schwankte am Rand der Balustrade. Emsfeuer tobten über die Oberfläche seines Schutzschirms, und anscheinend war eine Energiespitze durchgeschlagen und hatte einen Teil seines Körpers verbrannt. Er schrie auf eine animalische Weise, die Phersons Blut zum Stocken brachte.

Wie beim Denar-Zwischenfall. Vor Daniel Phersons aufgerissen Augen sah er die von harter Strahlung verbrannten Gesichter von Angehörigen der Abteilung A921. Sie waren nicht wirklich, nicht hier.

Der Treffer hatte den Söldner in seiner Schnelligkeit beeinträchtigt. Er zögerte einen Moment zu lange, den USO-Spezialisten zu töten. Als Pherson die Waffe hob, raste er davon und wurde unter seinem Deflektorschirm unsichtbar. Bevor der Korporal nachsetzen konnte, erloschen die bläulichen Elmsfeuer.

»Osmooth, Meldung!« Pherson sprang auf die Beine und hetzte die Promenade entlang. »Wie geht es Lloyd?«

»Er ist in Ordnung. Wo steckst du?«

»Gegenüber. Du müsstest mich gleich sehen. Ich habe die Zielperson verloren. Varen, weißt du, wo sie ist?«

»Negativ.«

»Wir haben sie schon wieder verloren. Osmooth, ich brauche Lloyd.«

»Bin unterwegs. Ich sehe dich, Dan.«

Auch der zweite Söldner war verschwunden. Niemand schoss mehr. Pherson lief an Toten und Verletzten vorbei. Er konnte sich nicht um sie kümmern. Zum Glück wagten sich ein paar Menschen aus ihren Verstecken, um Erste Hilfe zu leisten.

Der Korporal erreichte den Durchgang, in dem er Rhaen Tolsom hatte untertauchen sehen. Ein Teil der Spielkonsolen war verschmort. Es stank bestialisch. Die Frau von Reddeye war verschwunden. Wie viele Minuten waren verstrichen? Pherson empfand ein penetrantes Ziehen im Magen. Die Söldner hatten genug Zeit gehabt, die Frau zu töten. Er sah sich um, ohne ihre Leiche zu entdecken.

Er fuhr herum, als er aus den Augenwinkeln eine Bewegung registrierte. Hinter einer Spielekonsole kauerte der junge Mann, der draußen neben der Zielperson gesessen hatte. Er richtete sich so mühsam auf, als lastete ein Tonnengewicht auf seinen Schultern.

»Ist ... ist es vorbei?«, stammelte er.

»Wer bist du?«

»Jöris.«

Anscheinend war das sein vollständiger Name. Pherson blieb keine Zeit für Freundlichkeit. »Ja, es ist vorbei. Dir kann nichts mehr passieren. Wo ist die junge Frau?«

Jöris zuckte zusammen. »Terian?«

»Ja, Terian. Keine Sorge, ich und meine Freunde wollen ihr helfen. Wir waren es, die die Söldner aufgehalten und vertrieben haben.«

»Ich weiß. Die Monster kriegen Terian nicht. Sie ist viel zu schlau für diese Viecher.« Jöris drehte den Kopf und schaute zur rückwärtigen Wand.

Pherson glaubte seinen Augen nicht zu trauen. Fünfzig Meter über dem Erdboden klaffte ein Loch im Mauerwerk. Dahinter ging es steil in die Tiefe. »Durch diese Öffnung ist Terian geflohen? Ich glaube, du lügst mich an. Sie hätte sich jeden Knochen im Leib gebrochen.«

Jöris schüttelte den Kopf. Ein Lächeln huschte über sein Gesicht. »Ich sagte doch, sie ist zu schlau. Das gilt auch für dich und deine Freunde. Das seltsame Maschinenwesen hat sie mit einem Schweber abgeholt. Ihr holt sie nicht mehr ein.«

Osmooth Alerin und Fellmer Lloyd stürmten in den Raum, dann folgte ihnen Varen Thorik mit angeschlagener Waffe.

»Kommen wir zu spät?«

Pherson zuckte mit den Achseln. »Sie ist nicht hier.« Er deutete auf Jöris. »Er sagt, dass sie geflohen ist, zusammen mit einem Parthan-Träger. Vielleicht lebt sie noch. Lloyd?«

Das Gesicht des Mutanten mit dem dichten, dunklen Haar und der auffällig kahlen Stelle am Hinterkopf war vor Anstrengung verzerrt. »Ja, ich höre sie. Sie lebt und ist auf dem Weg zu einem Schiff. Sie ... erreicht es soeben.«

»Wir müssen den Start verhindern.« Immerhin lebte die Zielperson, dachte Pherson erleichtert. Doch sie war dabei, ihren Bewachern endgültig durch die Finger zu schlüpfen. »Wir laufen nach unten und kapern den nächstbesten Gleiter. Varen, wir brauchen eine Verbindung zu irgendeiner Regierungsstelle. Reib ihnen die Polizeilegitimation der USO unter die Nase. Gib dich von mir aus als Lordadmiral Atlan aus. Kein Schiff darf starten oder landen.«

Sie rannten die gewundene Rampe hinab.

Wir erwischen die Zielperson noch, hämmerte es zwischen Daniel Phersons Schläfen. Sein Verstand sagte ihm etwas anderes.

Kapitel 27

Atlan

System Alcara-241, 24. April 3113
Ich hatte damit gerechnet und deshalb die Überlebenden des Denar-Quintetts auf Rhaen Tolsom angesetzt, trotzdem erreichte mich die Nachricht Daniel Phersons wie aus heiterem Himmel. Unbekannte, die als humanoide Monster beschrieben wurden und überlegenen Kampfmaschinen glichen, hatten ein Attentat auf Rhaen durchgeführt. Ihr war unverletzt die Flucht geglückt, doch leider galt das auch für die Attentäter. Denen war es gelungen, meine Spezialisten, die SolAb-Agenten und die Sicherheitskräfte der Shasker-Police auszutricksen. Unter anderen Umständen hätte mir das Respekt abgenötigt, doch in meiner Lage machte es mich einfach nur wütend. Sie hatten keinen Hinweis auf den großen Unbekannten hinterlassen, von dem ich mich an der Nase herumgeführt fühlte.

Am liebsten hätte ich Rhaen von Shasker holen und in ein anderes Versteck bringen lassen.

Was sinnlosem Aktionismus gleichkäme, meldete sich der Extrasinn. *Die Häscher haben Rhaen Tolsom gefunden. Von nun an werden sie sie nicht mehr aus den Augen verlieren. Die Verlegung auf eine andere Welt oder in einen Geheimstützpunkt würde daran nichts ändern. Sie käme lediglich einem Eingeständnis deiner Hilflosigkeit gleich. Außerdem wärest du gezwungen, deine eigenen Kräfte neu zu positionieren.*

Ich habe den gleich Schluss gezogen, und das weißt du, hielt ich ihm entgegen und starrte die Decke meiner Unterkunft an.

Daniel Pherson hatte trotz des Wagemuts und der Tollkühnheit der Attentäter von äußerst besonnenem und taktisch geschicktem Vorgehen berichtet. Das deutete auf die Parthan-Träger als Drahtzieher hin, die ich neben einigen anderen Kandidaten in Verdacht hatte. Es fiel mir aber schwer zu glauben, dass diese faszinierenden Kreaturen wirklich hinter der ganzen Sache steckten. Was von Boris Parthan in den Trägern erhalten geblieben war, war stets für Ausgeglichenheit und Annäherung eingetreten. Die Ereignisse, die mit der Vernichtung des Kolonistenraumers in Gang geraten waren, standen Boris Parthans Lebenseinstellung diametral gegenüber.

Kein Parthan-Träger wusste, wo Rhaen untergebracht war. Nicht einmal ihren Vater hatte ich darüber unterrichtet, damit ihm in seinem Kummer keine unbedachte Äußerung entglitt. Woher also hatten die Attentäter beziehungsweise derjenige, der hinter ihnen stand, ihre Kenntnisse über das Versteck erhalten?

Vielleicht hast du es ihm genannt, versetzte der Extrasinn mir einen Stich.

Was soll der Unsinn?, maßregelte ich ihn.

Ich scherze nicht.

Das wusste ich, und manchmal bedauerte ich diesen Umstand. *Kannst du mir deinen Vorwurf erklären?*

Es handelt sich nicht um einen Vorwurf, da du es, wenn überhaupt, nicht willentlich getan hast, sondern Opfer deiner eigenen Besorgnis um Rhaen Tolsom wurdest, schränkte der Logiksektor ein. *Ich glaube, das Auftauchen der beiden Springerwalzen vor vier Tagen diente genau dem einen Zweck, Rhaens Aufenthaltsort zu ermitteln. Das präzise Timing, von dem die Händler nichts ahnten, kam nicht von ungefähr. Der Unbekannte konnte sich leicht ausrechnen, dass du unmittelbar danach einen Warnruf an den Aufenthaltsort der echten Rhaen durchgeben würdest. Hinzu kam die zweite Warnung aufgrund der plötzlich aktiv gewordenen Biomasse auf der Erde.*

Ich verstehe den Zusammenhang nicht, gab ich zu.

Dabei liegt er auf der Hand, du Narr. Die beiden Funksprüche erlaubten einem stummen Lauschposten die Identifikation des benutzten Hyperrelais sowie die Analyse des Zielorts der Datenpakete. Dafür war nicht viel mehr nötig als eine simple Dreiecksberechnung.

So weit konnte ich den Ausführungen des Extrasinns folgen. Bloß endeten sie meiner Meinung nach an einem entscheidenden Punkt. *Es war kein Schiff in der Nähe, das die Hyperfunksprüche hätte abfangen, entschlüsseln und an den Unbekannten weiterleiten können.*

Ich redete nicht von einem Schiff, sondern von einem Lauschposten. Ich betone ausdrücklich, dass mir Fakten zur Untermauerung meiner Hypothese fehlen. Ich stütze mich auf Spekulationen.

Das vorsichtige Taktieren des Extrasinns behagte mir nicht. Was hatte er mitbekommen, das ich übersah?

Ich bin ganz Ohr.

Der Schwarm der Geistersegler ist wieder verschwunden. Sie trafen kurz nach Ankunft der QUESTRON in diesem Raumsektor ein. Niemand, auch ich nicht, gestehe ich zu meiner Schande, hat ihren Aktionsbereich analysiert. Der Schwarm hat sich genau zwischen die QUESTRON und den Standort des nächsten Hyperfunkrelais gelegt. Klanthor a Tiggre und Lubdang haben den Geisterseglern eine gewisse Intelligenz attestiert. Eine bestimmte Gabe, die diese Spezies vielleicht besitzt, ließ sich natürlich nicht erkennen. Ich halte es nicht für ausgeschlossen, dass der unbekannte Drahtzieher Einfluss auf die einfachen Wesen hatte und sie zu seinen Zwecken ausnutzte.

Du behauptest, sie haben die Richtkommunikation abgehört?

Ich wiederhole mich: Ich behaupte nicht, ich mutmaße. Beim Stand der Dinge bleibt mir keine andere Option, wenn ich nach einer Erklärung suche.

Ich schloss die Augen. Was ich da eben auf geistiger Basis vernommen hatte, schien sehr weit hergeholt. Andererseits besaß der Logiksektor seine Bezeichnung nicht von ungefähr. Wie hatte sich doch der berühmteste literarische Detektiv der Menschheitsgeschichte ausgedrückt?

»Hat man das Unmögliche eliminiert, so muss, was übrig bleibt, und mag es noch so unwahrscheinlich erscheinen, zwangsläufig die Wahrheit sein.«

Literarisch! Ich vernahm ein stummes Aufstöhnen des Extrasinns. *Wir haben noch etwas anderes übersehen, das sich womöglich als verräterisch erwiesen hat,* fuhr er fort. *Nämlich den Namen Terian Sadlik. Du erinnerst dich, dass Rhaen Tolsom die in ihrem Verstand entstandene Sub-Person einer literarischen Figur aus einem beliebten Abenteuerroman von Reddeye entliehen hat? Du hast diesen Namen in deinen Funksprüchen verwendet. Sofern der Unbekannte einen Bezug zu Reddeye hat, wovon wir ausgehen, ist die Wahrscheinlichkeit groß, dass auch ihm die literarische Figur Terian Sadlik geläufig ist. Wenn nun dieser Name auf Shasker auftaucht, ist der Schluss schnell gezogen, dass sich Rhaen Tolsom dahinter verbirgt.*

Ich stieß die Luft aus. So weit hätte ich niemals gedacht. Das änderte aber nichts an der Schlüssigkeit der kausalen Kette, die mir der Logiksektor darlegte. Es kristallisierte sich immer mehr heraus, dass ich es nicht mit einem gewöhnlichen Gegenspieler zu tun hatte, sondern vielleicht sogar mit einer Art von Gegner, auf die ich im Laufe meines langen Lebens noch nicht gestoßen war. Schon vor Wochen, auf Reddeye, hatte ich eine Ahnung gehabt, dass etwas Großes im Anmarsch war. Das schien sich nun zu bestätigen.

Weitere Erkenntnisse, die dazu angetan sein könnten, mich um den Schlaf zu bringen?

Nein.

Die Kürze der Antwort hatte etwas Beruhigendes. Ich schnaufte. Bevor ich über mein weiteres Vorgehen entschied, würde ich mir zwei Stunden Schlaf genehmigen. Das Attentat der Monstren war fehlgeschlagen. Es würde eine Weile dauern, bis sie sich neu formierten.

Durchdringendes Heulen riss mich aus dem Schlaf. Ich fuhr in die Höhe und war im gleichen Moment hellwach. Instinktiv griff ich nach meinem Kom-Armband und ließ die Hand wieder sinken. Stattdessen sprang ich auf die Beine, verließ meine Unterkunft und stürmte in die Zentrale. Auf dem Panoramabildschirm der QUESTRON war Alcara-241 zu sehen, davor, vergrößert und optisch hervorgehoben, ein grob tonnenförmiges Raumschiff von etwa dreißig Metern Länge und halb so großem Durchmesser. Der Schiffstyp war mir unbekannt. Wahrscheinlich war es auf einer der unzähligen Privatwerften, von denen selbst der USO die wenigsten bekannt waren, zusammengeschweißt worden.

»Meldung!«, verlangte ich.

»Der Seelenverkäufer hat das Feuer auf Alcara eröffnet«, informierte mich Abel Staut. »Er erreichte das System als Versorgungsflug und wurde aufgrund seines Zustands nicht als Bedrohung eingestuft.«

»Nachvollziehbar. Was ist geschehen?«

»Alles schien in Ordnung zu sein, doch plötzlich änderte das Schiff den Kurs auf die Rückseite des Planetoiden.«

»Zerstörungen an der Oberfläche?«

»Negativ, Lordadmiral.« Der knochige Imarter saß regungslos wie eine tönerne Kopie seiner selbst vor den Kontrollen der Taktikkonsole. »Die Unbekannten hatten es auf unsere Station abgesehen, doch der Angriff verlief dilettantisch. Sie kannten nur die ungefähre Position und haben mit ihren schwachen Impulsgeschützen ein paar Löcher in die Felsen gestanzt.«

»Also keine Trefferwirkung?«

Taha Kanli klopfte rhythmisch auf seine Sessellehnen. »Negativ, Sir. Ich habe Befehl zu einem platzierten Warnschuss gegeben, stark genug, um die Besatzung da drüben ein wenig durchzuschaukeln, aber zu schwach, um ernsthaften Schaden anzurichten. Anscheinend haben die Kameraden die Warnung verstanden. Sie verhalten sich passiv.«

»Kein Fluchtversuch?«

Der Kommandant schüttelte den Kopf. »Die Aussichtslosigkeit eines solchen Unterfangens dürfte den Unbekannten klar sein. Sicher sehen sie ein, dass es klüger ist, sie ruhig zu verhalten.«

Was angesichts des Kräfteverhältnisses die richtige Entscheidung war. Der Seelenverkäufer, wie Abel Staut ihn zutreffend genannt hatte, war für einen Schlachtkreuzer der SOLAR-Klasse mit seiner schweren Transformkanone, sechs leichten Transformgeschützen, dazu Impulskanonen, Desintegratorgeschützen und Raumtorpedos sowie mehrfach gestaffelten HÜ-Schirmen und einem Paratronschirm nicht einmal die Maus, die sich gegen einen brüllenden Löwen aufrichtete.

»Leutnant, funken Sie bitte das Schiff an«, wies ich Tira Midarka an.

Die Terranerin bestätigte. »Keine Gegenmeldung. Ich weiß nicht, ob man uns hört. Sie können trotzdem sprechen, Sir.«

»Hier spricht Lordadmiral Atlan an Bord der QUESTRON. Dies ist ein Polizeieinsatz der USO«, verkündete ich. »Ihr Angriff stellt einen verbrecherischen Akt gegen eine autonome Handelsstation dar. Ich fordere Sie auf, sich uns zu ergeben. Wir kommen zur Klärung der Angelegenheit an Bord.«

Ich sah zu der Funkspezialistin hinüber. Sie schüttelte den Kopf.

»Wenn Sie sich nicht stellen und ergeben, sehe ich mich gezwungen, Ihr Schiff entern zu lassen«, unternahm ich einen neuen Anlauf, die Unbekannten zu einer Reaktion zu bewegen. Die Sekunden verstrichen, ohne dass eine Antwort eintraf.

»Ich glaube, die wollen Sie nicht hören, Sir«, sagte Korporal Dokkat. »Die haben die Ohren auf Durchzug gestellt.«

Ein Blitz huschte über den Panoramaschirm. Vor der Schwärze des Alls blähte sich eine kleine Sonne auf und fiel gleich wieder in sich zusammen. Ich brauchte einen Moment, um zu begreifen, was geschehen war. »Haben wir den Seelenverkäufer abgeschossen?«

»Negativ, Lordadmiral. In dem Fall sähe ich mich gezwungen, den verantwortlichen Kanonier in Ketten legen zu lassen.« Taha Kanlis Stimme klang unheilschwanger. »Definitiv nein, Sir, wir haben nicht geschossen.«

»Ich habe eine Sekunde vor der Explosion einen sprunghaften Energieanstieg angemessen«, meldete Tira Midarka. »Die Besatzung hat ihr Schiff selbst zerstört. Etwas ist allerdings seltsam. Ich habe versucht, Biowerte anzumessen. Es war ... schwierig. Ich bin bei der Auswertung ratlos. Sie waren nämlich so gering, dass man sie kaum einem lebenden Wesen zuordnen kann.«

»Die Besatzung bestand aus Robotern?«, überlegte der Ekhonide.

Mir kam ein anderer Verdacht. »Ich möchte ein paar Ausschnitte sehen.«

Mehrere Holos bauten sich auf und lieferten vergrößerte Aufnahmen der Trümmer. Ich hielt nach etwas Bestimmtem Ausschau. Vielleicht irrte ich mich, doch Tira Midarkas unfreiwilliger Hinweis drängte mir einen Gedanken auf, den ich nicht ignorieren durfte. Plötzlich entdeckte ich eine symmetrische Struktur, die sofort eine Erinnerung wachrief. Mein photographisches Gedächtnis lieferte mir Bilder der Parthan-Träger, denen ich auf Reddeye begegnet war.

Es gibt keinen Zweifel, stimmte der Extrasinn mir zu. *Die Besatzung bestand aus Parthan-Trägern.*

Ich teilte den Offizieren meine Erkenntnis mit.

»Wieso sollten friedfertige Parthan-Träger einen solchen Angriff durchführen?«, fragte Abel Staut.

Die Frage des Imarters traf den Nagel auf den Kopf. Für solch einen, dazu völlig sinnlosen, Überfall gab es keine vernünftige Erklärung. Damit fügte er sich in die Reihe mehrerer scheinbar sinnloser Aktionen der letzten Tage ein. Es handelte sich um ein weiteres Scheinmanöver des Unbekannten. Er wollte mich irritieren – und erreichte das genaue Gegenteil. Zusammen mit dem Attentat auf Rhaen Tolsom hatte ich die Gewissheit, dass etwas Großes bevorstand.

Mein Entschluss, meine Zelte im Alcara-System abzubrechen, stand fest. Ich ermittelte, welche Kampfeinheit sich in der Nähe aufhielt. Es war die DESTINY unter dem Kommando von Major Zuma Ukanska. Ich beorderte Ukanska auf schnellstem Weg nach Alcara-241.

»Wir bereiten uns auf den Start vor, Oberstleutnant«, informierte ich Taha Kanli. »Sobald die DESTINY eintrifft, brechen wir nach Shasker auf.«

Kapitel 28

Terian Sadlik

Shasker, 29. April 3113

Der Überfall begann überraschend und mit einer Bestimmtheit, die ihresgleichen suchte. Insofern erlebte Terian Sadlik ein Déja-vu. Die Brachialität, mit der die Söldner vorgingen, besaß hingegen eine andere Qualität als vor fünf Tagen am Korfainen. Offenbar legten sie es darauf an, möglichst großes Chaos anzurichten. Sie brachen durch die Decke des Spielparadieses und schossen wild um sich.

»Terian, die Monster!«, gellte Jöris entsetzter Schrei gegen den Lärm an, obwohl er die Söldner unter ihren Deflektorschirmen nicht sehen konnte.

Der kleine Strahler glitt wie von allein in Sadliks Hand. Sie bereitete sich darauf vor, ihre Leben so teuer wie möglich zu verkaufen. Nur beiläufig ging ihr durch den Kopf, dass diese Einstellung die einer Kämpferin war, aber keinesfalls die einer Terraforming-Spezialistin, deren Kampferfahrungen sich in der Auseinandersetzung mit der Natur eines Planeten erschöpften. Rhaen Tolsom war dafür verantwortlich, und Terian sträubte sich nicht länger gegen die andere Persönlichkeit, die sich mehr und mehr mit ihrer eigenen vermischte.

Zu ihrem Erstaunen gingen die Söldner nicht direkt gegen sie vor, sondern ließen sich auf Feuergefechte mit anderen Besuchern ein.

Nein, dachte Sadlik, diese Menschen waren keine zufälligen Besucher, die sich wie alle anderen in Sicherheit brachten. Sie reagierten schnell und so entschlossen, wie man nur handelte, wenn man eine umfassende Kampfausbildung genossen hatte.

Die Wächter! Wieder waren sie in Terians Nähe, um sie zu beschützen.

Sadlik ergriff Jöris' Hand und verschwand durch den nächsten Eingang in eine Spielhalle. Draußen erblickte sie zwei Tote mit von Energiestrahlen verursachten hässlichen Wunden, ein Stück weiter zwei Blues, die unter Schutt und Trümmern verschüttet lagen und sich nicht rührten.

Alles meinetwegen! Ich bin dafür verantwortlich!

Heiß spülte eine Welle von Schuldgefühlen durch Sadliks Verstand. Sie hatte so unglaublich viele Tote auf dem Gewissen, und nun kamen weitere hinzu.

Ich sollte einfach zurückgehen und mich von den Söldnern erschießen lassen.

Es war so einfach, und alles wäre vorbei, wie eine Erlösung. Sie würde das Verbrechen nicht ungeschehen und die Toten nicht wieder lebendig machen, aber wenigstens deren anklagende Stimmen zum Verstummen bringen. Sadliks Hand krampfte sich um den Strahler. Sie wusste es besser. Niemals würde sie aufgeben. Sie nicht – oder zumindest Rhaen Tolsom nicht. Wer von beiden war sie wirklich, und warum geschah das alles?

»Hier herüber!«

Sadlik kannte die Stimme. Sie gehörte dem eigenartigen Maschinenwesen, dem Träger, wie sie es bei sich nannte. Es hatte ein Loch in die Wand gefräst, anscheinend zeitgleich mit dem Beginn des Angriffs, und wartete mit einem offenen Schweber. Sadlik eilte zu ihm hinüber, verfolgt vom Geräuschorkan der Kämpfe im Lichthof.

»Ich bringe Euch fort«, drängte der Träger.

»Wohin? Ich kann nirgendwohin fliehen.«

»Doch, kommt schon. Ich habe eine Passage für Euch vorbereitet. Hier sind die Dokumente. Das Schiff wird in wenigen Minuten abheben, es wartet nur noch auf Euch.«

Sadliks Gedanken überschlugen sich. Zurück war das Unwirkliche, für das es keine Erklärung gab. Gleichzeitig empfand sie wieder diese Vertrautheit dem Träger gegenüber und mit ihr unbedingtes Vertrauen, das man nur jemandem entgegenbrachte, den man lange und gut kannte. Sie gab ihr Zögern auf. Der Träger offenbarte ihr die einzige Fluchtmöglichkeit, eine andere existierte nicht. Sie zog den Codegeber für ihren Gleiter aus der Tasche und warf ihn Jöris zu.

»Du hast dir immer einen Delta-4 gewünscht. Er gehört dir.« Ein imaginärer Kloß steckte in ihrer Kehle. Sie würgte ihn hinunter, sprang durch die Öffnung auf den abflugbereiten Schweber und ließ sich in die Polster fallen. »Pass gut auf dich auf, Jöris.«

Der Blondschopf sah ihr hinterher. Seine Lippen formten stumme Worte, dann geriet er aus ihrem Blickfeld. Der Schweber schoss davon. Sadlik suchte den Himmel ab. Es waren keine weiteren Söldner in der Nähe, dafür rasten aus mehreren Richtungen Löschgleiter und Einheiten der Shasker-Police heran. Erst jetzt bemerkte sie, dass ein abgelegener Trakt des verschachtelten Bauwerks in Flammen stand. Eine Verbindungsröhre war regelrecht in mehrere Stücke zerbrochen. Die Anzahl der Rettungsfahrzeuge ließ vermuten, dass der Einsturz zahlreiche Opfer gefordert hatte.

»Die falsche Richtung«, plärrte der skurrile Roboter.

»Was?«

»Ihr schaut in die falsche Richtung, Terian Sadlik. Seht nach vorne. Und nehmt die Dokumente an Euch. Der Datenkristall liegt neben Eurem Sitz.«

Es bereitete Sadlik Mühe, den Blick von den Zerstörungen abzuwenden, an denen sie die Schuld trug. Immer wieder wechselten sich vor ihrem geistigen Auge dieselben Bilder ab. Der Angriff, die Verwüstungen und das Feuer. Die Toten und Verletzten. Sie biss sich auf die Unterlippe, als der Schweber das Raumhafenareal erreichte. Neben drei kleinen Kugelraumern terranischer Herkunft stand ein Diskusschiff der Blues geparkt. Viele Kilometer dahinter erhoben sich ein topsidischer Spindelraumer und ein eiförmiger Kreuzer der Ferronen.

Der Träger steuerte eine sechzig Meter durchmessende Kaulquappe an und landete unmittelbar neben der Einstiegsrampe. Sadlik umklammerte den Speicherkristall, der ihren Fahrschein in die Freiheit bedeutete – in eine Freiheit, von der sie keine Ahnung hatte, wie sie aussehen würde.

»Wohin fliegt das Schiff?«

»Auf eine Welt namens Reddeye, eine ehemalige terranische Kolonie mit Autarkiestatus. Dort seid Ihr in Sicherheit.« Die Kopfkapsel des Trägers rotierte. »Beeilt Euch und kein Wort mehr, Terian Sadlik.«

Sadlik nickte. Das Prinzip des Dankes begriffen Roboter ohnehin nicht. Obwohl sie den Verdacht hatte, dass sich das bei diesem Maschinenwesen anders verhielt, drehte sie sich nicht mehr um, als sie die Rampe hinauflief. Kaum war sie an Bord der Kaulquappe, schloss sich die Rampe, und das Schiff hob vom Landefeld ab.

Kapitel 29

Atlan

Shasker, 29. April 3113
Die Nachricht von Shasker erreichte mich um die Mittagsstunde. Fellmer Lloyd ließ mir eine knappe Mitteilung zukommen, die besagte, dass Rhaen Tolsom sich bei einem weiteren Attentat dem Zugriff ihrer Bewacher entzogen und den Planeten an Bord eines Raumschiffs verlassen hatte. Irgendetwas ging nicht mit rechten Dingen zu. Sicher, Rhaen hatte eine Ausbildung zur SolAb-Agentin absolviert und eine Menge Tricks und Kniffe gelernt, auf die sie möglicherweise trotz ihrer Identität als Terian Sadlik zurückgreifen konnte, doch das war keine Erklärung dafür, dass sie sowohl den Söldnern als auch meinen Spezialisten wiederholt durch die Finger geschlüpft war.

»Schiffsverkehr?«, erkundigte ich mich.

»Vier Einheiten sind kürzlich von Shasker gestartet«, antwortete Tira Midarka. Sie hatte sich in den letzten Tagen kaum einmal am Funk- und Ortungsstand ablösen lassen. Ich hatte den Eindruck, dass sie nicht mehr Schlaf benötigte als ich mit meinem Zellaktivator.

»Taktische Anzeige auf dem Panoramaschirm einblenden, wenn möglich mit Kursvektoren der Raumer.«

Im nächsten Moment sah ich vier Schiffstypen, wie sie unterschiedlicher nicht sein konnten. Eine uralte Kaulquappe war darunter, die noch mit einem Transitionstriebwerk ausgestattet war. Eine positronische Simulation der Flugkorridore wurde in der Taktik dargestellt, soweit das Bordgehirn sie anhand der kurz nach dem Start ermittelten Daten extrapolieren konnte. Rot leuchtende Symbole markierten die Standorte eines halben

Dutzends Schneller Kreuzer der USO, die rund um Shasker patrouillierten, während sich die QUESTRON im Hintergrund hielt.

»Soll ich Anweisung an die Kreuzer geben, die gestarteten Schiffe zu blockieren?«, fragte Taha Kanli.

Es wäre der einfachste Weg gewesen, Rhaens Flucht an einen mir unbekannten Ort zu verhindern. Ich schreckte davor zurück, weil ich nicht mehr Aufsehen erregen wollte als erforderlich. Kapitäne an die Leine gelegter Handelsschiffe, und sei es nur für eine Stunde, reagierten zuweilen überempfindlich und erzählten in jeder Raumhafenspelunke von den bösen Buben der USO, die ihnen die Geschäfte schwer machten. Es war nicht nötig, die Aufmerksamkeit auf Shasker zu lenken. Ich entschied mich für die verbliebene Alternative, Rhaen zu lokalisieren. Für den absoluten Notfall, speziell für den Fall, dass wir die Verbindung zu ihr verloren, trug sie einen implantierten kleinen Hypersender in der linken Schulter, von dem sie selbst keine Ahnung hatte. Dieser Notfall war nun eingetreten. Mittels eines Impulsgebers aktivierte ich den Sender und wusste Sekunden später, auf welchem der vier Schiffe meine ehemalige Partnerin sich aufhielt.

»Die Kaulquappe.« Der Kommandant lächelte. »Darauf hätte ich gewettet. Dass die alten Dinger überhaupt noch rumfliegen ... Aufhalten, Sir?«

Ich nickte und hörte zu, wie Taha Kanli den Befehl weitergab. Jeder in der Zentrale verfolgte die Umsetzung in der Taktik. Drei der sechs Schnellen Kreuzer verstellten der Kaulquappe den Weg, bevor sie eine ausreichend hohe Geschwindigkeit erreicht hatte, um in Transition zu gehen.

»Kein Widerstand. Die Kaulquappe wird langsamer«, murmelte Korporal Dokkat. Unser Pilot schien dem Braten nicht zu trauen.

»Rendezvouskurs«, wies ich den Ekhoniden an. »Ich möchte mich da drüben umsehen.«

»Aye, Sir.«

»Leutnant Midarka, Funkverbindung herstellen.« Insgeheim rechnete ich damit, dass man meinen Kontaktversuch wie im Alcara-System ignorieren würde, doch die Funkspezialistin gab mir mit erhobenem Daumen zu verstehen, dass die Verbindung stand.

»Hier spricht Lordadmiral Atlan an Bord des USO-Raumers QUESTRON«, wiederholte ich meinen Standardspruch der jüngsten Vergangenheit. »Dies ist eine Polizeiaktion der United Stars Organisation. Sie transportieren einen laut Fahndungsliste gesuchten Passagier. Wir setzen mit einem Gleiter über und kommen an Bord.«

Noch bevor ich ausgesprochen hatte, formierten sich die in einem Holokubus arrangierten Photonen zum markanten Abbild eines Springers. Ich war überrascht, einen Mehandor an Bord einer Kaulquappe anzutreffen. Er trug die roten Haare fast so kurz geschnitten wie Bully und war, für einen Springer höchst ungewöhnlich, glatt rasiert.

»Ich bin Kapitän Faros«, sagte er mit gutturaler Stimme. »Um welchen Passagier handelt es sich?«

Er nannte sich Kapitän und nicht Patriarch. Ich begriff. Faros gehörte keiner Sippe an, sondern war ein *Pendler*. Bei dieser Gesellschaftsgruppe der Springer handelte es sich um Einzelgänger, die versuchten, ihr Leben fernab vom Sippenverband zu bestreiten, was ein hartes Brot darstellte. Da konnte man schnell in die Verlegenheit kommen, sich mit dem Kommando über eine ausrangierte Kaulquappe mit veralteten Triebwerken zufriedengeben zu müssen.

»Es geht um eine Terranerin namens Terian Sadlik.« Ich lauerte auf irgendeine Reaktion von ihm. Sie bestand aus einem wüsten Fluch.

»Ich wusste gleich, dass ich wegen diesem Weib Scherereien bekomme. Sonst hätten die Verrückten mir nicht so viel Geld für die Passage nach Reddeye bezahlt.«

Rhaen war auf dem Weg nach Reddeye. In mir schrillten sämtliche Alarmglocken. Wen meinte Faros mit den Verrückten? Ich hätte mich nicht gewundert, wenn es sich um Mitglieder von Libra handelte. »Schalten Sie Ihren Antrieb ab, Kapitän«, sagte ich scharf, »und halten Sie sich zu meiner Verfügung.«

»Wie es aussieht, habe ich keine andere Wahl.«

»Richtig, also kommen Sie nicht auf dumme Gedanken.« Ich gab Tira Midarka durch ein Handzeichen zu verstehen, sie möge die Verbindung unterbrechen. Dann kontaktierte ich Fellmer Lloyd und kündigte ihm das Eintreffen einer Space-Jet an, die ihn und die verbliebenen Mitglieder des Denar-Quintetts abholen würde.

An Bord der Kaulquappe wollte ich Lloyd an meiner Seite haben. Ich benötigte seine telepathischen Fähigkeiten.

Innerhalb weniger Minuten war ich darüber unterrichtet, was auf Shasker geschehen war. Drei Dinge erweckten mein besonderes Interesse. Da war zunächst der erwachende Geist, den Fellmer Lloyd gespürt hatte. Ich war unschlüssig, was ich unter der Bezeichnung verstehen sollte, zumal dieser Geist angeblich eine Falle vorbereitete. Die Anwesenheit eines Parthan-Trägers auf Shasker erneuerte meinen Verdacht, dass die Maschinenwesen viel stärker in die Vorgänge verstrickt waren als bisher ersichtlich. Anscheinend hatte dieser spezielle Parthan-Träger, Pandekt genannt, versucht, Rhaen zu helfen. Er kannte sie, das stand fest, doch mehr hatte Lloyd auf telepathischem Weg nicht in Erfahrung bringen können. Und dann waren da diese Söldner, die Monstern glichen, missgestalteten Humanoiden, und die von dem geheimnisvollen Geist gelenkt oder zumindest beeinflusst wurden.

»Es gibt keinen Hinweis darauf, wieso die Söldner mehrfach versucht haben, Rhaen zu töten?«, fragte ich.

Lloyd schüttelte den Kopf.

»Auf den Hintermann?«

»Nein.« Der Mutant wirkte zerknirscht, weil er mir keine neuen Erkenntnisse liefern konnte. »Immerhin tauchte der Name Darakh-Parthan auf. Ich halte es für möglich, dass dieser Name den erwachenden Verstand bezeichnet. In diesem Zusammenhang fällt mir noch etwas ein. Das Bewusstsein ist erfüllt von Angst, Schuld und Hoffnung. All diese Gefühle stellten sich mir fragmentarisch dar. Sie scheinen in ihrer Intensität und Gewichtung zu wechseln.«

Ich konnte mir keinen Reim auf Lloyds Schilderung machen. Sie lieferte wenig Greifbares, keine konkreten Ansatzpunkte. Lediglich Parthans Erwähnung deutete wiederum auf die Parthan-Träger hin. Und Darakh? Ich ließ den Namen auf mich einwirken, konnte aber nichts damit anfangen. Ich hatte ihn bereits zuvor vernommen, doch es gab keinen Kontext, in den ich ihn einordnen konnte.

»Darakh. Er ist überall.« So hatte der Parthan-Träger Oida sich ausgedrückt, ohne mir weitere Informationen zu nennen.

Es kann kein Zufall sein, dass Rhaen Tolsom die mit überlegenen Mitteln durchgeführten Attentate überlebt hat und schließlich von einem Raumschiff aufgenommen wurde, das nach Reddeye fliegt, raunte der Extrasinn. *Dahinter steckt ein ausgeklügelter Plan.*

Von Libra?

Möglich. Die Freiheitsbewegung könnte von ihrem Aufenthaltsort Shasker erfahren und beschlossen haben, sie nach Reddeye zu holen. Schließlich gehört ihr Bruder Elion Libra an. Vielleicht steckt aber auch jemand ganz anderes dahinter. Man könnte auf die Idee kommen, dass die Söldner Rhaen nicht wirklich töten wollten, sondern sie durch geschickte Schachzüge Richtung Raumhafen dirigierten.

»Sie erwähnten, dass die Söldner mehrfach versucht haben, Rhaen Tolsom zu separieren?«, wandte ich mich an Daniel Pherson.

»Um Miss Tolsom ohne Zeugen umbringen zu können, nehmen wir an«, bestätigte der Korporal.

Entweder aus diesem Grund oder aus dem, den der Extrasinn angedacht hatte. Ich nickte meinen Begleitern zu und tippte auf die Kontaktplatte, die den Zugang zur Zentrale der Kaulquappe öffnete. Ich hatte Kapitän Faros angewiesen, alle, die sich an Bord aufhielten, in der Zentrale zu versammeln. Zwanzig Springer und sechs mir unbekannte Terraner erwarteten uns – und Rhaen.

Sie sah gut aus, körperlich erholt. Nur ihr Blick war unstet. Er drückte Verwirrung aus, Angst und … Schuldbewusstsein. Sie betrachtete mich eingehend, und ihre Lippen zuckten. Ich kannte Rhaens Stärke, ihre Willenskraft. Es war mir unmöglich zu erkennen, wie viel davon noch in ihr steckte. Ich fühlte mich versucht, sie in den Arm zu nehmen und ihren Kopf zu halten.

Beherrsche dich, du Narr, mahnte mich der Extrasinn. *Sieh dir die Hälse der Terraner an.*

Ich hatte die kirschgroßen, mit feinen Äderchen überzogenen Beulen bereits bemerkt. Zum ersten Mal waren sie mir auf Reddeye aufgefallen, bei Elion Tolsom und Goletta Marl, der Anführerin von Libra. Mit ihnen kontrollierte der Hintermann, über dessen Identität ich noch immer nichts wusste, die Angehörigen der Freiheitsbewegung. Die Parthan-Träger? Oder der unbekannte Darakh, dessen Namen Fellmer Lloyd empfangen hatte?

»Die sechs sind Mitglieder von Libra«, bestätigte der Telepath das Offensichtliche. »Sie unterstehen bis zu einem gewissen Grad der Kontrolle eines fremden Geistes.«

Ich hatte nichts anderes erwartet. »Sie leisten einer Gesuchten Fluchthilfe«, warf ich Faros vor.

»Davon wusste ich nichts.« Der Springer kreuzte die Arme vor der Brust und warf den Libra-Anhängern einen schiefen Blick zu. »Ich habe einen Auftrag übernommen und bin nicht bereit, die Bezahlung zurückzuerstatten.«

»Sie werden uns an unser Ziel bringen, Kapitän«, blaffte ein junger, spindeldürrer Mann mit wirren braunen Haaren den Pendler an.

»Das wird er nicht.« Ich sah dem Freiheitskämpfer direkt in die Augen. Bis heute stand nicht fest, wie diese Bezeichnung zu verstehen war. Es konnte sich bei Libra um Kriminelle handeln, um Terroristen sogar oder lediglich um eine Gruppe versponnener, weltfremder Protestler, die jemand für seine Zwecke ausnutzte. In Zusammenhang mit dem Geist, der sie kontrollierte, tendierte ich in meiner Einschätzung zur letzteren Möglichkeit, was die Anschläge und terroristischen Aktionen nicht entschuldigte. Der Braunhaarige hielt meinem Blick nicht stand.

»Ich begreife das nicht. Ich habe mir nichts zuschulden kommen lassen.« Das Zittern in Rhaens Stimme verriet, dass sie anderer Meinung war. Ob nun sie oder Terian Sadlik im Vordergrund stand, sie fühlte sich schuldig wegen der Dinge, die im Reddeye-System geschehen waren.

»Das werden wir klären«, antwortete ich, während in meinem Kopf ein Plan Gestalt annahm. »Sie und Ihre Freunde wollen nach Reddeye?«

Der Braunhaarige nickte eifrig. Er zeigte auf Rhaen. »Wir müssen sie dorthin bringen.«

Das bestätigte, dass es vorrangig um Rhaen ging und die Ereignisse auf Shasker darauf angelegt gewesen waren, sie an Bord der Kaulquappe zu schaffen. Diese Taktiererei erinnerte mich an das Spiel mit den beiden Springerwalzen. »Wie lautet Ihr Name?«

»Stig Gunsson.«

»Sie und Ihre Freunde werden vorerst keinen Fuß auf Reddeye setzen«, eröffnete ich ihm. »Das ist vermutlich sogar besser für Sie. Ihre Freundin wird allerdings wie geplant dort abgeliefert werden.« *Und zwar mit mir an ihrer Seite.*

Stig Gunssons Gesicht lief rot an. »Das haben Sie nicht zu entscheiden«, fauchte er.

»Sie irren sich. Ich bin sogar der Einzige, der darüber entscheidet. Sie, Kapitän, wollen wie geplant nach Reddeye fliegen und Ihre Credits behalten?«

Faros musterte mich argwöhnisch. »Sie gestatten, dass wir unseren Auftrag beenden?«

Dem Händler ging es ausschließlich um sein Geld. Politische Zusammenhänge interessierten ihn nicht. Als Pendler war er stärker auf jeden Auftrag angewiesen als andere Springer. Das spielte mir in die Hände. »Ich gestatte es, zu meinen Bedingungen. Ich bin sogar bereit, noch einen Packen Solar auf Ihre Bezahlung draufzulegen. Oder eine andere Währung Ihrer Wahl. Das setzt allerdings voraus, dass Sie und Ihre Leute vergessen, mich jemals gesehen zu haben.«

»Das habe ich bereits, Lordadmiral«, versicherte der Springer grinsend.

»Die Sache ist etwas komplizierter. Ich benutzte das Wort ›vergessen‹ mit Bedacht.«

Das Grinsen in Faros' Gesicht erstarb. Er ahnte, worauf ich hinauswollte. Ihm blieb nichts anderes übrig, als sich in sein Schicksal zu fügen.

Rhaen Tolsom lag in der Medostation der QUESTRON, umgeben von medizinischen Apparaten, die mit ihrem Körper verbunden waren. Ihre Augen waren geschlossen, ihre Brust hob und senkte sich gleichmäßig. Statt Schwarz trug sie wieder ihre von Natur aus rotblonden Haare. Die Modifikationen ihres Gesichts waren rückgängig gemacht worden. Äußerlich war aus Terian Sadlik wieder Rhaen Tolsom geworden. Nun kam es darauf an, dass die Rückverwandlung auch psychisch vonstatten ging.

Ich hatte nicht einmal mit mir ringen müssen, um zu einer kompromisslosen Entscheidung zu gelangen. Ich brauchte die Unterstützung und das Wissen der echten Rhaen, da blieb für

Terian kein Platz, auch nicht für persönliche Rücksichtnahme meinerseits. Fellmer Lloyds telepathische Sondierungen auf Shasker hatten ergeben, dass Rhaens Persönlichkeit mit Macht zurück an die Oberfläche wollte und Terian Stück für Stück verdrängte. Deshalb konnte ich das Risiko verantworten, den Hypnoblock zu lösen.

»Ein Restrisiko bleibt«, warnte mich Maria Vajai.

»Ja.« Was hätte ich mehr sagen sollen?

Während die Bordärztin der QUESTRON sich um Rhaen kümmerte, fanden zwei weitere Vorbereitungen statt, die vor dem Aufbruch nach Reddeye unerlässlich waren. Zum einen perfektionierten die Maskenbildner die Biomol-Maske, die Daniel Pherson auf Shasker Fellmer Lloyd verpasst hatte, zum anderen wurden die Springer einer speziellen Behandlung unterzogen. Sie bekamen von unseren Spezialisten an Bord der Kaulquappe einen paramechanischen Hypnoblock verpasst, der sie das vorangegangene Treffen vergessen ließ. Nach der Prozedur würden sie sich nur an ihren Auftrag und an die Anwesenheit von Angehörigen der Freiheitsbewegung erinnern. Nicht einmal in ihren Träumen würde ich noch auftauchen.

Meine Kalkulation hatte sich als richtig erwiesen. Die zugesagte zusätzliche Bezahlung hatte Faros' Widerstand im Keim erstickt. Im Fall einer Weigerung wäre mir nichts anderes übrig geblieben, als ihn und seine Leute trotzdem mit einem Hypnoblock zu belegen. Faros' Geschäftssinn ersparte mir moralische Bedenken.

Du hättest keine Gewissenbisse gehabt, sagte mir der Extrasinn auf den Kopf zu.

Sein Einwurf war zutreffend. Ich war nie vor moralisch bedenklichen Methoden zurückgeschreckt, wenn sie sich als unumgänglich erwiesen. Das unterschied mich von Perry Rhodan. Außerdem konnte ich als USO-Chef im Zweifelsfall Grenzen überschreiten, die er als Staatsoberhaupt achten musste.

Ich verfolgte Maria Vajais Bemühungen um ihre Patientin, bei denen sie von zwei Assistenten unterstützt wurde. Meine grundlegenden medizinischen Kenntnisse reichten aus, um zu begreifen, was sie taten. Über die Fortschritte ihrer Bemühungen konnte ich höchstens spekulieren.

Die Maskenbildner waren darauf vorbereitet, auch mir eine optisch neue Identität zu verpassen. Ich wartete mit Absicht, damit Rhaen nach ihrem Erwachen in mein Gesicht sehen konnte und nicht in das eines scheinbar Fremden. Je länger die Prozedur dauerte, desto nervöser wurde ich. Die Sachzwänge änderten nichts daran, dass die schlafende Frau mir einst sehr nahe gestanden hatte und immer noch eine gute Freundin war. Von der politischen Brisanz, die mit ihrem Wohlbefinden einherging, ganz zu schweigen. Wir konnten sie nicht ewig vor der Öffentlichkeit verstecken.

Gelang es nicht, Rhaen Tolsom wieder herzustellen, blieb Rhodan keine andere Wahl, als einzugestehen, dass die Anhörungen und die Verhandlung auf Terra eine Scharade gewesen waren. Männer in hohen Machtpositionen waren schon aus weitaus geringeren Anlässen gestürzt, und bei der aktuellen galaktopolitischen Lage würde die Aufdeckung zwangsläufig eine Lawine auslösen, deren Eigendynamik sich nicht mehr stoppen ließ. Obwohl ich dahintersteckte, würde es Perry sein, der die Suppe auslöffeln musste. Durch die Unabhängigkeit der USO von Machtblöcken und Staatsgebilden war ich niemandem verantwortlich außer mir selbst. Beim Großadministrator des Solaren Imperiums sah das anders aus, ebenso beim der Clankammer von Reddeye vorstehenden Hohekanzler Enerich Tolsom.

Ich seufzte angesichts der möglichen Konsequenzen.

»Nur die Ruhe, Sir. Wir wollen nichts überstürzen«, zischte Maria Vajai. Sie hatte meine Gemütsäußerung als Zeichen von Ungeduld interpretiert. »Und hören Sie bitte auf«, fügte sie mit Nachdruck hinzu, »hinter meinem Rücken auf- und abzutigern wie ein Raubtier in seinem Käfig.«

Schweigend ließ ich mich auf einen Stuhl nieder und hing meinen Gedanken nach. Sobald sämtliche Vorbereitungen zu meiner Zufriedenheit abgeschlossen waren, gedachte ich an die Stelle der Fluchthelfer zu treten und mich von Faros' Springern zusammen mit Rhaen, Fellmer Lloyd und den drei Spezialisten des Denar-Quintetts nach Reddeye bringen zu lassen.

Weitere Informationen über den Hintermann, davon war ich inzwischen überzeugt, erhielt ich nur bei den Angehörigen von Libra. Da dieser verschwiegene Haufen nichts nach außen dringen ließ, mussten wir uns dort einschmuggeln. Die massiven Heimlichkeiten, die mir bei meinen Nachforschungen zu schaffen machten, erwiesen sich gleichzeitig als Glücksfall. Die wenigsten Angehörigen der Freiheitsbewegung waren untereinander bekannt. Mit etwas Glück fiel nicht auf, dass am Zielort andere Personen ausstiegen als die, die Rhaen von Shasker abgeholt hatten.

Rhaen selbst war ein zusätzlicher Trumpf. Jedes Libra-Mitglied kannte sie, und sie wurde öffentlich als Sympathisantin und Terroristin gebrandmarkt. Da war es gar nicht so unwahrscheinlich, dass sie zu Libra überlief. Ihr Bruder Elion würde sie ohnehin mit offenen Armen empfangen.

»Miss Tolsom wird gleich aufwachen«, rissen mich die Worte der Ärztin aus meinen Grübeleien.

Ich fuhr in die Höhe und begab mich zu der Liege, auf der Rhaen schlief.

»Jedenfalls hoffe ich, dass es Miss Tolsom sein wird«, schob Maria Vajai hinterher. »Wir haben die Hypnosuggestion aufgehoben. Mehr können wir nicht tun. Nun liegt es nicht mehr in unseren Händen.«

»Danke, Doktor«, hörte ich mich sagen.

»Ach, übrigens. Ich habe die sechs Libra-Jünger untersucht. Sie sind ausnahmslos mit Leitzellen infiziert.« Maria Vajai gab ihren Assistenten ein Zeichen, mit ihr den Raum zu verlassen.

Ich war ihr dankbar dafür, dass sie mich mit Rhaen allein ließ. Das Gesicht meiner ehemaligen Partnerin war entspannt, ihre Züge wirkten gelöst. Ich wünschte, ich hätte ihr Aussehen als positives Zeichen werten können.

Ihre Mundwinkel zuckten, und plötzlich, schneller, als ich es erwartet hatte, schlug sie die Augen auf. Ihr Blick ging in Richtung Decke, schien auf einen imaginären Punkt im Raum fixiert. Dann drehte sie den Kopf zur Seite und sah mich an. Die wenigen Sekunden dehnten sich zu einer Ewigkeit. Die Zeit schien stillzustehen, weil mich die Angst erfüllte, sie würde mich nicht erkennen. Rhaens Lippen bewegten sich und formten stumme Worte. Sie hob eine Hand und ergriff meine Rechte.

»Atlan«, brachte sie hervor und lächelte.

Rhaen Tolsom war zurück. Fellmer Lloyds knappes Nicken lieferte mir die Bestätigung, auf die ich gewartet hatte. Nichts von Terian Sadlik war in Rhaens Geist verblieben. Sie hatte die induzierte Psychose besiegt und die retrograde Amnesie vollständig überwunden. Mit keinem Wort war sie darauf eingegangen, dass ich mit der Aufhebung der Hypnosuggestion gesundheitliche Schäden bei ihr in Kauf genommen hatte. Als ich das Thema von mir aus angesprochen hatte, hatte sie es kurzerhand abgeblockt. Nun saßen wir in der Kantine der QUESTRON und aßen zusammen. Auch meine drei Spezialisten waren zugegen.

»Die Wächter, wenn ich mich nicht irre.« Rhaen nickte Varen Thorik, Daniel Pherson und Osmooth Alerin der Reihe nach zu. »Ich danke Ihnen dafür, dass Sie auf mich aufgepasst haben.«

»Ein Auftrag, den Sie nach besten Kräften zu torpedieren wussten.« Die Arkonidin zwinkerte. »Ihre SolAb-Ausbildung wäre Ihnen fast zum Verhängnis geworden.«

Rhaen nickte nachdenklich. »Ich erinnere mich an alles, was auf Shasker geschehen ist, an den Parthan-Träger Pandekt, an die Söldner und an diese eigenartige Musik in meinem Kopf.«

Ich verriet ihr, dass Fellmer Lloyd und ich diese Musik ebenfalls ein paar Mal vernommen hatten, und brachte die Bezeichnung Darakh-Parthan ins Spiel, die Lloyds telepathische Sinne offenbart hatten. »Hast du den Namen Darakh schon einmal gehört?«

»Nein. Bist du sicher, dass es sich um einen Namen handelt?«

»Gute Frage. Ich gehe davon aus.« Ich kam auf meinen Plan zurück. »Irgendwem ist daran gelegen, dass du nach Reddeye zurückkehrst. Diesen Umstand machen wir uns zunutze.« Ich legte meinen Zuhörern dar, was ich vorhatte.

»Sobald Miss Tolsom bei den Libra-Anhängern auftaucht, wissen die, dass es sich bei der Rhaen Tolsom in den Medien um eine Doppelgängerin handelt«, gab Osmooth Alerin zu bedenken. »Die Trivids von Terra werden nicht unbeachtet an Libra vorbeigehen.«

Rhaen wischte den Einwand mit einer Handbewegung beiseite. »Wäre ihnen das nicht ohnehin bekannt, hätten sie nicht versucht, mich von Shasker zu holen.«

»Richtig, und darauf baut mein Plan auf. Vielleicht nicht mit offenen Armen, aber man wird uns empfangen«, versprach ich. »Wir sind im Besitz des Kodes der Freiheitsbewegung, den Rhaen von einem Parthan-Träger erhalten hat.« Sie hatte ihn in ihrem Armbandgerät versteckt und mit ihren Fähigkeiten als SolAb-Agentin so gut getarnt, dass die USO ihn nicht entdeckt hatte. Lloyd hatte ihren Gedanken den Hinweis auf das Versteck entnommen, und Rhaen hatte es bestätigt.

»Ich bin nicht sicher, ob ich an diesem Einsatz teilnehmen möchte«, sagte sie plötzlich.

Ich kniff die Augen zusammen. »Und ich bin nicht sicher, ob ich verstehe, wie du das meinst.«

»So wie ich es sage.« Rhaen sah mich trotzig an. Nein, es war mehr als das, erkannte ich. Ich bemerkte den Anflug von Verzweiflung in einem Gesichtsausdruck, den ich nicht deuten konnte. »Ich bin wieder gesund, aber das ändert nichts an der Zerstörung des Kolonistenraumers. Ich bin ein Monster.«

»Du weißt nicht, was geschehen ist«, versuchte ich sie zu beruhigen. »Ich bin überzeugt, dass du nicht dafür verantwortlich bist und ...«

»Außerdem käme eine Zusammenarbeit mit Libra einem Verrat an meiner Heimat gleich«, fiel sie mir barsch ins Wort. »Mein Bruder und andere sind beeinflusst und handeln gegen ihren Willen. Du verlangst aber, dass ich aus freien Stücken kollaboriere.«

Ich registrierte die peinliche Stille. Fellmer Lloyd stocherte in seinem Essen herum.

Deine Beurteilung von Rhaen Tolsom Zustand war voreilig, raunte der Extrasinn. *Sie ist physisch gesund und mag das auf den ersten Blick auch psychisch sein. Doch solange das Schicksal des Kolonistenraumers nicht abschließend geklärt ist, wird sie diesen dunklen Punkt mit sich tragen und sich schuldig am Tod von zweitausend Menschen fühlen.*

»Von Kollaboration kann keine Rede sein. Es geht nicht darum, deine Heimat zu verraten«, sagte ich sanft. »Im Gegenteil, wir wollen sie schützen. Das können wir aber nur, wenn wir herausfinden, wer gegen die Clans und somit gegen ganz Reddeye agitiert. Dein Vater macht eine überaus schwierige Phase durch. Es ist fraglich, ob er sich bei den aktuellen Strömungen als Hohekanzler wird behaupten können. Indem wir herausfinden, was auf Reddeye geschieht, stützen wir ihn, denn wenn einer garantiert nicht in diese Umtriebe verwickelt ist, dann Enerich Tolsom.«

Rhaen senkte den Kopf. »Ich danke dir«, sagte sie, als sie wieder aufsah.

»Wir können auf dich zählen?«

Zu meiner Erleichterung nickte sie sofort.

Nach dem Essen informierte ich die USO und die Flotte und wies sie an, sich im Hintergrund zu halten. Danach ließ ich mir eine Maske verpassen, die mich in einen anderen Menschen verwandelte. Ich wusste nicht, wie oft ich in meinem Leben eine solche Verwandlung schon über mich hatte ergehen lassen. Diesmal war es anders als früher. Was bei mir nur oberflächlich auf optische Weise geschah, verlieh mir eine Ahnung dessen, was Rhaen durchgemacht hatte.

Ich musste mich darauf einstellen, dass der Prozess ihrer Heilung langwierig war.

Kapitel 30

Atlan

Reddeye, 1. Mai 3113

Die Kaulquappe landete auf einem abgelegenen Raumhafen fernab der großen Ansiedlungen. Ich beobachtete Kapitän Faros aufmerksam, bevor wir von Bord gingen. Der Hypnoblock funktionierte einwandfrei. Die Springer erinnerten sich nicht, dass Lordadmiral Atlan unter der Maske des Mannes steckte, der sich von ihnen verabschiedete und die Rampe hinunterschritt. Nur ein paar kleine Beiboote und eine Handvoll schäbiger Bodenfahrzeuge standen verloren auf dem Landefeld.

Mehrere hundert Meter vor uns warteten zwei Gestalten am Rand des Landefeldes. Sie winkten. Sonst hielt sich niemand in der Nähe auf. Selbst das flache Abfertigungsgebäude, das den östlichen Landebereich flankierte, machte einen verlassenen Eindruck.

»Dann wollen wir mal, Tarol.« Rhaen marschierte los, und wir anderen folgten ihr. Von ihrer früheren Entschlossenheit hatte sie nichts eingebüßt. »Wir werden erwartet.«

Tarol Marsdon, diesen Namen trug der brünette Mann mit dem vorspringenden Kinn, der Hakennase und dem für seinen Körperbau etwas zu wuchtigen Hals, in den die Maskenbildner mich verwandelt hatten. Fellmer Lloyd agierte unter dem Namen Linnox Gran. Die drei Spezialisten traten als sie selbst auf. Es war unmöglich, dass jemand sie kannte. Die schlichten Kombis, die wir trugen, waren bei Raumfahrern in der ganzen Galaxis verbreitet und ließen keinen Rückschluss auf ihre Herkunft zu. Unsere Ausrüstung hielt sich in bescheidenen Grenzen. Zu viel Technik hätte uns verdächtig gemacht. Immerhin trugen wir ein paar Geräte siganesischer Bauart bei uns und besaßen die Implantate der Spezialisten.

Während wir über das trostlose Landefeld schritten, nahm ich die Bilder der Umgebung in mir auf. So weit die Blicke reichten, gab es weder eine Ansiedlung noch einen Industriekomplex. Drei oder vier unbefestigte Straßen führten in die Wildnis hinaus und verloren sich irgendwo zwischen Felsen und der spärlichen Vegetation. Im Westen zeichnete sich eine Hügelkette vor dem Horizont ab.

»Wer uns in dieser Einöde empfängt, hat etwas zu verbergen«, sagte Varen Thorik. »Anscheinend hat unser Empfangskomitee Schwierigkeiten damit, sich in der Öffentlichkeit anderen Menschen zu zeigen.«

Als wir uns dem Rand des kleinen Raumhafens näherten, erhob sich die Kaulquappe mit ihrem Antigravantrieb in die Höhe. Ich blieb stehen und sah ihr nach, bis sie zu einem winzigen Punkt am Himmel wurde und schließlich verschwand. Obwohl ein Einflugverbot für das System bestand, hatte man sie den dritten Planeten ansteuern lassen. Vielleicht war das Verbot inzwischen aufgehoben worden, und ich hatte es nicht mitbekommen. Für die zusätzliche Bezahlung hatte Faros die Anweisung erhalten, das System weit hinter sich zu lassen, was seiner Abneigung gegen Reddeye durchaus entgegenkam. Von Seiten der Springer drohte uns keine Gefahr.

Ich beeilte mich, meinen Kameraden zu folgen, und holte sie beim Empfangskomitee ein. Ich schätzte die beiden Männer, hinter denen ein Zwei-Personen-Schweber stand, auf Mitte bis Ende zwanzig. Sie waren von durchschnittlicher Statur und unauffällig gekleidet. Als Passanten in einer Stadt wären sie nicht aufgefallen, ließ man die Strahler außer Acht, die sie bei sich trugen. Der Größere der beiden stellte sich als Golan Intz und seinen kleineren Begleiter als Padersen Korsh vor. Rhaen nannte unsere Namen, nur ihren eigenen ließ sie aus.

»Willkommen daheim, Miss Tolsom«, begrüßte Padersen Korsh sie. Er hatte sie auf Anhieb erkannt.

»Haben Sie dafür gesorgt, dass ich hierher gelangen konnte?«, fragte Rhaen ohne Umschweife.

»Nein.«

»Wer dann?«, wollte ich wissen.

»Keine Ahnung.« Korsh hob die Schultern. »Die Dinge sind kompliziert, Miss Tolsom.«

»Das sehe ich.« Rhaen deutete auf den Schweber. »Von einem Empfangskomitee, das sechs Leute abholt, erwarte ich ein größeres Fahrzeug.«

Korsh und Intz warfen sich einen verschwörerischen Blick zu. Der Kleine machte eine auffordernde Handbewegung.

»Wir gehören Libra an, das ist richtig«, erhob Golan Intz die Stimme. »Doch wir zählen zu denen, die als Abtrünnige der Freiheitsbewegung gelten.«

Ich merkte auf. Abtrünnige? Dass es verschiedene Fraktionen bei Libra gab, war ganz neu. »Erklären Sie uns das«, verlangte ich.

Die beiden Reddeyer sahen mich schief an.

Sie sind auf Rhaen als Tochter des Hohekanzlers Enerich Tolsom und Schwester von Elion fixiert. Du solltest ihr das Reden überlassen, riet mir der Extrasinn.

»Ich warte auf eine Antwort«, versetzte Rhaen.

Golan Intz räusperte sich. »Wir bitten um Hilfe durch das Solare Imperium, damit die Situation auf Reddeye nicht außer Kontrolle gerät«, haspelte er. »Sie haben bekanntlich gute Verbindungen, Miss Tolsom.«

Ich war baff, verzog aber keine Miene. Auch Rhaen brauchte einen Moment, um das Gehörte zu verarbeiten. Offenbar gab es eine neue Entwicklung, von der wir bisher nichts mitbekommen hatten. Ich war mir unschlüssig, wie ich sie bewerten sollte. Die undurchsichtigen Vorgänge für sich genommen, wiesen genug Gefahrenpotenzial auf. Da fehlte noch, dass es zu einer Zersplitterung von Libra und damit zwangsläufig einhergehenden Verwicklungen kam.

»Was ist auf meiner Heimatwelt los?«, entfuhr es meiner ehemaligen Gefährtin. Ihr Ausbruch war nicht gespielt. Ich hoffte, dass sie sich unter Kontrolle behielt.

»Auf Reddeye ist das reinste Chaos ausgebrochen«, beeilte sich Golan Intz zu sagen.

»Chaos in welchem Sinne? Bewaffnete Konflikte zwischen den Clans?«

»Wo denken Sie hin? Zum Glück nicht«, wehrte Padersen Korsh ab. »Aber was geschieht, ist fast genauso schlimm. Die Parthan-Träger sorgen für widersprüchliche Bewertungen der Lage Reddeyes und liefern teilweise absurde Handlungsvorschläge. Das Netzwerk der Träger ist sich uneins, wie wir vorgehen sollen.«

Entsetzen, das ich gut nachvollziehen konnte, zeichnete sich in Rhaens Gesicht ab. Das Netzwerk der Parthan-Träger hatte jahrhundertelang funktioniert. Ein kodiertes Netzwerk aus Hyperfunkknoten verband die robotischen Trägerkörper und gaukelte den einzelnen Bewusstseinsfragmenten von Boris Parthan vor, dass sie eine Einheit bildeten. Im Grunde waren Streitigkeiten unter den Parthan-Trägern dadurch ausgeschlossen.

»Hat es ein solches Verhalten in der Vergangenheit schon einmal gegeben?«, fragte Lloyd alias Linnox Gran.

»Noch nie.« Rhaen rang um Fassung. »Wir sind auf die Parthan-Träger angewiesen. Unsere Gesellschaft, unsere ganze Kultur basiert darauf, seit Eisan Gorth das System entwickelt hat. Kein Clan kann auf sie als Ratgeber verzichten. Es ist unvorstellbar, dass sie ihren Rat verweigern.«

»Vielleicht wäre das besser, als sich gegenseitig zu widersprechen«, fand Golan Intz. »Die Parthan-Träger besitzen keine gemeinsame Linie mehr. Sie sind verrückt geworden, und niemand findet eine Erklärung für ihr Verhalten. Es gibt bereits erste Hinweise auf Veränderungen in unserer politischen Landschaft.«

Ich hatte vergleichbare Vorgänge in der Vergangenheit mehr als einmal miterlebt. »Der Ausfall der Parthan-Träger als regulierende Berater hinterlässt zwangsläufig ein Machtvakuum. In kürzester Zeit werden sich neue Konstellationen ergeben. Es wird zu Zweckbündnissen und Beistandspakten kommen.«

»Wir müssen das verhindern – Tarol.« Rhaen presste die Lippen zusammen. Um ein Haar hätte sie mich als Atlan angesprochen.

»Deshalb unsere Bitte an Sie, um Unterstützung beim Solaren Imperium zu ersuchen«, kam Padersen Korsh auf den Beginn der Unterhaltung zurück.

»Wurde das Einflugverbot für das Reddeye-System aufgehoben?«, fragte ich.

»Nein. Es wurde sogar erneuert. Keine unserer Welten darf angeflogen werden, besonders nicht Reddeye.«

»Dann wird es schwierig, Hilfe von außen zu bekommen«, untertrieb ich. Genau genommen war es unmöglich. Das galt auch für meine Kameraden und mich. Wir waren auf uns allein gestellt. Zwar hatten mehrere USO-Einheiten, unter ihnen die QUESTRON, in Systemnähe Stellung bezogen, doch sie waren zur Untätigkeit verdammt. Jemand hatte seine schützende Hand über die Kaulquappe gehalten, um Rhaen Tolsom die Rückkehr auf ihre Heimatwelt zu ermöglichen. Ich dachte daran, dass sich durchaus einige Agenten der USO und der SolAb auf Reddeye aufhielten. Sie zu kontaktieren, war jedoch zweitrangig. Schließlich hatte ich immer noch keine Ahnung, wohin die Reise eigentlich ging. Der Zerfall des Parthan-Netzwerks verkomplizierte die ohnehin undurchsichtige Lage zusätzlich.

»Wir könnten es trotzdem versuchen.« Rhaen sah mich flehend an.

Ich zwinkerte gegen die Sonne an, als ich in der Ferne eine Bewegung ausmachte. »Jemand nähert sich uns. Da kommt ein Gleiter.«

Paderson Korsh fluchte. »Die Abgesandten von Goletta Marl.«

Damit waren weitere Planungen vorerst auf Eis gelegt. Der Gleiter näherte sich schnell und traf eine halbe Minute später bei uns ein. Es handelte sich um ein offenes Modell mit Sitzbänken auf beiden Seiten der Passagierfläche. Ich kannte die beiden Personen, die vor den Steuereinrichtungen saßen. Ich war ihnen bei meinem letzten Besuch auf Reddeye begegnet. Es handelte sich um Rhaens Bruder Elion und die Anführerin von Libra, Goletta Marl.

Der Gleiter setzte unmittelbar vor uns auf, und die Insassen stiegen aus.

»Elion!«

»Schwesterherz. So sieht man sich wieder. Unser Abschied war nicht gerade ... herzlich.« Er sah nicht mehr so abgemagert und kraftlos aus, wie ich ihn in Erinnerung hatte. Elion Tolsom hatte ein paar Kilo zugelegt und bestand nicht mehr nur aus Haut und Knochen. Es waren keine Parthan-Träger nötig, um ihn zu stützen.

»Wir standen auf verschiedenen Seiten.« Rhaen schüttelte den Kopf. »Nein, das taten wir nicht wirklich. Ich habe bloß eine Weile gebraucht, um deine Beweggründe zu verstehen. Mir geht es um Reddeye, und ich habe nicht begriffen, dass das bei dir und Libra nicht anders ist.«

»Und nun bist du hier und uns auf Gedeih und Verderb ausgeliefert. Du kannst nirgendwo anders hin.«

»Das ist mir bewusst, Elion.« Trotz allem, was geschehen war, fiel Rhaen ihrem vier Jahre jüngeren Bruder um den Hals. Er ließ es zu.

»Ich freue mich, dich wiederzusehen, Schwesterherz.« Elion strahlte übers ganze Gesicht, doch ich war sicher, dass das bei ihm nicht viel bedeutete.

»Elion, das sind meine Freunde.« Beginnend mit mir, nannte sie unsere Namen. »Die Begleiterin meines Bruders ist Goletta Marl, die Anführerin der Freiheitsbewegung.«

»Ich wusste, dass du zu klug bist, um den terranischen Häschern in die Falle zu gehen, Schwesterherz. Schließlich haben sie dich gut ausgebildet. Die Farce, die das Solare Imperium der Öffentlichkeit vorspielt, kommt uns sehr gelegen. Sie hat es uns erleichtert, dich unbemerkt von Shasker zu holen.«

»Habe ich das dir zu verdanken?«

»Nein.« Die untersetzte, grauhaarige Frau, die sich mit ihren gerade einmal 1,65 Meter Körpergröße vor mir aufbaute, musterte mich einen Moment zu lange, wie mir schien.

Die Stunde der Wahrheit, wisperte der Extrasinn. *Sobald sie dir eine Waffe unter die Nase hält, hat Tarol Marsdon seine Schuldigkeit getan.*

Da nichts dergleichen geschah, ging ich in die Offensive. »Darf Rhaen sich bei Ihnen bedanken?«

»Jemand anders ist dafür verantwortlich«, wich Goletta Marl aus. Die Ringe unter ihren Augen waren noch dunkler geworden und wirkten auf ihrer blassen Haut wie Ablagerungen aus Kohlenstaub.

Ich erkannte, dass es ein Fehler gewesen wäre, gleich zu neugierig aufzutreten. »Rhaen sagte es bereits. Wir können nirgendwo hin.«

»Ja, das ist bekannt. Rhaen Tolsom soll bei uns bleiben. Ich nehme an, das gilt auch für ihre Freunde.«

Ich las zwischen den Zeilen, dass nicht Goletta Marl diese Entscheidung getroffen hatte. Sie war ihr von dem Unbekannten aufgezwungen worden. Ich hatte die tiefe Abneigung erlebt, die zwischen ihr und Rhaen herrschte. Goletta Marl war wie Elion Tolsom eine Marionette, die an Fäden geführt wurde. Unter normalen Umständen wäre es unmöglich gewesen, dass wir so leicht bei Libra aufgenommen wurden. Der ganze Ablauf dieses Zusammentreffens kam mir konstruiert und unwirklich vor. Wir wurden nicht nach Waffen durchsucht, nicht nach verräterischen Instrumenten.

»Was macht ihr eigentlich hier?«, wandte die alte Frau sich an Paderson Korsh und Golan Intz.

»Wir haben Wampa-Ratten gejagt.« Korsh klopfte demonstrativ gegen den Strahler, der an seinem Hosenbund herunterbaumelte.

»Fliegt zum Stützpunkt.« Goletta Marl winkte uns auffordernd zu. »Einsteigen! Wir bringen euch zu einem Versteck von Libra, in dem ihr sicher seid. Ich garantiere euch, dass niemand auf die Idee kommt, dort nach uns zu suchen.«

Ich kletterte in den wannenförmigen Gleiter und fragte mich, was Goletta Marl so sicher machte. Auf das angekündigte Versteck war ich wirklich gespannt.

Die Hügelkette war weiter entfernt, als ich geschätzt hatte. Nach einer halben Stunde schienen wir ihr immer noch nicht näher gekommen zu sein. Die Tolsom-Geschwister unterhielten sich angeregt. Mehrmals fürchtete ich, Rhaen würde sich zu einer unbedachten Äußerung hinreißen lassen, doch jedes Mal lenkte sie im richtigen Moment ein.

Das Land, das wir überflogen, war öde und verlassen. Durch das Prinzip der befestigten Ortschaften der einzelnen Clans war es auf Reddeye nie zu einer gleichmäßigen Besiedelung gekommen. Der Großteil der Planetenoberfläche lag brach. Es gab riesige Gebiete rund um den Globus, auf die nie ein Kolonist seinen Fuß gesetzt hatte.

Elion, der den Gleiter pilotierte, verringerte die Geschwindigkeit, als ein paar markante Felsbrocken, irdischen Findlingen nicht unähnlich, in Sichtweite kamen. Er flog dicht an ihnen vorbei, sodass ich Gelegenheit hatte, einen Blick auf die mit weißer Leuchtfarbe aufgemalten großen Kreise zu werfen. Augenblicklich verstand ich Goletta Marls Bemerkung vor unserem Aufbruch. *Ich garantiere euch, dass niemand auf die Idee kommt, dort nach uns zu suchen.*

»Was ist los, Tarl?«, fragte Fellmer Lloyd, der mein Zusammenzucken mitbekommen hatte.

»Das frage ich Sie, Goletta Marl. Wollen Sie uns alle umbringen? Jeder weiß, was die weißen Kreise bedeuten. Wir haben soeben die Grenze zu einer Verbotenen Zone überflogen.«

»Eine Verbotene Zone ?«, keuchte Daniel Pherson entsetzt.

»Eine kontaminierte Seuchenzone«, krächzte Rhaen. »Um Parthans Willen, wohin fliegst du, Elion?«

Als die Nergeische Verformung auf Reddeye gewütet hatte, hatten sich in einigen Landstrichen besonders aggressive Erregertypen entwickelt, die durch den Impfstoff von Boris Parthan nicht hatten ausgerottet werden können. Diese Verbotenen Zonen waren bis heute verwaist, und es war streng verboten, sie zu betreten. Wer es dennoch tat, begab sich in unmittelbare Lebensgefahr.

Einige Jahrzehnte nach der Gründung der Kolonie anno 2390 hatte sich auf Reddeye diese deformierende und in der Regel tödlich verlaufende Seuche ausgebreitet, wie ich wusste. Die nergeische Verformung hatte die damalige Bevölkerung von rund 200.000 Siedlern bis knapp an die Grenze der biologischen Stabilität dezimiert. Jegliche Notrufe waren in den Wirren der Dolan-Krise ungehört in der Galaxis verhallt. Erst weitere Jahrzehnte später war es Boris Parthan gelungen, ein Gegenmittel zu entdecken, dank dem die Kolonie vor dem endgültigen Untergang hatte gerettet werden können. Dass Terra, wo ja nie ein Hilferuf angekommen war, damals keine Unterstützung geleistet hatte, war einer der Gründe für den streng separatistischen Weg Reddeyes, den viele Clans sich auf die Fahne geschrieben hatten.

Und wir flogen sehenden Auges in eine dieser Todeszonen.

Osmooth Alerin fluchte vernehmlich, und Varen Thorik spannte ihre Muskeln an. Ich begriff, dass unsere Mission kurz vor ihrem Scheitern stand. Unwillkürlich tastete ich nach dem unter meiner Kleidung verborgenen Zellaktivator. Ich hatte mich schon einmal in einer solchen Verbotenen Zone aufgehalten und damals trotz des Aktivators einige Zeit gebraucht, um mit dem Erreger der Nergeischen Verformung fertig zu werden – und meine Begleiter genossen einen solchen Schutz nicht. Es war kein Wunder, dass sie gegen einen Weiterflug vorgehen würden. Auch ich hatte nicht vor, ihr Leben zu gefährden.

»Elion, du musst sofort umkehren«, verlangte Rhaen von ihrem Bruder. »Gegen die Erreger der Verbotenen Zonen schützt unsere Impfung nicht.«

»Keine Sorge.« Goletta Marl lachte kalt. »Diese Verbotene Zone ist ungefährlich. Die Erreger sind hier seit langer Zeit nicht mehr aktiv. Wir haben Wissenschaftler in unseren Reihen, die das zweifelsfrei nachgewiesen haben. Wir sind keine potenziellen Selbstmörder.«

Ich atmete auf und empfing einen langen Blick von Rhaen. Noch heute wurde jeder Reddeyer im jungen Kindesalter prophylaktisch gegen die nergeische Verformung geimpft. Rhaen hätte aber so wenig wie ich zugelassen, dass Lloyd und die Spezialisten in Todesgefahr gerieten.

Vor uns senkte sich das Gelände ab, und Elion landete den Gleiter vor einem stählernen Tor, an dem der Zahn der Zeit genagt hatte. Ich sprang aus dem Fahrzeug und hielt mich neben Rhaen, weil ich dem Frieden nicht traute. Goletta Marl richtete einen Impulsgeber auf das Tor, und ein Ausschnitt öffnete sich.

»Offenbar eine unterirdische Einrichtung«, raunte mir Daniel Pherson zu.

Lloyd nickte. »Ein Tiefbunker. Er liegt einen halben Kilometer unter der Erde. Ich entnehme den Gedanken unserer Freiheitskämpfer, dass es sich um eine ausgedehnte Anlage handelt.«

Wir folgten Elion und der Libra-Anführerin in eine kahle Kammer, die nichts enthielt außer einem altmodischen Aufzug. In einer Ecke glomm ein trübes Licht, in dessen Schein ich nicht einmal die Gesichter meiner Begleiter erkennen konnte. Goletta Mark betätigte eine Kontaktplatte, und die Aufzugtür öffnete sich. Wir traten ein. Die Kabine bot Platz für ein Dutzend Personen.

»Unsere Untersuchungen haben ergeben, dass es ursprünglich einen Antigravschacht gab«, erklärte die alte Frau. »Anscheinend ist er zu Zeiten der Seuche mutwillig zerstört worden. Er lässt sich nicht wieder instandsetzen. Diesen Aufzug haben wir wieder hinbekommen.« Die Tür schloss sich, und der Aufzug setzte sich automatisch in Bewegung. »Vor fast siebenhundert Jahren haben sich verzweifelte Überlebende in die Tiefe geflüchtet. Seit dieser Zeit ist der Bunker verlassen.«

»Seit damals hat ihn niemand mehr betreten?«

»Unseres Wissens nicht.«

Plötzlich war die Musik wieder in meinem Kopf. Sekundenlang drückte sie Harmonie aus, dann schlug sie in einen schrillen Diskant um. Ich nahm Blickkontakt zu Fellmer Lloyd auf. Er vernahm sie ebenfalls. Sie verstummte, als der Aufzug mit einem Ruck anhielt und die Tür zur Seite glitt. Ich trat über die Schwelle und stand in einem düsteren Gang, der sich nach wenigen Metern in mehrere Richtungen verzweigte.

»Elion zeigt euch eure Quartiere.« Goletta Marl ging mit steifen Schritten davon und verschwand in einem der Korridore, ohne sich noch einmal umzusehen.

Rhaens Bruder marschierte los. »Bevor ich euch zu den Quartieren bringe, führe ich euch ein wenig herum. Ihr werdet feststellen, dass es im Bunker mehr als genug Platz gibt. Leider ist es uns nicht gelungen herauszufinden, wie viele Flüchtlinge sich damals hier unten verschanzt haben.«

Er ging voran, und wir folgten ihm durch ein verzweigtes, aber übersichtliches System von Gängen. Insgesamt gab es drei Ebenen, von denen wir uns in der obersten aufhielten. Libra hatte eine ganze Menge Leute hier unten versammelt. Die Hoffnung, mit der wir an Bord der Kaulquappe aufgebrochen waren, bestätigte sich. Kaum einer der Freiheitskämpfer schien den anderen zu kennen. Libra war nicht einfach ein Verein träumerischer Sektierer. Die wären zweifellos eng zusammengerückt, um sich gegenseitig zu stärken. Das taten die Libra-Angehörigen nicht. Sie verhielten sich vielmehr wie professionelle Untergrundkämpfer – und boten gleichzeitig ein geradezu naives Bild.

Das ganze Verhalten unserer Gastgeber ergibt keinen Sinn, fasste der Extrasinn zusammen, was mir längst aufgefallen war. *Einmal erwecken sie den Eindruck vollkommener Klarheit, dann wieder scheinen sie gar nicht richtig da zu sein und nehmen einfach alles hin.*

Ich an ihrer Stelle hätte uns längst unzählige Fragen gestellt. Es ist doch offensichtlich, dass mit der Art und Weise, wie wir hierher gelangt sind, etwas nicht stimmt.

Sie sehen das womöglich aus einer anderen Warte. Du glaubst, dass sie von jemandem gelenkt werden. Wenn dieser Jemand Rhaens Anwesenheit hier bewerkstelligt hat, könnte es sein, dass sie sie deshalb nicht hinterfragen.

Elion zeigte uns den Funkbereich und eine medizinische Abteilung. Goletta Marl hatte nicht übertrieben. In dieser verfluchten unterirdischen Welt trafen wir sogar Wissenschaftler an. Libra rekrutierte seine Angehörigen aus allen gesellschaftlichen und beruflichen Schichten. Ich konnte mir nicht vorstellen, es lange hier unten auszuhalten, tief unter der Erde und in einer Umgebung, die kalt, bedrückend und klaustrophobisch wirkte. Die Menschen, die sich hier zusammengefunden hatten, steckten in einem selbstgewählten Gefängnis aus steinernen Mauern und stählernen Katakomben.

Schließlich führte Elion uns wie angekündigt zu den Quartieren. Es gab eine ganze Reihe davon, die leerstanden. »Wenn du Fragen hast, Schwesterherz, kannst du mich jederzeit in der Nähe finden. Hier unten kann niemand weglaufen.«

Der letzte Satz klang wie eine Warnung. Ich sah Elion Tolsom nach, bis er hinter einer Korridorkrümmung verschwand. Wir waren allein, und ich kam mir vor wie Jonas im Magen des Walfischs.

»Ein schauerlicher Ort«, brachte Rhaen auf den Punkt, was mir durch den Kopf spukte, seit wir aus dem Aufzug gestiegen waren.

»Gemütlich ist es hier nicht, aber die Luftversorgung des Bunkers funktioniert«, sagte Fellmer Lloyd. »Es wundert mich, dass sich keine offiziellen Stellen um diese Einrichtung kümmern. Sie scheint in einwandfreiem Zustand zu sein.«

»Nicht vergessen, sie ist uralt.« Rhaen Tolsom sah sich unbehaglich um. »Nach siebenhundert Jahren wurde sie längst vergessen. Angesichts der dünnen Besiedelung von Reddeye ist das nicht verwunderlich. Niemand setzt einen Fuß in die Verbotenen Zonen. Ich nehme an, Libra hat den Bunker zufällig entdeckt. Ein besseres Versteck als einen Ort, den niemand aufsucht, der an seinem Leben hängt, gibt es nicht.«

Die als Quartiere bezeichneten Unterkünfte erinnerten mich an Zellen. Die Kolonisten, die vor siebenhundert Jahren vor der nergeischen Verformung in diese unterirdische Enklave geflohen waren, hatten wenig Komfort genossen. Ihnen war es um das reine Überleben gegangen. Ich würde nie erfahren, ob es ihnen gelungen war, der Seuche zu entkommen, oder ob sie tief unter ihrer Welt den grauenhaften Tod der Verformung gefunden hatten.

Wir richteten uns ein und wählten einen etwas größeren Bereich als Gemeinschaftsraum. Osmooth Alerin zog ein Spezialgerät aus siganesischer Mikrotechnik aus einer Tasche und untersuchte unsere Quartiere nach versteckten Abhöreinrichtungen.

»Nichts«, sagte er. »Alles sauber. Wir können uns ungestört unterhalten.«

»Das passt ins sonstige Bild«, stellte Varen Thorik fest. »Unsere Anwesenheit scheint diesen Menschen fast gleichgültig zu sein. Ich glaube, sie würden nicht reagieren, wenn wir mit USO-Marken an den Kombis herumliefen. Nicht einmal das hier interessiert sie.« Sie klopfte gegen eine Tasche ihrer Kombination, in der sie wie wir anderen einen Strahler trug.

Damit sprach die Arkonidin an, was mich beschäftigte. Meinen Kameraden war das Verhalten der Libra-Leute so unerklärlich wie mir.

»Ihr Vertrauen ist nicht nachvollziehbar«, sprach Fellmer Lloyd die allgemeine Meinung aus.

Ich legte meine Theorie dar, nach der nicht sie es waren, die Rhaen hier haben wollten, sondern der Unbekannte. Wir anderen waren unbedeutend und wurden als Rhaens Begleiter akzeptiert. »Die Freiheitskämpfer verschwenden deshalb keinen Gedanken daran, dass wir sie auffliegen lassen könnten, weil der Hintermann sie steuert.«

»Dessen Identität uns nach wie vor unbekannt ist«, bedauerte Osmooth Alerin.

»Die Hinweise verdichten sich, wer hinter all dem steckt.«

Lloyd teilte meine Vermutung. »Der erwachende Geist, den ich vernommen habe?«

Ich nickte.

»Auch dabei handelt es sich zunächst nur um einen Begriff«, schränkte Daniel Pherson unsere spärlichen Erkenntnisse sein. »Was sich dahinter verbirgt, bleibt uns verschlossen. Handelt es sich um einen parapsychisch besonders begabten Menschen wie die Mutanten? Eine Art neuen Overhead womöglich. Wir wissen es nicht. Tatsächlich können wir spekulieren, so viel wir wollen, und kommen damit keinen Schritt weiter.«

»Wir sollten deinem Bruder später auf den Zahn fühlen«, wandte ich mich an Rhaen. »Er scheint sich wirklich gefreut zu haben, dich zu sehen.«

»Er oder derjenige, der ihm seinen Willen diktiert?« Mein Vorschlag stieß bei Rhaen auf wenig Gegenliebe. »Ich glaube nicht, dass wir etwas aus ihm herausbekommen, aber wir können es versuchen. Er hat uns zwar herumgeführt, uns aber bestimmt nicht alles gezeigt. Warum sehen wir uns nicht allein um?«

Sie kam meinem nächsten Vorschlag zuvor. Keiner hatte uns angewiesen, in unseren Quartieren zu bleiben. Ich trat in den Gang hinaus und spähte in beide Richtungen. In der Nähe hielt sich niemand auf.

Kränkt es dich in deinem Ehrgefühl, dass man es dir zu leicht macht?, spottete der Extrasinn. *Diese Leute mögen nachlässig sein, dumm sind sie auf keinen Fall. Erinnere dich an Elion Tolsoms Worte. Hier unten kann niemand weglaufen. Du solltest dich vom Wahrheitsgehalt der Behauptung überzeugen.*

Du meinst den Aufzug?

Was sonst?

Ich hätte selbst daran denken müssen. Dank meines photographischen Gedächtnisses hatte ich keine Mühe, mich in der ausgedehnten Anlage zu orientieren, und fand den Lift, der uns von der Oberfläche herabtransportiert hatte, auf Anhieb. Vier Libra-Mitglieder, zwei Männer und zwei Frauen, waren schwer bewaffnet vor dem Zugang postiert. Goletta Marl hatte Vorsorge für den Fall getroffen, dass wir auf die Idee kamen, uns durch die Hintertür zu verabschieden. Die Wachposten würdigten uns keines Blickes. Nur die bekannte Tochter des Hohekanzlers erregte ihr Interesse.

Wir zogen uns in einen Seitengang zurück und setzten unsere Erkundung fort.

»So viel dazu«, kommentierte Varen Thorik unseren Vorstoß. »Da werden wir wohl höflich Bittebitte sagen müssen, wenn wir an die frische Luft wollen.« Ich hatte ihren schrägen Sinn für Humor beinahe vergessen.

Ziellos streiften wir durch den Bunker. Der Aufzug war der einzige Bereich, zu dem man uns den Zutritt verwehrte. Ich hielt vergeblich nach Energieanlagen Ausschau, nach Generatoren und Speicherbänken. Vermutlich waren sie in einer der tieferen Ebenen untergebracht. Nach einer Weile setzte die Musik in meinem Kopf wieder ein. Nun konnte ich sie guten Gewissens als solche bezeichnen. Ihre Harmonie war wohlklingend. Lloyd vernahm sie ebenfalls.

»Die Melodie ist anders als bisher.« Der Telepath hielt inne und lauschte. »Sie entsteht zwar wieder direkt in meinem Verstand, aber ich glaube, ich kann ihren eigentlichen Ursprung lokalisieren.«

Ich nickte ihm aufmunternd zu, und er setzte sich an die Spitze unserer Gruppe. Während wir mehrfach die Richtung wechselten, registrierte ich eine Veränderung der Melodie. Sie geriet ins Stocken und verlor jegliches Grundthema.

»Ich empfange Gedankenfetzen.« Unablässig drehte Lloyd den Kopf mal in die eine, mal in die andere Richtung. Sein Gebaren schien ihm bei der Orientierung zu helfen.

Die Musik in meinem Kopf wurde immer lauter. Es geschah rasend schnell. Sie verlor jegliche Melodik und ging in einen Geräuschorkan disharmonischer Töne über. Sie klangen, als spielte ein komplettes Orchester nicht länger auf seinen Instrumenten, sondern schlug sinnlos darauf ein und produzierte eine Kakophonie des Wahnsinns, die sich in meinem Verstand ausbreitete und von innen gegen meine Schädeldecke hämmerte. Ich presste die Hände gegen die Ohren, ohne dass sich etwas änderte.

Fellmer Lloyd unternahm den Versuch erst gar nicht, dem Krach zu entkommen. Er ließ ihn stoisch über sich ergehen. »Wir nähern uns dem Ausgangsort des Lärms.«

»Empfängst du weitere Gedankenimpulse, die dir das mitteilen?«

Entgegen unseren sonstigen Gepflogenheiten duzten wir uns während dieses Einsatzes, um unserer Rolle als Mitglieder einer verschworenen Libra-Zelle gerecht zu werden.

»Nein. Es nur eine Ahnung.«, antwortete der Mutant.

Ich konnte mit nicht vorstellen, was das akustische Durcheinander in meinem Kopf auslöste. Da es auf mentalem Weg entstand, musste der Geist eines Lebewesens dafür verantwortlich sein. Ich hegte die Überlegung, dass Lloyd auf telepathischem Weg sehr wohl etwas empfing, es aber vor mir verschwieg.

Warum sollte er das tun? Der Protest des Extrasinns schnitt scharf und klar durch meinen Verstand. *Reiß dich zusammen, wie Lloyd es tut. Bist du dazu nicht in der Lage, kehre um.*

Danke. Hatte ich das Wort meinem stummen Dialogpartner gegenüber jemals geäußert? Diesmal war es angebracht, denn tatsächlich gelang es mir nun, das Geschrei leichter zu ertragen. Auf keinen Fall würde ich dem Vorschlag des Logiksektors folgen und umkehren. Ich wollte unter allen Umständen wissen, was hinter diesem infernalischen Lärm steckte.

Infernalisch, das war das zutreffende Wort.

»Geht es noch?«, fragte Rhaen.

Ich nickte und bog um eine Ecke. Vor mir lag ein würfelförmiger Raum, der von allen vier Seiten begehbar war. In ihm herrschte das gleiche Zwielicht wie in großen Teilen des Bunkers, doch ich wünschte, es wäre stockdunkel in ihm gewesen, so dunkel, dass ich kein einziges Detail darin hätte erkennen können. Es war zu spät. Mein Blick saugte sich förmlich an dem Schrecken fest, der sich vor mir ausbreitete.

Ich blieb stehen, als sei ich vor eine unsichtbare Wand gelaufen. Für einen Moment war ich unfähig, mich zu rühren. Das Gebilde, auf das ich gestoßen war, lähmte mich geradezu. Es fiel mir schwer, die Gefühle zu beschreiben, die bei seinem Anblick in mir aufstiegen. Entsetzen, Abscheu, Hilflosigkeit. Von alledem war ein wenig dabei. Etwas Ähnliches hatte ich nie zuvor gesehen.

Ein Bild, das ich schon lange kannte und vor wenigen Jahrhunderten in einem irdischen Museum wiedergesehen hatte, schoss mir durch den Kopf, nämlich »Die Hölle« von Hieronymus Bosch.

Die entsetzten Reaktionen meiner Kameraden zeigten mir, dass es ihnen ähnlich erging. Ich hörte Lloyd die Luft und Osmooth Alerin einen Fluch ausstoßen.

»Liebe Güte«, entfuhr es Rhaen. »Was ist das?«

Was – oder wer? Ich wagte es nicht zu entscheiden.

Auf dem Boden ballte sich ein Knäuel aus Leibern, die sich zu einem gigantischen Knoten verwickelt hatten. Ich erkannte menschliche Körper und skurrile Maschinenwesen, längst nicht alle vollständig Bei manchen handelte es sich um Fragmente, um einzelne Gliedmaßen oder halbe Körper. Damit vermengt hatten sich monströse Auswüchse, deren Identität ich erahnte.

»Rhaen, sahen so die Söldner aus?«

»Ja.« Rhaen flüsterte beinahe

Erst jetzt fiel mir auf, dass der Lärm in meinem Kopf verstummt war und angenehmer, wohltuender Ruhe Platz gemacht hatte. Ich registrierte es dankbar und doch nur beiläufig.

Mein Blick glitt über Menschenkörper, Söldner und Parthan-Träger, denn um nichts anderes handelte es sich bei den Maschinenwesen, von denen keines einem anderen glich. Schlimmer als der Anblick an sich waren die allgegenwärtigen Bewegungen. Hier zuckte ein Bein, dort regte sich ein von Atemluft gefluteter Brustkorb. Köpfe wendeten sich hin und her. Es sah aus, als folgte der ganze Knoten einer schaurigen Choreographie, als seien sämtliche Individuen bestrebt, sich zu einem Ganzen zu vereinigen. Die einzelnen Teile waren nicht nur in- und übereinander gekrochen. An manchen Stellen verwuchsen sie buchstäblich miteinander, als seien sie dafür vorgesehen. Ich wollte die Augen schließen, doch es gelang mir nicht. Die Szene zog mich zu sehr in ihren Bann.

»Sie leben«, sagte Varen Thorik. »Wie ist das möglich?«

»Sie sterben«, widersprach Daniel Pherson. »Das sind ... Lebewesen. Wir müssen ihnen irgendwie helfen.«

Ich entdeckte einen menschlichen Oberkörper, der mit einer Art Amöbe verschmolzen war. In einer ständigen Wiederholung stützte er sich auf die Unterarme und versuchte sich aufzurichten, um nach dem Rollsockel eines Parthan-Trägers zu greifen, fiel zurück auf den Rücken und begann seinen ergebnislosen Versuch von Neuem. Gleichzeitig hüllte ein Pseudopodium der Amöbe den wulstigen und von zahlreichen Auswüchsen missgestalteten Schädel eines Söldners ein und versuchte sich mit ihm zu vereinigen. Die Darstellung war abstoßend und tat in der Seele weh.

Ich schloss mich Phersons Wunsch an. Ich wollte diesen bemitleidenswerten Kreaturen helfen, doch wie hätte ich das bewerkstelligen sollen? Wieso überhaupt lagen sie hier? War Libra dafür verantwortlich? Ich konnte es mir nicht vorstellen, weil es keinen Sinn ergab.

Ich lauschte in mich hinein und vernahm einen unterschwelligen Missklang. Für einen Moment dachte ich, die Musik wollte wieder einsetzen. Doch es war etwas anderes, das sich mir nun aufdrängte. Die Anwesenheit eines unmenschlichen Geistes. Eines Verstandes, der vage und indifferent blieb. Ich konnte ihn nicht einordnen.

»Ich höre etwas«, brachte Lloyd mit bebender Stimme hervor. »Gedanken. Impulse. O nein, das darf nicht wahr sein.«

»Was?« Noch immer gelang es mir nicht, den Blick von dem Drama abzuwenden. »Was hörst du?«

Fellmer Lloyd trat neben mich. »Sie rufen mich.« Der Mutant streckte einen Arm aus. »Ich empfange einen ungeordneten Gedankenwust von unzähligen Individuen. Große Verwirrung mit genialen Einstreuungen. Schuldgefühle über allem. Tief verwurzelte Schuldgefühle. Und alles – menschlich. Verstehst du? Sehr, sehr menschlich.«

Menschlich? Mein Entsetzen wuchs. »Was können wir tun? Kannst du mit ihnen kommunizieren?«

»Sie reden mit einer Stimme. Sie bitten. Sie flehen. Wir sollen sie erlösen.«

Ich drehte mich in Fellmers Richtung und sah pures Entsetzen in seinem Gesicht. »Erlösen?«

Er nickte. »Sie flehen uns an, sie zu töten.«

Ich stolperte einen Schritt zurück und glaubte aus Dutzenden, aus Hunderten Augenpaaren angestarrt zu werden. Von lebenden Wesen, Menschen, Parthan-Trägern und Söldnern, die nur einen verzweifelten Wunsch hatten. Wir sollten sie umbringen und ihnen damit Erlösung verschaffen. Die Vorstellung drohte mir den Magen umzudrehen.

Ich folgte einer Eingebung. »Kannst du etwas von Parthan erkennen?«

»In den Pathan-Trägern, natürlich. Sie tragen ihre Bewusstseinsanteile von Boris Parthan noch immer bei sich.«

Das war erschütternd, aber nicht das, worauf ich hinauswollte. »Abgesehen von den Fragmenten, spürst du etwas Übergeordnetes? Etwas, das über sie hinausgeht? Dieser fremde, unmenschliche Geist, kann er mit dem Gesamt-Parthan zu tun haben?«

»Ich verstehe nicht, worauf du anspielst.« Der Telepath konzentrierte sich. Anscheinend kosteten ihn seine Anstrengungen sehr viel Kraft. »Ja, da ist etwas. Es ist mehr als Parthan, aber ich kann es nicht greifen.«

Rhaen berührte meinen Arm. »Deine Fragen klingen irgendwie unheimlich. Woran denkst du?«

Dessen war ich mir selbst nicht ganz sicher. Eins stand für mich jedoch fest. Alles, was wir in letzter Zeit erlebt hatten, hing mit Parthan und den Parthan-Trägern zusammen.

»Ich habe eine Ahnung, was geschehen ist. Ich glaube, dass mit der Aufteilung von Boris Parthans Geist ein Unglück eingeleitet wurde, das nicht abzusehen war. Zunächst lief, wie wir wissen, alles gut, weil das kodierte Netzwerk aus Hyperfunkknoten den einzelnen Bewusstseinsfragmenten vorgaukelte, dass sie eine Einheit bildeten. Irgendwann ist dann etwas schiefgelaufen.« Ich sah Rhaen in die Augen. »Ihr habt so blind auf die Parthan-Träger vertraut, dass euch eine schleichende Veränderung entgangen ist.«

»Worauf willst du hinaus? Behauptest du etwa, wir seien für ... das da verantwortlich?«

»Ich glaube, dass die Parthan-Anteile in den Trägerkörpern tatsächlich in Fragmente zersplitterten, die gegeneinander ankämpften. Gleichzeitig hat sich das Ganze in seiner Summe über das Maß eines menschlichen Bewusstseins hinaus entwickelt. Ich wüsste jetzt nicht, was ich als Präzedenzfall anführen könnte, um meine Vorstellung von diesem Über-Bewusstsein zu verbildlichen.«

»Du sprichst von irgendeiner Art Über-Intelligenz?«

»Ja.«

»Wie ES, das Geistwesen von Wanderer?«, schlug Fellmer Lloyd vor.

An das Geistwesen, das seit etwa achthundert Jahren verschwunden war, hatte ich nicht gedacht. »ES ist vielleicht ein paar Nummern zu hoch gegriffen, aber als Vergleich gar nicht so schlecht. Vielleicht erleben wir etwas, das wir uns bisher nicht einmal vorstellen konnten. Die Geburt oder Entstehung einer herausragenden Lebensform, einer *Entität*, die weit über uns steht. Ich würde sie als transhumane Bewusstseinsform beschreiben.«

»Oder als einen allmächtigen, gefährlichen Krüppel, der nicht weiß, wohin mit seiner Macht«, warf Varen Thorik ein. »Eine solche Lebensform flößt mir nicht besonders viel Vertrauen ein, besonders wenn ich mir das da ansehe.« Sie deutete auf den Knoten aus Leibern. »Ich finde die Vorstellung bedenklich, dass dieser transhumane Verstand womöglich in einem bisher unbekannten Maß und mit enormer Geschwindigkeit Einfluss auf biologische Prozesse und die Biologie per se nehmen kann.«

Die Bedenken der Kommunikationsspezialistin waren berechtigt. Das Drama, auf das wir hier gestoßen waren, gab Anlass zur Sorge. Irgendwie schienen die monströsen, entarteten Söldner in dieses Bild zu passen. Ich hatte keine Ahnung, woher sie kamen. Vielleicht steckte das Über-Bewusstsein dahinter. Ich betrachtete die gequälten Kreaturen, die sich vor uns türmten, und sah keine Möglichkeit, ihnen zu helfen. Auf keinen Fall war ich bereit, intelligente, fühlende Wesen umzubringen.

Eine schauderhafte Vision befiel mich. Ich zögerte, sie Rhaen mitzuteilen, doch sie hatte das Recht, von meiner Ahnung einer furchtbaren Gefahr für ihre Heimatwelt zu erfahren. »Ich halte es für möglich, dass dieser Über-Geist die für Reddeye so wichtigen Parthan-Träger gänzlich infiltriert.«

»Wie würde sich das ausdrücken?«, keuchte Rhaen. Sie ahnte es.

»In einem Zustand der Verwirrung bei den Trägern. Unterdrückt würden sie womöglich ihre geistige Kohärenz verlieren und zu unlogischen, sinnlosen Handlungen tendieren.«

»Du beschreibst genau den Zustand, der laut Padersen Korsh und Golan Intz eingetreten ist.«

Ich starrte den Knoten aus Leibern an und begriff, dass sich eine fremde Biologie zu bilden begann, die mit der grauenhaften nergeischen Verformung verwandt war. Mein Verdacht kam mir nur schwer über die Lippen.

»Wenn du recht hast, sieht sich Reddeye einer unglaublichen Bedrohung ausgesetzt.« Rhaens Miene glich einer ausdruckslosen Maske. Sie versuchte vor den anderen zu verbergen, was in ihr vorging. Ich kannte sie zu gut, als dass sie mir etwas hätte vormachen können. »Du befürchtest, dass sich dieser Geist und die fremde Biologie über ganz Reddeye ausbreiten.«

»Damit nicht genug.« Fellmer Lloyd hatte es erfasst. »Sondern sogar über die ganze Galaxis. Das würde zielgerichtetes Verhalten der Biologie voraussetzen.«

»Die ich unterstelle, weil ich davon ausgehe, dass sie und der Geist miteinander in Verbindung stehen. Irgendwie ist Parthan, der Gesamt-Parthan, in der Lage, die wilde Biologie, die er vor seinen Augen sieht, zu steuern.«

Rhaen trat unruhig von einem Fuß auf den anderen und näherte sich dem Knoten aus Leibern. »Das wäre ein Machtmittel von unglaublicher Qualität. Es könnte die Grundlage für die damalige Heilung der Kolonisten gewesen sein.«

»Das wollte ich aufzeigen.«

»Und nun verliert Parthan die Kontrolle?«

»Ja.« Wir mochten in eine völlig falsche Richtung denken, und die Erklärung für die Vorgänge sah ganz anders aus, doch bei unserem Wissensstand erschien sie mir plausibel.

»Vorsicht, Rhaen!«, stieß Lloyd aus. Er machte einen Satz nach vorn, packte meine ehemalige Gefährtin und riss sie von den Leibern weg.

Sie stieß einen überraschten Schrei aus, der nichts mit Lloyds Eingreifen zu tun hatte. Mit seinen telepathischen Fähigkeiten war er der Einzige unserer Gruppe, der vorausgesehen hatte, was geschah. Wir anderen wurden von der Entwicklung überrascht. Ein Klumpen Zellgewebe hatte sich aus dem Knoten gelöst und Rhaen regelrecht angesprungen. Er haftete an ihrem Hals.

Ich griff danach, um ihn abzureißen. Bevor ich ihn zu fassen bekam, stieß Daniel Pherson meinen Arm zur Seite.

»Was soll das, Korporal?«, fuhr ich ihn an.

Beherrsch dich, du Narr, oder willst du euch verraten?, polterte der Extrasinn. *Dienstgrade haben inmitten von Libra nichts verloren.*

»Nicht abreißen, Tarol.« Daniel Pherson hatte sich besser unter Kontrolle als ich mich. Die Tatsache gab mir zu denken.

»Der Klumpen hat sich bereits mit Rhaens Gewebe verbunden. Du bringst sie um, wenn du ihn mit Gewalt entfernst.«

»In Ordnung.« Pherson war zwar kein Arzt, aber als Medo-Techniker hatte er von uns allen die größte medizinische Erfahrung. Ich nickte ihm dankbar zu. »Kannst du mich verstehen, Rhaen?«

»Ja.« Der Blick aus ihren Augen war klar. »Kein Problem. Ich verspüre keine Schmerzen. Im Gegenteil, ich ... ich erinnere mich.«

»Woran erinnerst du dich?«

»Ich sehe die INANNA vor mir. Sie fliegt auf die Sonne zu. Und ich sehe mich selbst, wie ich in der Zentrale vor den Schiffskontrollen stehe und im Begriff bin, eine Eingabe vorzunehmen.«

Der Gewebeklumpen an Rhaens Hals pulsierte. Er schien einen Teil ihrer Erinnerungsblockade zu lösen. Trotzdem mussten wir ihn so schnell wie möglich entfernen. Die Folgen waren nicht auszudenken, wenn er sich ausbreiten und in Rhaens Körper Leitzellen platzieren würde.

»Ich weiß es wieder«, brachte Rhaen schluchzend hervor. »Ich weiß, was ich getan habe. Ich habe die Kommandoeingabe vorgenommen, die die INANNA in die Sonne steuerte.«

Nein, das glaubte ich nicht. Mein Verstand weigerte sich. Ich kannte Rhaen zu gut. Zu einer solchen Tat wäre sie niemals fähig gewesen.

»Ich habe es Pertar Almoth gesagt!« Rhaen schrie jetzt. »Ich habe ihm gesagt: ›Du musst es tun!‹« Sie brach weinend zusammen.

Daniel Pherson und ich fingen sie gemeinsam auf. Ich hob sie auf meine Arme und lief los. Sie musste in der medizinischen Abteilung versorgt werden. Lloyd und die Spezialisten folgten mir dichtauf. Der medizinische Bereich war verlassen. Ich bettete Rhaen auf eine Liege.

»Eine gute Ausstattung. Voll funktionstüchtig, wenn ich mich nicht irre.« Daniel Pherson beugte sich über die immer noch weinende Frau. »Aus dem Weg, meine Herren. Ich will sehen, was ich für sie tun kann.«

Widerwillig trat ich zwei Schritte zurück. Rhaens Behauptung, den Vernichtungsbefehl für die INANNA gegeben zu haben, marterte mich. Es konnte nur so sein, dass ihre Erinnerung sie trog. Ich traute dem Zellklumpen an ihrem Hals nicht. Vielleicht flüsterte er ihr ein Lügengebäude ein.

Löse dich von deiner vorgefertigten Meinung, meldete sich der Extrasinn. *Zieh nur für einen Moment die theoretische Möglichkeit in Betracht, dass Rhaens Behauptung der Wahrheit entspricht.*

In dem Fall war da immer noch Pertar Almoth, antwortete ich stur. *Er wäre einem Befehl zur Vernichtung des Kolonistenraumers niemals nachgekommen.*

In dem Fall stellt sich eine entscheidende Frage.

Ich nickte. *Was* musste Pertar Almoth tun?

Kapitel 31

Kritisch beäugte ich Rhaens Behandlung. Daniel Pherson schien zu wissen, was er tat. Rhaen hatte sich wieder gefangen und lag ruhig da. Sie war in dumpfes Brüten versunken und starrte zur Decke empor. Ich hatte Varen Thorik und Osmooth Alerin angewiesen, sich ein wenig auszuruhen. Fellmer Lloyd streifte durch die Gänge des Bunkers und hoffte, mit seinen telepathischen Fähigkeiten Informationen zu erlangen, die uns weiterhelfen konnten.

»Die Instrumente funktionieren?«, fragte ich Pherson.

Er nickte, auf einem Monitor einen Datenwust studierend. »Die Technik ist zwar nicht mehr auf aktuellem Stand, doch sie umfasst die besten gentechnischen Einrichtungen, die den damaligen Kolonisten zur Verfügung standen. Punktuell haben die Libra-Leute sie zudem ergänzt.«

»Breitet sich der Gewebeklumpen weiter aus?«

»Er hat die Epidermis durchdrungen und sich in der darunterliegenden Lederhaut festgesetzt. Danach ist er in eine Art Starre gefallen. Ich gehe davon aus, dass er nicht tiefer eindringen wird.«

»Also hat er gerade mal die äußere Hautschicht angekratzt.«

»Richtig.«

Das war eine gute Nachricht. Der Großteil des Klumpens haftete außen an Rhaen. »Stirbt er ab?«

»Oder erwacht er zu weiteren Aktivitäten? Ich wünschte, ich hätte eine Antwort auf diese Frage.« Pherson nahm eine Messung vor. »Sollte es dazu kommen, könnte ich den Klumpen operativ entfernen. Da er gerade einmal die beiden äußeren

Hautschichten befallen hat, würde Rhaen so gut wie nichts davon bemerken. Ich könnte das kleine Stück einfach herausschneiden.«

»Warum machst du es nicht?«

»Weil ich empfehle, zunächst abzuwarten. Es könnte nämlich genau dieser Eingriff sein, der neuerliche Aktivitäten auslöst. Solange der Klumpen sich passiv verhält, gibt es keinen Grund zur Eile.«

Ich erhob mich von dem Stuhl, begab mich zu Rhaen und ergriff ihre Hand. »Wie fühlst du dich?«

»Das fragst du, nachdem wir nun wissen, was ich an Bord der INANNA verbrochen habe?« Sie entzog mir ihre Hand und hielt sie vor ihre Augen. »Das Blut von zweitausend Kolonisten klebt daran. Bis vorhin hatte ich noch Hoffnung. Nun weiß ich, dass ich die Schuld, die ich auf mich geladen habe, nie wieder loswerde. Sie wird mich bis ans Ende meiner Tage beleiten.«

»Nein!« Ich stieß das Wort mit einem Anflug von Ärger aus. »Hör mir zu, Rhaen.« Ich beschwor sie geradezu. »Ich akzeptiere das nicht, und du wirst es ebenfalls nicht tun. Wir finden heraus, was geschehen ist, und es wird dich entlasten. Davon bin ich fest überzeugt.«

»Deswegen habe ich dich geliebt«, flüsterte sie. »Wegen deines unerschütterlichen Optimismus und deines Glaubens an das Gute im Menschen. Deswegen liebe ich dich vielleicht immer noch.« Sie drehte den Kopf in die andere Richtung und starrte die Wand an.

Ich suchte nach den richtigen Worten und wurde ihrer enthoben. Elion Tolsom betrat in Begleitung eines weiteren Mannes den Raum.

»Ich habe gehört, was geschehen ist. Was machst du für Sachen, Schwesterherz?«, fragte er.

Ich stellte mich zwischen Rhaen und Elion. »Deine Schwester wurde verletzt. Das wäre nicht passiert, wenn uns jemand gewarnt hätte. Was hat es mit all den Körpern auf sich, die zu einem Knoten verwoben sind?«

»Haben sie Rhaen angegriffen?« Elion musterte mich abschätzend. Anscheinend hatte er sich noch nicht entschieden, wie er mich beurteilen sollte. Das traf nicht auf Gegenseitigkeit zu. Ich wusste seit unserem ersten Zusammentreffen, dass ich ihn nicht mochte.

»Ja, und das hätte sich verhindern lassen.«

»Ich weiß nicht, warum sie das getan haben. Ich kenne auch den Grund nicht, weshalb sie sich verbinden.«

Ich glaubte ihm sogar. »Ist Parthan dafür verantwortlich?«

»Parthan?« Elion senkte seine Stimme. Sein Blick schien durch mich hindurchzugehen. Sekunden lang war er völlig weggetreten. »Er ist da, manchmal. Manchmal nicht. Ich höre ihn. Dann schweigt er.« Er schüttelte sich und streifte die Gedanken ab wie ein Gespinst.

Die Überlegungen überfordern ihn, raunte der Extrasinn. *Er kennt keine Zusammenhänge, und sie interessieren ihn nicht, da ein solches Interesse seinerseits von dem Über-Verstand nicht vorgesehen ist.*

»Das ist Doktor Junnis, einer unserer besten Mediker«, wechselte Elion das Thema. »Er kann dir bestimmt helfen, Schwesterherz.«

»Triskolin Junnis.« Der Arzt sprach mit quietschender Fistelstimme. »Ihr Bruder bat mich, nach Ihnen zu sehen, Miss Tolsom.«

Rhaen richtete den Oberkörper auf. »Das ist nett, aber ich werde gut versorgt.«

»Wäre das so, würdest du diesen Klumpen nicht an deinem Hals tragen.«

»Wieso behandeln Sie meinen Bruder nicht zuerst, Doktor? Oder sich selbst?«

Die Frage war einer Rhaen Tolsom würdig. Ich spitzte die Lippen und betrachtete die kirschgroße Beule an Elions Hals.

Für keinen Preis der Welt hätte er sich davon getrennt. Die Leitzellen in seinem Körper besaßen die Macht über seinen Verstand und lenkten ihn, ohne dass er in der Lage war, sich gegen die fremde Bevormundung zu wehren. Triskolin Junnis besaß dieselbe körperliche Abnormität.

»Das ist etwas anderes«, wich der Mediker aus. »Wie es aussieht, sind wir nicht willkommen, Elion.«

»Ich habe nichts gegen Unterstützung einzuwenden«, mischte sich Daniel Pherson ein. Er zwinkerte mir unauffällig zu. Ich begriff. Er spekulierte darauf, dass es uns gelang, dem Mediker ein paar brauchbare Informationen abzuschwatzen.

Ich trat beiseite und signalisierte damit mein Einverständnis. »Es ist die Entscheidung deiner Schwester.«

Rhaen verdrehte die Augen. »Von mir aus. Hauptsache, du bleibst bei mir, Tarol.«

Elion warf mir einen indignierten Blick zu, drehte sich um und verließ den Raum.

Abends hielten wir Kriegsrat. Da war Rhaens Zustand unverändert. Der Gewebeklumpen verhielt sich weiterhin passiv. Daniel Pherson war guter Dinge, ihn mit Hilfe seines Kollegen risikolos entfernen zu können.

»Wir sehen uns morgen an, ob eine Veränderung eingetreten ist«, erklärte der Medo-Techniker. »Falls nicht, versuchen wir den Klumpen loszuwerden.«

»Hast du etwas von Triskolin Junnis erfahren?«

Pherson schüttelte den Kopf. »Sein Wissen ist zu spärlich, als dass wir etwas damit anfangen könnten. Eins steht außer Frage, er ist ein hervorragender Arzt. Aber in die Vorgänge eingeweiht ist er nicht.«

»Das deckt sich mit meinen Erkenntnissen«, ergriff Fellmer Lloyd das Wort. »Die Angehörigen von Libra wissen nicht mehr als unbedingt nötig. Sie bereiten sich auf die nächste Phase des

Bürgerkriegs vor und warten auf ein näher rückendes Ereignis. Über das Wesen dieses Ereignisses oder das Datum seines Eintretens ist allerdings nicht viel bekannt. Aus ein paar Bruchstücken habe ich mir zusammengereimt, dass es sich wohl um einen Transport handelt.«

»Was transportiert werden soll, ist unbekannt?«

»Ja, leider.«

Das half uns nicht weiter. »Was denken die Libra-Leute über uns?«

Der Telepath lächelte. »Rhaen wird als Überläuferin betrachtet und akzeptiert. Das Gleiche gilt für uns als ihr Gefolge.«

»Elion hegt keine Zweifel an unserer Aufrichtigkeit?«

»Er hat persönliche Vorbehalte gegen dich«, antwortete Lloyd. »Die resultieren aus deiner Nähe zu Rhaen. Es missfällt ihm, dass ihr so vertraut miteinander seid.«

Die Auskunft erstaunte mich. Offenbar sorgte sich Elion doch mehr um seine Schwester, als ich nach unserem ersten Zusammentreffen angenommen hatte. Was Fellmer herausgefunden hatte, verschaffte uns jedenfalls mehr Handlungsspielraum, da ich nicht befürchten musste, dass man uns zu viel Aufmerksamkeit schenkte.

»Als Elion uns nach unserem Eintreffen durch den Bunker führte, habe ich mehrere Positronikanschlüsse gesehen«, erinnerte ich mich. »Auf einen davon muss ich mir Zugriff verschaffen, um einen Suchlauf starten zu können.«

»Das dürfte nicht schwer sein. Sie sind überall verstreut, auch in den verlassenen Stationsbereichen.«

Das besagte nicht, dass sie funktionierten und es mir gelang, einen Anschluss in Betrieb zu nehmen. Ich behielt für mich, wonach ich suchte. Rulan Karkeron war ein Infiltrationsspezialist gewesen, der geschickt darin war, Datenpakete so in einem fremden System zu verstecken, dass niemand sie entdeckte, der nicht wusste, wonach er suchen sollte.

Ich wusste es.

Kapitel 32

Atlan

Reddeye, 2. Mai 3113

Meiner Finger glitten über die Eingabeelemente. Der Staub, den ich zuvor von der Konsole gewischt hatte, belegte, dass die kleine Kammer in einem abgelegenen Trakt des Bunkers schon lange nicht mehr betreten worden war. Zumindest hatte seit geraumer Zeit kein Mensch diesen Positronikanschluss benutzt. Es musste zwar mit dem Teufel zugehen, wenn sich ausgerechnet jetzt jemand hierher verirrte, doch zur Sicherheit hatte ich Varen Thorik und Osmooth Valerin an beiden Enden des Korridors postiert.

Vor mir leuchteten rote Kontrolllampen auf und signalisierten Bereitschaft. Ein gewölbter Bildschirm ging in Aktivmodus über. Sekunden später baute sich ein Holokubus auf, in dem ein mir unbekanntes Symbol um die eigene Achse rotierte.

Ich hielt in meiner Tätigkeit inne, lauschte und ließ eine Minute verstreichen. Danach war ich sicher, keinen Alarm ausgelöst zu haben. Ich hatte damit gerechnet, dass die Inbetriebnahme und der Zugriff auf die Positronik nicht gemeldet würden. Als die Anlage angelegt worden war, hatten ihre Erbauer sie so konstruiert, dass jeder Bunkerbewohner mühelos Zugriff darauf nehmen konnte, egal, ob es sich um einen Greis oder ein Kind handelte. Schließlich konnte man nicht vorhersagen, wer sich vor der nergeischen Verformung in den Bunker retten würde. Was nützte es demjenigen, wenn er mit dem Umgang der Positronik überfordert war?

Bis hier ging mein Plan auf.

Ich verschaffte mir einen Überblick und fand heraus, dass die Positronik bis Anfang März stillgelegen hatte. Vor dem ersten Zugriff war sie zum letzten Mal vor über 650 Jahren aktiviert worden. Seit damals war niemand mehr hier unten gewesen.

Unwillkürlich sah ich mich um. Mehr noch als bei den Erkundungen durch die einsamen Gänge wurde mir bewusst, wo ich mich aufhielt. In einer stählernen Enklave weitab der wirklichen Welt, die vor langer Zeit für diejenigen Kolonisten, die sich in ihren vermeintlichen Schutz gerettet hatten, zu einer Gruft geworden war. Und wenn nicht zu einem Grab, dann wenigstens zu einem Gefängnis aus Stahl.

Ich spürte die Millionen Tonnen Sand und Gestein, die mich von der Planetenoberfläche trennten, geradezu körperlich auf mir lasten. Die Flüchtlinge, die hier unten Zuflucht gesucht hatten, hatten sich selbst lebendig begraben. Sie waren ihrem eigenen Bannspruch gefolgt, aber was war ihnen anderes übrig geblieben, als auf diese Weise zu versuchen, ihr Leben zu retten?

Zumindest haben sie die Seuche überlebt, suchte der Extrasinn nach einem tröstenden Aspekt.

Nicht einmal das ist sicher. Wir befinden uns in einer Verbotenen Zone, konterte ich. *Das heißt, hier haben besonders aggressive Erregertypen gewütet.*

Ich hatte genug gesehen und gab als Suchparameter die Kennung ein, die in meinem fotografischen Gedächtnis gespeichert war. D-Dur op. 77. Die Positronik enttäuschte mich bereits nach wenigen Sekunden. Unter dieser Kennung war kein versteckter Eintrag verzeichnet. Sollte ich mich täuschen? Vielleicht hatte Rulan Karkeron keine Gelegenheit gehabt, mir eine Nachricht zukommen zu lassen.

Es gibt Speicherplätze in einer Positronik, auf die man nur in der jeweiligen Einrichtung Zugriff erlangt, machte mich der Extrasinn auf einen Denkfehler aufmerksam. *Hätte Rulan Karkeron sein Nachrichtenpaket in einem anderen Bunker oder geheimen Stützpunkt auf Reddeye eingegeben, hätte die Gefahr bestanden, dass es nur in genau dieser Anlage hätte aufgerufen werden können.*

Dieses Risiko wäre der Oxtorner niemals eingegangen, stimmte ich meinem lautlosen Gesprächspartner zu. Er hätte einen anderen Weg gefunden.

Ein offen liegendes Nachrichtensystem. Ein Kommunikationsnetzwerk zum Übertragen von Funksprüchen, Radiosendungen oder Trivids. Selbst bei gezielter Suche wäre bei den Millionen von Sendungen jedermann ohne Kenntnis der Kennung gescheitert.

Ich folgte den Hinweisen des Extrasinns und weitete meine Suche auf sämtliche Daten- und Informationsnetzwerke aus, die sich von einer positronischen Eingabe- und Leseeinheit aus erreichen ließen. Abermals tippte ich die Buchstaben-Zahlen-Folge in die Tastatur. D-Dur op. 77. Ich zögerte, die letzte entscheidende Handbewegung durchzuführen. Bei einem Misserfolg war die Spur zu Rulan Karkeron versandet.

Ich drückte den Daumen auf das Bestätigungsfeld, und das Symbol in dem Holo erlosch. An seiner Stelle manifestierte sich das Antlitz von Rulan Karkeron.

Gratuliere, kommentierte der Extrasinn meinen Erfolg.

Ich hatte mich einmal mit Captain Karkeron über seine große Leidenschaft unterhalten, über die klassische Musik. Der Oxtorner war geradezu vernarrt in das einzige Violinkonzert von Johannes Brahms. Er hatte seinerzeit orakelt, dass das D-Dur op. 77 betitelte Konzert irgendwann bei einem seiner Einsätze einen wichtigen Hinweis liefern würde. Jetzt offenbarte es mir gleich ein ganzes Nachrichtenpaket.

Alle Achtung, Captain, dachte ich und richtete meine Aufmerksamkeit auf den Holokubus.

Mit wachsendem Interesse lauschte ich dem Bericht des studierten Galakto-Psychologen. Eckdaten waren der 24. Februar und der 12. März. Ich nahm alles auf, was zwischen diesen beiden Daten aufgezeichnet worden war, und suchte anschließend nach einem Hinweis auf den Verbleib des Oxtorners. Diesmal blieb meine Suche erfolglos. Rulan Karkeron hatte mir nicht mitteilen können, wohin man ihn verschleppt hatte. Daher stufte ich ihn weiterhin als »im Einsatz vermisst« ein, obwohl ich befürchtete, dass er nicht mehr am Leben war.

Ich löschte das Datenpaket, versetzte den positronischen Anschluss wieder in seinen vorherigen Zustand der Inaktivität und verließ die kleine Kammer. Mit einer knappen Geste bedeutete ich meinen Spezialisten, mir zu den Quartieren zu folgen.

Kapitel 33

Daniel Pherson

Reddeye, 3. Mai 3113

Behäbig wiederholte Pherson seine Untersuchungen. Der Zustand Rhaens Tolsoms war seit dem Vortag stabil, was der Korporal als Erfolg betrachtete. Der Gewebeklumpen am Hals der Patientin hatte sich nicht geregt. Er wuchs nicht, und er drang nicht tiefer ins Gewebe ein.

»Die Einwachsung ist so minimal, dass keine Gefahr besteht, wenn wir sie operativ entfernen«, prognostizierte Triskolin Junnis.

Pherson und er hatten fortwährend Meinungen ausgetauscht. Zum Erstaunen des USO-Spezialisten stimmten sie bis auf minimale Abweichungen überein. Auch Pherson war zu dem Schluss gekommen, den Eingriff nun vornehmen zu können, doch er zögerte. Denn Junnis' Verhalten war widersprüchlich. Seine Besorgnis um die Patientin war nicht gespielt. Er wollte sie wirklich von dem Gewebeklumpen befreien. Die ähnliche Beule an seinem eigenen Hals hingegen war für ihn ein ganz normaler Bestandteil seines Körpers.

Als Junnis den Raum verließ, nutzte Rhaen Tolsom die Gelegenheit, um ihre Besorgnis auszudrücken. »Was ist der Unterschied zwischen dem fremden Gewebe an meinem und seinem Hals?«

Darüber hatte sich Pherson fortwährend den Kopf zerbrochen. »Ich glaube, das es sich um dieselbe Art von Befall handelt.« Er tastete über den kleinen Klumpen an Rhaen Tolsoms Hals. Anfangs hatte er menschliche Körpertemperatur besessen, nun war er sieben oder acht Grad kälter.

»Dann wird es früher oder später zu wuchern beginnen?«

»Es fehlen belebende Impulse. Wir kennen dieses Phänomen von dem auf Terra vernichteten Gewebe. Es verhielt sich eine ganze Weile still, bevor es aktiv wurde. Irgendetwas hat es zum Wachstum angeregt, doch wir wissen nicht, was das war.«

Die Patientin tastete nach ihrem Hals und sah Pherson offen an. »Kannst du eine Entnahme verantworten?«

»Ja, unbedingt.«

»Dann zögere nicht länger.«

»Einverstanden. Ich hatte gehofft, dass der Klumpen einen weiteren Teil deiner Erinnerungsblockade löst.« Daniel Pherson räusperte sich. »Verzeih, das war unüberlegt. Die Erinnerung hat dich genug gequält.«

»Kein Problem. Egal, was noch auf der INANNA geschehen ist, ich werde jede sich bietende Gelegenheit nutzen, es zu ergründen. Dieses Ding kann mir nicht dabei helfen, denn leider ist es bei dem ersten Erinnerungsschub geblieben.« Rhaen Tolsom deutete warnend zur Tür.

Pherson drehte sich um, als er ein Geräusch vernahm. Triskolin Junnis trat mit verklärtem Gesichtsausdruck ein. Die Veränderung hielt nur ein paar Sekunden lang an, doch die genügten, um Pherson zu zeigen, dass etwas vorgefallen war.

»Gute Nachrichten?«, fragte er.

»Ich habe Darakh vernommen.«

Der terranische Korporal horchte auf. »Darakh?«

Mit einer hektischen Geste fuhr sich der Mediker übers Gesicht. Er begab sich zu einer Phalanx medizinischer Überwachungsgeräte und studierte die Anzeige. »Ich bin dafür, dass wir den Eingriff vornehmen, Herr Kollege«, versuchte er seine unbeabsichtigten Worte zu überspielen.

Die Bemerkung ist ihm gegen seinen Willen entglitten, dachte Daniel Pherson. Den Begriff Darakh hatte Fellmer Lloyd zuvor vernommen. Es gab keinen Hinweis darauf, wer oder was sich dahinter verbarg. Vermutlich konnte auch Triskolin Junnis keine befriedigende Antwort darauf geben. Pherson ahnte, dass eine telepathische Sondierung im Sande verlaufen würde.

»Sollen wir dich von diesem Ding befreien, Rhaen?«

»Ich kann es nicht erwarten.«

Pherson musterte den Mediker aufmerksam. Triskolin Junnis hatte sich wieder völlig unter Kontrolle. »Bereit, Herr Kollege?«

Der Libra angehörende Arzt nickte. Daniel Pherson krempelte die Ärmel seiner Kombi hoch. Die auffälligen Muster auf seinen Unterarmen rührten von einer früheren Erkrankung am Lashor-Mosaikfieber her, das angeblich auch Phersons Geschmackssinn eliminiert hatte. Bei seinen Kameraden von A912 wurde kolportiert, er vertilge nahezu alles, besonders fast überlagerte Flottenverpflegung. Weit weg von der Wahrheit waren derlei Geschichten nicht.

Gemeinsam machten sich die Männer an die Arbeit. Der Eingriff erforderte nicht mehr als eine lokale Betäubung und dauerte mit den vorhandenen medizinischen Geräten nur wenige Minuten. Pherson sicherte den Gewebeklumpen in einem Eindämmungsfeld und beobachtete Triskolin Junnis. Den Mediker schien nicht zu interessieren, was mit dem Klumpen passierte.

»Du solltest dieses Ding vernichten, bevor es aktiv wird und weiteren Schaden anrichtet«, schlug Rhaen vor.

»Eine gute Idee«, stimmte Pherson ihr zu. Besonders nach dem Zwischenfall im Labor auf der Erde. Er schob das Gewebe unter einen kleinen Desintegrator, der zur Vernichtung biologischer Proben diente, desaktivierte das Eindämmungsfeld und zerstrahlte den Klumpen.

»Was ist eigentlich aus diesen ... Wesen geworden, von denen der Gewebeklumpen auf mich übergegangen ist?«, fragte Rhaen Tolsom.

Junnis starrte auf die Stelle, an der Pherson den Klumpen zerstrahlt hatte. »Sie sind gestorben«, sagte er leidenschaftslos.

Der Korporal merkte auf, als Fellmer Lloyd eintrat. »Tarol Marsdon möchte mit dir sprechen. Hast du kurz Zeit?«

»Ja.« Pherson nickte. »Wir haben Rhaen soeben operiert. Es ist alles in Ordnung. Sie achten auf unsere Patientin, Herr Kollege?« Er verließ die medizinische Einrichtung und schloss sich dem Mutanten an. Die Unterbrechung kam ihm ganz gelegen.

Kapitel 34

Atlan

Reddeye, 3. Mai 3113

Ich wartete, bis Korporal Pherson sich zu uns gesellte. Inzwischen hatte ich den von Rulan Karkeron versteckten Bericht halbwegs verdaut. Fellmer Lloyd und den Spezialisten standen noch einige heikle Informationen bevor, und Rhaen würde ich später unterrichten. Osmooth Alerin hatte den Raum erneut nach Abhöreinrichtungen untersucht, ohne fündig zu werden. Bei seinem Eintreten in den Gemeinschaftsraum wirkte Daniel Pherson entspannt.

»Wir haben den Zellklumpen entfernt«, überraschte er uns mit einer positiven Nachricht. »Es gab keine Komplikationen. Noch ein oder zwei Stunden Ruhe, dann kann Rhaen aufstehen.«

»Es freut mich, das zu hören. Ich kann ebenfalls mit Neuigkeiten aufwarten. Ich habe ein Datenpaket von Rulan Karkeron gefunden, das er für mich in einem Nachrichtensystem platziert hat.«

»Wie geht es ihm?«, platzte es aus Sergeant Thorik heraus. »Weißt du, wo er sich aufhält?«

»Bedaure, nein, Varen.« Ohne es zu vereinbaren, waren wir längst dazu übergegangen, uns auch zu duzen, wenn wir allein waren. »Ich weiß nur, dass er am 24. Februar von Söldnern gefangen genommen wurde und dass die letzte Aufzeichnung in seinem Nachrichtenpaket vom 12. März stammt.«

Ich legte eine Pause ein und gab den Spezialisten Zeit, meine Worte zu verarbeiten. Die Abteilung 912 war stets ein verschworener Haufen gewesen. Der Denar-Zwischenfall hatte die fünf Spezialisten, die ihn überlebt hatten und in den Dienst zurückgekehrt waren, noch enger zusammengeschweißt. Der Ausfall von Rulan Karkeron und Pertar Almoth ging ihnen nahe. Jeder von ihnen versuchte den Verlust auf seine Weise zu verarbeiten, ohne es sich anmerken zu lassen. Die vergangenen Wochen bewiesen, dass Perry Rhodan sich getäuscht hatte. Die Überlebenden des Denar-Quintetts hatten sich trotz allem seinen SolAb-Agenten als eindeutig überlegen erwiesen.

Es war Daniel Pherson, der die eingetretene Stille durchbrach. »Nun, wenn der Captain ein Nachrichtenpaket auf den Weg schickt, statt sich zu melden, enthält es zweifellos brisantes Material. Aber eins vorweg. Triskolin Junnis hat den Namen Darakh erwähnt. Ihm ist eine Bemerkung herausgerutscht. Er behauptet, Darakh vernommen zu haben. Ich nehme an, eine Stimme. Ich konnte nicht mehr aus ihm rauskitzeln. Außerdem hat er erwähnt, dass die zu einem Leiberknoten verschlungenen Wesen nicht mehr leben.«

Das war bedauerlich. Ich empfand Mitleid mit den armen Kreaturen, aber vielleicht war dieses Schicksal besser für sie. Und was Darakh oder den Zusammenhang zwischen Darakh und Parthan anging, hoffte ich, dass ich mit Rhaens Unterstützung von Elion Informationen darüber erhalten würde.

»Also«, holte ich aus, »wie bereits erwähnt, wurde Captain Karkeron am 24. Februar von den uns mittlerweile bekannten Söldnern gefangen genommen. Wohl schon vor diesem Termin, aber auch noch während seiner Gefangenschaft hat er Informationen zusammengetragen. Über einige davon verfügen wir bereits, andere sind neu für uns.«

»Verzeihung, wenn ich gleich am Anfang unterbreche«, meldete sich die Arkonidin zu Wort. »Wie war es Rulan möglich, seine Erkenntnisse aus der Gefangenschaft zu schmuggeln?«

Diese Frage hatte ich erwartet. »Die Söldner nahmen ihn gefangen, doch bei seinen Wächtern handelte es sich um mit Leitzellen infizierte Menschen. Seinem Bericht zufolge handelten sie teilweise sehr umsichtig, teilweise jedoch wie Idioten. Er nennt es blinde Flecken in ihrer Wahrnehmung, wenn ein Bewusstseinsteil namens Darakh-Parthans ihm half, Dinge vor seinen Wächtern geheim zu halten.«

»Darakh-Parthan?«, unterbrach Daniel Pherson mich. »Das klingt danach, als hätte Parthan sich einen Partner zugelegt. Vielleicht gelingt es uns auf diesem Weg, uns dem von dir ins Spiel gebrachten Über-Verstand anzunähern.«

Ich nickte. »Jedenfalls trug diese Hilfe dazu bei, Rulan Karkeron in den Besitz von Informationen über die Vergangenheit Reddeyes zu bringen. Er bestätigt die uns bekannte Legende um die Verräter, die sich kurz nach Ausbruch der Seuche des letzten überlichttüchtigen Beiboots bemächtigten und damit von Reddeye flohen. Das Schiff, eine Kaulquappe mit der Bezeichnung THA-IV, wurde von robotischen Verteidigungseinrichtungen beschossen und schwer beschädigt. Der Captain fand heraus, dass die Verräter eine Welt namens Ereshkigal erreichten.«

»Ereshkigal?«, echote Daniel Pherson. »Ich kenne diesen Namen. Er ist Teil der Mythologie Reddeyes und steht in Verbindung mit der nergeischen Verformung.«

»Du hast deine Hausaufgaben gemacht, Korporal«, lobte ich ihn. »Eben aufgrund der Bekanntheit des Namens schloss Rulan Karkeron auf die Möglichkeit, dass die Verformung von Ereshkigal stammte.«

»Und wie?«

»Sie wurde eingeschleppt.«

»Es gab niemanden, der sie hätte einschleppen können«, protestierte Fellmer Lloyd.

»Vielleicht doch. Jahre nach Ausbruch der Seuche erschien Boris Parthan als Retter auf der Bildfläche.«

»Mit dem von ihm entwickelten Serum, das den Untergang der Kolonie verhinderte«, dozierte Osmooth Alerin. »Das wissen wir.«

»Rulan Karkeron hat etwas herausgefunden, das wir bisher nicht wussten«, ließ ich die Katze aus dem Sack. »Boris Parthan stand auf der Besatzungsliste der THA-IV.«

Meine Eröffnung löste überraschte Reaktionen aus. Mir war es bei der Sichtung des Datenpakets nicht anders ergangen, weil diese Informationen einen Teil der Geschichtsschreibung Reddeyes auf den Kopf stellten.

»Der Captain nahm an, dass Boris Parthan von Ereshkigal nach Reddeye zurückkehrte und möglicherweise das Heilmittel gegen die nergeische Verformung von dort mitbrachte«, setzte ich noch einen drauf. »Damit wäre der Verräter zum Retter geworden.«

Fellmer Lloyd legte die Stirn in Falten. »Wir haben keine Bestätigung für diese Informationen.«

»Rulan hätte sie nicht weitergegeben, wenn er ihnen nicht einen hohen Wahrscheinlichkeitsgehalt zurechnen würde«, verteidigte Daniel Pherson seinen verschollenen Kameraden.

»Dem stimme ich zu«, erklärte ich.

»Das wird Rhaen ganz und gar nicht gefallen.«

»Es muss ihr nicht gefallen. Sie wird es akzeptieren.« Davon war ich überzeugt. Meine ehemalige Partnerin stellte sich stets der Wahrheit, ob sie ihr nun angenehm war oder nicht. Ihre verzweifelte Suche nach den letzten Minuten an Bord der INANNA lieferte den besten Beweis dafür. »Eine letzte Tatsache ist wichtig«, kam ich zum Ende des Berichts. »Wer immer die Freiheitsbewegung lenkt, nennt Ereshkigal bei einem viel profaneren und gleichzeitig sehr martialischen Namen, nämlich Höllenwelt.«

»Dieser Ausdruck entstammt ebenfalls der Mythologie Reddeyes«, erinnerte sich Daniel Pherson.

»Richtig, Korporal.« Ich verschränkte die Arme vor der Brust. »Bloß hat er dank Captain Karkeron eine neue Bedeutung erlangt. Wir wissen jetzt, dass die Höllenwelt nicht nur Mythen und Märchen entstammt. Sie existiert.«

Und sie besaß eine viel tiefer gehende Beziehung zu Reddeye, als irgendeiner von uns sich das vorstellen konnte.

Kapitel 35

Rhaen Tolsom

Reddeye, 3. Mai 3113

»Ich trage keine Verantwortung für die Toten.« Das Lachen der schwarzhaarigen Frau klang vergnügt. Es war frei von jeder Schuld. »Du aber kannst dich nicht freisprechen vom Schicksal der INANNA. Alle an Bord sind deinetwegen gestorben. Sie waren nicht die letzten Toten, die du auf dein Gewissen geladen hast. Auch deine Freunde werden sterben, weil sie den Fehler begehen, dir zu vertrauen, und weil sie dich unterstützen.«

Rhaen Tolsom richtete sich kerzengerade auf. Nicht mal ein Abdruck von Terian Sadlik blieb zurück. Sie war nicht hier, und sie war es nie gewesen. Nichts von Terian steckte in Rhaen. Es war nur ein Traum gewesen, geboren aus den Erfahrungen, die sie für wenige Wochen in einem gemeinsamen Körper gemacht hatten. Mit einem hatte die Stimme recht. Sie, Rhaen Tolsom, war die Mörderin von zweitausend unschuldigen Menschen. Sie begriff nicht, dass Atlan sich weigerte, die Tatsache zu akzeptieren.

Mit einem Blick auf ihr Armbandchrono stellte sie fest, dass sie keine zehn Minuten geschlafen hatte. Sie war eingenickt und gleich darauf wieder aufgewacht. Daniel Pherson war noch nicht zurückgekehrt, und auch Triskolin Junnis hatte den medizinischen Bereich verlassen.

Rhaen Tolsom schwang ihre Beine über den Rand der Liege und erhob sich. Es bereitete ihr keine Mühe, auf eigenen Füßen zu stehen. Sie fühlte sich kräftig und stark. In einer verspiegelten Armatur betrachtete sie ihr Abbild. Der Gewebeknoten hatte keine Spuren an ihrem Hals hinterlassen.

Während sie die dünne Krankenbekleidung ablegte und in ihre Kombination und die Stiefel schlüpfte, lauschte sie in sich hinein. Für einen winzigen Moment glaubte sie, etwas in ihrem Inneren zu registrieren, das dort nicht hingehörte. Der Eindruck verging augenblicklich wieder. Rhaen Tolsom war sich unschlüssig, ob sie sich getäuscht hatte. Sie verharrte, auf einen weiteren Misston lauernd. Bange Minuten vergingen, doch nichts geschah.

»Na also, es ist alles in Ordnung.« Ihre eigene Stimme kam ihr übermäßig laut vor.

Angesichts dessen, was ihr in letzter Zeit widerfahren war, wäre es nicht verwunderlich gewesen, wenn sie eine Identitätskrise hätte durchmachen müssen. Schon wieder mimte sie eine Person, die sie nicht war. Sie hätte an der Seite ihres Vaters, des Hohekanzlers von Reddeye, stehen und ihn unterstützen sollen. Stattdessen hatte sie sich unter die selbsternannten Freiheitskämpfer von Libra gemischt und hielt sich wie selbstverständlich in deren Enklave auf. Es sprach, fand sie, nicht für sie, dass sie auf Anhieb als Überläuferin akzeptiert worden war.

Sie verließ den taghell beleuchteten medizinischen Bereich und trat in das schummrige Licht des davor liegenden Gangs hinaus. Eine Weile suchte sie nach ihrem Bruder, ohne ihn zu finden. Dann trieb Neugier sie an den Ort zurück, an dem der Gewebeklumpen sie buchstäblich angesprungen hatte.

Der fürchterliche Knoten aus Leibern war verschwunden. Die Wesen, die ihn gebildet hatten, waren gestorben, zumindest hatte Triskolin Junnis das behauptet. Rhaen Tolsom hatte ein eigenartiges Gefühl bei dieser lapidaren Erklärung. Es waren viele Dutzend Organismen gewesen, die sich zusammengeschlossen hatten. Sie alle sollten einfach so gestorben sein? Eine düstere Stimme wollte ihr weismachen, dass etwas Schreckliches geschehen war.

Vor ihren Augen nahm der verwickelte Knoten aus menschlichen Leibern, beseelten Parthan-Trägern und missgestalteten Söldnern wieder Gestalt an, und sie alle wanden sich um einen gemeinsamen Mittelpunkt. Rhaen Tolsom sah sich selbst, verbunden mit jeder einzelnen der Lebensformen und als Teil eines großen Ganzen, dem sie nicht entfliehen konnte. Sie gehörte als integraler Bestandteil dazu und war auf sich allein gestellt verloren.

Angewidert schüttelte sie den Kopf, und die Vision verblasste. Zurück blieb ein leerer Raum, der offenkundig nicht einen einzigen Körper beherbergte. Lediglich eine unsichtbare Aura, die ihm anhaftete wie ein schweres, betörendes Duftwasser, zog Rhaen Tolsom in ihren Bann.

Abrupt drehte Rhaen sich um und lief den Weg zurück, den sie gekommen war. An der nächsten Abzweigung begegnete ihr ein alter Mann, der sie neugierig musterte.

»Miss Tolsom.« Er neigte den Kopf. »Haben Sie sich verirrt?«

»Verirrt? Nein. Haben Sie Elion gesehen, meinen Bruder?«

»Er ist unterwegs. Er und Goletta Marl treffen Vorbereitungen für das Ereignis, auf das alle warten. Elion wird bald zurückerwartet.«

»Von welchem Ereignis sprechen Sie?«

»Ich weiß es nicht, aber es wird eintreten. Das steht fest. Etwas kommt, und niemand kann es aufhalten.«

Rhaen Tolsom wusste nicht, was sie von den zusammenhangslosen Sätzen halten sollte. Wahrscheinlich handelte es sich um das Gefasel eines verwirrten alten Mannes. Sie wandte sich ab und setzte ihren Weg fort. Im Gang vor den Quartieren begegnete ihr Fellmer Lloyd. Er machte einen nachdenklichen Eindruck.

»Sag nicht, dass es neue Schwierigkeiten gibt.«

»Neue Informationen.« Der Telepath zeigte hinter sich. »Inwieweit du sie als Schwierigkeiten auffasst, kannst nur du entscheiden. Du erfährst sie besser von Atlan.«

»Wie du meinst.« Rhaen Tolsom berührte die Kontaktplatte am Eingang ihres Gemeinschaftsraums. Nachdem die Tür zur Seite geglitten war, trat sie ein. Varen Thorik, Daniel Pherson und Osmooth Alerin grüßten sie freundlich und begaben sich nach draußen zu Fellmer Lloyd. Rhaen sah ihnen nach. »Was ist los?«

»Wir sind in den Besitz neuer Informationen gelangt.«

»Das sagte mir Lloyd bereits«, bellte Rhaen ungehalten. Sie konnte keine Rücksichtnahme mehr vertragen. Früher war das anders gewesen, doch ihre Erlebnisse auf Shasker und mehr noch an Bord der INANNA hatten gewisse Dinge grundlegend verändert. Als SolAb-Agentin war sie es gewohnt gewesen, unangenehmen Dingen ins Auge zu sehen. Jetzt kam es Rhaen so vor, als ob sie sich geradezu auf schlechte Nachrichten einstellte, weil die Wahrheit dann nur besser werden konnte, als sie sie erwartete. »Deine Neuigkeiten können nicht so schlimm sein, dass du sie mir vorenthalten musst. Also heraus damit.«

»Sie stammen von Rulan Karkeron.«

»Von deinem verschollenen Captain?«

Atlan nickte. »Die Informationen betreffen die Vergangenheit deiner Heimatwelt.« Er machte eine Pause, offenbar nach den richtigen Worten suchend. »Sie bewerten die Rolle eures Retters Boris Parthan grundlegend neu.«

Ungläubig lauschte Rhaen Tolsom den Ausführungen des Lordadmirals. Sie stellten das Weltbild der rotblonden Frau auf den Kopf. »Diese Erkenntnisse sind gesichert?«, fragte sie tonlos, nachdem Atlans Worte endeten.

»Nein, aber ...«

»Du gehst von ihrer Richtigkeit aus.« Es überraschte Rhaen, wie schnell sie bereit war, als Wahrheit zu akzeptieren, was ihr noch vor kurzem ungeheuerlich erschienen wäre. »Warum auch nicht? Offenbar gibt es Quellen, auf die sich dein Captain stützt, sonst hätte er keine solchen Zusammenhänge hergestellt.«

»So sehe ich das auch. Du kommst damit zurecht?«

»Sofern du mir zugestehst, dass Restzweifel bestehen.«

»Durchaus.« Atlan sah sie mit diesem durchdringenden Blick an, den sie aus ihrer gemeinsamen Zeit gut kannte. Er drückte die unbedingte Entschlossenheit des USO-Chefs aus. »Wir müssen mit deinem Bruder sprechen. Er ist der Einzige, der uns weiterhelfen kann.«

»Du meinst, weil er mein Bruder ist, gelingt es mir vielleicht, ihn um den Finger zu wickeln, damit du ihn aushorchen kannst.«

Atlan straffte seine Gestalt. »Richtig«, betonte er mit Nachdruck. »Ich schätze, du musst dich zwischen deinem Vater und deinem Bruder entscheiden.«

Rhaen wollte aufbegehren, doch sie hielt sich zurück. Hätte sie an Atlans Stelle nicht genauso gehandelt? Während ihrer Ausbildung zur SolAb-Agentin hatte sie selbst diese Vorgehensweise eingebläut bekommen. Zur Informationsbeschaffung nach einer Schwachstelle bei der gegnerischen Seite Ausschau halten und diese ohne moralische Bedenken ausnutzen. In diesem Fall waren Libra und der dahinter stehende Unbekannte die Gegenseite und Elion Tolsom aufgrund des indifferenten Verhältnisses zu seiner Schwester die Schwachstelle.

»Ich habe eben nach Elion gesucht. Er ist angeblich mit irgendwelchen Vorbereitungen für ein Ereignis beschäftigt, das demnächst eintreten soll.«

»Davon hat Fellmer auch gehört. Weißt du Näheres darüber?«

»Nein, Atlan. Das kannst du mir glauben.«

Er lächelte. »Warum sollte ich dir nicht glauben? Irgendwo muss Elion ja stecken. Wir machen uns auf den Weg und suchen nach ihm.«

Bevor Rhaen dazu kam, ihr Einverständnis zu signalisieren, klopfte es an der Tür. Sie drehte sich um und öffnete. Draußen stand ihr Bruder.

»Ich habe gehört, dass du nach mir gesucht hast, Schwesterherz «, sagte er.

Kapitel 36

Atlan

Reddeye, 3. Mai 3113

Elion Tolsom stand auf der Schwelle und schaute zwischen seiner Schwester und mir hin und her. Sein Gesicht war ausdruckslos. Fellmer Lloyd, der sich noch draußen im Gang aufhielt, hob einen Daumen. Rhaens Bruder war tatsächlich ohne Hintergedanken zu uns gekommen. Unsere Zusammenkunft hatte ihn keinen Verdacht schöpfen lassen. Von dem geheimnisvollen Hintermann gelenkt, besaß er diese Option vielleicht gar nicht.

»Bitte, Elion.« Mit einer Geste lud ich ihn ein, sich zu Rhaen und mir zu gesellen.

Er trat ein und ließ sich unaufgefordert auf einem Stuhl nieder. Hinter ihm schloss sich die Tür automatisch. Ich hatte Lloyd und die Spezialisten angewiesen, sich unter den Libra-Anhängern umzuhören und das Gespräch mit ihnen zu suchen. Ich wollte weitere Belege für unsere bisherige Einschätzung, dass es sich bei der Gruppe um einen Haufen recht gut ausgerüsteter Amateure handelte, die jemand anderes, vermutlich über die Leitzellen, kontrollierte.

»Wie geht es dir, Schwesterherz?«, erkundigte sich Elion. Er trug weiterhin den kirschgroßen Knoten am Hals. »Doktor Junnis hat mich informiert, dass er den Gewebeklumpen an deinem Hals entfernt hat.«

»Er und Daniel Pherson.«

»Ja, natürlich. Deine Freunde passen gut auf dich auf.«

Es gelang mir nicht zu erkennen, ob er seine Worte aufrichtig oder zynisch meinte. Er brachte es fertig, jegliche Akzentuierung daraus zu verbannen. Die Tatsache, dass er wie auf Anforderung bei uns auftauchte, war mir trotz Lloyds Klarmeldung nicht ganz geheuer.

»Du bist wieder gesund?«, fragte er. »Dir fehlt nichts?«

»Mit mir ist alles in Ordnung«, versicherte Rhaen.

»Fein, Schwesterherz. Weshalb also hast du nach mir gesucht?«

»Wegen Darakh«, versetzte ich knallhart, ohne Elion aus den Augen zu lassen. Das Zucken um seine Mundwinkel entging mir nicht.

»Darakh«, wiederholte er. »Was ist mit Darakh?«

»Wir haben den Namen ein paar Mal vernommen und fragen uns, was er bedeutet«, sagte Rhaen. Ich war erleichtert, dass sie sich auf das Spiel einließ. Im Grunde hatte ich keine andere Reaktion von ihr erwartet. »Wer ist er?«

»Er?« Elion kniff die Augen zusammen. Die Frage seiner Schwester schien ihn zu verwirren. Die Fassade seiner aufgesetzten Distanziertheit bekam Risse, kaum dass unser Gespräch begonnen hatte. »Wenn du damit meinst, ob du ihn treffen und mit ihm reden kannst, muss ich dich enttäuschen. Darakh ist nicht jemand, sondern eine Wesenheit.«

Vielleicht der von dir postulierte Über-Verstand, meldete sich der Extrasinn.

Auf die Idee wäre ich ausnahmsweise ohne deinen Rat gekommen, antwortete ich spöttisch und fragte Elion: »Kannst du Darakh etwas genauer beschreiben?«

»Er ist mit den Parthan-Trägern artverwandt. Er besitzt eine Größe, die euer Vorstellungsvermögen übersteigt. Du bist selbst schuld, dass du es nicht erleben kannst, Schwesterherz. Du hättest das Geschenk annehmen sollen.«

»Du meinst den Gewebeklumpen, der sich an mich geheftet hat?«

»Selbstverständlich. Dein Geist wäre erweitert worden, und du hättest klarer gesehen.«

Die meisten von Elions Äußerungen waren nichts anderes als verbrämtes Geschwätz, wie es jeder konditionierte Sektenangehörige herunterbetete. Lediglich der Hinweis auf die Artverwandtheit Darakhs mit den Parthan-Trägern passte in das Bild, das ich mir gemacht hatte. Darakh besaß wie die Parthan-Träger eine Leitfunktion und übte seine Macht aus dem Hintergrund aus. Da er sich nicht zeigte, musste ich über sein Wesen weiterhin spekulieren.

»Du stehst mit Darakh in Verbindung?«, fragte ich.

»Sporadisch«, antwortete Elion bereitwillig. »So wie viele in der Freiheitsbewegung.«

»Wie geht das vonstatten?«

»Nur über die Erweiterung unseres Geistes.«

Unwillkürlich griff Rhaen sich an den Hals. Uns beiden war klar, was ihr Bruder meinte. Die Kontakt der Libra-Leute zu Darakh vollzog sich über die Leitzellen, mit denen sie infiziert waren.

»Du hast dich dieser Erweiterung deines Geistes freiwillig unterzogen?«, bohrte Rhaen.

»Nicht nur ihr.« Elion lächelte versonnen. »Mir ist eine große Ehre zuteil geworden. Ich bin aufgewertet worden.«

»Aufgewertet?« Seine Schwester wich entsetzt zurück. Ich konnte mir gut vorstellen, dass sie an den Leiberknoten dachte, den wir gesehen hatten. »Was hat man mit dir gemacht, Elion?«

»Nichts, was ich nicht wollte, Schwesterherz.« Elion Tolsoms Stimme sank zu einem verschwörerischen Flüstern herab. »Es sind Veränderungen an unserer biologischen Struktur möglich, die du dir gar nicht vorstellen kannst. Ich bin nicht so dumm wie du, darauf zu verzichten. Ich habe einer Manipulation an meinem genetischen Material zugestimmt, die meinen gesamten Organismus gestärkt hat. Ich spüre Kräfte in mir wie nie zuvor in meinem Leben.«

Ich schwankte zwischen Unglauben und Faszination. Die vollständige genetische Veränderung eines erwachsenen Individuums beherrschte weder die terranische noch die arkonidische Gentechnik, und, soviel wir wussten, nicht einmal diejenige der in der Milchstraße allen anderen Völkern medizinisch überlegenen Aras. Vor mir breiteten sich Möglichkeiten nie gekannten Ausmaßes aus.

Deren moralisch-ethische Implikationen dir hoffentlich nicht verborgen bleiben, du Narr, schimpfte der Extrasinn.

Weder sie noch mögliche Heilmethoden, die bis heute nur Wunschdenken entspringen, relativierte ich seinen Vorwurf.

»Ohne die Erweiterung eures Geistes gibt es keine Verbindung zu Darakh?«

Ein fiebriger Glanz trat in Elions Augen. Seine anfängliche Zurückhaltung hatte sich in Euphorie verwandelt. »Nein. Bei manchen von uns bewirkt die Erweiterung sogar noch mehr. Sie vernehmen den alten Mentor Parthan und fühlen sich als Teil des Parthan-Netzwerks.«

»Hast du schon einmal von der Höllenwelt gehört?«, brachte Rhaen die Information ins Spiel, die wir von Rulan Karkeron erhalten hatten.

»Jeder hat von ihr gehört«, gestand Elion arglos. »Ereshkigal ist die Höllenwelt, und die Höllenwelt ist Ereshkigal.« Es klang wie eine Beschwörungsformel. »Die Höllenwelt ist ein verfluchter Ort der Schuld und des Verrats.«

Auch diese Aussage passte zu Rulan Karkerons Ermittlungen. Boris Parthan war durch die Flucht mit der THA-IV zur Höllenwelt zum Verräter geworden und hatte damit eine große Schuld auf sich geladen. Es war nicht verwunderlich, dass er diese Schuld später abzutragen versucht hatte, indem er mit dem Heilmittel die Existenz der Kolonie rettete. Zwangsläufig stellte sich die Frage, ob er das Serum nicht nur, wie Rulan Karkeron vermutete, von Ereshkigal mitgebracht hatte, sondern ob womöglich ein anderer hinter der Entwicklung des Heilmittels steckte.

»Libra weiß über die Höllenwelt Bescheid«, ging ich in die Offensive, »weil einige von euch schon dort waren, nicht wahr?«

Elions Gesichtsausdruck veränderte sich schlagartig, und ich erkannte, dass ich einen Fehler begangen hatte. Ich war zu ungestüm vorgegangen. Elions Körperhaltung verkrampfte sich. Plötzlich sah er mich an wie eine Gefahr, die ihn unmittelbar bedrohte. Rhaen versuchte ihn zu beruhigen.

»Tarol ist nur neugierig. Das bin ich auch. Wir haben uns euch angeschlossen. Ist es nicht einfach fair, dass wir in einige Dinge eingeweiht werden? Zum Beispiel in die Existenz des Raumschiffs, mit dem ihr auf der Höllenwelt wart.«

»Ja.« Hektische rote Flecken zeichneten sich in Elions Gesicht ab. »Ja, es stimmt. Das Schiff steht in einem Hangar unter dem Bunker. Es wird bald zur Höllenwelt aufbrechen, um weitere Söldner für unsere Machtübernahme zu holen.«

Ich las das Entsetzen in Rhaens Gesicht. Elions Ankündigung kam einer Katastrophe gleich. Söldner auf Reddeye? Wir kannten ihre Kampfkraft. Elion starrte mich an und deutete mit dem Finger auf mich.

»Ich traue dir nicht.« Er stürmte aus dem Raum.

Mir war klar, dass uns nicht mehr viel Zeit blieb, um etwas zu unternehmen. Zunächst musste ich meine Leute zusammentrommeln und sie über das Erfahrene unterrichten.

»Söldner von der Höllenwelt. Davon war bei dem ominösen Transport die Rede.« Daniel Pherson ging in unserem Gemeinschaftsraum auf und ab. »Wir haben die Söldner in Aktion erlebt und wissen, wozu sie fähig sind. Mit ihren Körperkräften werden sie in kürzester Zeit jeden Widerstand auf Reddeye eliminieren. Sobald sie hier eintreffen, steht der Machtübernahme durch Libra nichts mehr im Wege. Die Clans haben keine Chance gegen sie.«

»Also dürfen die Söldner Reddeye nicht erreichen«, forderte Varen Thorik. »Wie kommt es eigentlich, dass sie sich als Handlanger der Freiheitsbewegung einsetzen lassen? Wieso kontrolliert Libra die Söldner?«

»Ich glaube nicht, dass dem so ist«, warf Fellmer Lloyd ein. »Ich habe ein paar Parthan-Träger beobachtet. Ich bin sicher, dass sie die Libra-Leute kontrollieren, die unter ihrem Einfluss stehen. Telepathische Sondierungen haben allerdings ergeben, dass die Kontrolle nicht vollständig ist. Es kommt immer wieder zu Lücken, in denen die Menschen nach eigenem Willen handeln. Sie selbst bemerken den Unterschied gar nicht.«

Ich nahm an, dass diese Lücken in der Kontrolle auch bei Elion auftraten. Ansonsten hätte Rhaens Bruder sich wahrscheinlich nicht so leicht aushorchen lassen. »Unsere Einschätzung der Freiheitskämpfer trifft also zu?«

Was nicht mehr zutrifft ist die Bezeichnung Freiheitskämpfer, meldete sich der Extrasinn. *Bei dem, was sie vorhaben, handelt es sich eindeutig um Umstürzler und Terroristen.*

Sofern sie unter fremdem Einfluss handeln, ist ihnen nur ein bedingter Vorwurf zu machen, schränkte ich die Schuldfähigkeit von Goletta Marl und ihrer Truppe ein.

Vergiss nicht, dass Elion sich damit gebrüstet hat, gewissen Veränderungen an seiner biologischen Struktur und Manipulationen seines Genmaterials zugestimmt zu haben. Eine gewisse Entscheidungsfreiheit ist also vorhanden.

»Sie trifft zu«, vernahm ich Lloyds Stimme. »Ohne Leitung wären die Libra-Leute nicht mehr als ein paar leidlich gut organisierte Amateure.«

»Jemand kontrolliert Libra über die Parthan-Träger, und das nicht nur über die Leitzellen, wie ich angenommen habe«, sagte ich. »Hat eigentlich schon mal jemand darüber nachgedacht, wer Libra ins Leben gerufen hat?«

Rhaen sah mich verständnislos an. »Goletta Marl mit ein paar Vertrauten, wer sonst?«

»Dann stelle ich die Frage anders. Wer hat die Existenz von Libra bis heute zugelassen?« Mir war klar, dass ich mit meinem Verdacht bei Rhaen anecken würde. »Ich glaube, dass das Parthan-Netzwerk in der Gesellschaft von Reddeye wesentlich mehr Einfluss ausübt, als es die Clankammer jemals zugeben würde.«

»Das wäre hinter dem Rücken meines Vaters nicht möglich.« Meine ehemalige Partnerin funkelte mich wütend an. »Ich verstehe. Du verdächtigst sogar meinen Vater, nicht ganz aufrichtig zu sein. Was erlaubst du dir?«

»Niemand, Enerich Tolsom eingeschlossen, hat jemals ernsthafte Aufklärung über die Hintergründe der Freiheitsbewegung betrieben. Man hat Goletta Marl und ihr Gefolge ihr Süppchen kochen lassen, bis es nicht mehr anders ging. Korrigiere mich, wenn ich mich irre, Rhaen. Andernfalls solltest du in Betracht ziehen, was ich zu sagen habe.«

Ich sah ihr an, wie sie mit sich rang. Schließlich deutete sie ein kurzes Nicken an. »Ich höre.«

»Ich halte es für möglich, dass die Parthan-Träger die Freiheitsbewegung gegründet haben.«

Rhaen plusterte die Backen auf. »Nun gehst du wirklich zu weit.«

»Lass mich ausreden«, bat ich sie. »Ich sage ja nicht, dass die Parthan-Träger dabei von niederen Motiven geleitet wurden. Ich glaube sogar, dass sie es im Interesse Reddeyes und eurer Gesellschaft taten.«

»Das ist ... absurd.«

»Nein, durchaus nicht«, unterstützte mich Fellmer Lloyd. »Die Parthan-Träger könnten von der Motivation geleitet worden sein, ein Sammelbecken für die Unzufriedenen auf Reddeye zu schaffen, das ständig unter ihrer Beobachtung stand.«

Ich nickte. »Hierin könnten die Wurzeln liegen. Ist die Vorstellung wirklich so abwegig?«

»Nein«, gab Rhaen zu.

»Inzwischen ist das Netzwerk der Parthan-Träger aber korrumpiert«, stellte Daniel Pherson fest. »Jemand nutzt die Libra-Leute gewissermaßen als Menschenmaterial für seine Zwecke. Der ursprüngliche Sinn von Libra wäre demnach ins

Gegenteil verkehrt. Wir sind uns einig, dass es sich dabei um die Entität Darakh handelt. Mithin also um den Über-Verstand, den du postuliert hast?«

»Diese Frage bleibt so lange unbeantwortet, bis wir eine Spur von Darakh finden«, bedauerte ich.

»Vielleicht hält Darakh sich auf der Höllenwelt auf.« Rhaen hatte ihre Verärgerung überwunden. »Die Söldner jedenfalls, daran gibt es keinen Zweifel mehr, stammen von dort. Nach Elions Aussagen über manipuliertes Genmaterial, den Eingriff in vorhandene Biostrukturen und eine daraus resultierende Verstärkung des Organismus gibt es nur eine logische Erklärung für ihre Existenz. Bei den Söldnern handelt es sich um weitgehend veränderte Menschen, die viel von ihrer ursprünglichen Körperform, aber auch von ihrem Bewusstsein zugunsten einer unglaublichen Widerstandskraft aufgegeben haben. Wie enorm die ist, haben wir auf Shasker erlebt. Übrigens, Lordadmiral, du solltest die USO oder deinen Freund Perry Rhodan veranlassen, die Söldner auf Shasker dingfest zu machen. Vermutlich treiben sie sich immer noch dort herum.«

Ich schnalzte mit der Zunge. Daran hatte ich überhaupt nicht gedacht. Ich musste einen Funkspruch an Rhodan absetzen, damit er erfuhr, was im Reddeye-System gespielt wurde.

»Mich schaudert bei der Vorstellung, was auf der Höllenwelt geschieht. Die Lebensbedingungen dort müssen für uns unvorstellbar sein.« Rhaen seufzte. »Wie hat Elion es ausgedrückt? Ein verfluchter Ort der Schuld und des Verrats.«

Was wie die malerische Umschreibung aus einer Gruselgeschichte klang, hatte einen konkreten Hintergrund. Durch Boris Parthan, die THA-IV und die Verräter bestand seit dem Ausbruch der nergeischen Verformung eindeutig eine Verbindung zwischen Reddeye und der Höllenwelt. War sie womöglich der wahre Grund dafür, dass es auf Reddeye heute noch Sperrzonen mit aktiven Erregern der Verformung gab?

Sollten diese Sperrzonen Neugierige abschrecken, damit niemand versteckte Geheimnisse wie die verwickelten, sterbenden Leiber oder das Raumschiff unter diesem Bunker entdeckte? Denn selbst gegen extrem aggressive Erregertypen hätte im Lauf der Jahrhunderte ein Gegenmittel gefunden werden müssen. Es hätte längst keinen einzigen Erreger der nergeischen Verformung mehr geben dürfen.

Ich behielt diese Spekulation für mich. Ohne Beweis wollte ich Rhaen nicht damit konfrontieren. Durch das, was Rulan Karkeron aufgedeckt hatte, war ihr Weltbild, das Bild ihrer Gesellschaft und deren Vergangenheit, ohnehin ins Wanken geraten.

Ich gab meinen Spezialisten einen Wink. »Seht euch möglichst unauffällig in der Nähe des Aufzugs um. Ich bin sicher, es gibt noch einen anderen Weg, über den man den Raumschiffhangar unter dem Bunker erreichen kann.«

»Du willst dort hinunter und das Schiff kapern?« Lloyd grinste. »Darauf hätte ich gewettet.«

»Es ist die einzige Option, die uns offen steht, wenn wir verhindern wollen, dass eine Horde Söldner auf Reddeye einfällt. Das Schiff bietet uns die Möglichkeit, zur Höllenwelt zu fliegen, und diese Reise müssen wir so schnell wie möglich antreten. Uns bleibt nicht die Zeit, auf eine Stabilisierung der politischen Verhältnisse auf Reddeye und ein offizielles Hilfeersuchen an das Solare Imperium zu warten.«

Ein solches Hilfeersuchen war die zwingende Voraussetzung für ein Eingreifen des Imperiums. Ohne es würde Perry Rhodan als Großadministrator von den Kolonien und den Terra wenig gewogenen Machtblöcken in der Galaxis in der Luft zerrissen werden. Rhodan würde den Teufel tun, auch nur das geringste Risiko einzugehen. Er hatte sowieso noch an dem Dilemma zu knabbern, das ich ihm eingebrockt hatte.

»Führt das Wenige, das ihr an Ausrüstung mitgebracht habt, ab sofort stets bei euch. Es kann passieren, dass uns keine Gelegenheit bleibt, noch einmal in unsere Quartiere zurückzukehren.« Ich tippte auf mein Kom-Armband. »Verständigung nur im Notfall.«

Ich bat Lloyd, die Spezialisten zu begleiten und ihnen bei ihrer Erkundung telepathisch den Rücken freizuhalten. »Ich gehe zum Funkbereich, den Elion uns nach unserer Ankunft so bereitwillig gezeigt hat.«

»Ich begleite dich dorthin.« Rhaens Entschiedenheit ließ keinen Widerspruch zu.

Ich fand den Weg zum Funkraum auf Anhieb. Das Datenpaket hatte ich mit meiner bescheidenen Mikro-Ausrüstung in meinem Quartier zusammengestellt. Zum Absenden war ich auf jedoch die Einrichtung des Bunkers angewiesen. Unterwegs begegneten uns zwei Frauen, die keine Notiz von uns nahmen. Sie gingen schwatzend an uns vorbei und verschwanden in einem Kreuzgang. Ungehindert erreichten wir unser Ziel und standen vor einer verschlossenen Tür. Als Elion uns herumgeführt hatte, hatte sie offen gestanden.

»Wahrscheinlich hält sich jemand im Inneren auf«, unkte ich.

»Frechheit siegt.« Rhaen betätigte den Öffnungsmechanismus, und die Tür glitt beiseite.

An einem Tisch saß ein korpulenter Mann um die fünfzig, der in einem Stapel altertümlicher Schriftstücke stöberte. Das Funkgerät schien ihn nicht zu interessieren, mich dafür umso mehr. An einer Kontrollleuchte erkannte ich nämlich, dass es eingeschaltet war. So weit, so gut, doch der Dicke würde nicht tatenlos zusehen, wie ich einen Funkspruch absetzte. Er blickte auf, als sich die Tür öffnete und wir eintraten.

»Miss Tolsom.« Er war sichtlich überrascht, der Tochter des Hohekanzlers von Reddeye Auge in Auge zu begegnen.

»Ist mein Bruder noch nicht eingetroffen?«, bluffte Rhaen. »Elion?«

»Nein.« Der Dicke zog die Stirn in Falten. Er wusste nicht, was er von der Sache halten sollte.

»Wir wollten uns hier treffen, weil wir Nachricht an einen Sympathisanten in Pallin abschicken müssen«, log Rhaen.

»Davon hat Elion mir nichts gesagt. Er hat mich nur beauftragt, auf das Funkgerät aufzupassen und keinem Unbefugten die Benutzung zu gestatten.«

Rhaens Bruder hatte also Verdacht geschöpft. Er mochte mich nach wie vor für einen Überläufer halten, doch er rechnete mit einer Hinterlist und hatte einen Wachposten postiert. Das ließ mich befürchten, dass er auch die Wachen vor dem Aufzug in erhöhte Alarmbereitschaft versetzt hatte. Langsam schoben Rhaen und ich uns näher an den Tisch heran.

»Ich als Elions Schwester bin sicher keine Unbefugte.«

»Nein, ich glaube nicht.« Nachdenklich betrachtete der Wachposten einen auf dem Tisch liegenden Minikom. »Ich sage Elion der Ordnung halber Bescheid, dass ihr hier seid.«

»Nicht nötig. Vielleicht ist er mit den Vorbereitungen für den Transport beschäftigt. Wir kommen allein klar.«

Der Dicke wurde jetzt sichtlich nervös. Möglicherweise hatte Elion ihn auf mich vorbereitet. Er langte nach dem Minikom, ohne ihn zu fassen zu bekommen. Ich setzte einen Dagor-Griff an und warf ihn zu Boden. Bevor er sich aufrappeln und Alarm schlagen konnte, krachte meine Handkante in seinen Nacken, und er sackte ächzend in sich zusammen.

»Beeil dich«, trieb Rhaen mich an. »Ich passe auf ihn auf. Sollte er wach werden, bevor du fertig bist, lege ich ihn wieder schlafen.«

»Der kommt so schnell nicht zu sich«, war ich sicher.

Ich zog den vorbereiteten Speicherkristall aus der Tasche und ließ mich auf dem Hocker vor der Funkanlage nieder. Ich steckte den Kristall in die Aufnahmevorrichtung und stellte die in meinem Kopf gespeicherten Daten für die Hyperfunkübermittlung ein. Nur Sekunden vergingen, bis das geraffte und mit meinem persönlichen USO-Kode versehene Datenpaket auf dem direkten Weg in Perry Rhodans Büro in Imperium-Alpha und zu Decaree Farou in Quinto-Center war. Ich sprang auf und zog Rhaen mit mir.

»Verschwinden wir von hier. Die Quartiere sind gestorben. Wir müssen uns absetzen.«

Ich winkelte den Arm an, um Daniel Pherson zu verständigen. Vor uns glitt die Tür beiseite, und wir traten in den Gang hinaus. Ein wütender Fluch schlug uns entgegen. Vom Ende des Korridors stürmte Elion auf uns zu. Er griff geistesgegenwärtig nach seinem Handstrahler und riss ihn in die Höhe.

»Elion, nein!«, schrie Rhaen.

Ihr Bruder zögert einen Moment, legte dann auf mich an und zog den Abzug des Impulsstrahlers durch. Als sich ein gleißender Energiestrahl in die Wandverkleidung fraß, waren wir schon in einem Nebengang untergetaucht. Im Laufen kontaktierte ich Pherson.

»Dicke Luft?«, fragte er unnötigerweise. Andernfalls hätte ich mich nicht gemeldet.

»Das Datenpaket ist raus, aber wir sind aufgeflogen. In wenigen Minuten ist ganz Libra hinter uns her. Der Aufzug ist tabu. Habt ihr einen anderen Weg nach unten gefunden?«

»Eine Treppenflucht, bisher noch unbeachtet.«

»Das ändert sich voraussichtlich gleich. Ihr müsst auf jeden Fall den Weg frei halten. Schick mir ein Peilsignal.« Ich unterbrach die Verbindung, ohne die Bestätigung abzuwarten. Als USO-Spezialist wusste Pherson, wie das Spiel lief.

Zwei Sekunden später empfing mein Armbandgerät das Signal, nach weiteren Sekunden setzte durchdringendes Heulen ein. Elion hatte Alarm ausgelöst. Rhaen und ich rannten den Gang entlang bis zu einer Verzweigung, und ich orientierte mich.

Längst hatte ich meinen Kombistrahler gezogen und auf Paralysemodus gestellt. Rhaen hielt die kurzläufige Waffe in der

Hand, die sie von Shasker mitgebracht hatte. Ich bezweifelte, dass sie auf ihren Bruder schießen würde.

Wir liefen weiter, bis zwei Libra-Aktivisten aus einer Nische traten und uns mit erhobenen Waffen den Weg versperrten. Ich betäubte sie, bevor sie begriffen, wie ihnen geschah. Erfahrene Kämpfer verhielten sich anders, was mich darauf zurückbrachte, dass wir es mit Freizeithelden zu tun hatten, die von irgendwem missbraucht wurden.

Viele Hunde sind des Hasen Tod, schwadronierte der Extrasinn. *Bestimmt hat Elion schon alles ringsum mobilisiert, was Beine hat und eine Waffe halten kann.*

Dann bleibt zu hoffen, dass sich nicht auch noch ein paar einsatzfähige Söldner im Bunker aufhalten.

Immerhin war das Heulen des Alarms verklungen. Zweimal änderten wir die Richtung. Die Flucht durch die engen Gänge gefiel mir nicht. Sie ließen sich zu leicht absperren. Mit ein wenig taktischer Erfahrung hätten unsere Gegner uns nach den ersten zwei oder drei Minuten in einer Falle festgesetzt, aus der es kein Entkommen gab. Wir trafen sie einzeln oder zu zweit an, und es bereitete mir keine Mühe, sie auszuschalten.

Abermals änderten wir die Richtung. Mein Orientierungssinn sagte mir, dass uns höchstens hundert Meter von dem Treppenhaus trennten. Ich vernahm laute Rufe und umging ihren Ausgangsort.

Das dauert viel zu lange, beschwerte sich der Logiksektor. *Sobald Elion begreift, wohin ihr wollt, kann er mit einer bewaffneten Meute mit dem Aufzug in den Hangar hinunterfahren und euch dort in aller Seelenruhe erwarten.*

Es war mir klar. Ich verwünschte die Nervensäge von Extrasinn, weil er mich auf das Offensichtliche hinwies.

Ich vernahm den sirrenden Klang von Energiewaffen, stürmte bis zu einer Gangmündung vor, hielt inne und spähte um die Ecke. Durch Handzeichen gab ich Rhaen zu verstehen, dass wir richtig waren. Sieben Angreifer attackierten unsere Leute aus verschiedenen Richtungen. Ein gutes halbes Dutzend weiterer lag betäubt am Boden. Die Spezialisten veranstalteten ein Scheibenschießen mit Paralysestrahlen. Sie hatten ihre Individualschutzschirme eingeschaltet, deshalb konzentrierte sich der Feuer der Libra-Leute auf Fellmer Lloyd. Ich sah, dass weitere Gegner zu ihrer Unterstützung herbeigeeilt kamen.

Erneut gab ich Rhaen ein Zeichen, und wir sprangen gemeinsam aus der Deckung. Mit wohlplatzierten Schüssen schalteten wir die sieben Angreifer aus und feuerten ungezielt den Gang entlang, durch den ihre Kampfgenossen anrollten.

»Ab nach unten!«, rief ich Lloyd zu.

Der leicht untersetzte Mutant hastete die Stufen hinunter, Rhaen und ich folgten ihm. Geschützt durch ihre Schirme, blieben meine Spezialisten hinter uns und gaben uns Rückendeckung. Spätestens jetzt musste unseren Gegnern klar sein, wohin wir wollten. Ich nahm immer mehrere Stufen auf einmal. Auf dem ersten Treppenabsatz verharrte ich.

»Korporal, wir wissen nicht, was uns unten erwartet!«, rief ich Pherson zu. »Vielleicht müssen wir Vorbereitungen treffen, zu denen wir im Feuergefecht keine Gelegenheit haben. Zwei Mann hier Stellung beziehen und den Gegner beschäftigen. Lloyd und Thorik folgen mir, um unten den Fahrstuhlschacht zu sichern.«

»Verstanden!« Pherson deckte den oberen Treppenabsatz mit einer Salve ein und wechselte, gesichert von Alerin seine Stellung. Die Denar-Überlebenden waren blind aufeinander eingespielt.

Zu viert hasteten wir nach unten und gelangten in einen Vorraum, der an ein Schott grenzte. Die beiden Frauen sicherten zu den Seiten hin ab, und ich behielt die Treppe im Auge, während Lloyd sich dem Schott zuwandte.

»Das positronische Türschloss ist inaktiv!«, rief der Mutant Sekunden später. »Dieser Zugang ist anscheinend seit Jahren nicht mehr benutzt worden. Ich versuche mein Glück mit der mechanischen Verriegelung.«

Von oben drang lauter werdender Kampflärm herunter. Ich dachte an den Aufzug, sah vor mir, wie er aus der oberen Bunkerebene in den Hangar hinabfuhr und Elion plötzlich in unserem Rücken auftauchte.

»Lloyd!«, schrie ich drängend. »Wie lange dauert das?«

Ich ließ die Treppe aus den Augen und eilte zu dem Mutanten hinüber. In diesem Moment schwang das Schott auf. Ich stieß ihn hindurch, winkte den Frauen, uns zu folgen, und sprang durch den Rahmen. Vor uns lag ein hundert Meter langer, breiter und kahler Gang mit einem gewölbten Durchgang am Ende. Ich trieb meine Kameraden an. Von irgendwoher vernahm ich einen wütenden Schrei. Ich ahnte, wer ihn ausgestoßen hatte.

Mein Kom-Armband schlug an. »Söldner!«, meldete sich Pherson. Er schickte einen derben Fluch hinterher.

»Rückzug!«, befahl ich ihm. »Stoßt sofort zu uns.«

»Verstanden. Wir sind auf dem Weg.«

Ich rannte an dem Aufzug vorbei. Die Anzeige bewegte sich. Nun trat ein, womit ich die ganze Zeit gerechnet hatte. Der Lift setzte sich in Bewegung.

»Tempo, Pherson. Bewegt euch, oder ihr sitzt zwischen zwei Feuern fest.«

»Wir sind gleich da.«

Als ich den Durchgang erreichte, sah ich Pherson und Alerin, die im Schutz ihrer Individualschirme den Gang entlanggehetzt kamen. Sie gaben ungezielte Schüsse nach hinten ab. Ich konnte mich nicht um sie kümmern.

Vor mir flammte Licht auf. In einem kubischen Raum von hundert Metern Kantenlänge stand eine uralte Kaulquappe, der sechzig Meter durchmessende Vorläufer der erst im Jahr 2404 eingeführten Korvetten. Der kleine Kugelraumer war allerdings, wie nicht nur sein Zustand zeigte, sondern auch der

Namensschriftzug in der oberen Kugelhälfte bewies, um einiges früher vom Band gelaufen.

THA-IV. Das Beiboot der THAITA, mit der die ersten Kolonisten nach Reddeye gekommen waren. Das Puzzle setzte sich zusammen.

Ich nahm sämtliche Eindrücke im Bruchteil einer Sekunde in mir auf, auch die Tatsache, dass die Bodenschleuse unter dem Verladeraum der unteren Polkuppel geöffnet und die Verladerampe ausgefahren war. Ich ahnte, dass der Start der THA-IV kurz bevorstand. Und wenn nicht, waren wir in ihrem Inneren vorübergehend sicher.

Narr, machte sich der Extrasinn in meinem Kopf bemerkbar. *Ihr werdet gar nicht bis ins Innere kommen ohne Legitimation. Das Schiff wird seine Waffensysteme automatisch gegen euch richten.*

Ich vernahm eine weitere Stimme in meinem Verstand. Nein, keine Stimme, erkannte ich, sondern einsetzende Musik. Sie war von zuvor nicht vernommener Harmonie. Ich war mir ziemlich sicher, was das bedeutete. Jemand griff zu unseren Gunsten ein. Nur Sekunden waren verstrichen seit unserem Eindringen in den Hangar.

»Einsteigen!«, trieb ich meine Kameraden an, während ich den Blick über die Umgebung streifen ließ. Allerlei Ausrüstung lag umher, doch sie stammte aus derselben Zeit wie die Kaulquappe. Sie war siebenhundert Jahre alt und für uns nicht mehr zu gebrauchen. Ich hoffte, dass wir an Bord zumindest ein paar intakte Raumanzüge fanden.

Hinter Rhaen, Varen Thorik und Lloyd lief ich die Rampe hinauf. Wir hockten uns auf die Kante des Verladeraums und brachten unsere Waffen in Anschlag, um Pherson und Alerin Feuerschutz zu geben, die in unsere Richtung gerannt kamen. Hinter ihnen sah ich Libra-Aktivisten, angeführt von Elion, der den Fahrstuhl benutzt hatte, und drei monströsen Gestalten, die einem Alptraum entsprungen zu sein schienen.

»Los!«, schrie ich Pherson und Alerin entgegen. Sie wurden mehrmals getroffen, doch noch hielten ihre Schutzschirme.

Ich konnte nicht länger warten, wenn ich nicht riskieren wollte, dass die Söldner das Schiff enterten. Ich hieb auf den Schließmechanismus für die Bodenschleuse, die sich daraufhin vom Hallenboden löste und zufuhr. Mit einer letzten Kraftanstrengung warfen sich Pherson und Alerin nach vorn, bekamen die Kante der Luke zu fassen und zogen sich an ihr hinauf. Wir packten sie und halfen ihnen, gleichzeitig weiter auf ihre Verfolger feuernd.

Dann, übergangslos, verstummte das Singen und Heulen der Waffen.

Wir befanden uns im stählernen Leib der THA-IV, und unsere Gegner waren ausgesperrt. Doch damit hatten wir nur einen Aufschub errungen.

Kapitel 37

Atlan

Reddeye, 3. Mai 3113

Ich sicherte das positronische Schloss und die mechanische Verriegelung der Bodenschleuse. Nach menschlichem Ermessen konnte nun niemand mehr in die THA-IV eindringen, ohne stundenlang ein Loch in die Hülle zu schweißen.

»Das war knapp.« Daniel Pherson schnaubte. Das flimmernde Feld seines Schutzanzuges erlosch. Er sicherte seinen Kombistrahler und verstaute ihn behelfsmäßig im Hosenbund. »Ohne einen Kampfanzug und nur in dieser lächerlichen Kombi komme ich mir richtiggehend nackt vor.«

»Ich habe mich schon immer gefragt, wo ein nackter Mann seine Waffe versteckt«, brachte Varen Thorik einen ihrer berühmt-berüchtigten Scherze vor. »Jetzt bin ich nicht schlauer als zuvor.«

»Das ist nicht witzig, Varen«, rügte sie der rothaarige Korporal. »Diese verdammten Söldner hätten uns beinahe in der Luft zerrissen.«

»Dan hat recht. Ein paar von ihnen genügen, um einen Mann in Angst und Schrecken zu versetzen«, ergänzte Osmooth Alerin. Er nickte Rhaen Tolsom zu. »Alle Achtung. Die Art und Weise, wie du dich den Söldnern auf Shasker entzogen hast, hätten die wenigsten hinbekommen.«

»Danke. Aber ohne euch, meine Wächter, wäre mir das nicht gelungen.« Rhaen sah mich eindringlich an. Ich hatte sie schon immer als entschlossene Frau gekannt. In diesem Augenblick schien es nichts auf der Welt zu geben, was sie hätte aufhalten können. »Wenn es noch eines Beweises für die Gefährlichkeit der Söldner gebraucht hätte, haben Pherson und Alerin ihn uns soeben geliefert. Wir müssen um jeden Preis verhindern, dass eine Armee dieser Monster Reddeye erreicht. Es ist schon zu viel, dass sich ein paar von ihnen hier aufhalten.«

Ich lauschte. Die Musik war verstummt. Derjenige, der sie produziert und eben zu unseren Gunsten eingegriffen hatte, hatte unser aller Leben gerettet. Noch kannte ich ihn nicht, doch ich hoffte, dass sich irgendwann die Gelegenheit ergeben würde, ihm dafür zu danken.

»Wir unternehmen alles, was in unserer Macht steht, um Reddeye vor den Söldnern zu schützen«, versprach ich Rhaen. »Gehen wir in die Zentrale und verschaffen wir uns einen Überblick. Libra wird nicht so einfach aufgeben.«

Den zentralen Antigravschacht konnten mühelos in Betrieb nehmen. Wir stiegen in das aufwärts gepolte Feld und ließen uns in die Zentrale hinauftragen. Verwundert sahen wir uns um, und zumindest ich hatte das Gefühl, mit einer Zeitmaschine in die Vergangenheit gereist zu sein. Einrichtung und Anordnung der Kontrollpulte, der Sitzgelegenheiten und der Instrumente bestätigten meine Einschätzung, die ich draußen im Hangar vorgenommen hatte. Diese Kaulquappe war wahrhaftig museumsreif, sie hatte schon nicht mehr dem aktuellen Stand der Technik entsprochen, als die THAITA seinerzeit nach Reddeye aufgebrochen war.

»Roboter!«, warnte Fellmer Lloyd. Die alten Maschinen standen vor einigen Leitständen, ohne sich zu rühren.

»Die Besatzung.« Ich winkte ab. »Sie kümmern sich nicht um uns. Stören wir sie also nicht bei den Vorbereitungen.«

Daniel Pherson durchmaß die Zentrale. »In solch einem alten Kahn bin ich noch nie gewesen.«

»Das ist eine typische Kaulquappe aus dem frühen 22. Jahrhundert«, erklärte ich. »So gut wie keine Bewaffnung und mit primitiven Positroniken bestückt. Solche ausrangierten Einheiten hat man früher gelegentlich Siedlerschiffen mitgegeben, weil die Kolonisten in ihrer neuen Heimat im wahrsten Sinn des Wortes keine großen Sprünge machen mussten. Ihr braucht mich nicht so anzusehen, der Kahn hat wirklich noch ein Transitionstriebwerk«

»Aber keine Bewaffnung?«

»Minimal. In den Krieg ziehen können wir damit nicht.«

»Ein Schrottkasten«, stöhnte Osmooth Alerin.

»Ein Schrottkasten, der unser Leben gerettet hat«, stellte Fellmer Lloyd klar. »Also nicht so despektierlich, bitte. Wie es aussieht, sind wir auf dieses Schiff angewiesen.«

Der Panoramabildschirm war matt und dunkel, doch es gelang mir, ein paar periphere Monitore in Betrieb zu nehmen. Sie gestatteten es uns, das Geschehen im Hangar zu beobachten. Neben rund fünfzig Libra-Angehörigen entdeckte ich ein halbes Dutzend Söldner und mehrere Parthan-Träger. Offenbar herrschte allgemeine Ratlosigkeit, wie man an uns herankommen sollte.

»Der Autopilot ist programmiert und aktiv.« Ich machte meine Kameraden auf eine digitale Anzeige aufmerksam, deren Zahlen sich kontinuierlich änderten. »Der Countdown läuft. Wir werden in Kürze starten.«

»Hoffentlich öffnet sich vor dem Start der Deckel über unseren Köpfen, sonst war das der kürzeste Raumflug aller Zeiten«, scherzte Varen Thorik. »Aber im Ernst. Draußen hat nichts darauf hingedeutet, dass unter der Verbotenen Zone ein Raumschiff versteckt ist. Die optische Tarnung ist hervorragend.« Sie hob einen Arm und streckte den Zeigefinger aus. »Also gibt es über der Hallendecke einen Ausflugkanal von mehr als einem halben Kilometer Länge. Ich frage mich, wie oft er benutzt wird. Wenn ich dich richtig verstanden habe, gehst du davon aus, dass die Kaulquappe seit den Zeiten der nergeischen Verformung zwischen Reddeye und der Höllenwelt verkehrt.«

»Ja. Bevor es losgeht, sollten wir auch die anderen Decks inspizieren. Ich möchte unterwegs keine böse Überraschung erleben.«

Meine Kameraden teilten sich auf. Ich blieb in der Zentrale und beobachtete das Geschehen im Hangar. Es dauerte nicht lange, bis die Söldner im Halleneingang schwere Waffen auffuhren. Es war Wahnsinn, in den beengten Räumlichkeiten einen Feuerzauber zu veranstalten. Ich begab mich an die Hauptpositronik. Nicht nur nach dem technischen Stand unseres Jahrhunderts war sie hoffnungslos veraltet, doch sie erfüllte ihren Zweck. Ich erlangte Zugriff auf die Schutzschirme und legte die THA-IV unter eine undurchdringliche Energieglocke.

Mein Kalkül ging auf. Es wurde kein einziger Schuss abgegeben.

Unablässig kreisten meine Gedanken um Ereshkigal, die Höllenwelt, wo eine unbekannte Zahl von Söldnern darauf wartete, an Bord der Kaulquappe genommen und nach Reddeye verfrachtet zu werden. Wie viele von ihnen mochte es insgesamt geben? Eine Armee in solcher Stärke, dass nichts und niemand sie aufhalten konnte? Wieder dachte ich an die wilde Biologie, die ich erlebt hatte. Es gelang mir kaum, der Vision einer Flut von zu Monstren veränderter Wesen Herr zu werden, die als Welle des Verderbens über die Galaxis hinwegspülte. Der Sturm der Haluter auf das Lemurerreich konnte nicht schrecklicher gewesen sein.

Bei der Rückkehr meiner Kameraden in die Zentrale ergab sich schnell ein Bild vom Zustand der Kaulquappe. An Bord waren immer mal wieder Wartungsarbeiten vorgenommen wurde, aber keine Modernisierungen. Vermutlich waren es die Roboter gewesen, die sich um die anfallenden Arbeiten gekümmert hatten.

»Es gibt tatsächlich Ausrüstung«, eröffnete mir Varen Thorik. »Aber wenn sie auch moderner als das Schiff selbst ist, so stammt sie doch aus dem Jahre 2390. Mit dem alten Zeug können wir nichts anfangen. Ein Glück, dass wir unsere körperintegrierten Komponenten besitzen. Sonst käme ich mir wie Dan völlig nackt vor.«

Pherson verdrehte die Augen. »Anscheinend haben Menschen eine relativ lange Zeit in dem Schiff zugebracht. Ich habe einige Modifikationen entdeckt, speziell in den Laborbereichen und in den Shift-Hangars. An Bord muss mit Energiewaffen gekämpft worden sein. Es sind deutliche Spuren zu sehen.«

»Ich habe ebenfalls welche gefunden«, bestätigte Fellmer Lloyd. »Sowohl in der Feuerleitzentrale als auch in den Mannschaftsräumen. In den Quartieren gibt es nichts von Interesse, nicht einmal persönliche Datenträger.«

All das brachte uns nicht weiter. Zumindest waren wir sicher, dass sich außer uns und ein paar alten Robotern niemand an Bord aufhielt. Der Countdown war unterdessen fast abgelaufen.

»Platz nehmen«, ordnete ich an und aktivierte den Panoramabildschirm. »Es erfolgt die übliche Startprozedur, nur dass wir in aller Ruhe zusehen.«

»Du vertraust dem Autopiloten?«

»Es ist nicht sein erster Start. Wir lassen den Dingen ihren Lauf. Notfalls können wir jederzeit die Kontrolle übernehmen. Die alten Positroniken stellen uns sicher vor keine großen Probleme.«

Ich beobachtete, wie Libra-Angehörige, Söldner und Parthan-Träger sich aus dem Hangar zurückzogen. Sie hatten keine Möglichkeit, den Start zu verhindern. Wir waren ihnen durch die Finger geschlüpft.

Vielleicht sind sie sicher, dass ihr von dort, wo die Reise hingeht, niemals zurückkehrt, orakelte der Extrasinn.

An sämtlichen Steuerpulten flackerten jetzt Kontrollleuchten. Von den Anzeigen las ich ab, dass der Antigravantrieb seine Tätigkeit aufnahm. Das Hallendach fuhr zur Seite und offenbarte einen kreisrunden Schacht, durch den die THA-IV zur Planetenoberfläche aufstieg. Die Maschinen schalteten von Antigrav auf Impuls um, ein Dröhnen schüttelte das

Schiff, und die sechzig Meter durchmessende Kugel trat durch die Atmosphäre in den Weltraum hinaus.

»Mündungsfeuer voraus!«, gellte Daniel Phersons Stimme durch die Zentrale. »Schutzschirme halten.«

»Verdammte Schweinerei«, polterte Osmooth Alerin, »Drei, nein, vier Orbitalstationen haben das Feuer auf uns eröffnet. Die Kerle geben die Hoffnung nicht auf, uns im letzten Moment doch noch zu erwischen.«

Aus einer Konsole stieg Rauch auf. Elmsfeuer huschten über die Verkleidung. Ein harter Schlag traf die THA-IV. Sie hielt aber, stetig beschleunigend, den Kurs bei. Ein weiterer Schlag traf uns. Es blieb keine Zeit, uns um die Schäden zu kümmern, denn ich wusste, was uns bevorstand.

»Auf Transition vorbereiten«, warnte ich meine Kameraden.

»Wir sind zu langsam«, protestierte Rhaen Tolsom.

Das störte die Automatik nicht. Verfrüht und bei viel zu geringer Geschwindigkeit leitete sie den Sprung durch den Hyperraum ein.

Ein lange vergessen geglaubter Transitionsschock wischte mein Bewusstsein beiseite.

Eins-unter-Vielen

Viele waren auf der Suche.

Das große Glück, das Viele von dem erwachenden Verstand geschenkt bekommen hatten, war vergangen. Glück war kein dauerhafter Zustand, das hatten Viele gelernt. Nur das eine Mal hatten sie die Stimme vernommen. Danach hatte sich Darakh-Parthan nicht mehr gemeldet. Viele begriffen nicht. War der erwachende Verstand gegangen? War er wieder eingeschlafen? Das Glück entglitt in die Schwärze und wurde durch Verzweiflung ersetzt.

Durch den erwachenden Geist hatten sie von Wesen erfahren. Wesen waren ein neues Konzept. Viele begriffen das Konzept Wesen nicht, weil sie im Gegensatz zu dem erwachenden Verstand Wesen nicht wahrnehmen konnten. Es gab keinen Gesang, an dem man Wesen hätte erkennen können.

Große Unrast befiel Viele. Sie ergriffen einen mächtigen Faden und verließen das Leuchtfeuer, in dem sie auf Darakh-Parthan getroffen waren. Sie folgten dem entschwindenden Glück in die Schwärze hinaus, ohne es einzuholen. Sie bereisten das Netz von einem Leuchtfeuer zum nächsten. Durch manche strömten sie in einem Augenblick hindurch, in anderen verharrten sie voller Hoffnung.

Viele hielten inne, um zu lauschen.

Eins-unter-Vielen lauschte und vernahm den Gesang des Rauschens. Er besaß nicht mehr den gleichen Zauber wie vor der Begegnung mit dem erwachenden Verstand. Eins-unter-Vielen sehnte einen anderen Gesang herbei.

Puls und Takt waren durcheinandergeraten.

Die Membranhäute zogen sich zusammen und entfalteten sich schwerfällig. Eins-unter-Vielen hatte Mühe, den Faden zu erkennen, an den es sich klammerte. Viele verharrten, untätig, bleiern schwer, mit allen Sinnen lauschend und doch nichts hörend.

Dann löste sich Eins-unter-Vielen aus der Starre. Viele gerieten in Bewegung. Sie klammerten sich aneinander, berührten die Membranhäute und ergriffen gemeinsam den Faden.

Viele reisten zum nächsten Leuchtfeuer, durch die Schwärze. Sie verharrten und lauschten. Sie reisten zum nächsten Leuchtfeuer, durch die Schwärze. Sie verharrten und lauschten. Alles war freudlos, ohne Glück.

Doch dann ... war alles anders.

Der Gesang des Rauschens kündete von einem anderen Gesang, und Viele wussten, dass er irgendwo in der Schwärze erklang. Er war alles, wonach sie strebten, denn er bedeutete größtes, immerwährendes Glück.

Wieder erreichten Viele ein Leuchtfeuer. Sie verharrten und lauschten. Eins-unter-Vielen entfaltete die Membranhäute und gewahrte einen anderen Gesang als den des Rauschens. Eins-unter-Vielen geriet in Aufregung, in Aufruhr. Viele waren nicht zu halten. Puls und Takt harmonierten wieder und zeigten Vielen den Weg.

Der Gesang kehrte zurück und vermittelte Harmonie. Eins-unter-Vielen schwamm darin, und die Membranhäute sogen sich voll. Glück fiel auf die Keimschicht und tränkte sie.

Viele verharrten.

Viele begriffen, dass sie das Ende der Reise erreicht hatten. Nie wieder würden sie reisen. Der Faden endete in einem Sandkorn in der Schwärze. Eine Schale umgab das Sandkorn, ein Gespinst aus Glück, das Gesang ausschüttete. Gesang von Wesen. Viele begriffen das Konzept von Wesen, weil Wesen in die Schwärze hinaussangen.

Eins-unter-Vielen begriff. Die Wesen waren Kelsiren, und ihr Gesang war stärker als der Gesang des Rauschens. Puls und Takt harmonierten nicht länger nur, sie ergänzten sich und wurden zu einem.

Zum zweiten Mal vernahmen Viele eine Stimme, und sie war beeindruckender als diejenige Darakh-Parthans. Sie gehörte keinem erwachenden, sondern einem längst erwachten Verstand. Endloses Glück umgab ihn und hüllte Viele ein.

Viele waren daheim. Sie begannen einen Tanz, den sie nie beenden würden.

ENDE

Und es geht weiter:
ATLAN
Dämmerung über Höllenwelt
Hans Kneifel
Dritter Teil des Höllenwelt-Zyklus
Dämmerung über Höllenwelt
ISBN 978-3-89064-199-7
Fantasy Productions GmbH
Postfach 4013, 40687 Erkrath
www.fanpro.de
FANPRO

Einen Atlan-Roman verpasst?
ATLAN
Schalten Sie doch einfach ein ABO!
ATLAN
Sprung ins Jenseits
Achim Mehnert
Monolith-Zyklus 6
Einfach per E-Mail an:
abo@fanpro.com
FANPRO
FANTASY PRODUCTIONS
Verlags- und Medienvertriebs GmbH
Ziegeleiweg 26 • 40699 Erkrath • www.fanpro.de

Perry Rhodan
PLOPHOS
DER ABGESCHLOSSENE ZYKLUS IN 4 BÄNDEN
Band 1
Feinde der Menschheit
ISBN 3-8118-5549-2
Band 2
Soldaten für Kahalo
ISBN 3-8118-5550-6
ERSTMALS IM BUCHHANDEL ERHÄLTLICH!
Band 3
Panik im Sonnensystem
ISBN 3-8118-5552-2
Band 4
Planet der letzten Hoffnung
ISBN 3-8118-5553-0
Jeder Band
ca. 400 Seiten
Format 13,5 x 21 cm
Paperback
JEDER BAND NUR
€ 9,90
sfr 19,-
PLOPHOS
Perry Rhodan

ATLAN
Kreta-Zyklus
Hans Kneifel
ATLAN
Lotse im Sandmeer
Hans Kneifel
ATLAN
Insel der Winde
Hans Kneifel
Historisch-phantastischer Roman
ATLAN
Das schwarze Schiff
Hans Kneifel
Historisch-phantastischer Roman
Lotse im Sandmeer • ISBN 978-3-89064-188-1
Insel der Winde • ISBN 978-3-89064-195-9
Das schwarze Schiff • ISBN 978-3-89064-196-6
Fantasy Productions GmbH
Postfach 4013, 40687 Erkrath, www.fanpro.de
FANPRO

Bei Fanpro erschienen unter anderem folgende Titel:

ATLAN		ISBN 978-3-89064-	
Totentaucher	Wim Vandemaan	Lepso 1	486-8
Die acht Namenlosen	Christian Montillon	Lepso 2	487-5
Befreiung in Camouflage	Michael M. Thurner	Lepso 3	488-2
Die Psi-Kämpferin	Achim Mehnert	Rudyn 1	171-3
Das Sphärenrad	Rüdiger Schäfer	Rudyn 2	172-0
Acht Tage Ewigkeit	Michael H. Buchholz	Rudyn 2	173-7
Das Relikt der Macht	Hans Kneifel	Illochim 1	174-4
Im Bann der Gatusain	Achim Mehnert	Illochim 2	175-1
Der Traum des Navigators	Rüdiger Schäfer	Illochim 3	176-8
Rico	Arndt Ellmer	Roman	177-5
Planet der Silberherren	Uwe Anton	Monolith 1	178-2
Todeszone Zartiryt	Rüdiger Schäfer	Monolith 2	179-9
Echo der Verlorenen	Hans Kneifel	Monolith 3	184-3
Der Silbermann	Marc A. Herren	Monolith 4	185-0
Ceres am Abgrund	Manfred H. Rückert	Monolith 5	186-7
Sprung ins Jenseits	Achim Mehnert	Monolith 6	187-4
Rhaens Ruf	Rüdiger Schäfer	Höllenwelt 1	197-3
Das Erwachen	Achim Mehnert	Höllenwelt 2	198-0

ATLAN X		ISBN 978-3-89064-	
Lotse im Sandmeer	Hans Kneifel	Kreta 1	188-1
Insel der Winde	Hans Kneifel	Kreta 2	195-9
Das schwarze Schiff	Hans Kneifel	Kreta 3	196-6

SHADOWRUN		ISBN 978-3-89064-	
Chromscherben	M. A. Stackpole	Anth.	550-6
Shadowrun – Die 6. Welt	Hrsg. T. Hamelmann	Reader	540-7
Wiener Blei	Leo Lukas	41. Roman	555-1
Nachtstreife	Björn Lippold	46. Roman	558-2
Auf dem Sprung	Harri Aßmann	49. Roman	567-4
Töne der Unendlichkeit	Harri Aßmann	50. Roman	569-8
Elementares Wissen	Harri Aßmann	52. Roman	570-4
Die Anfänger	Ivan Nedic	54. Roman	572-8
ASH	Lara Möller	57. Roman	574-2
Pesadillas	Maike Hallmann	58. Roman	575-9
Vertigo	Maike Hallmann	59. Roman	581-0

Hand am Hort	Sebastian Schaefer	60. Roman	583-4
Flynns Weg	Lara Möller	61. Roman	585-8
Shelley	André Wiesler	62. Roman	580-3
Matrixfeuer	Hrsg. Beck / Hallmann	63. Anth.	587-2
Born to Run	Stephen Kenson	64. Roman	564-3
Im Namen des Herrn	André Wiesler	65. Roman	594-0
Quickshot	Lara Möller	66. Roman	595-7
Giftmischer	Stephen Kenson	67. Roman	565-0
Wiedergänger	Maike Hallmann	68. Roman	593-3
Feuerzauber	André Wiesler	69. Roman	519-3
Im Fadenkreuz	Petra Prinz	70. Roman	543-8
Kettenhund	Alexander Wichert	71. Roman	548-3
Fallen Angels	Stephen Kenson	72. Roman	549-0
GmbH	Christian Riesslegger	73. Roman	463-9
Machtgelüste	Jason M. Hardy	74. Roman	484-4
Cash Flow	Christian Riesslegger	75. Roman	483-7
Böses Erwachen	André Wiesler	76. Roman	473-8
Der Schattenlehrling	Boris Koch	77. Roman	482-0
Aftershocks	J. Raabe / J. Helfers	78. Roman	485-1
Fatimas Tränen	Alex Wichert	79. Roman	513-1
Für eine Handvoll Daten	Stephen Dedman	80. Roman	571-1
Flammenmeer	Jan-Tobias Kitzel	81. Roman	497-4
Digitaler Albtraum	Thorsten Hunsicker	82. Roman	123-2

CLASSIC BATTLETECH		ISBN 978-3-89064-	
Schrapnell	Hrsg. M. Immig	Anth.	551-3
Wahnsinn & Methode	Michael Diel	1. Roman	592-6
Clangründer: Abkehr	Randall N. Bills	2. Roman	596-4
Das Schwert und der Dolch	Ardath Mayhar	3. Roman	425-7
Über dem Gesetz	Michael Diel	4. Roman	517-9
Clangründer: Traum	Randall N. Bills	5. Roman	597-1
Die Albatros-Akte	Reinhold H. Mai	6. Roman	526-1
Warrior: En Garde	Michael A. Stackpole	7. Roman	545-2
Warrior: Riposte	Michael A. Stackpole	8. Roman	546-9
Warrior: Coupé	Michael A. Stackpole	9. Roman	547-6
Früchte voll Bitterkeit	Ritter & Schreiber	10. Roman	458-5
Katze unter Bären	Arous Brocken	11. Roman	490-5
Clanwächter	Arous Brocken	12. Roman	491-2
In Ungnade	Chris Hartford	13. Roman	475-2

Mission Kiamba	Arous Brocken	14. Roman	493-6
En Passant	Michael Diel	15. Roman	479-0
Duo Infernale	Carolina Möbis	16. Roman	498-1
Karma	Bernard Craw	17. Roman	454-7
Royal Flush	Carolina Möbis	18. Roman	620-6

DAS SCHWARZE AUGE		ISBN 978-3-89064-	
Magische Zeiten	Hrsg. Momo Evers	Reader	516-2
Dämmerung	Ulrich Kiesow	55. Roman	459-2
Das Greifenopfer	Thomas Finn	62. Roman	544-5
Das Dämonenschiff	Harald Evers	74. Roman	568-1
Kompanie der Verdammten	Manuel Krainer	75. Roman	562-9
Der Tag des Zorns	Daniela Knor	76. Roman	573-5
Der Schandfleck	Andre Helfers	77. Roman	582-7
Den Göttern versprochen	Charlotte Engmann	78. Roman	579-7
Unsterblicher Traum	Patricia Renau	79. Roman	588-9
Blaues Licht	Daniela Knor	80. Roman	589-6
Spielsteine der Götter	Heike Wolf	81. Roman	591-9
Rabengeflüster	Wichert/Jäcke/Wolf	82. Roman	515-5
Thronräuber	Alexander Lohmann	83. Roman	512-4
Todeswanderer	Yvonne Gees	84. Roman	518-6
Roter Fluss	Daniela Knor	85. Roman	514-8
Todgeweiht	Markus Tillmanns	86. Roman	523-0
Dunkle Tiefen	Daniela Knor	87. Roman	538-4
Maraskengift	Markus Tillmanns	88. Roman	457-8
Unter Aves' Schwingen	Hrsg. Momo Evers	89. Band	460-8
Goldener Wolf	Linda Budinger	90. Roman	542-1
Sieben Winde	Matthias A.W. Ott	91. Roman	461-5
Der Zugvogel	André Fomferek	92. Roman	468-4
Haldinger-Saga I: Glut	Daniela Knor	93. Roman	472-1
Der Hofmagier	Ludwig / Wachholz	94. Roman	476-9
Der Feuertänzer	Ludwig / Wachholz	95. Roman	489-9
Hohenhag	Dietmar Preuß	96. Roman	494-3
Satinavs Auge	Tobias Radloff	97. Roman	495-0
In den Nebeln Havenas	Daniel Jödemann	98. Roman	496-7
Answin I: Macht	Michelle Schwefel	99. Roman	499-8
Über den Dächern Gareths	Stefan Schweikert	100. Roman	226-0
Gewittertage	Jana M. Eilers	101. Roman	225-3
Die rote Bache	Dietmar Preuß	102. Roman	455-4

Das Zepter des Horas	Mützlitz/Kopp	103. Roman	236-9
Khunchomer Pfeffer	Demirtel/Findeisen	104. Roman	237-6
Die letzte Kaiserin	Daniel Jödemann	105. Roman	244-4
Todesstille	Bernard Craw	106. Roman	246-8
Löwin und Mantikor	J. Hahn und K. Kaeb	107. Roman	249-9
Toras von Havena	Christian Labesius	108. Roman	168-3
Haldinger-Saga II: Sturm	Daniela Knor	109. Roman	245-1
Der erste Kaiser	Daniel Jödemann	110. Roman	247-5
Eiswolf	Linda Budinger	111. Roman	248-2
Der Kreis der Sechs	Michael Masberg	112. Roman	169-0
Die Paktiererin	Dietmar Preuß	113. Roman	158-4
Im Schatten der Dornrose	Bernard Craw	114. Roman	136-2
Der Aschengeist	Ludwig/Wachholz	115. Roman	229-1
Der Kristall von Al'Zul:			
Land ohne Gesetz	Anton Weste	Al'Zul 1	231-4
Stadt der Geister	Martina Nöth	Al'Zul 2	232-1
Wald der Verlorenen	Linda Budinger	Al'Zul 3	233-8
Am Finsterquell	Gernot Vallendar	Al'Zul 4	234-5
Aufs Schafott	Florian Don-Schauen	Al'Zul 5	235-4

SCHATTENLAND		ISBN 978-3-89064-	
Am Morgen einer neuen Zeit	Kneifel/Walker	Roman	189-9

HARDCOVER		ISBN 978-3-89064-	
Sturm über Windhaven	Martin & Tuttle	Roman	531-5
Die Flamme erlischt	George R. R. Martin	Roman	530-8
Dead Man River	George R. R. Martin	Roman	529-2
Die »Eis und Feuer«-Saga:			
Eisenthron	George R. R. Martin	1. Roman	532-2
Königsfehde	George R. R. Martin	2. Roman	533-9
Schwertgewitter	George R. R. Martin	3. Roman	534-6
Krähenfest	George R. R. Martin	4. Roman	535-3

WEITERE TITEL			ISBN 978-3-89064-
Tor der tausend Sonnen	Hanns Kneifel	Roman	602-2
Cugel in der Unterwelt	Michael Shea	Roman	470-7
Cugels Irrfahrten	Jack Vance	Roman	462-2
Das Voynich-Rätsel	Florian F. Marzin	Roman	541-4
Vor Adam	Jack London	Roman	524-7
Am Anfang war das Feuer	J. H. Rosny	Roman	525-4
Der große Heliumkrieg	M.A. Stackpole u. A.	Anth.	563-6
Lexikon der Fantasy-Literatur	Hrsg. Alpers u. A.		566-7
Galaktische Odyssee	Hanns Kneifel	Roman	603-9
Hanky u. der Tausendschläfer	Marvin Roth	Roman	999-3

Dies ist eine Bibliographie und kein Verzeichnis lieferbarer Titel.
Es ist leider nicht möglich, alle Titel vorrätig zu halten.
Sollten Sie Fragen haben, kontaktieren Sie uns bitte unter

Fantasy Productions GmbH
Postfach 4013, 40687 Erkrath
www.fanpro.de

FANPRO